Carolin Schairer

ZURÜCK AUF LOS

Carolin Schairer

ZURÜCK AUF LOS

Roman

ULRIKE **HELMER** VERLAG

Printausgabe gedruckt auf säurefreiem,
alterungsbeständigem Werkdruckpapier.
ISBN 978-3-89741-442-6

Originalausgabe

Covergestaltung: Atelier KatarinaS / NL
unter Verwendung des Fotos »Sie geht ...« © LMDB_photocase.de

Ulrike Helmer Verlag
Blütenweg 29, 64380 Roßdorf b. Darmstadt
E-Mail: info@ulrike-helmer-verlag.de

www.ulrike-helmer-verlag.de

Unfall

Astrid schlängelte sich durch die stehenden Autos und Klein-LKWs. Schon wieder Stau. Und sie mittendrin.

Sie befand sich auf der A9 in Richtung Berlin, irgendwo zwischen Bayreuth und Leipzig. Wo genau, vermochte sie nicht zu sagen. Nirgendwo ein Schild, das darüber Auskunft gab. Überall nur Autos. Die zahllosen Scheinwerfer spiegelten sich auf der regennassen Fahrbahn und erhellten die Nacht.

Weiter vorne fiel ihr blinkendes Blaulicht auf. Vorhin hatte sie den Signalton eines Krankenwagens vernommen. Offenbar war irgendein Unfall passiert. Na toll.

Eigentlich hatte sie geplant, noch vor 22 Uhr am Schreibtisch in ihrer Wohnung in Berlin zu sitzen. Bereits während der Fahrt hatte sie die Unterlagen zu der Studie, die sie als Prüfärztin in der Klinik durchführen wollte, zum wiederholten Male durchgearbeitet. Ein paar Punkte waren offen geblieben, zu denen sie aber erst Stellung beziehen konnte, wenn sie wieder Zugang zu ihren Online-Dokumenten hatte. Morgen Nachmittag würde es eine Anhörung der Ethik-Kommission geben, die grünes Licht für die Erhebung geben sollte. Bis dahin musste die Präsentation fertig sein.

Nieselregen durchnässte ihren dünnen Strickpulli. Erst jetzt wurde ihr bewusst, dass sie nicht nur zu Fuß unterwegs war, sondern auch keine Jacke trug.

Warum saß sie nicht bei Hennie im beheizten Wagen?

Ach ja. Weil sie gestritten hatten. Wegen ihres angeblich miserablen Zeitmanagements. Auch wegen Simone, ihrer gemeinsa-

men Tochter, die auf der Rückbank gesessen und damit gedroht hatte, die Schule zu schmeißen. Was Hennie anscheinend vollkommen egal war. Ihr aber nicht.

Und dann noch wegen Nicolette. Nicolette, die keine Gelegenheit verpasste, über soziale Ungleichheit und unfähige Regierungen zu wettern und im obersten Management einer NGO saß, die sich für Umweltschutz stark machte, gleichzeitig dafür aber ein sattes Gehalt kassierte, zum Urlauben auf die Seychellen flog und mit einem fetten SUV herumfuhr. Die edle, reine Nicolette.

Während Astrid ihren Weg durch die Autoreihen fortsetzte, wurde sie immer unsicherer. Irritiert sah sie sich um, drehte sich ein paarmal. War das überhaupt die richtige Richtung? Sie wollte wieder zurück zum Wagen, weg aus der nassen Kälte.

Zwischen einem BMW und einem Wohnmobil stand eine Gruppe von Leuten, die ausgestiegen waren. Der Größte von ihnen stellte sich auf die Zehenspitzen, bemüht, am Stauanfang irgendetwas zu erkennen.

Ob er ihr Auto sah?

Sie näherte sich der kleinen Gruppe.

Die Gespräche verstummten abrupt, als sie direkt vor den Leuten stand. Alle starrten sie an wie einen Geist.

»Entschuldigen Sie bitte. Haben Sie mein Auto gesehen?«

Die zwei Männer und zwei Frauen machten immer noch große Augen.

Vielleicht Ausländer.

»Excuse me. Have you seen my car?«

Ihr Wechsel ins Englische hatte keinen Effekt, außer dass sich die eine der beiden Frauen nun mit einem erschrockenen Laut die Hand vor den Mund schlug.

Einer der beiden Männer war ein südländischer Typ, wie Astrid im Licht der Scheinwerfer erkannte. Spanier vielleicht?

»Viste mi coche?«, versuchte sie es, um dann in der dritten Fremdsprache, die sie einigermaßen beherrschte, nachzuschieben: »Excusez-moi. Avez-vous ...«

»Gehen Sie dorthin ... diese Richtung!« Nun kam plötzlich Leben in den Mann, den sie für einen Spanier gehalten hatte. Er deutete in Richtung Blaulicht, wirkte seltsam panisch. »Da wird Ihnen geholfen!«

Kam sie von dort?

Sie wusste es nicht mehr genau. Wenn ja, warum hatte sie das Auto nicht gesehen?

Zögerlich ging sie weiter. Die Kälte, die sie plötzlich erfüllte, kam nicht nur vom regennassen Pulli, der inzwischen an ihr klebte wie eine zweite Haut. Sie kam von innen. Trotz des leichten Schwindels setzte sie ihren Weg fort. Stolperte. Stand wieder auf.

Ihre Jeans hatte jetzt an den Knien dunkle Flecken.

Sie fiel erneut.

Der Asphalt war kalt und rau. Als sie diesmal wieder auf die Füße kam, hatte sich das Gummihaarband gelöst, ihr schulterlanges braunes Haar klebte in nassen Strähnen im Gesicht. Sie wollte sie wegwischen, aber die Gliedmaßen ließen sich nicht richtig steuern. Einen Fuß vor den anderen zu setzen, fühlte sich plötzlich wie Schwerstarbeit an. Trotzdem kämpfte sie sich weiter. Wo war ihr Wagen? Warum kam Hennie nicht, um sie zu holen? Vielleicht, weil sie noch sauer war?

Astrid glaubte sich dunkel zu erinnern, dass sie eigentlich mehr Grund hatte, auf Hennie wütend zu sein als umgekehrt. Allerdings hatte sie keine Ahnung, weshalb.

Sie kam dem Blaulicht immer näher. Mittlerweile hatte sie vergessen, weshalb sie dorthin wollte. Alles war so mühsam ... jede Bewegung, jeder Gedanke.

Erschöpft lehnte sie sich gegen einen Kombi, der in der Schlange stand.

Sie sprang entsetzt zur Seite, als der Fahrer prompt die Scheibe hinunter ließ.

»Kann ich Ihnen helfen?«

»Ich ... ich weiß nicht.«

Sie hatte sich zu ihm umgedreht. Sein Gesichtsausdruck erinnerte an jenen, den sie bereits bei den Leuten von zuvor bemerkt hatte.

»Steigen Sie ein, ich fahre Sie durch die Rettungsgasse nach vorn«, sagte er und wies auf den Beifahrersitz. »Sie können hier nicht herumspazieren, in Ihrem Zustand.«

»Ich suche meinen Wagen«, fiel ihr wieder ein. »Wissen Sie, wo mein Auto ist?«

»Nein, aber Sie sollten …«

»Ich muss zu meiner Frau und meiner Tochter.«

Sie gab ihm nicht die Zeit, um etwas zu erwidern, sondern taumelte weiter. Ein paar Autos später musste sie wieder innehalten.

Sie fühlte sich unendlich schwach. Irgendetwas brannte in ihren Augen. Mit der Hand strich sie sich übers Gesicht.

»Hören Sie, Sie brauchen einen Arzt!«

Der Mann, der ihr zuvor den Beifahrersitz angeboten hatte, war ihr nachgekommen.

Er sprach ruhig und freundlich. Dennoch war er ihr suspekt. Was wollte der Typ von ihr?

»Ich *bin* Ärztin«, erwiderte sie kurz angebunden.

Sie schob sich weiter, so gut es ging. Nur weg von ihrem Verfolger, der sich, wie sie auch ohne Blick über die Schulter intuitiv wusste, an ihre Fersen geheftet hatte.

»Warten Sie!«, rief er.

Es klang in ihren Ohren wie eine Drohung. Die aufkommende Panik ließ sie ihre letzten Kräfte mobilisieren. Sie schleppte sich zu den Einsatzfahrzeugen, ohne nochmals anzuhalten.

Zunächst sah sie nur zwei große Feuerwehrautos und einige Streifenwagen. Weiter rechts standen drei Rettungs- und ein Notarztwagen.

Feuerwehrleute hatten sich um irgendetwas herumgruppiert; sie wirkten beschäftigt. Die Polizisten sprachen mit Leuten, deren Autos in der ersten Reihe standen, und machten sich Notizen.

Auf dem Asphalt zwischen den Fahrzeugen lag eine Decke, unter der sich unverkennbar ein schmaler Körper abzeichnete.

Ein Unfall, war das Einzige, das Astrid im Moment zusammenhängend denken konnte. Ihr war jetzt speiübel. Ihr Herz raste. Sie schlotterte vor Kälte und vor Angst, deren Ursache sich ihr nicht einmal erschloss.

Wie in Trance schlüpfte sie unter dem rot-weißen Absperrband durch, das die stauenden Autos von der Unfallstelle trennte.

»Hej, Sie! Sie dürfen hier nicht …«

Einer der Uniformierten kam auf sie zu, stutzte, als er knapp vor ihr stand.

»Um Himmels willen, was ist Ihnen denn passiert? Wo kommen Sie her?«

»Sie kommt von ganz da hinten, glaube ich.« Ihr Verfolger, der Mann aus dem Kombi, übernahm das Antworten. »Ich wollte ihr helfen, aber …«

Er setzte seinen Satz nicht fort, sondern starrte hinüber zur Unfallstelle.

Astrid drehte leicht den Kopf. Jetzt, wo die Feuerwehrleute kurz zur Seite getreten waren, konnte sie erkennen, was sie taten: sie hantierten mit einem Ding, das aussah wie eine Kombination aus übergroßer Schere und Zange, und das an einem Stromkabel hing. Zweifelsohne, sie schnitten einen Menschen aus dem völlig zerbeulten Auto – oder dem, was davon noch übrig war. Mit glasigen Augen betrachtete sie das Geschehen.

Ihr Kopf dröhnte.

Jemand berührte sie an der Schulter.

Es war der Notarzt.

»Begleiten Sie mich zum Rettungswagen?«

Astrid blinzelte verwirrt. Sie sah auf die Gestalt unter der Decke, die reglos auf dem Asphalt lag, dann wieder zu dem zerstörten Wagen.

Jetzt verstand sie.

»Sie brauchen Hilfe mit den Verletzten? Ich bin Ärztin, ich kann …«

Sie brach ab. Ihr Blick war auf das zerbeulte, aber lesbare

Nummernschild des Unfallwagens gefallen. Ein Berliner Kennzeichen.

Ihr stockte der Atem.

Sie starrte erst den Notarzt an, dann auf die reglose Gestalt unter der Decke. Sah erstmals auf ihre Hände und begriff, dass das, was sie für Regen gehalten hatte, in Wahrheit Blut war. Sie schmeckte es nun auch auf ihren Lippen.

Die Erkenntnis, was geschehen war, sickerte langsam in ihr Bewusstsein. Erst jetzt entdeckte sie das Wrack eines zweiten Wagens. Auch er glich einem einzigen Blechhaufen.

Was zum Teufel …?

Hennies fassungslose Bemerkung, unterbrochen von Simones Aufschrei.

Der Aufprall, der um nichts zu verhindern gewesen wäre.

Alles ergab plötzlich Sinn.

Astrids Beine gaben nach. Ihr wurde schwarz vor Augen.

Veränderung

»Ich finde, du machst einen Fehler. Aber du bist alt genug, um zu wissen, was du tust.«

Inge Behringer stand im grauen Putzkittel am Spülbecken ihrer Küche in München-Giesing und füllte einen Eimer mit warmem Wasser. Die Schubladen am Küchenschrank waren herausgezogen; Lebensmittel standen aufgereiht auf der Arbeitsfläche. Neben dem bereits randvollen Müllsack lag eine Schachtel Müsli, deren Öffnungen mit klebrigen weißen Fäden versehen waren, und eine durchsichtige Tüte mit Kürbiskernen, in der sich kleine Würmer tummelten. Über den alten, ockerfarbenen Fliesen saßen zwei Motten an der Wand. Der Küchenputz war tatsächlich dringend notwendig.

Dennoch ärgerte sich Astrid darüber, dass ihre Mutter ausgerechnet jetzt damit beginnen musste. Noch vom Zug aus hatte sie angerufen und ihren Besuch angekündigt. Das war vor einer Stunde. Kaffee und Kuchen hatte sie nicht erwartet, dafür kannte sie ihre Mutter zu gut, doch etwas mehr Aufmerksamkeit hätte sie sich schon gewünscht. Sie sahen sich schließlich nicht oft.

Mit angezogenen Knien kauerte Astrid auf der kleinen Eckbank, weil sie den Hund nicht stören durfte, der sich unter dem Tisch genüsslich ausgestreckt hatte. Lumpi, der alte Dackel, war eine Art Heiligtum. Als ihre Mutter vor sechs Jahren in Pension gegangen war, hatte sie den damals fünfjährigen Hund aus dem Tierheim geholt. Seither drehte sich ihr Leben nur noch um ihn und seine Bedürfnisse. Im Laufe der Jahre hatten sich die beiden, wie Astrid immer wieder mit einer Mischung aus Faszination und

Grauen feststellte, aneinander angeglichen: beide hatten mehrere Kilo zugelegt, kämpften mit Typ-2-Diabetes und verließen die kleine Wohnung nur noch, wenn es absolut nicht anders ging. Mit leisem Ekel hatte Astrid die Katzenkiste registriert, die im Flur gleich neben der Garderobe stand. Lumpi hatte gelernt, dass es einfachere Wege gab, als jetzt im Februar auch nur einen Schritt hinaus in die Kälte zu setzen.

Während sie zusah, wie ihre Mutter den vollen Putzkübel so schwungvoll aus dem Becken hob, dass sich das Wasser sogleich von selbst auf den abgewetzten PVC-Boden ergoss, fragte sie sich, ob es eine gute Idee gewesen war, herzukommen. Besuche bei ihrer Mutter kosteten erfahrungsgemäß unendlich viel Kraft – Kraft, die sie eigentlich kaum aufbringen konnte.

Das Jahr nach dem Unfall hatte sie in den Abgrund gerissen. Physisch, psychisch und auch existenziell. Sie hatte erst ihre Familie verloren, dann ihre Wohnung, war für ein halbes Jahr nicht arbeitsfähig gewesen. Die ständigen Gerichtsprozesse rund um das Unfallgeschehen hatten sie zermürbt. Ständig gab es neue Gutachten, die besagten, wer wofür verantwortlich war. Sogar in einigen Lokalausgaben war über den Prozess berichtet worden, wenngleich auch nur als Einspalter. Die wenigen Zeilen hatten gereicht, um an der Charité, ihrem Arbeitsplatz, Tuscheleien in Gang zu setzen. Die Kollegen dort schienen mittlerweile besser darüber Bescheid zu wissen, was damals auf der A9 passiert war, als sie selbst.

Seit drei Monaten ging es finanziell wieder leicht bergauf, doch das brachte Hennie und Simone nicht zurück. Wenn sie nach ihren Diensten an der Klinik in das Appartement kam, in das sie sich seit dem Verkauf ihrer ehemals gemeinsamen Eigentumswohnung eingemietet hatte, umschlossen Leere und Kälte sie wie ein Korsett.

Bei jedem Handgriff, den sie in der Wohnung tat, bei jedem Schritt, den sie nach draußen machte – überall flammten Erinnerungen an ihr altes Leben auf: Hennie vor ihrem Lieblingscafé in Friedrichshain, ihr dunkler Lockenkopf zerzaust vom leichten Wind, ein Lächeln auf den vollen Lippen. Hennie, die Leintücher mit der Parole *Mein Bauch gehört mir* bepinselte, um für die endgültige Abschaffung des Paragraphen 218 auf die Straße zu gehen. Hennie, die noch nie Grenzen gekannt hatte, wenn es darum ging, ihre eigenen Interessen zu verteidigen.

Und Simone, die ihr so ähnlich war. Die keinen Bock auf Hausaufgaben hatte und Schule schwänzte, um stattdessen Flüchtlingskindern Deutsch beizubringen. Die an einem Tag ausgelassen mit einer Tüte neuer H&M-Klamotten den Kudamm entlangtanzte und am nächsten Tag genau dort gegen Materialismus und Konsum demonstrierte. Die mit geübter Hand die Unterschriften ihrer beiden Mütter fälschte, wenn es darum ging, sich selbst vom Schulsport zu entschuldigen, sonntags aber mit ihr joggen ging.

Joggen gegangen war.

Denn das und vieles andere würde sie niemals mehr tun können.

»Einfach alles so hinzuschmeißen, nur weil du gerade einen Hänger hast«, ergriff ihre Mutter wieder das Wort, während sie nun großzügig Putzmittel in den Eimer gab. »Ich hätte mehr Kampfgeist von dir erwartet. Aber wen wundert's? Du bist wie dein Vater – immer den Kopf in den Sand stecken, wenn's mal nicht so gut läuft.«

Astrid presste die Lippen aufeinander. Besuche bei ihrer Mutter führten meist dazu, dass sie sich danach schlecht fühlte, das war nichts Neues. Allerdings – diesmal hatte sie insgeheim etwas anderes erwartet. Schließlich würde sie nach über zwanzig Jahren in Berlin wieder zurück nach Bayern ziehen. Ein kleiner Teil von ihr hatte gehofft, dass ihre Mutter sich darüber freuen würde. Immerhin trennten sie dann nicht mehr knappe sechshundert Kilometer voneinander. Selbst ihre Mutter mit ihren achtundsechzig Jahren, ihrem Vorhofflimmern und dem Diabetes musste doch einsehen, dass sie irgendwann auf Hilfe angewiesen sein würde.

Das einzige Kind in der Nähe zu wissen, hätte wohl jede andere beruhigt.

»Berchtesgaden«, sprach es ihre Mutter auch schon aus, während sie den Putzeimer jetzt zu den geleerten Schubladen schleppte. Wieder schwappte Wasser über den Rand. Diesmal wurde nicht nur der Boden nass, sondern auch die grauen Filzpantoffeln der Mutter. Es schien ihr nicht mal aufzufallen.

»Ich frage mich, was du da eigentlich willst!«, machte sie ihrem Ärger stattdessen weiterhin Luft. »Die haben da sicher nicht auf dich gewartet. So eine tolle Stelle an der Charité einfach aufzugeben, das ist doch Wahnsinn!«

Wenn Inge Behringer zum Verbalschlag ausholte, war jeder Satz ein Treffer.

Astrid ermahnte sich, ruhig zu bleiben. Sobald sie lauter werden würde, fühlte sich ihre Mutter persönlich angegriffen. Dann steigerte sie sich in eine kaum erträgliche Kaskade aus Selbstmitleid, Aggression und Hass auf die Welt, die nicht selten damit endete, dass sie mit Selbstmord drohte. Als Kind hatte dieses Verhalten bei Astrid nie seine Wirkung verfehlt – völlig verstört hatte sie alles versucht, um ihre Mutter von ihrem vermeintlichen Vorhaben abzubringen. Erst im fortgeschrittenen Teenageralter hatte sie begriffen, dass die Drohungen nur eine Manipulationsmethode waren. Mehr noch: Sie würde ihre Mutter niemals glücklich machen können. Trotzdem waren ihr diese unkontrollierten Ausbrüche derart verhasst, dass sie sich angewöhnt hatte, sofort zu gehen, wenn ihre Mutter sich in Rage zu reden begann.

»Ich brauche Abstand von Berlin«, wiederholte sie geduldig, was sie gleich zu Beginn ihres Besuchs gesagt hatte. »In dieser Stadt … ist alles mit Hennie und Simone verbunden. Silla meint auch, dass mir Distanz guttun würde, um zu mir selbst zu finden.«

Astrid verbuchte es als kleinen Erfolg, dass sie inzwischen über ihre Frau und ihre Tochter reden konnte, ohne dass ihr die Tränen in die Augen schossen. Den sprichwörtlichen Kloß in der Kehle fühlte sie allerdings noch immer.

»Silla? Wer ist das denn schon wieder? Ach ja ... war das nicht die Seelenklempnerin, bei der du einmal pro Woche deine ganzen Probleme ablädst? Gehst du da etwa noch immer hin?!«

Seelenklempnerin.

Fast hätte Astrid bei der Bezeichnung gelacht. Aber bitte, wenn ihre Mutter das so in ihrem Gedächtnis abgespeichert hatte, dann sollte es so sein.

»Allmählich könntest du wieder zur Vernunft kommen und damit aufhören, dir selbst leidzutun. Diese Sache liegt jetzt schon über ein Jahr zurück. Kopf hoch, auch wenn der Hals dreckig ist – das hat dein Großvater immer gesagt. Seelenklempner hat früher niemand gebraucht. Bei uns in der Familie ist bisher jeder selbst mit seinen Problemen fertiggeworden!«

Dazu hätte Astrid einiges sagen können, doch sie konzentrierte sich auf das Wesentliche.

»Mama! Ich habe meine Frau und meine Tochter verloren!« Nun drohte ihre Stimme doch zu kippen. Sie schluckte ihre Verzweiflung tapfer hinunter. »Die beiden waren mein Leben! Seither ist nichts mehr so, wie es war! Begreifst du das denn nicht?«

»Was ich begreife, ist, dass du dich gehen lässt!« Die Mutter schüttelte entrüstet ihr ergrautes Haupt. »Und überhaupt ... Frau und Kind! Auch wieder so ein Blödsinn. Simone war dem Gesetz nach allein Henriettes Tochter, nicht deine. Das hat sie dir nur schöngeredet, damit du auch brav für ihr Kind zahlst.«

Sie kam zu Astrid herüber und stützte ihren Kopf mit beiden Händen auf der Tischplatte ab.

»In der Erinnerung ist immer alles rosa, nicht wahr? – Aber ich kann mich da noch an ganz anderes erinnern. Dass der Himmel bei euch nicht mehr voller Geigen hing, hat ja ein Blinder gemerkt! Und das, was dann nach dem Unfall noch war ... du lieber Himmel!« Sie schüttelte den Kopf und richtete sich wieder auf.

»Was meinst du eigentlich, wie es mir ging, als ich erfahren musste, dass meine einzige Tochter irgendwo in der Ex-DDR im

Krankenhaus liegt? Ich hatte niemanden, mit dem ich darüber reden konnte; ich musste mit diesem Schock ganz alleine klarkommen! Und ich habe keine Kosten und Mühen gescheut, um zu dir zu fahren, wie du weißt! Es war gar nicht so leicht, jemanden zu finden, der auf den Lumpi aufpasst! Vier ganze Tage habe ich an deinem Krankenhausbett gesessen und darauf gewartet, dass du endlich mit der Heulerei aufhörst. Und jetzt, über ein Jahr später, heulst du immer noch. Anstatt froh zu sein, am Leben zu sein. Drei Kreuze kannst du schlagen, dass du aus der Sache mit einem blauen Auge herausgekommen bist, das sag ich dir!«

Astrid griff sich gequält auf die Stirn und fühlte die kleine Narbe knapp unterhalb des Haaransatzes. Eine Erinnerung an die Platzwunde, die sie sich beim Aufprall auf die Windschutzscheibe zugezogen hatte.

Ihre Mutter war Meisterin darin, Salz in offene Wunden zu streuen. Außerdem sah sie sich selbst schon wieder in der Opferrolle – ein Zeichen dafür, dass die Unterhaltung eskalieren konnte.

Es war Zeit, zu gehen.

Astrid wusste das, blieb aber dennoch sitzen. Tief in ihrem Inneren hoffte sie noch immer darauf, zu bekommen, weshalb sie diesen Besuch unternommen hatte: Verständnis. Zuspruch. Ein bisschen Mitgefühl. Trost.

Hennie hatte nie verstanden, weshalb sie dieser Frau immer wieder eine Chance gab, sich wie eine liebevolle Mutter zu verhalten.

Warum nur lässt du dir das alles bieten? Warum besuchst du sie, obwohl du weißt, wie es abläuft, und dich danach mies fühlst?

Fragen, die ihr Hennie zu Beginn ihrer Beziehung wieder und wieder gestellt hatte, vermutlich in der Hoffnung, irgendwann mal eine andere Antwort zu bekommen als die einzige, die Astrid einfiel: Weil es schon immer so war.

Astrid war damit aufgewachsen, dass ihre Mutter über alles bestimmte und urteilte, sich dabei aber als Opfer inszenierte und permanent ungeliebt fühlte. Und dass sie kaum in der Lage war, sich in die Gefühlswelt anderer hineinzuversetzen. Ihr Vater hatte in dem gesamten Gefüge ein Schattendasein gefristet. Astrid kannte ihn als stillen, in sich gekehrten Mann, der mit leiser, ruhiger Stimme sprach und bei jedem verbalen Hieb seiner Frau zusammenzuckte.

Als Kind hatte Astrid seine Nähe gesucht und sich immer wieder gewünscht, dass er für sie Partei ergriff. Vergebens. Er wandte sich lieber ab, als sich gegen seine zeternde Gattin zu stellen.

Astrid war erst vierzehn gewesen, als er von seiner Arbeit nicht mehr nach Hause gekommen war. Direkt am Schreibtisch hatte er einen Schlaganfall erlitten. Sein plötzlicher Tod beendete abrupt das Hausfrauendasein ihrer Mutter. Die Rente, die ihr als Witwe zustand, reichte nicht, um die steigenden Kosten in einer der teuersten Städte Deutschlands zu decken. Unter Klagen und zahlreichen Tränen hatte sie jenen Job wieder aufgenommen, den sie vor Astrids Geburt leichtherzig an den Nagel gehängt hatte – den einer Verkäuferin in einem Modegeschäft.

Im Nachhinein war sich Astrid darüber bewusst, dass die Berufstätigkeit der Mutter ihr zumindest etwas Freiraum ermöglicht hatte. Abends, wenn Inge Behringer von der Arbeit nach Hause kam, war sie meist zu abgekämpft und müde, um sich noch ihrer Tochter zu widmen. Hauptsächlich jammerte sie über die Arbeit und über die Kolleginnen, die sich ihr gegenüber natürlich allesamt völlig unmöglich verhielten. Astrid saß dann mit ihr am Tisch, löffelte Suppe oder biss in ein Schnittlauchbrot, nickte hin und wieder oder gab ein bedauerndes *Hmmm* von sich, während sie ihren eigenen Gedanken nachhing. Diese kreisten damals hauptsächlich darum, dass mit ihr irgendetwas nicht stimmen konnte – denn warum sonst hatten fast alle Mädchen in ihrer Klasse schon mit mindestens einem Typen herumgeknutscht, während sie lieber weiterhin mit ihrer besten Freundin abhing oder dieses Mädchen aus der Parallelklasse so faszinierend fand? Die Antwort sollte sie erst Jahre später bekommen.

»Jedenfalls, wenn du meinst, dass du das mit Berchtesgaden tun musst, dann werde ich dir sicher keine Steine in den Weg legen.«

Die Stimme ihrer Mutter brachte Astrid in die Gegenwart zurück.

»Aber sag später nicht, ich hätte dich nicht gewarnt.«

Astrid runzelte die Stirn.

Hatte sie irgendetwas verpasst? – Anscheinend.

»Wovor denn?«, hakte sie vorsichtig nach.

In ihrem Kopf hörte sie Hennies fassungslose Stimme.

Du willst es nicht anders, oder? Du lechzt richtiggehend danach, dass sie dich demütigt!

Ihre Mutter, die mit dem Schwamm das Innere der Schubladen bearbeitete und ihr dabei den Rücken zugewandt hatte, drehte sich um und atmete tief durch.

»Wovor wohl? – Davor, dass du es dort schwer haben wirst. Du glaubst doch nicht, dass das alles geheim bleibt! Allein schon als so eine ... also, als«, sie räusperte sich, um zu unterstreichen, wie schwer es ihr fiel, das vermeintliche Unwort auszusprechen, »Lesbe. Das ist tiefstes Land! Da wird getratscht, was das Zeug hält. Sobald das herauskommt, kannst du einpacken!«

Astrid beschloss, dass es genug war. Die Mission, ihre Mutter von ihrem Umzug in Kenntnis zu setzen, war hiermit beendet.

Sie rutschte von der Bank und stieß dabei mit den Füßen gegen Lumpi. Der Hund schreckte mit einem Jaulen aus dem Schlaf hoch, das so jämmerlich klang, als hätte sie ihn halb totgetrampelt. Prompt fasste sich ihre Mutter mit einer theatralischen Geste ans Herz und rang nach Luft.

»Du musst deinen Frust jetzt wirklich nicht an dem armen Tier auslassen!«, fuhr sie Astrid an, während sie auch schon auf die Knie sank, um den Hund zu liebkosen. Der Dackel winselte und schleckte ihr die Hände, während sie beruhigend auf das Tier einredete und ihm versicherte, wie lieb sie es doch hatte.

Astrid gab sich das Schauspiel noch einige Sekunden, in denen sie überlegte, ob sie ihrer Mutter vielleicht doch auf den Kopf zusagen sollte, dass sie dringend professioneller Hilfe bedurfte. Sie verwarf den Gedanken – der Ratschlag würde nur zu Streit führen – und erklärte stattdessen: »Danke für den Tipp, aber deine Sorge ist unnötig. Ich habe es beim Einstellungsgespräch gleich erwähnt und, stell dir vor, ich bin nicht gekreuzigt worden!«

Weil ich in der Lage bin, die Dinge gekonnt in Worte zu fassen, ergänzte sie in Gedanken. Und damit meinte sie nicht ihre sexuelle Orientierung.

Ihre Mutter ging nicht darauf ein. Noch immer am Boden kauernd, sagte sie vorwurfsvoll: »Du gehst schon? Ich hätte uns später Kaffee gemacht!«

»Ich habe noch eine lange Fahrt vor mir.«

»Jaja.« Inge richtete sich auf und folgte ihrer Tochter zur Wohnungstüre. »An deiner Stelle würde ich von deiner Psychotante das Geld zurückfordern«, bemerkte sie mit unverhohlenem Sarkasmus in der Stimme. »Beigebracht hat sie dir nämlich nichts. Du haust noch immer beim kleinsten bisschen Kritik ab.«

Astrid presste die Lippen aufeinander, um nicht zu schreien.

Erst, als die Tür hinter ihr ins Schloss fiel, begannen die tapfer zurückgehaltenen Tränen zu fließen.

Sie vermisste Hennie, die einzige, die nie davor zurückgeschreckt war, ihrer Mutter Widerworte zu geben. Die deshalb zu einer *Persona non grata* in dieser Wohnung geworden war, obwohl es Astrids Mutter selbst natürlich anders ausdrückte. Selbst als sie nur noch alleine nach München fuhr, waren die anschließenden Gespräche mit Hennie befreiend gewesen. Am Ende hatten sie meistens gemeinsam darüber gelacht, was die Mutter wieder alles vom Stapel gelassen hatte, und so gelang es Astrid, erfolgreich zu verdrängen, dass ihr gestörtes Verhältnis zu ihrer Mutter einfach nur traurig war.

Astrid vermisste in dieser Minute auch Simone. Deren Bemerkungen über die Frau, die von ihr nicht *Oma* genannt werden wollte, hatten mit den Jahren an Wortwitz gewonnen. Sie hatte mit ihren Worten so oft den Nagel auf den Kopf getroffen, ohne sich dessen wirklich bewusst zu sein. Eine Fünfzehnjährige, die mit der Schule auf Kriegsfuß stand, ihr schönes dunkelbraunes Haar blondierte und dann blau färbte, die gegen alles rebellierte und sich dabei immer treu blieb.

Wenn Astrid jetzt an sie dachte, schämte sie sich, im Grunde nie ein gutes Wort für Simone übrig gehabt zu haben. Sie war immer nur auf allem herumgeritten, was sie störte, und dabei unbewusst in die Fußstapfen ihrer Mutter getreten.

Astrid weinte still im Treppenhaus. In ihr tobten Verzweiflung und Schuldgefühle. Sie hatte sich nicht genügend Zeit für Hennie genommen, sich nicht genug Mühe gegeben, ihre pubertierende Tochter zu verstehen. Deshalb war alles ins Chaos gemündet, und deshalb hatte sie die beiden für immer verloren.

Es war nicht das erste Mal, dass sie an dieser Erkenntnis verzweifelte. Sie schleppte diese Last mit sich herum wie einen schweren Rucksack, den sie niemals würde abnehmen können. In diesem Punkt war sie sich sicher.

Dem Klacken der Haustür folgten Schritte im Stiegenhaus. Einer der Nachbarn war nach Hause gekommen und auf dem Weg nach oben. Astrid wischte sich ihre Tränen weg und zog die Nase hoch. Niemand musste sie so sehen.

Als sie einige Minuten draußen auf der Straße stand, fühlte sie sich noch immer erbärmlich einsam und ungeliebt – und damit ihrer eigenen Mutter ähnlicher, als ihr lieb war.

*

Bibi, Ebru und Silla waren zum offiziellen Abschied in die kleine Pizzeria in Charlottenburg gekommen, die quasi ums Eck lag. Bibi und Ebru waren der Rest ihres ursprünglich großen Freundeskreises, der, wie Astrid sich inzwischen eingestehen musste, wohl hauptsächlich Hennies Freundeskreis gewesen war. Sicher, sie hatte es den Freundinnen seit dem Unfall nicht einfach gemacht, mit ihr Zeit zu verbringen. Nach Gesellschaft hatte sie sich selten gesehnt – und wenn doch, dann weder nach unbekümmertem Geplauder bei ein paar Drinks in einer Bar noch nach ausufernden Gesprächen über das, was passiert war und wie es ihr damit ging.

Den Part der verständnisvollen Zuhörerin hatte Silla übernommen. Als aus den keineswegs freiwilligen regelmäßigen Treffen Freundschaft geworden war, hatte Silla sich über sämtliche Grenzen und Gesetze ihrer Profession hinweggesetzt.

»Bayern also.« Bibi nickte nachdenklich, während der Ober die Getränke servierte. »Echt mutig! Ich könnte mir das überhaupt nicht vorstellen, egal unter welchen Umständen. – Aber du kommst ja von dort, richtig?«

Astrid nickte. Sie erinnerte sich, dass sie es mal erwähnt hatte. Sprachlich war ihr ihre Herkunft jedenfalls nicht anzumerken, was vor allem daran lag, dass ihr Vater, der in Hannover aufgewachsen war, immer mit klarem Hochdeutsch aufgewartet und damit das Kontrastprogramm zu ihrer Dialekt sprechenden Mutter gebildet hatte. In Berlin sprach Astrid nie Bayerisch, nachdem sich sogar Hennie darüber lustig gemacht hatte, als sie das erste Mal ein Telefonat zwischen Astrid und ihrer Mutter mitbekam. »Du klingst wie aus der Österreich-Werbung«, hatte Hennie gewitzelt. Dass da zu Bayerisch durchaus ein Unterschied bestand, war ihr entweder nicht bewusst oder egal. Nicolettes französischen Akzent fand Hennie dagegen entzückend. Obwohl Nicolette seit zwei Jahrzehnten in Berlin wohnte und ihn – zumindest von Astrids Warte aus betrachtet – schon längst hätte ablegen können.

»Bekommst du in diesem Krankenhaus wenigstens eine leitende Position?«, erkundigte sich Ebru erwartungsvoll, und Astrid fragte sich einen Moment lang, wann sie sich eigentlich alle in aufstiegsbesessene Karrierefrauen verwandelt hatten.

Als sie sich vor über zwanzig Jahren auf einer Frauenparty an der Uni kennengelernt hatten, hatte Ebru in der Studentenzeitschrift noch Artikel gegen den Kapitalismus veröffentlicht, und Bibi, jetzt Germanistikprofessorin mit eigenem Lehrstuhl, wollte nach Fuerteventura auswandern und am Strand Muschelketten verkaufen. Jetzt bewohnte das langjährige Paar eine Einhundertfünfzig-Quadratmeter-Wohnung am Prenzlauer Berg und buchte auch für Privatflüge Businessclass.

»Nein.« Astrid griff automatisch nach ihrem Glas Rotwein. Es fühlte sich besser an, etwas in der Hand zu halten, wenn sie diese überflüssige Frage schon beantworten musste.

Dass eine leitende Position für sie erst einmal in weite Ferne gerückt war, lag nach allem, was in den vergangenen fünfzehn Monaten geschehen war, schließlich auf der Hand.

»Aber wenn es keine Beförderung ist, warum wechselst du dann?«

Astrid fühlte sich spontan an den Besuch bei ihrer Mutter erinnert. Diesmal jedoch hatte sie Silla an ihrer Seite.

»Sie wechselt, weil sie eine Veränderung will«, erklärte die Freundin auch schon eifrig. »Also, ich finde das toll! Wer von uns würde sich schon trauen, einfach so ins kalte Wasser zu springen und irgendwo in der Fremde ganz neu durchzustarten?«

Sogar für Astrid war Sillas Enthusiasmus etwas zu viel des Guten. Welche der Freundinnen hatte denn schon einen Anlass, das gewohnte Umfeld hinter sich zu lassen? Bibi und Ebru genossen ihr gemeinsames Leben. Und auch Silla hatte keinerlei Veranlassung, irgendetwas an ihrem Leben zu ändern.

»Ich will einen Neuanfang«, wiederholte Astrid, was sie bereits ihrer Mutter zu erklären versucht hatte. »Es ist einfach alles zu viel.«

Die Freundinnen schwiegen betreten. Ebru starrte auf die Tischplatte, Silla in ihr Weinglas, und Bibi kramte plötzlich mit beunruhigendem Eifer in ihrem Rucksack herum, als gelte es, eine darin steckende Bombe noch knapp vor der Explosion zu entschärfen.

Astrid nahm einen Schluck Wein und wunderte sich im Stillen, warum es selbst in dieser vertrauten Runde so schwerfiel, die Dinge beim Namen zu nennen. Jede von ihnen wusste von dem Unfall, jede kannte die lähmenden, aber juristisch höchst relevanten Diskussionen darüber, wo genau sich Astrids Hand kurz vor dem Aufprall befunden hatte: auf ihrem Oberschenkel, am Türgriff oder auch irgendwo dazwischen. Jede wusste außerdem, dass sie bereits drei Wochen nach dem Unglück wieder ihre Arbeit aufgenommen hatte, bei der ersten Visite jedoch mit einem Weinkrampf zusammengebrochen war. Dass man sie danach für ein halbes Jahr dienstfrei gestellt hatte, war ebenfalls kein Geheimnis, genauso wenig wie die Tatsache, dass es ihr anschließend nicht mehr gelungen war, in ihrer Abteilung neu Fuß zu fassen. Sie hatte jetzt diesen gewissen Ruf, der sie umgab wie eine unheilvolle Aura. Ihre Diagnosen wurden plötzlich skeptisch beäugt, Therapieentscheidungen infrage gestellt. Ihre langjährige Expertise in der Behandlung von Schmerzpatienten, ihre Erfahrung als Prüfärztin und ihre zahlreichen Publikationen waren mit einem Mal nichts mehr wert.

»Wie hast du diese neue Stelle eigentlich gefunden? Hast du aktiv gesucht?«, brach Bibi nun das Schweigen.

Astrid war dankbar um den Themenwechsel.

»Gesucht ist übertrieben. Ich habe in einer Ärztezeitschrift geblättert; die Ausschreibung klang interessant. Eine Privatklinik am Königssee, die auf chronische Schmerzpatienten spezialisiert ist und eine Oberärztin der Neurologie sucht. Die Details waren wie auf mich zugeschnitten. Ich habe noch am selben Abend meinen Lebenslauf hingeschickt, weil ich wusste, dass ich es sicher nicht tue, wenn ich eine Nacht darüber schlafe. Am nächsten Vormittag hat sich die Klinikleitung bei mir gemeldet und mich zum Gespräch gebeten.«

»Das überrascht mich.« Bibi runzelte die Stirn. »Immerhin bist du heillos überqualifiziert für die Stelle.«

»Sie haben schon nachgebohrt, aber angesichts der ... Umstände ... verstanden, dass ich etwas kürzertreten will.«

Astrid merkte selbst, wie sie herumdruckste. Wie konnte sie von den Freundinnen erwarten, Klartext zu reden, während sie selbst genau das tunlichst vermied?

Wieder war es Silla, die verhinderte, dass die Stimmung in den Keller sank. »Wir werden dich selbstverständlich besuchen!«, erklärte sie mit dem für sie typischen Überschwang. »Ich hoffe, deine Wohnung ist groß genug für uns alle!«

Sie zwinkerte Astrid zu, doch in dem Scherz steckte ein Körnchen Wahrheit – zumindest bei Silla, die Hotels verabscheute und ihre Urlaube als begeisterte Couch-Surferin meisterte. Sie müsse in ihrem Job so viel professionelle Distanz wahren, dass sie im Privaten genau das Gegenteil suche, hatte sie Astrid einmal dazu erklärt.

»Hast du überhaupt schon eine Wohnung?«, erkundigte sich Ebru nun. »Einer meiner Cousins wohnt in Salzburg, quasi nebenan, und der jammert ständig über den krassen Immobilienmarkt der Region. Angeblich gibt's quasi nichts Leistbares zur Miete, und Eigentum ist unerschwinglich. Für jede Wohnung stehen mindestens hundertfünfzig Leute Schlange.«

»Fast so wie hier«, bemerkte Bibi spöttisch, doch keine ging darauf ein.

Erwartungsvolle Blicke richteten sich auf Astrid, die an dieser Stelle nur zu gerne ihr Smartphone zückte. Wenn schon ihr beruflicher Wechsel Skepsis hervorrief – mit ihrem neuen Domizil konnte sie ganz gewiss punkten.

»Es war schwierig, aber letztendlich habe ich eine sehr hübsche Wohnung gefunden.« Sie drehte das Gerät zu den Freundinnen. »Voilà! Mein neues Zuhause! Zweiundvierzig Quadratmeter, Balkon südseitig, absolute Ruhelage mit Blick auf die bayerische Alpenlandschaft, sonnige Hanglage und ... das Beste: Erstbezug!«

Wie erwartet, zogen ihre Beschreibung und die Fotos des modern gestalteten Mehrparteien-Hauses, mit dem sich eindeutig ein Architekt ein kleines Denkmal hatte setzen wollen, begeisterte Ausrufe nach sich.

»Und das ist direkt in Berchtesgaden?«, wollte Bibi wissen.

»Nein, in Schönau am Königssee.« Dass ihr neues Zuhause in einem Vorort des bekannten Touristenortes stand, war unerheblich. »Die Klinik ist ja dort in der Nähe. Berchtesgaden ist der nächstgrößere Ort ... oder die nächstgrößere Stadt.«

»Wahnsinn, echt geil!« Ebru lehnte sich über den Tisch und senkte die Stimme. »Und jetzt mal ehrlich, liebe Astrid: Was genau hast du getan, um diese Wohnung zu bekommen?«

Astrid spürte, wie ihr das Blut in den Kopf stieg. Seit dem Unfall begleiteten sie Schuldgefühle, wenn sie daran erinnert wurde, wie gut es ihr im Vergleich zu anderen ging. Sicher – sie hatte einen hohen Preis für alles gezahlt. Doch im Gegensatz zu anderen konnte sie weiterarbeiten, sich finanziell stabilisieren.

»Sag schon, was zahlst du für die Wohnung?« Ebru ließ nicht locker.

Sie gab nach und nannte ohne Umschweife den Preis. Die Reaktion fiel wie erwartet aus: Bibi wurde blass. Silla rang nach Luft.

»Für zweiundvierzig Quadratmeter?« Ebru war entsetzt.

»Tja.« Astrid hob die Schultern. »Im Grunde ist es fast egal. Ich brauche eh nicht viel zum Leben. Und einen Grund, um zu sparen, gibt es auch nicht mehr.«

In diesem Moment kam der Ober, um ihre Essensbestellungen aufzunehmen. Astrid war froh darüber. Sogar in ihren eigenen Ohren hatten ihre Worte erbärmlich geklungen. Außerdem flammten ihre Schuldgefühle auf. Sie würde kein Eigentum mehr abbezahlen, aber einen guten Lebensstandard halten können.

Da keine einen Blick in die Karte geworfen hatte, brach Hektik aus. Flink wurden die Speisekarten geöffnet. Schnell hatte jede etwas gefunden.

Als Astrid an diesem Abend in ihre Wohnung zurückkam, in der sich die gepackten Umzugskartons übereinanderstapelten, fühlte sie leise Wehmut. Sie hatte gehofft, durch dieses vorläufig letzte gemeinsame Abendessen mit den Freundinnen auch mit

Berlin abzuschließen. Stattdessen zweifelte sie mehr denn je an ihrer Entscheidung.

Hier hatte sie zumindest Leute, die sie kannten und akzeptierten wie sie nun einmal war: zurückhaltend, in Gesellschaft etwas unbeholfen, wenig humorvoll. Eine Ärztin, die sich um ihre Patienten stets mehr gekümmert hatte als um die Menschen, die ihr nahestanden.

In Berchtesgaden kannte sie niemand.

Die Angst, dass sie irgendwann so enden würde wie ihre Mutter, ließ sie in dieser Nacht lange keinen Schlaf finden: ohne Freunde, ohne Abwechslung, stattdessen mit einer Mottenzucht in der Küche und einem übergewichtigen Dackel unter dem Tisch.

Neuanfang

»Ich darf euch heute unsere neue Kollegin vorstellen – Doktor Astrid Behringer.« Chefarzt Dr. Friedrich Stöger – Fritz, wie er gleich vorschlug, nachdem er ihr das Du angeboten hatte – lächelte in die Runde der Weißkittel, die sich zur täglichen Morgenbesprechung versammelt hatte.

Astrid fiel auf, dass unter der Ärzteschaft anscheinend nicht nur alle möglichen Fachrichtungen, sondern auch alle Altersklassen vertreten waren: junge Assistenzärzte, von denen einige so aussahen, als wären sie kaum älter als Simone, viele, die sie in der Altersgruppe zwischen dreißig und fünfundvierzig ansiedelte, und ein paar alte Hasen. Zudem bemerkte sie einmal mehr, wie gesund und fit die Leute in dieser Region wirkten. Von wenigen Ausnahmen abgesehen, schienen alle, die bisher ihren Weg gekreuzt hatten, einem Wandermodenkatalog entsprungen zu sein.

»Frau Doktor Behringer kommt aus Berlin und hat fast zwei Jahrzehnte an der Charité gearbeitet und geforscht«, schob Fritz nun hinterher. Sie hatten sich darauf geeinigt, dass er ihre weiteren Titel unter den Tisch fallen ließ. Eine kluge Entscheidung, denn sie las an den Gesichtern der anderen unschwer ab, was allein das Wort *geforscht* auslöste: Erstaunen. Bewunderung. Aber auch Skepsis.

Die Frage, was eine wie sie denn hier wolle, hing unausgesprochen im Raum. Sie wusste jetzt schon, dass sie irgendwann – vermutlich recht bald – direkt darauf angesprochen werden würde.

»Astrid wird uns als Oberärztin der Neurologie unterstützen«, erklärte Fritz, was sowieso alle wussten. »Ich bitte euch, sie bei der Einarbeitung in die Gepflogenheiten des Hauses bestmöglich zu unterstützen.« Er wandte sich an sie. »Astrid, möchtest du noch ein paar Worte über dich sagen?«

Das war nicht abgesprochen gewesen. Astrid spürte den altbekannten Kloß in ihrer Kehle. Sie wusste selbst, wie paradox das war: wenn sie Vorträge hielt, waren hunderte Augenpaare auf sie gerichtet, und sie sonnte sich in der Aufmerksamkeit. Sollte sie dagegen in einer größeren Runde über sich selbst sprechen, fehlten ihr die Worte. Das war nicht neu, hatte sich aber seit dem Unfall verstärkt.

Sozialphobikerin hatte Hennie sie daher oft genannt.

Sie rang sich ein Lächeln ab.

»Ich freue mich, hier zu sein«, sagte sie. »Als ich heute früh mit dem Auto zur Klinik fuhr, hat die aufgehende Sonne die schneebedeckten Gipfel zum Glitzern gebracht – ein wunderschöner Anblick und eine eindeutige Verbesserung gegenüber Berlin.«

Sie spürte, dass Fritz etwas anderes erwartet hatte. Die Geschichte, weshalb sie so dringend eine Veränderung angestrebt hatte, oder zumindest eine kurze persönliche Vorstellung: Familienstand, Hobbys, Forschungsschwerpunkte ... irgendetwas Greifbares, das sie als Mensch ausmachte.

»Na dann hoffen wir mal, dass dich der Schnee in zwei, drei Wochen auch noch fasziniert.« Der Kollege, der sie direkt ansprach, war etwa in ihrem Alter, braunhaarig und von drahtiger Gestalt. Markant waren seine stahlblauen Augen, die eng nebeneinander lagen. Sein Gesicht würde sie sich zumindest merken. *OA Dr. Norbert Neuretter* stand auf dem kleinen Schild, das er wie sie alle in Brusthöhe trug.

Bäckerei Neuretter. KFZ-Werkstatt Neuretter. Skischule Neuretter. Sie erinnerte sich, dass ihr der Name bei ihren kurzen Erkundungstouren durch die Umgebung schon mehrfach ins Auge gesprungen war. Entweder, es handelte sich um einen in der Region häufigen Familiennamen – oder um eine weitverzweigte Familie.

»In diesem Februar haben wir so viel wie in den vergangenen zehn Jahren nicht mehr«, bestätigte die Kollegin, die am anderen Tischende saß. Blond, mit apartem Kurzhaarschnitt, schätzungsweise fünfzig Jahre alt. Astrid wusste, um wen es sich handelte: Dr. Sonja Kainz, erste Oberärztin der Neurologie. Sie und Fritz Stöger wurden auf der Krankenhauswebsite nicht nur als führende Köpfe der Abteilung namentlich genannt, sondern auch mit einem Porträtfoto abgebildet. »Na ja, für den Tourismus ist es gut. Wenigstens müssen vorläufig keine Schneekanonen eingesetzt werden.«

Themen, die Astrid fremd waren.

Sie war erleichtert, als Fritz nun zur Tagesordnung überging, und sie auf dem freien Stuhl neben ihm Platz nehmen konnte.

*

Die Visite war um halb ein Uhr vorbei. Astrid hatte sich einen ersten Überblick über die derzeit stationär aufgenommenen Patienten verschaffen können, sich aber noch nicht fachlich eingebracht. Beobachten, analysieren, sprechen – das war schon immer ihr Konzept gewesen, genau in dieser Reihenfolge. Vorerst war sie damit beschäftigt, abzuspeichern, wie der Alltag auf der Station funktionierte, wer für was zuständig war, wo etwas wie abgelegt wurde oder zu finden war.

Dr. Anna Meiringer, eine jüngere Kollegin, hatte sich ihrer angenommen. Anna war freundlich und hilfsbereit. Sie war verheiratet; ihre zwei kleinen Kinder wurden tagsüber von ihrer Mutter betreut. Anna geizte anfangs nicht mit Informationen über sich selbst, wurde aber spürbar zurückhaltender, als von Astrid nichts zurückkam. Über den Verlust ihrer Frau und Tochter zu sprechen, hielt Astrid für ein Kennenlerngespräch nicht gerade passend.

Im Vergleich zur Charité ging es hier wesentlich gemütlicher zu. Es war Zeit für Plaudereien, sogar für einen kurzen Kaffee. Die Patienten waren typische Privatpatienten: großteils älter, gepflegt und gewohnt, mit besonderer Aufmerksamkeit behandelt zu werden. Da Astrid inzwischen wusste, was von ihnen beziehungsweise ihrer Krankenversicherung für ein Bett in der Privatklinik bezahlt wurde, konnte sie diese Anspruchshaltung sogar nachvollziehen.

Während ihre Kollegen nach dem letzten Krankenzimmer in die Kantine strömten, begab sich Astrid ins Sekretariat. Den kaufmännischen Direktor der Klinik hatte sie beim Bewerbungsgespräch bereits kennengelernt – Richard Maas, ein etwas behäbiger Mann um die fünfzig, der von der Dachorganisation, zu der die Klinik gehörte, für insgesamt fünf Jahre auf den Posten gesetzt worden war. Zwei davon waren schon angelaufen, und Maas hatte Astrid bereits bei ihrem Erstgespräch eröffnet, dass er alles tun werde, um seinen Vertrag zu verlängern. Maas kam ursprünglich aus dem Ruhrpott, wollte aber nicht dahin zurückkehren. Viel zu schön hier, hatte er wiederholt gesagt. Allein die Berge! Und die Seen!

Als sie jetzt an die Türe seines Vorzimmers klopfte, hatte sie jedoch nicht vor, mit Maas über die landschaftliche Schönheit der Region zu diskutieren.

»Herein!«

Die junge, frische Stimme gehörte zu Maas' Sekretärin. Die Frau hatte ihr kaum die Hand zur Begrüßung entgegengestreckt, als sich Astrid bereits sicher war, dass es sich um eine Lesbe handelte. Das lag nicht an der Kleidung, in der sich ihr Gegenüber wohl kaum von anderen Sekretärinnen unterschied: Sie trug ein eher konservativ geschnittenes, dunkelblaues Kostüm. Sie und Sonja gingen wohl zum gleichen Friseur. Der Haarschnitt schien jedenfalls derselbe, wenngleich er bei diesem nussbraunen Haar, das von rötlichen Strähnen durchzogen war, flotter wirkte.

Was Astrid so sicher machte, war nicht ihr mäßig ausgeprägter Gaydar, sondern das Armband, das sichtbar wurde, als der Jackettärmel der Sekretärin beim Händeschütteln leicht nach oben rutschte. Ein Lederarmband mit einem ziffernblattgroßen Amulett in Regenbogenfarben, auf dem in weißer Schrift *Love is love* prangte.

»Man muss Flagge zeigen, um sichtbar zu sein.« Der Frau war Astrids Blick auf das Armband nicht entgangen. »Franziska Neuretter. Aber mich nennen alle Franzi. – Echt schön, dass ich ab sofort nicht mehr die einzige im Haus bin, die zu dem steht, was sie ist!«

Ein paar Sekunden verstrichen, ehe Astrid begriff, dass Stöger und Maas dieses Detail ihres Lebens bereits in die krankenhausinterne Flüsterpost eingespeist hatten. Vermutlich wussten all ihre Kollegen bestens Bescheid, was erklärte, weshalb nicht mal die Krankenschwestern sie nach ihrem Familienstand und Kindern gefragt hatten.

Gut so, dann musste sie zumindest nicht täglich mindestens ein Outing hinter sich bringen. Franzis Aussage war ein anderes Thema.

»Also, ich habe es mir nicht auf die Stirn tätowiert und sehe das auch nicht als meine Ersatzreligion, nur um das gleich klarzustellen.«

Franzi zuckte zurück, und Astrid merkte, wie schroff sie geklungen hatte.

»Ich … bin gekommen, um meine Bankverbindung mitzuteilen«, fügte sie rasch an. »Und eine Kopie des Reisepasses brauchen Sie auch noch, wurde mir gesagt.«

»Du«, korrigierte Franzi. »Oder duzt du dich als Ärztin nicht mit dem Verwaltungspersonal? – Wenn ja, wirst du es hier nicht leicht haben. Wir sind alle eher locker.«

Ob du oder Sie – Astrid war das im Grunde einerlei. Sie reichte Franzi ihren Reisepass.

»Wow, tolles Foto!« Ungeniert betrachtete Franzi das biometrische Passfoto, bei dem Astrid nicht wirklich nachvollziehen konnte, was daran so bemerkenswert war. Ein paar Minuten später war der Pass kopiert, Franzi reichte ihn zurück und notierte sich die Bankverbindung.

»Tut mir leid, das mit deiner Frau und deiner Tochter«, sagte sie dann plötzlich, und für Astrid fühlte es sich an wie ein plötzlicher Schlag ins Gesicht, auch wenn Franzis Miene aufrichtiges Mitgefühl zum Ausdruck brachte. »Muss echt hart für dich sein.«

Astrid wandte den Blick ab. Durch das Fenster sah sie wie ein Schneepflug den Klinikparkplatz frei schob. Sie fragte sich, wie es wohl mit der recht steilen Zufahrt zu ihrem Wohnhaus aussah. Wurde dort regelmäßig geräumt?

»Wie lange wart ihr denn zusammen?« Franzi ließ nicht locker.

»Lange«, antwortete Astrid knapp. »Sind wir fertig, oder ist noch etwas offen?«

»Nein, alles erledigt.« Franzi klappte die Personalmappe zu. Sie wirkte etwas enttäuscht. Astrid konnte ihr nicht helfen. Was hatte sie denn erwartet? Dass die zweite lesbische Frau in diesen Betrieb hineinspazierte und mit ihr kuschelte, nur weil sie zufällig dieselbe sexuelle Orientierung hatten?

Sie war schon an der Tür, als Franzi unvermittelt sagte: »Wenn du mal Mittag essen gehst, ruf doch vorher bei mir an. Die Kantine hier im Haus ist gar nicht so schlecht.«

»Ja, danke.«

Astrid verließ das Sekretariat und atmete tief durch. Bravo, jetzt hast du dein Image als arrogante Zicke erfolgreich etabliert, hörte sie Hennies Stimme in ihrem Kopf. Sie konnte nicht widersprechen.

*

Die Patientin war dreiundzwanzig Jahre jung, studierte Germanistik und war am Vortag in Begleitung ihrer besorgten Eltern und der Diagnose chronische Borreliose in die Klinik gekommen, die ihr ein Internist in der Nähe ihres Heimatortes irgendwo im Saarland verpasst hatte. Die Antibiotika, mit denen er sie seither fütterte, hatten keinen Effekt. Dass die Patientin unter Schmerzen litt, war offensichtlich. Über Nacht war ihr ein Standardschmerzmittel verabreicht worden, das jedoch nicht viel half.

Es war Astrids dritter Arbeitstag, und immer noch wurde sie von Anna herumgeführt, was sie allmählich unruhig werden ließ. Im Bedarfsfall würde sie schon wissen, an welche Schwester sie sich wenden konnte, wenn sie dieses oder jenes benötigte. Stattdessen war sie den Kollegen bei den Visiten bisher hinterhergestapft wie eine Famulantin.

Immerhin wusste sie jetzt, wie sie den ein oder anderen bezüglich seiner Fachkompetenz und Schwerpunkte einzuordnen hatte. Mit den üblichen Problemen kannten sich alle gut aus – Rücken- und Gelenkschmerzen, belastungsbedingte Myalgien, Migräne, diverse Neuropathien, die Art von Schmerzen, mit der sie gemäß ihrer Patientenklientel am häufigsten konfrontiert wurden. Ausgefallenere Erkrankungen zu erkennen, traute sie jedoch nur Fritz Stöger wirklich zu, der viele Jahre am Universitätsklinikum in München tätig gewesen war.

In der Morgenbesprechung wurde der Fall diskutiert. Die chronische Borreliose, deren Existenz in Fachkreisen ohnehin sehr kontrovers diskutiert wurde, war schnell vom Tisch. Die Symptome passten nicht und auch die neuesten Bluttests widerlegten die Diagnose des Hausarztes.

»Ich würde mir die Patientin gerne ausführlicher anschauen«, durchbrach Astrid nach einiger Zeit die Diskussionen. Ein Verdacht war in ihr aufgekeimt. Es war jedoch zu früh, ihn zu äußern.

»Eigentlich ist die wegen mir hierhergekommen, aber bitte ...« Norbert Neuretter wirkte eingeschnappt. Sie wusste inzwischen, dass auch er Neurologe war, allerdings – im Gegensatz zu ihr – mit dem Zusatzfach Psychiatrie. »Ich trete dir meine Patientin selbstverständlich kollegial ab, auch wenn ich nicht glaube, dass du zu einem anderen Ergebnis kommst als ich. Die braucht in erster Linie eine Psychotherapie, keine Schmerzmittel!«

»*Deine* Patientin?«

Der Passus irritierte Astrid so sehr, dass sie nachhaken musste. Bisher hatte sie nichts von einer Zuordnung bestimmter Patienten zu einem Oberarzt gewusst.

»Sie haben im Herbst in der Pension meiner Tante geurlaubt«, stellte Neuretter ungeniert klar. »Meine Tante hat mich empfohlen.«

Astrid blieb fast der Mund offen stehen. Das genügte, um die junge Saarländerin zu seiner Patientin zu machen, selbst wenn er diagnostisch im Dunklen tappte?

»Astrid soll sich gerne mit ihr beschäftigen«, entschied Sonja Kainz als Erste Oberärztin. Ihr war nicht anzumerken, wie sie über Neuretters Äußerungen dachte.

Astrids Untersuchung der jungen Frau, zusammen mit einem langen Anamnese-Gespräch, erhärtete ihren Verdacht. Gegen Mittag, nach Abklärung weiterer Fakten, war sie sich so sicher, dass sie ihn aussprach: »Fibromyalgie.«

Sie verordnete die Gabe eines Antidepressivums gegen die neuropathischen Schmerzen und ein Kombinationsprogramm aus Psychotherapie, Physiotherapie und Entspannungsmethoden, dem sich die Patientin in den nächsten drei Wochen ihres stationären Aufenthalts unterziehen sollte. Mehr konnte weder sie noch irgendein anderer Arzt tun. Eine Pille, die sämtliche Symptome unterdrückte oder gar endgültig beseitigte, gab es noch nicht.

Immerhin fühlte sich die Schmerzgeplagte bereits am nächsten Morgen besser; das Medikament hatte bewirkt, dass sie einigermaßen durchschlafen konnte – das erste Mal seit Wochen.

Während Astrid selbst ihre Diagnose eher als Selbstverständlichkeit denn als bahnbrechende Leistung betrachtete, sahen es die Kollegen anders. Das Lob und die Bewunderung taten gut. Der einzige, der wenig begeistert schien, war Neuretter.

»Gratulation, werte Kollegin. Bist ja ein richtiger Überflieger.«

Er platzte in den Umkleideraum, als Astrid sich gerade ihrer weißen Hose und des Kittels entledigt hatte und in Slip und T-Shirt vor ihm stand. Sie war gemischte Krankenhausumkleiden gewohnt, weshalb sie dem keine besondere Beachtung schenkte, zumal auch er sich umzuziehen begann.

»Ich habe deinen CV studiert, im Internet. Einhundertvierunddreißig Publikationen, alle Achtung. Inklusive Habilitation«, fuhr er dabei fort. »Ich frage mich wirklich, was du in Berlin angestellt hast, dass die dich da loshaben wollten.«

Astrid, die gerade in die Jeans schlüpfen wollte, hielt in der Bewegung inne. »Ich bin freiwillig gegangen.«

Er lachte nur. »Jaja, klar. Würde ich auch sagen, wenn man mich rausschmeißt. – Also, sag schon. Mit Ehrlichkeit kommt man bekanntlich weiter, besonders dann, wenn man weiterhin einen guten Stand im Haus haben will.«

Die Formulierung war wohl ein Familien-Jargon der Neuretters. Auch Franzi hatte von ihr Gebrauch gemacht. Astrid hatte inzwischen mitbekommen, dass sie eine Cousine zweiten oder dritten Grades von ihm war.

»Du kannst das glauben oder nicht«, sie hob die Schultern. »Deine Sache.«

»Oh mei, bist du aber zickig!«

Er stand jetzt mit blankem Oberkörper vor ihr. Sein Sixpack zeichnete sich deutlich ab, die Brust hatte er rasiert. Dass dieser Mann Kraftsport betrieb, war das einzige, was Astrid bei seinem Anblick durch den Kopf ging. Er deutete ihren Blick anders.

»Nicht schlecht, gell?« Er winkelte seinen Arm ab und stellte einen geformten Bizeps und Trizeps zur Schau. »Wobei ja im Haus getratscht wird, dass du vom anderen Ufer bist. Aber anscheinend hast du doch einen Blick für das männliche Geschlecht übrig.«

Selbst wenn, dann sicher nicht für Kotzbrocken.

Sie zog ihre Jeans über die Hüfte. Die Hose schlackerte noch mehr als vor einem Monat. Seit Hennie nicht mehr da war, hatte sie sich von Größe 38 auf 36 verschmälert, und zu ihrer Bestürzung schien sie noch weiter abzunehmen. Wenn sie nackt vor dem Badezimmerspiegel stand, gefiel sie sich selbst nicht.

»Wenn es stimmt, was getratscht wird, ist das echte Verschwendung«, schwadronierte Neuretter weiter. »Mit ein bisschen mehr auf den Rippen könntest du ein heißer Feger sein.«

Das Gespräch nahm eine Wendung, die ihr ganz und gar nicht gefiel. Sie waren noch immer alleine in der Umkleide. Hastig zog Astrid ihren Rollkragenpulli übers Shirt.

»Bitte lass solche Bemerkungen.«

»Warum?« Er runzelte die Stirn. »Ist doch ein Kompliment! – Aber bitte, wenn du es nicht hören willst ...«

»Nein, will ich nicht. Es ist auch kein Kompliment, sondern purer Sexismus!«

»Ah ja, da merkt man es: die hohe Dame aus Berlin, der Hochburg des Genderwahns!«, spottete er. »Wenn Mann nicht mal mehr was Nettes sagen darf ...«

Sie schlüpfte in ihren Mantel, hatte es eilig, wegzukommen.

Zu ihrem Entsetzen stellte er sich ihr in den Weg. Haltung und Tonfall hatten sich verändert. Er wirkte nicht nur verärgert, sondern richtiggehend hasserfüllt.

»Ich kann dir das Leben äußerst schwer machen«, zischte er. »Eigentlich wollte ich mit dir auskommen, obwohl du hier anrauschst und mir jede Aussicht nimmst, Stögers Nachfolge anzutreten. Ich habe mich bemüht, habe dir kollegial die Hand gereicht. Aber wenn du Krieg willst, dann bekommst du Krieg!«

Er trat zur Seite und gab die Tür frei. Astrid wollte nur noch verschwinden.

Sie prallte prompt gegen Sonja Kainz.

»Hupps! So eilig? – Ist irgendetwas passiert?« Sonja sah sie fragend an. »Du siehst aus, als hättest du einen Geist gesehen!«

»Ich war nur in Gedanken.«

Astrid hielt es für besser, sich bezüglich Neuretter und seinen Entgleisungen erst einmal zurückzuhalten. Wer wusste schon, wie eng Sonja Kainz mit ihm verbandelt war?

»Aber gut, dass ich dich noch treffe.« Sonja gab sich mit ihrer Ausrede zufrieden. »Ich wollte dich fragen, ob du Lust und Zeit hast, am Sonntagabend zu uns zum Essen zu kommen.«

Im Nachhinein wusste Astrid nicht mehr, ob ihr das Gespräch mit Norbert Neuretter noch zu sehr in den Knochen steckte oder ob es an ihrer ewigen Unsicherheit im Umgang mit anderen Menschen lag, dass sie ausweichend antwortete.

»Ich weiß nicht ... ich habe noch Umzugskisten auszupacken ...«

»Verstehe«, erwiderte Sonja, und Astrid hatte den Eindruck, dass ihre Kollegin tatsächlich nur zu gut verstand, was die Antwort bedeutete: eine Abfuhr.

*

Die letzten Umzugskisten waren am Samstagmittag ausgepackt. Auf dem Weg vom Schlaf- zum Wohnzimmer fiel Astrid erstmals auf, wie kahl und steril ihr neues Zuhause eigentlich war. Besonders die Küchennische erinnerte mit den weißen Kästen, dem ebenfalls weißen Fliesenboden und den hypermodernen, verchromten Armaturen eher an einen der neueren OP-Säle in der Charité als an ein gemütliches Heim.

Unweigerlich dachte sie an die in sanften Terrakotta-Tönen gestrichenen Küchenwände der alten Berliner Wohnung. Der kleine Raum hatte so warm und einladend gewirkt. Natürlich war es Hennie, die mit dem Farbtopf angerückt war. Sie selbst hatte zur Ausgestaltung von Wohnräumen keinen Draht, was sich jetzt neu bewies. Hinzu kam ihr penibler Ordnungsdrang. Sie hatte es Hennie nicht erklären können, tief in ihrem Inneren aber sehr genau gewusst, woher dieser Aufräumtick rührte: Ihre Mutter konnte nichts mehr in Rage versetzen als ein unaufgeräumtes Zimmer oder, noch schlimmer, Spielzeug oder Schulsachen, die Astrid als Kind im Gang oder auf dem Esstisch liegen ließ. Als sie älter wurde, hatte sie zwar begriffen, dass auch die Mutter nicht die Ordnung in Person war, doch das Bedürfnis, alles sofort wegzuräumen, war da bereits zu einem inneren Zwang geworden.

Henriette hatte in den mehr als zwanzig Jahren ihrer Beziehung dafür gesorgt, ihr den übertriebenen Ordnungssinn wieder auszutreiben. Ganz gelungen war es ihr jedoch nie. Jetzt fiel Astrid mehr und mehr in ihr altes Muster zurück, was sie ärgerte. Denn im Gegensatz zu früher erkannte sie mittlerweile, dass Ordnung einer Wohnung auch die Seele nahm.

Ihre neue Wohnung hatte allerdings nie eine Seele gehabt. Sicher, der Ausblick durch die Panoramafenster auf die schneebedeckten Berge war grandios, die Lage im Grünen unvergleichlich. Doch mit ihren neuen Räumen wurde sie nicht warm.

Tatsächlich war ihr immer kalt, egal wie hoch sie das Thermostat der Fußbodenheizung drehte. Ihr kam es so vor, als würde die Kraft der unter dem Parkett verlegten Heizschlangen nicht annähernd ausreichen, um die Zimmer angenehm zu temperieren. Schon vor ein paar Tagen hatte sie sich beim Vermieter, einer Immobiliengesellschaft mit Sitz in München, beschweren wollen. Um ihn gleich mit Fakten zu konfrontieren, hatte sie zuvor ein Thermometer gekauft. Es zeigte eine Wohntemperatur von 25 Grad an. Da hatte sie ihr Vorhaben aufgegeben. Kalt war es ihr trotzdem.

Die halbvollen Regale, in denen sich Fachbücher und medizinische Zeitschriften reihten, führten ihr plakativ vor Augen, welche Lücke Hennie und Simone hinterlassen hatten.

Die Möbel waren allesamt vom Discounter: billig, einfach aufzubauen und zweckmäßig. Sie stammten aus dem Appartement, in dem sie zuletzt etwas über ein Jahr gewohnt hatte. Dass sie die gemeinsam für die Berliner Altbauwohnung angeschafften Möbel zurückgelassen hatte, bereute sie nicht. Sie hatte nicht das Gefühl gehabt, darauf noch einen Anspruch erheben zu können, auch wenn sie das bequeme Ledersofa gelegentlich vermisste. Die neue Zweisitzer-Couch war weniger gut gepolstert, außerdem kratzte der rote Stoffüberzug.

Was ihr wirklich fehlte, waren all die Sachen, die ihr früher nur als Staubfänger erschienen waren – die hölzerne Giraffe, die Hennie auf einem Afrikafestival gekauft hatte, die vielen bunten Gläschen, in die sie in der Weihnachtszeit Teelichter setzten, die kitschige Blumenvase in Herzform, den giftgrünen Sandsack, den Simone von ihren Freunden zum fünfzehnten Geburtstag geschenkt bekommen hatte. Nun war ihr mit einem Mal so, als könnte sie ohne diese Dinge nicht mehr leben. Obwohl sie wusste, wie lächerlich das war, begannen die Tränen zu fließen.

Stunde um Stunde verstrich, ohne dass sich Astrid zu mehr aufraffen konnte, als auf dem Sofa zu liegen und in der Tristesse ihres Daseins zu versinken.

Alles kam ihr falsch vor: der Umzug ins Berchtesgadener Land. Die Stelle an der Klinik. Ihr Verhalten gegenüber den Kollegen. Es tat ihr leid, dass sie zu Franzi so grob gewesen war. Dass sie sich Anna und den anderen gegenüber, die den Versuch gemacht hatten, mit ihr über Themen abseits des Jobs zu reden, nicht öffnen konnte. Dass sie seit jeher unfähig war, Smalltalk zu betreiben oder echte Freundschaften zu knüpfen.

In all den Jahren hatte sie sich nur auf zwei Dinge konzentriert: auf ihre Arbeit und auf ihre kleine Familie. Andere Kontakte waren ihr nicht wichtig gewesen, zumal sie durch ihre ständigen Kongresse, die vielen Vorträge und ihre Einbindung in Lehre und Forschung sowieso kaum Zeit dafür gehabt hätte.

Seit dem Unfall stand sie ganz alleine da.

Worüber sie sich am meisten grämte, war ihre mangelnde Schlagfertigkeit. Jetzt, da sie das Gespräch mit Norbert Neuretter zum wiederholten Male Revue passieren ließ, fielen ihr Dutzende Möglichkeiten ein, wie sie die Situation besser hätte managen können. Was sie hätte sagen können, um eine Grenze zu ziehen, ohne als Zicke vom Dienst zu gelten.

Um halb vier Uhr brach die Dämmerung an. Astrid ließ die elektrischen Rollos herunter. Statt auf verschneite Berggipfel starrte sie jetzt auf graue Lamellen, die genauso seelenlos waren wie die ganze Wohnung. Sie fühlte sich wie in einer modernen Grabkammer.

Als ihr einfiel, dass sie noch nichts gegessen hatte, war es halb neun. Appetit hatte sie keinen. Doch ihre Ratio und der Freiraum zwischen Hosenbund und Bauch erinnerten sie daran, dass sie etwas zu sich nehmen musste.

Im Kühlschrank herrschte Ebbe. Das Einkaufen hatte sie im Laufe des Nachmittags schlicht vergessen. Im Küchenkasten lag ein Päckchen Nudelfertigsuppe aus dem Asia-Laden, die sie zufällig in einem der Umzugskartons entdeckt hatte. Für diesen Abend würde es reichen müssen, doch was war mit morgen?

Die Vorstellung, allein an einem Tisch in einem Gasthaus zu sitzen und inmitten glücklicher Paare und heiterer Gruppen von Freunden im Teller zu stochern, war ihr ein Gräuel.

Sie war hierhergezogen, um einen Neuanfang zu machen. Wenn sie nichts unternahm, würde sich nie etwas ändern. Sie wusste das. Dennoch musste sie sich zwingen, zum Handy zu greifen und Sonjas Namen aufzurufen. Die Kollegin hob nach dem zweiten Läuten ab; im Hintergrund waren Gelächter und klirrende Gläser zu vernehmen.

»Prost!«, rief eine sonore Männerstimme.

Am liebsten hätte sie sofort wieder aufgelegt. Es war unpassend, bei einer Feier zu stören – genauso unpassend wie der Grund, weshalb sie anrief. Und doch sprach sie ihn aus.

»Hallo Sonja, die Kisten sind ausgepackt. Wenn dein Angebot

noch steht, würde ich deine Einladung für morgen Abend gerne annehmen.«

Sonja stutzte kurz. »Super«, sagte sie dann, und es klang in Astrids Ohren fast ein bisschen zu überschwänglich. »Dann komm gegen halb sieben. Oder ist dir das zu früh?«

»Nein, gar nicht«, versicherte Astrid. Sie hätte in dieser Minute auch einem Treffen um sechs Uhr morgens zugestimmt, Hauptsache, sie konnte dieser quälenden Einsamkeit und ihrem selbstzerstörerischen Gedankenstrom entrinnen.

Erst als sie aufgelegt hatte, überrollten sie die Schuldgefühle: in welch unmögliche Situation sie Sonja gebracht hatte! Die Supermärkte waren schon zu. Wie sollte sie da irgendetwas Schmackhaftes auf den Tisch bringen?

*

»Hallo, schön, dass du da bist.« Sonja nahm Astrid den Mantel ab und hängte ihn über einen Kleiderbügel an die Garderobe. »Ich hoffe, du hast gleich hergefunden.«

»Ja, dank deiner Beschreibung war das kein Problem.«

Und dank Navi, ergänzte Astrid in Gedanken. Die Strecke von Schönau nach Ehernberg war einfach gewesen. Insgesamt hatte die abendliche Fahrt keine Viertelstunde gedauert, trotz leichten Schneefalls. Spannend wurde es dann in Ehernberg selbst, der rund zweitausend Einwohner zählenden Marktgemeinde knapp vor der österreichischen Grenze. Wie sie selbst in der Dunkelheit erkennen konnte, lag ein Teil des Ortes in einem engen Tal, durch das sich nicht nur die Straße zwängte, die nach Salzburg führte, sondern auch ein kleiner Fluss. Dort gab es eine hell erleuchtete Kirche, erbaut im unverwechselbaren bayerischen Barockstil, einen großen Brunnen, der allerdings abgedeckt war, ein Wirtshaus, das selbst im fahlen Licht der Straßenbeleuchtung ziemlich heruntergekommen aussah, und eine Häuserzeile, die mit ihren mehrstöckigen, imposanten Gebäuden im für die Region üblichen Stil fast städtischen Charakter hatte. Links der Hauptstraße verriet der beleuchtete Schriftzug auf einem neueren Gebäude den Sitz der örtlichen Sparkassenfiliale, und, als Astrid über die Brücke gefahren war, lag da eine Bäckerei.

Auf der Suche nach Sonjas Haus – deren Wegbeschreibung sie in Wahrheit zu Hause auf der Küchentheke vergessen hatte – hatte sie sich zweimal verfahren. Resigniert hatte sie das Navi bemüht. Die angenehme Frauenstimme führte sie zielgerecht zu einem Anwesen ziemlich weit oben am Westhang. Auf der ganzen Fahrt war ihr weder ein Fußgänger noch ein anderes Fahrzeug begegnet. Ganz Ehernberg schien sich im Winterschlaf zu befinden.

Astrid folgte Sonja durch den Vorraum in den Wohn- und Essbereich. Ein sportlich wirkender Mann, graues Haar, sonnengebräunt, stand mit einem Glas Sekt in der Hand vor dem prall gefüllten Bücherregal und unterhielt sich rege mit einer Frau, die ihr den Rücken zugedreht hatte. Als sie sich umwandte, zuckte Astrid leicht zusammen.

»Darf ich vorstellen – mein Mann Harald, Orthopäde an der Kreisklinik Berchtesgaden, und … ja, Franzi Neuretter aus dem Sekretariat kennst du sicher schon.«

Im selben Augenblick glaubte Astrid genau zu verstehen, warum Sonja die Sekretärin eingeladen hatte. Sicherlich hatte Sonja es nur nett gemeint, dennoch stieß diese offensichtliche Aktion, sie beide unbedingt miteinander bekannt zu machen, Astrid sauer auf. Sie bereute bereits, dass sie die Einladung angenommen hatte.

Bemüht, sich ihre Verstimmung nicht anmerken zu lassen, nahm sie das Glas Sekt, dass Sonja auch ihr zum Aperitif reichte. Harald, eindeutig ein geübter Smalltalker, versuchte sie in ein Gespräch über Wintersport zu verwickeln. Als er feststellte, dass sie dazu wenig beitragen konnte, wechselte er sogleich galant das

Thema und nahm seinen jüngsten Berlin-Aufenthalt im Rahmen eines Kongresses zum Anlass, sie über die Stadt auszufragen.

Franzi verschwand währenddessen zu Sonja in die Küche, was Astrid nicht eben traurig stimmte. Das Leuchten in deren Augen war ihr nicht entgangen. Während des Gesprächs mit Harald sah sie sich unauffällig um. Gediegene Vollholzmöbel, gedimmtes Licht, weinrote Vorhänge vor den Fenstern. Gegenüber dem Bücherregal stand ein schwarz-lackiertes Klavier. Gerahmte Familienfotos an der Wand: Sonja und Harald und zwei Jungen, die mal als Kinder, mal als Halbwüchsige abgebildet waren.

»Unsere zwei Burschen«, sagte Harald, der ihr Interesse an den Fotos bemerkt hatte. »Stefan und Thomas. Inzwischen sind sie über zwanzig und studieren.«

Auch etwas, was Simone nicht mehr tun würde ... Doch es blieb keine Gelegenheit, in persönliches Elend abzurutschen. Sonja servierte das Essen, und Astrid wurde an den gedeckten Tisch gebeten.

Köstlicher Duft nach gebratenem Fleisch erfüllte nun den Raum. Astrid, die außer Knäckebrot mit Marmelade noch nichts im Magen hatte, fühlte seit langem wieder Heißhunger in sich aufkommen. Ente, Knödel, Blaukraut. Sie konnte sich nicht erinnern, wann sie das letzte Mal eine derart reichhaltige Mahlzeit zu sich genommen hatte.

Der Abend nahm seinen Lauf. Das Essen roch nicht nur köstlich, sondern schmeckte auch so. Der Merlot, den Harald servierte, stammte aus einer kleinen Vinothek in Berchtesgaden, die er ihr gleich wärmstens empfahl. Astrid konnte sich zwar nicht vorstellen, für sich alleine in ihren vier Wänden eine Flasche zu öffnen, doch da sie sich für Weine interessierte, hörte sie sich seine Schwärmereien gerne an.

Wider Erwarten erwies sich auch Franzi im Großen und Ganzen als angenehme Tischgenossin. Astrid erkannte nach einiger Zeit, was sie und die Gastgeberin verband: die beiden unternahmen gemeinsam Skitouren und fuhren im Sommer Mountainbike.

»Du kannst gerne mal mitkommen«, sagte Sonja, und Astrid war froh, dass der Vorschlag von ihr kam und nicht von Franzi. Trotzdem schüttelte sie den Kopf.

»Da muss ich passen. Ich habe das noch nie gemacht.«

»Das ist erst recht ein Grund, es auszuprobieren!«

Franzi hatte wieder dieses Leuchten in den Augen. Wie konnte eine Frau, die trotz ihres jugendlichen Aussehens die vierzig überschritten hatte, wie Astrid inzwischen wusste, sich verhalten wie ein schwärmerischer Teenager?

»Ski fahren kannst du doch, oder?«

Die Vorstellung, dass jemand so etwas Essentielles nicht beherrschte, schien für die Einheimischen hier unvorstellbar.

»Ich bin mit zwanzig das letzte Mal auf Skiern gestanden«, erwiderte Astrid ausweichend. »Ich fürchte, ich bin nicht sehr geübt.«

»Zeit, wieder damit anzufangen!« Franzis Elan war kaum zu bremsen. »Ich kann dich nächstes Wochenende begleiten!«

»Danke, aber ich habe viel zu viel Angst, mir die Knochen zu brechen. Das wäre der denkbar schlechteste Start in den neuen Job.«

»Ich würde dich wieder zusammenflicken, keine Sorge«, sagte Harald, der Orthopäde. »Ich bin Profi für Skiunfälle.«

Alle lachten, und Astrid hatte keinen Grund, an seiner Aussage zu zweifeln. Sie wusste, dass sich viele junge Orthopäden und Chirurgen für die ersten Berufsjahre bewusst ein Krankenhaus in einer Skiregion aussuchten, um möglichst viel Erfahrung im Operieren komplizierter Brüche zu sammeln. Manche blieben dort hängen.

»Den Norbert habt ihr ja auch wieder gut hinbekommen«, sagte Franzi und brachte so einen Namen ins Spiel, den Astrid an diesem Abend lieber nicht gehört hätte. Sie erfuhr, dass Neuretter vor zwei Jahren bei einem Sturz auf der Piste eine schwere Knieverletzung erlitten hatte und zwei Monate komplett außer Gefecht gewesen war.

»Eine harte Zeit für einen Typen wie ihn«, stellte Sonja fest. »Da möchte ich nicht in der Haut von Anja gesteckt haben. So einen Ungustl rund um die Uhr muss man erst mal aushalten!«

»Ich glaube, sie ist längst immun gegen seine blöden Bemerkungen«, erwiderte Franzi locker. »Immerhin sind sie seit über zwanzig Jahren zusammen.«

Über zwanzig Jahre waren auch Hennie und sie zusammen gewesen. Die Erinnerung versetzte Astrid einen kleinen Stich ins Herz.

»Der hätte damals das Angebot in Rosenheim annehmen sollen. Dann wäre er jetzt ausgeglichener«, meinte Sonja, und ihr Mann ergänzte: »Ging ja nicht, weil der Skiunfall dazwischenkam.«

»Der wollte eh nicht wirklich«, wusste Franzi zu berichten. »Der hat doch darauf spekuliert, dass der Stöger in Pension geht und …«

Sie brach ab und sah etwas verlegen zur Seite. Astrid vermutete, dass es mit ihrer Anwesenheit zu tun hatte.

»Neuretter will Chefarzt werden?«, sprach sie entgegen ihrer Natur direkt an, was sie aus dessen Mund bereits erfahren hatte.

»Na ja, das wollte er jedenfalls.« Sonja machte auch den Eindruck, als würde sie das Thema lieber meiden. »Aber jetzt sind die Karten völlig neu gemischt, und so viel Realitätssinn traue ich ihm zu, dass er seine Chancen nicht mehr allzu hoch einschätzt.«

Ein paar Sekunden verstrichen, bis Astrid aufging, worauf sie anspielte. Sie machte eine abwehrende Handbewegung.

»Ich bin nicht hierhergekommen, um Chefärztin zu werden.«

»Nicht? – Das sieht Stöger aber anders!«

Und damit hat er meinen Einstieg ins Team nicht leichter gemacht, ging Astrid durch den Kopf. Natürlich hatte er es ihr gegenüber anklingen lassen, natürlich hatte sie die Option nicht kategorisch abgelehnt – hauptsächlich deshalb, weil sie nicht seinen Argwohn wecken wollte. Eine hochqualifizierte Ärztin, die das Angebot erhielt, die Neurologieabteilung einer renommierten Privatklinik zu führen, und vehement ablehnte – das klang selbst in ihren eigenen Ohren seltsam. An Sonja gewandt, sagte sie: »Was ist mit dir? – Du bist Erste Oberärztin. Wäre es nicht logisch, dass du die Nachfolge antrittst?«

»Ich?« Die Kollegin starrte sie an, als hätte sie die Landung von Außerirdischen verkündet. »Gott bewahre! – Also, nein, danke, ich fühle mich dazu wirklich nicht berufen.«

Harald, der ein sicheres Gespür dafür zu haben schien, dass die Diskussion um Stögers Nachbesetzung allgemeines Unbehagen hervorrief, schwenkte auf ein anderes Thema über. Sonja servierte währenddessen ab und lehnte Astrids Angebot, ihr zur Hand zu gehen, vehement ab. Franzi dagegen griff unaufgefordert zu den leeren Tellern und Platten und verschwand mit ihr in der Küche.

Mit Dessertschalen, die mit Mousse au Chocolat gefüllt waren, kehrten sie wieder. Die Ente hatte Astrid genossen, die Schokocreme dagegen brachte sie nur noch aus Höflichkeit herunter. Ihr Magen war so viel Essen nicht mehr gewohnt.

Harald berichtete inzwischen von den Urlaubsplänen der Familie: an Pfingsten ein verlängertes Wochenende in Rom; für den Sommer drei Wochen Griechenland. Auch ein Osterurlaub stand zur Diskussion. Die beiden Söhne würden mitkommen, in Begleitung ihrer Freundinnen.

Wieder dachte Astrid an Simone. Bereits mit vierzehn hatte sie ihnen erklärt, dass sie im nächsten Sommer nicht mehr mit ihnen wegfahren wolle. Wenn Astrid damals gewusst hätte, dass es tatsächlich der allerletzte gemeinsame Urlaub war, hätte sie die gemeinsame Rundreise durch Florida mehr wertgeschätzt und sich sogar zum Besuch ins Disney World überreden lassen. Stattdessen hatte sie Simones Wunsch mit deren eigenem Vokabular abgeschmettert: »Reiner Kommerz. Keine Macht den Konzernen. Warteschleifen-Tourismus in einer Kunstwelt. Überall Plastik!«

»Ich mag Ostern eigentlich gar nicht wegfahren«, gab Sonja zu. »Aber wenn ich mir vorstelle, dass da drüben«, sie wies vage in Richtung Fensterfront, »mit der Schneeschmelze und dem ersten Sonnenstrahl der ganze Baulärm wieder losgeht, bleibt uns sowieso nichts anderes übrig, als zu flüchten.«

Der schneebedeckte Rohbau gegenüber war Astrid bereits aufgefallen, als sie aus dem Auto gestiegen war: ein Mehrparteienhaus, das so gar nicht in diese Straße passen wollte, in der es ansonsten nur freistehende Einfamilienhäuser gab.

»Allerdings habt ihr da das Schlimmste hinter euch«, erwiderte Franzi. »Unten am Achenweg fängt der Wahnsinn erst an.«

»Ich dachte ja immer, das wäre Naturschutzgebiet. – Aber so kann man sich irren. Bin gespannt, was sie in den nächsten Jahren noch zupflastert!«

Es war Sonja deutlich anzumerken, was sie davon hielt.

»Prinzipiell ist es schon gut, dass sie für neue Wohnungen sorgt«, gab Harald zu bedenken. »Und zwar finanzierbare Mietwohnungen, nicht teures Eigentum. Dass wir hier einen Engpass haben, ist unbestritten. Und irgendwo müssen doch auch diejenigen Leute ein Zuhause finden, die weder geerbt haben noch Großverdiener sind.«

»Ich weiß zwar nicht, ob das genau das Klientel ist, das Ehernberg braucht«, bemerkte Franzi spitz. »Aber anscheinend ist das jetzt ihre Masche, sich als Engel der Armen und sozial Benachteiligten zu positionieren.«

»Sprechen wir über etwas Erfreulicheres.« Es war offensichtlich, dass Sonja die Wendung, die das Gespräch nahm, nicht gefiel. Auch Haralds Miene verriet leise Missbilligung. Über Baulärm und Naturzerstörung zu schimpfen, war für die beiden anscheinend das eine, sozial Schwächere zu treffen, dagegen etwas ganz anderes.

Es war halb elf Uhr, als sich die Runde auflöste. Diesmal blieb Astrid nicht sitzen, als die beiden anderen Frauen den Tisch abzuräumen begannen, sondern nahm ihrerseits zwei Gläser und trug sie in Richtung Küche. Sie hielt mitten am Gang inne, als sie Sonjas Stimme hinter der halboffenen Küchentür vernahm.

»... ist immer recht zugeknöpft. Wenn sie uns grüßt, ist es schon viel. Sie wirkt ziemlich arrogant. Ich werde aus ihr nicht schlau. Was sie hier wirklich will, ist uns ein Rätsel.«

Astrids Puls begann sich zu beschleunigen. Es musste um sie gehen! Der Kloß im Hals nahm ihr fast den Atem. Enttäuschung durchströmte ihren Körper. Bis jetzt hatte sie den Abend genossen, war sogar ein wenig stolz auf sich, wie gut sie sich in Gesellschaft schlug. Das sah ihre Gastgeberin aber wohl anders.

»Wahrscheinlich will sie sich rächen für das, was ihr damals widerfahren ist. So nach dem Motto: Seht her, ihr blöden Ehernberger, ich hab's zu etwas gebracht, und jetzt zeig ich's euch! Deshalb diese Sozialbauten, und deshalb dieses Kuscheln mit dem Bürgermeister. Wie sonst hätte sie die ganzen Baugenehmigungen gekriegt!«

»Du glaubst, sie ...« Sonja klang regelrecht schockiert. »Also, nein, ehrlich, das halte ich für abwegig! Die trauert doch noch immer um Robert.«

»Eine Frau mit siebenunddreißig.« Franzi lachte spöttisch. »Robert ist seit fünf Jahren tot. Mag sein, dass sie nach außen die trauernde Witwe spielt, aber rausschwitzen wird sie es sich ja auf Dauer nicht. – Und was die Sache mit dem Bürgermeister betrifft: Ich würde mal sagen, dass sie ganz schön um ihn herumschwänzelt, um zu kriegen, was sie will. Dass der Hansi von ihr nach Strich und Faden manipuliert wird, ist ihm anscheinend noch nicht aufgegangen! Angeblich hat sie den neuen Spielplatz am Kindergarten komplett finanziert. Kein Wunder, dass er ihr aus der Hand frisst!«

Astrid, die mittlerweile begriffen hatte, dass nicht von ihr die Rede war, betrat die Küche. Das Gespräch der Frauen endete abrupt und wurde auf Belangloses gelenkt.

Als Astrid eine Stunde später zu Hause in ihrem Bett lag, ließ sie den gesamten Abend Revue passieren. Es war nicht nur ihre erste Einladung seit dem Umzug gewesen, sondern seit vielen Jahren nicht mehr vorgekommen, dass sie bei einer 08/15-Standardfamilie zu Gast gewesen war. Frau, Mann, zwei Söhne. Da sie sich mit Hennie über all die Jahre fast ausschließlich in der lesbisch-schwulen Szene bewegt hatte, war dies Neuland für sie.

Sie empfand Harald als angenehme Gesellschaft, wenngleich ihr aufgefallen war, dass er sich von der Küche gänzlich fernhielt und nicht ein einziges Teil vom Tisch abgeräumt hatte. Während sich seine Frau den ganzen Abend um die Bewirtung kümmerte, trank er lieber Wein und plauderte. Auf sie wirkte das seltsam, aber vielleicht war das in Hetero-Familien so üblich? Bei ihren Eltern war es im Grunde genauso gelaufen. Sie hatte ihren Vater nicht ein Mal mit einem Kochlöffel in der Hand gesehen.

Ob Franzi das genauso irritierte? Astrid rief sich in Erinnerung, mit welcher Selbstverständlichkeit die Sekretärin bei Themen wie Familienurlaub und dem Werdegang der Söhne mitdiskutiert hatte, und verneinte sich die Frage selbst. Franzi war hier zu Hause, vermisste wahrscheinlich nichts außer einer Partnerin. Andere Lebensentwürfe oder eine Lesbenszene, wie Astrid sie von Berlin her kannte, hatte sie vermutlich nie kennengelernt.

Konfrontationen

An einem Freitagmorgen stand Astrid vor dem Badezimmerspiegel und stellte resigniert fest, dass sie kein bisschen besser aussah als vor ihrem Umzug. In den drei Wochen, in denen sie mittlerweile im Berchtesgadener Land wohnte, war ihr Teint genauso blass, waren ihre Wangen so fahl wie zuvor und auch die dunklen Ringe unter den Augen nicht verschwunden. Ihr braunes Haar hing ohne Glanz und Schwung über den Schultern. An den Spitzen zeigte sich massiver Spliss. Einzelne graue Haare ließen sich obendrein nicht verhehlen.

Seit dem Unfall war sie nicht mehr beim Friseur gewesen. Ihr Erscheinungsbild war das letzte, was sie seither beschäftigte. Auch jetzt ritt sie nicht die Eitelkeit, sondern allein die Tatsache, dass sie allmählich krank und ungepflegt aussah.

An Überarbeitung lag es nicht. Die Arbeitszeiten der Klinik waren äußerst angenehm. Es gab drei Schichten: Früh-, Spät- und Nachtdienst. Zusätzlicher Dienst am Wochenende fiel nur maximal einmal pro Monat an. Da das Krankenhaus im Gegensatz zu öffentlichen Institutionen keine Ambulanz hatte, waren samstags und sonntags insgesamt nur zwei bis drei Ärzte im Haus.

Vorgesehen war ein Wechsel im Drei-Wochen-Rhythmus. Da die Frühschicht die intensivste war, hatte sie in den ersten zwei Wochen ausschließlich diesen Dienst übernommen. Sie musste lernen, wie das Haus funktionierte, und das ließ sich am besten bei Hochbetrieb erfahren. In der dritten Woche war sie dann erleichtert in den Spätdienst gewechselt. So blieben ihr die trostlosen Abende in der Wohnung erspart. Tagsüber boten sich mehr

Möglichkeiten zur Ablenkung. Immerhin hatte sie so bereits den nächstgelegenen Supermarkt und eine Diskont-Tankstelle entdeckt.

Jetzt, wo sie ihr Spiegelbild betrachtete, bereute sie, dass sie die Zeit nicht für andere Dinge genutzt hatte. Für einen Friseurbesuch beispielsweise. Oder für Spaziergänge. Der Himmel war meistens so strahlend blau wie in den Touristenprospekten und es lag noch immer Schnee, auch wenn er sich in den tieferen Lagen langsam zurückzog und schmutzig-braun wurde. Allerdings wusste sie nicht so recht, wo sie hätte spazieren gehen können, ohne darin zu versinken oder präparierte Skipisten zu kreuzen. Für ihre Fitness konnte sie auch noch etwas tun, wenn der Schnee weg war.

Ihre Optik aufzuhübschen war dagegen bereits jetzt möglich. Astrid suchte im Internet nach einem Friseur, dessen Laden nicht weit von ihr entfernt lag. Zu ihrer Überraschung bekam sie noch am selben Tag einen Termin, der sogar so passend lag, dass sie direkt von dort aus zum Dienst in die Klinik fahren konnte. Es war das erste Mal seit Langem, dass sie wieder etwas für sich tun wollte.

Das Navi führte sie zuverlässig zu der Adresse. Das Studio befand sich im Wohnhaus der Eigentümerin – und das wiederum lag in einem kleinen Weiler bergaufwärts. Die Zufahrtsstraße war schmal, kurvig und vereist. Astrid war keine geübte Autofahrerin, und der gebrauchte VW Polo, den sie sich neu zugelegt hatte, war ihr noch nicht ganz vertraut. Sie war froh, dass sie den Parkplatz vor dem Haus erreichte, ohne dass ihr ein anderer Wagen entgegenkam.

Als sie eineinhalb Stunden später mit etwas kürzeren, satt getönten Haaren, gezupften Augenbrauen und getuschten Wimpern dieselbe Strecke bergab fuhr, hatte sie weniger Glück: Mitten in der Kurve kam ihr ein dicker blauer Mercedes-SUV entgegen. Astrid trat sofort auf die Bremse. Auch der SUV stoppte. Hinter der getönten Windschutzscheibe erkannte sie eine Frau am Steuer.

Da die vom Schneepflug noch aufgetürmten Schneewände für Astrid kein Ausweichen zuließen, unternahm sie zunächst nichts. Die SUV-Fahrerin brauchte schließlich nur etwas zurückrollen und nach rechts in die Hauseinfahrt lenken, dann würde sie problemlos an ihr vorbeifahren können.

Allerdings unternahm die Frau nichts dergleichen. Eine Weile starrten sie sich an. Astrid machte schließlich eine hilflose Geste nach hinten. Ihr Gegenüber konnte wohl nicht ernsthaft erwarten, dass sie mit ihrem Polo steil bergauf und obendrein auch noch um eine scharfe Kurve herumsteuerte.

Nichts geschah. Astrid fragte sich, wann der SUV wohl endlich in die Einfahrt rollen würde, als sich dessen Fahrertür öffnete.

Die Frau, die ausstieg und forschen Schrittes auf sie zukam, war nicht größer als 1,60 Meter, trug einen dicken dunklen Daunenmantel und dazu feste Stiefel mit einem Profil, dem der Spur nach vereiste Straßen nichts anhaben konnten. Ihr blondes Haar war locker am Hinterkopf zusammengesteckt. Astrid schätzte sie auf Mitte dreißig.

Sie ließ ihr Autofenster herunter. Sofort hatte sie ein flaues Gefühl im Magen, obwohl die Frau keinesfalls wütend oder aufgebracht wirkte. Ihre Lippen umspielte sogar ein kleines Lächeln. Die Augen waren von so intensivem Blau, wie Astrid es noch nie bei einem Menschen gesehen hatte.

Die Unbekannte beugte sich zum Autofenster.

»Schätzchen. Was genau soll das hier werden?«

Sie sprach mit süddeutschem Einschlag; ihre Stimme klang warm und angenehm und stand im krassen Gegensatz zu dem, was sie sagte.

Schätzchen.

Abgesehen davon, dass Astrid noch nie so genannt worden war, nicht mal von Hennie, hatte die Art und Weise, wie die Unbekannte das Wort verwendete, etwas Despektierliches an sich. Trotz ihres aufkeimenden Ärgers rief Astrid sich zur Ruhe. Sie würden diese Situation lösen wie zwei erwachsene, vernünftige Menschen.

»Hören Sie. Ich tu' mich wirklich schwer, im Rückwärtsgang, ohne Allrad nach oben zu fahren und auch noch um die Kurve zu lenken. Wenn Sie ein Stück zurückrollen in diese Einfahrt, kommen wir leicht aneinander vorbei.«

»Schätzchen.« Das Lächeln der Frau bekam einen unangenehmen Zug, und ihr Blick wurde hart. »Es ist nicht mein Problem, dass du nicht Auto fahren kannst. – Wer von unten kommt, hat Vorfahrt. So steht's auf dem Schild. Und mit etwas Grips schaut man oben einfach, ob frei ist. Von da aus sieht man nämlich die ganze Straße ein. Also: Ich werde dieses Problem hier nicht lösen.«

Astrid schloss kurz die Augen.

Wer war diese Frau? Eine Soziopathin, zweifelsohne. Jemand, der sich nicht in andere einfühlen konnte und wollte. Es hatte keinen Sinn, mit solchen Leuten zu diskutieren. Zähneknirschend legte sie den Rückwärtsgang ein. Die Frau ging zurück zu ihrem Wagen.

Den Steilhang rückwärts hochzufahren, entpuppte sich als genauso schwierig wie befürchtet. Ein paarmal drehten die Räder durch. Einmal geriet der Wagen ins Schlingern. Als sie endlich um die Kurve war und die Stelle erreicht hatte, an der die Straße breiter wurde, war Astrid schweißnass. Ihre Knie zitterten so, dass sie kaum mehr die Kupplung betätigen konnte.

Doch der Platz reichte nach wie vor nicht aus. Weiter nach oben zu fahren, war auch keine Option. An der vereisten Stelle, die sie zwangsläufig noch passieren musste, hätten ihre Reifen keine Chance. Sie setzte noch etwas zurück, lenkte den Wagen hart an die Schneewand heran.

Knacks.

Zu ihrem Entsetzen brach der rechte Außenspiegel ab. In derselben Sekunde rauschte die SUV-Fahrerin an ihr vorbei.

*

»Oh je, du siehst ja völlig fertig aus!«, sagte Franzi anstelle einer Begrüßung, als Astrid das Sekretariat betrat. Das war nicht unbedingt das, was sie sich nach ihrem Friseurbesuch erhofft hatte, brachte es aber wohl auf den Punkt. Der zerbrochene Spiegel hatte schlimme Erinnerungen geweckt: Blech, das aufeinander knallte. Erschütterung, die das ganze Auto erzittern ließ. Simones Schrei, gefolgt von einer Stille, in der nur Hennies Stöhnen zu hören war. Das Blut, das Hennie über das Gesicht lief und der weiße Airbag, der sie zwischen dem, was einmal die Rückbank ihres alten Opel Vectras gewesen war und dem Lenkrad einquetschte ...

Sie hatte auf dem Weg in die Klinik dreimal pausieren müssen, ehe sie in der Lage war, die Fahrt fortzusetzen. Ihr war übel. Noch immer zitterte sie leicht.

»Tut mir leid, ich bin eine halbe Stunde zu spät. Hatte einen Unfall.« Ihre Stimme klang noch immer atemlos, gehetzt.

»Oh mein Gott.« Franzi wies bestürzt auf den freien Stuhl an ihrem Schreibtisch. »Setz dich erstmal. Du bist ja völlig neben dir!«

»Das geht nicht, ich hab Dienst ...«

»Die Patienten laufen nicht weg, keine Sorge! In deinem Zustand wirkst du eher wie eine, die selbst dringend einen Arzt braucht. – Komm erst mal zur Ruhe. Ich mach dir einen Kaffee.«

Koffein war das letzte, was Astrid im Moment brauchen konnte. Franzis Mitgefühl jedoch tat in diesem Augenblick gut. Es war sehr lange her, dass sich jemand um ihr Wohlergehen gesorgt hatte.

»Gibt es auch Tee? Kräuter, Früchte ... irgendwas ...«

»Klar.« Franzi verschwand in der Teeküche. Wenig später kam sie mit einer dampfenden Tasse Waldbeerentee zurück.

»Erzähl. Was ist passiert?«

In knappen Worten schilderte Astrid, was vorgefallen war. Es tat gut, ihrem Ärger endlich Luft zu machen, auch wenn die Person, dem er galt, nichts davon mitbekam.

»Eine absolute Frechheit.« Franzi stand die Empörung ins Gesicht geschrieben. »Wirst du sie anzeigen?«

»Nein.« Astrid brauchte nicht lange nachdenken. Letztendlich war der Spiegel durch ihr eigenes Verschulden zu Bruch gegangen. Zudem gab es keine Zeugen. Sie wusste inzwischen, was es bedeutete, wenn Aussage gegen Aussage stand, und hatte von Gerichtsverfahren genug. Aber das ging Franzi nichts an.

»Ich weiß ja nicht einmal, wie die Frau heißt, und habe mir auch kein Kennzeichen gemerkt«, schob sie vor.

»Och, da kann ich dir gerne behilflich sein.«

Franzi schnitt eine Grimasse.

»Du kennst sie?«

»Klar. Jeder hier kennt sie. Dafür hat sie schon gesorgt.« Wieder verzog Franzi ihr Gesicht. »Izzy. Also, Izobel. Schrecklicher Name, schreckliche Person. Izobel Neuretter – falls du dir das mit der Anzeige doch noch mal überlegst.«

»Du bist mit ihr verwandt?«

»Ja, leider. Robert – also, Norberts Bruder – musste sie ja unbedingt heiraten. Vor fünf Jahren ist er gestorben, abgestürzt mit seinem Privatflugzeug. Izzy ist dann zurück nach Ehernberg gekommen und betätigt sich seither als Bauherrin … oder wie auch immer man das nennt. Sie kauft alte Häuser auf und lässt sie sanieren, um die Wohnungen knapp unter marktüblichem Mietniveau an Sozialfälle zu vermieten. In Berchtesgaden hat sie schon zwei ziemlich große Projekte fertiggestellt. In Ehernberg gehören ihr oder eigentlich ja wohl Robert noch ein paar Grundstücke. Da lässt sie jetzt Reihenhäuser und Mietwohnungen bauen – wieder für diese Zielgruppe.«

Astrid fiel das Gespräch ein, das Franzi mit Sonja und Harald geführt hatte. Nun hatte sie also ein Gesicht zu der Frau, um die es damals gegangen war.

»Woher hat sie das Geld?«

Franzi hob die Schultern.

»Na, von Robert. Die Neuretters – also *dieser* Teil der Familie, nicht meiner – waren schon immer sehr gut situiert. Der Großvater hatte das Kieswerk. Der Vater hat dann gut investiert, und so wurden sie sehr wohlhabend. Aber so richtig den Vogel abgeschossen hat dann eben Robert. Der ging nach Dubai, machte Immobiliengeschäfte und wurde richtig, richtig reich. Izzy hat alles geerbt.«

»Aha.«

Astrid wusste nicht, was sie dazu sagen sollte. Wenigstens tat ihr der Tee gut. Er wärmte von innen und ließ sie ruhiger werden.

Franzi sah jetzt zur Tür, fast so, als fürchtete sie, jemand könnte plötzlich hereinplatzen, und fuhr mit gesenkter Stimme fort: »Der Robert hat seine eigene Schwester geheiratet. Also Halbschwester. Eine Inzest-Ehe. Widerlich! – Deshalb gibt es auch keine Kinder aus dieser Ehe.«

Aus Klatsch hatte Astrid sich bisher herausgehalten. Allerdings interessierte sie das, was Franzi da behauptete, nun doch.

»Seine eigene Schwester geheiratet? Wie geht das? – Rein rechtlich, meine ich.«

»Na, das ist ja nicht offiziell.« Franzi unterstrich ihre Aussage mit einer wegwischenden Handbewegung. »Izzy ist vom alten Neuretter nie als Tochter anerkannt worden. Vater unbekannt, hat ihre Mutter immer behauptet. Die war übrigens das englische Kindermädchen von Robert, Norbert und den anderen Neuretter-Söhnen. Deshalb der ungewöhnliche Name: Izobel. – Na ja, jedenfalls ist Izzy über die Heirat mit ihrem Bruder doch noch an das Neuretter-Vermögen gekommen. Der alte Neuretter ist damals vor Wut herumgesprungen wie Rumpelstilzchen, das kann ich dir sagen! Dem hat das natürlich überhaupt nicht gepasst, dass sein Ältester seine uneheliche Tochter heiratet! Aber sagen konnte er nix, sonst hätte er ja zugeben müssen, dass er Izzys Mutter … du weißt schon.«

»Puh.«

Etwas anderes fiel Astrid im Moment dazu nicht ein.

»Und da siehst du, wie durchtrieben Izzy ist. Die geht über Leichen! Heiratet ihren eigenen Halbbruder, um ans Erbe zu kommen, nötigt dich, beinahe dein Auto zu schrotten ...«

»Na ja, also ...« Den Vorfall vom Nachmittag im selben Atemzug mit einer auf Erbschleicherei abzielenden Inzest-Ehe zu nennen, erschien Astrid unverhältnismäßig. »Wie alt ist sie eigentlich?«

»Sechsunddreißig, siebenunddreißig ... so ungefähr.«

Die Frau war also mit zweiunddreißig Jahren Witwe geworden.

Astrid dachte unweigerlich an sich selbst. Würde sie in fünf Jahren genauso aggressiv und verbittert auftreten wie diese Izzy? – Dass die Frau verbittert war, stand für Astrid nach alledem außer Frage. Sie konnte sich vorstellen, dass es eine, die von ihrem Vater verleugnet wurde und daraufhin den Halbbruder heiratete, hier auf dem Land nicht leicht hatte. Gleichzeitig ärgerte sie sich über sich selbst. Mitleid mit einer Person zu haben, die sie in der Tat wegen Nötigung hätte anzeigen können, war völlig unangebracht.

Sie stellte die leere Tasse auf Franzis Schreibtisch und erhob sich. Ihre Gliedmaßen funktionierten wieder so, wie sie sollten.

»Ich muss jetzt zum Dienst. Danke für den Tee.«

»Keine Ursache.«

Franzi lächelte freundlich, und Astrid war froh, von ihr endlich nicht mehr angeschmalzt zu werden wie ein begehrtes Schoko-Konfekt. Seit dem Abendessen bei Sonja gab Franzi sich freundlich, aber nicht aufdringlich – so ließ sich mit ihr auskommen.

»Vielleicht hast du am Wochenende ja Zeit, mal etwas zu unternehmen?«

Bei diesen Worten versteifte sich Astrid sofort. Anscheinend wollte die Frau ihren Traum, die einzig andere Lesbe in ihrem Umfeld zu daten, nicht so schnell aufgeben. Sie wollte gerade ablehnen, als Franzi eilig hinterher schob: »Ich gehe mit ein paar Freundinnen am Samstag in Salzburg Schlittschuh fahren. Danach wollen wir noch in die Stadt, essen gehen, ein paar Drinks. Wäre nett, wenn du mitkommst. Du kennst ja noch nicht so viele Leute hier. Vielleicht willst du das ändern.«

Wollte sie das? – So wirklich nach Gesellschaft war ihr noch immer nicht, aber nach einem einsamen Wochenende in ihrer seelenlosen Wohnung ebenso wenig. Sie gab sich einen Ruck und sagte zu.

*

Die Eisfläche lag im Außenbereich eines Stadions. Eine riesige Diskokugel tauchte das Eis in funkelnde Farben, und fetzige Rhythmen drangen aus den Lautsprechern. Das Publikum bestand großteils aus Teenagern. Astrid dachte automatisch wieder an Simone.

Da sie nicht wollte, dass Franzi und deren sichtlich aufgekratzte Freundinnen ihren Trübsinn bemerkten, konzentrierte sie sich auf die spiegelglatte Fläche, was bei der hochfrequentierten Fläche auch ratsam war. Während die anderen Frauen hauptsächlich am Rand herumstanden und miteinander tratschten, drehte sie Runde um Runde und erinnerte sich sogar noch an ein paar Figuren, die sie als Jugendliche beim Eislauf gelernt hatte.

Als Franzi schließlich daran erinnerte, dass der Tisch für halb acht Uhr reserviert war, tat es Astrid fast leid. Die Bewegung zur Musik hatte ihr gutgetan.

Im Lokal, einem Mexikaner, war es eng und voll. Dröhnende Musik mischte sich mit dem Stimmengewirr der Gäste zu einem ohrenbetäubenden akustischen Cocktail. Astrid hätte am liebsten auf der Schwelle kehrtgemacht. Da sie sich jedoch darauf eingelassen hatte, in Franzis Auto mitzufahren, fiel diese Option aus.

Franzis Freundinnen entsprachen ein und demselben Typus: um die vierzig, sportlich, nett und ein bisschen oberflächlich. Dass sie allesamt verheiratet waren und ein bis drei Kinder hatten, bestätigte Astrids Verdacht, dass Franzi tatsächlich keine anderen Lesben kannte. Tatsächlich war sie mit den dreien schon seit der Schulzeit eng befreundet.

Astrid fand zu ihnen wenig Zugang. Das lag nicht nur an den Themen, die diskutiert wurden und bei denen es um vermeintliche Schwächen und Entgleisungen anderer ging. Auch insgesamt fehlte es den dreien an Wortwitz und Eloquenz. Franzi, das hatte sie bereits bemerkt, war anpassungsfähig wie ein Chamäleon: während sie in der Klinik durchaus über Literatur und Musik zu diskutieren wusste, gerne mal ein Fremdwort einflocht und den Eindruck vermittelte, dass sie sich für mehr interessierte, beschränkte sie sich hier auf jenen kleinen Ausschnitt der Welt, den sie mit den Freundinnen teilte. Und das waren Ehernberg, der Ort, in dem Franzi aufgewachsen war und noch immer wohnte, und die Umgebung.

Es strengte Astrid nach kurzer Zeit an, den Diskussionen über Leute zu folgen, die sie sowieso nicht kannte. Ihre Gedanken glitten ab, wanderten. Mittags hatte sie den Brief, den sie an Hennies Elternhaus adressiert hatte, zurückbekommen. Ungeöffnet. In der vertrauten Handschrift hatte »Zurück an Absender« auf dem Kuvert gestanden. Der Briefträger hatte für die Retoursendung auch noch Nachporto von ihr verlangt.

Ungeöffnete Post, ungelesene Mails. Jeder Versuch, Dinge geradezurücken, prallte an dieser unsichtbaren Mauer ab. Nur das Geld, das sie freiwillig jeden Monat überwies, wurde gern genommen.

Die Anwältin hatte ihr von regelmäßigen Zahlungen genauso abgeraten wie von weiteren Kontaktversuchen, ebenso Silla, aber sie konnte nicht aufgeben. Es war nicht alles gesagt, was gesagt hätte werden müssen, im Rahmen der Gerichtsverhandlung aber plötzlich keine Rolle mehr spielte.

Wie beispielsweise Nicolette.

»Hast du eigentlich auch Kinder?«

Ein paar Sekunden verstrichen, ehe Astrid begriff, dass die Frage an sie gerichtet war. Rita, die Turnlehrerin, hatte sie gestellt – und erntete unter dem Tisch von Franzi einen kräftigen Tritt, was Astrid aufgrund der Enge nicht entging. Die anderen beiden Frauen machten Gesichter, als wäre der Katastrophenfall eingetreten. Astrid kombinierte folgerichtig, dass sie wohl vorab informiert waren, während Franzi es bei Rita wohl aus irgendwelchen Gründen nicht mehr geschafft hatte.

Sie suchte noch nach Worten, als Franzi ihr die Antwort schon abnahm. »Astrid war mit einer Frau zusammen und hatte eine Tochter. Die beiden sind bei einem Autounfall ums Leben gekommen.«

Nun war es also ausgesprochen.

Astrid war kurz versucht, etwas zu erwidern, ließ es aber sein. Rita senkte schuldbewusst den Kopf, während sie gleichzeitig ihre Hand ausstreckte – eine warme, herzliche Geste, mit der sie Astrid um Grade sympathischer wurde. Es tat gut, nicht nur mit Worten getröstet zu werden.

»Tut mir sehr leid, Astrid. Das wusste ich nicht ...«

Der Kellner kam zum rechten Zeitpunkt mit dem Essen. Sogleich drehte sich alles um den Schärfegrad der Jalapeños, den Knoblauchgehalt der Guacamole und die Knusprigkeit der Tacos. Astrid gab sich Mühe, sich ins Gespräch einzubringen. Es war besser, über Tacos zu reden als über den Unfall.

Als sie die Platten geleert hatten, entschuldigte sie sich kurz. Sie verschwand in Richtung Toilette, ging jedoch daran vorbei und vor die Tür. Frische Winterluft schlug ihr entgegen. Sie brauchte ein paar Minuten für sich, um zu begreifen, wie ihre sorgsam gewählten Worte und Formulierungen verstanden worden waren.

So hatte sie es nicht beabsichtigt.

Sie hatte sich doch nur selbst schützen wollen. Noch mehr

Selbstdemontage wäre mit Masochismus gleichzusetzen gewesen.

Sie ging ein paar Schritte zur Seite, als Zigarettenrauch ihr in die Nase stieg. In der Raucherecke links neben dem Eingang hatten sich zwei Männer Glimmstängel angezündet.

Astrids Blick fiel auf das Haus gegenüber. Auch hier war im Parterre ein Lokal untergebracht. Sie hatte einen flüchtigen Blick auf die Speisekarte am Eingang geworfen, als sie vom Parkplatz aus daran vorbeigegangen waren – ein vornehmer Schuppen, der Fisch- und Wildspezialitäten anbot. Sie brauchte weder das Sechs-Gang-Menü noch die edle Einrichtung, die durch die großen, hell erleuchteten Fenster erkennbar war. Doch im Vergleich zum überfüllten, lauten Mexikaner hätte sie sich in dieser Minute nichts mehr gewünscht, als dort Platz zu nehmen.

Ihr Blick fiel auf das Paar, das an einem der Zweiertische direkt am Fenster saß. Ein Mann im Anzug, mittleres Alter, konservativer Haarschnitt, dunkle Brille. Ihn hatte sie noch nie gesehen, sehr wohl aber die Frau, die ihm gegenüber saß, beim Lachen den Kopf in den Nacken warf und mit Genuss ihren Dessertlöffel abschleckte. Izzy Neuretter trug ihr Haar genauso wie bei ihrer Begegnung am Vortag: zu einer lockeren Aufsteckfrisur nach hinten frisiert. Diesmal hatten sich einzelne Strähnen daraus gelöst. Sie fielen ihr in die Stirn und ließen ihre Gesichtszüge weicher, fast kindlich wirken.

Ganz und gar nicht kindlich war ihr Dekolleté. Das Cocktailkleid gab beinahe mehr preis als es verbarg.

Sie hatte also ein Date.

Nichts mit ewig trauernder Witwe. Sonja irrte und Franzi lag richtig.

Astrid ärgerte sich ein bisschen darüber, dass auch sie nicht immun gegen das Getratsche war. Was gingen diese Frau und deren Liebesleben sie an?

Gerade, als sie sich abwenden wollte, um zu Franzi und den Frauen zurückzukehren, sah Izzy nach draußen – und direkt zu ihr herüber. Astrid fühlte sich unter diesem intensiven, eindringlichen Blick augenblicklich unwohl. Durchschaut.

Hastig flüchtete sie zurück ins Lokal.

*

»Tut mir leid, dass Rita dich so direkt darauf angesprochen hat. Sie hatte es irgendwie nicht mitgekriegt, als ich von dir erzählte.«

Astrid saß auf dem Beifahrersitz von Franzis Wagen und versuchte trotz der Dunkelheit zu erkennen, wo genau sie sich befanden. Noch immer fiel ihr die Orientierung in der neuen Heimat schwer.

»Schon okay.« Franzis Stimme hatte zu schuldbewusst geklungen, um nichts darauf zu erwidern. »Es sind normale Fragen, wenn man jemand kennenlernt: Was machst du beruflich, wie lebst du, was arbeitet dein Mann ... niemand kann etwas dafür, dass die Dinge bei mir im Moment nicht zum Smalltalk taugen.«

»Das taugen sie in unserem Fall ja nie, oder?« Franzi schmunzelte. »Ich meine, allein die Frage nach dem Partner ... oder ob man verheiratet ist.«

»Letzteres lässt sich inzwischen ganz komplikationslos beantworten – mit Ja oder Nein.«

»Ja, schon.« Franzi seufzte. »Aber du weißt, was ich meine. Wenn ich als Frau von *meiner Frau* reden würde, das würde nicht so einfach akzeptiert werden. Da gäbe es sicher haufenweise Schlaumeier, die gleich eine blöde Bemerkung dazu machen. – Aber vielleicht ist das in Berlin nicht so.«

Astrid überlegte, suchte nach Situationen, in denen sie mit der Formulierung angeeckt war. Fand keine.

»Ich denke, es liegt am Umfeld«, erwiderte sie. »Ich hatte zum Glück nie mit Homophoben zu tun. Und wenn jemand vielleicht doch Vorurteile hegte, hat er sich mir gegenüber zumindest höflich zurückhalten.«

»Na ja, so richtig schlimme Dinge habe ich hier auch nicht gehört. Aber diese blöden Sprüche ... so in der Art von *Dich hat ja bloß noch keiner richtig durchgevögelt* ... das kenne ich schon.«

Astrid fragte sich, was Franzi als schlimm bezeichnete, wenn sie diesen brutal klingenden Satz nur als dumme Bemerkung auffasste.

»Aber im Großen und Ganzen sind hier alle echt tolerant«, fuhr Franzi im Plauderton fort. »Bisher sind all meine Partnerinnen gut angenommen worden.«

»Wie hast du es denn geschafft, hier überhaupt eine kennenzulernen?«

Es war besser, über Franzis Beziehungen zu reden, als zu riskieren, dass in der Intimität der Autofahrt womöglich das Gespräch auf Hennie kommen würde.

»Internet«, kam prompt die Antwort. »Aber das ist halt zäh. Die meisten wohnen dann achtzig, hundert Kilometer weg. Bisher sind all meine Beziehungen an stundenlanger Fahrerei zerbrochen.«

Astrid konnte sich das gut vorstellen.

»Und du wolltest nie anderswo wohnen? In einer Großstadt, meine ich.«

Die Fahrerin hob die Schultern. »Ich hab wegen einer Ausbildung zwei Jahre in München gewohnt, aber da war die Szene auch nicht so der Hit. Ziemlich übersichtlich, wenig los. Das kannst du dir kaum vorstellen.«

»Oh doch.« Astrid schmunzelte. »Ich habe in München zu studieren begonnen und genau aus diesem Grund nach Berlin gewechselt.«

»Und kaum warst du in Berlin, ging's dann richtig ab«, schlussfolgerte Franzi, und Astrid ließ sie in dem Glauben. Dass sie auf der ersten Frauenparty ihres Lebens Hennie in die Arme gefallen war, und das nicht nur sprichwörtlich, musste die Kollegin nicht wissen.

Sie waren jetzt vor Astrids Haus angekommen. In der Wohnung unter ihr fiel noch Licht durch die Ritzen des Rollos. Ansonsten thronte der moderne Betonklotz wie eine unbelebte Festung am Hang – auch Franzi schaute wenig angetan.

»Sind da jetzt eigentlich schon alle Wohnungen vermietet?«

»Nein. Drei von den sechs stehen noch leer. Unterhalb von mir wohnt ein junges Paar, und den Typen, der angeblich neben mir wohnt, habe ich noch nie zu Gesicht bekommen.«

»Bei den Preisen, die diese Immobilienfirma verlangt, wundert mich das nicht.« Franzi betrachtete mit kritischem Auge den von der Straßenbeleuchtung erhellten Bau. »Wir haben ja eh schon alle Wetten abgeschlossen, ob das Flachdach überhaupt den ersten Winter übersteht.«

»Wie meinst du das?«

»Na, wegen der Schneelast. Warum glaubst du, dass wir traditionell hier Schrägdächer haben und die Häuser nicht so aussehen wie auf einer griechischen Insel? – Damit der Schnee abrutscht, natürlich. Manchmal ist es trotzdem zu viel. Dann muss die Feuerwehr rauf und das Dach freischaufeln.«

An solche Dinge hatte Astrid überhaupt noch nicht gedacht.

»Bei dem hier ist im Januar und Februar zweimal wöchentlich eine spezielle Firma aus München angerauscht, um das Dach freizuhalten«, fuhr Franzi jetzt fort. »Diese Extras müssen natürlich bezahlt werden, und das wirkt sich auf die eh schon hohen Mieten aus. – Aber du wirst schon nicht verarmen, oder?«

»Nein.«

Astrid hatte nicht vor, mit Franzi über ihr Gehalt zu diskutieren, auch wenn diese als Sekretärin der kaufmännischen Direktion wahrscheinlich sowieso Einblick in die Lohnabrechnung hatte. Sie holte sich ihre Tasche von der Rückbank und öffnete die Tür.

»Also. Danke für den netten Abend und das Fahren.« Sie

beugte sich zu Franzi und verabschiedete sich mit zwei Wangenküssen. »Gute Nacht.«

»Ich hoffe, dass ich dich öfter mal zu irgendeiner Unternehmung überreden kann.« Franzi zwinkerte ihr zu. »Vielleicht hast du ja mal Lust auf Pilates?«

»Pilates? Hat das die hiesige VHS im Angebot?«

»Aber nein!« Franzi schüttelte belustigt den Kopf. »Das kannst du bei uns in der Klinik machen, montagabends im Mehrzwecksaal. Und am Donnerstag ist Thai-Boxen. Das macht der Norbert, oder wenn der gerade Dienst hat, der Rudi von der Haustechnik. – Hat dir das etwa noch keiner gesagt?«

Astrid erinnerte sich nun vage, dass es bei der Vertragsunterzeichnung erwähnt worden war – unter dem Stichwort *Extras für Mitarbeiter*. Sie hatte der Liste weniger Beachtung geschenkt als der Überschrift, in der wie selbstverständlich nur die männliche Form zum Tragen kam.

»Jetzt weißt du's ja.« Franzi strahlte sie an. »Also, wenn du Lust hast …«

»Ich überlege es mir«, antwortete Astrid und meinte es auch so. Allmählich begann sie zu verstehen, weshalb sich alle an dieser Klinik – egal ob Sekretärin oder Oberärztin – so gut kannten und das Arbeitsklima durchwegs ziemlich gut war.

Vielleicht war es wirklich genau das, was sie im Moment brauchte: ein Umfeld, das sie aktiv einbezog.

Hangrutsch

Anfang März wurde es plötzlich warm. Das Thermometer sprang auf Höchstwerte von fünfzehn, sechzehn Grad. Frühlingsstimmung kam dennoch nicht auf, denn gleichzeitig regnete es, was der Himmel hergab.

Nach einem trübgrauen Wochenende, an dem sie von Franzi sowohl in die Therme in Bad Reichenhall als auch ins Kino verschleppt worden war, trat Astrid am Montag ihren ersten Nachtdienst an. Sie kannte sich inzwischen gut genug aus und die Schwestern, die gemeinsam mit ihr Dienst hatten, waren obendrein alte Hasen.

Während Astrid in Berlin auf der Station oft nicht gewusst hatte, was sie zuerst erledigen sollte, und nicht selten ohne eine einzige Stunde Schlaf zur Morgenbesprechung erschien, fragte sie sich hier alle paar Minuten, warum sie überhaupt anwesend sein musste. Es passierte die ganze Nacht ... nichts. Um Mitternacht legte sie sich im Dienstzimmer schlafen und erwachte am nächsten Morgen so fit und ausgeruht wie schon lange nicht mehr. Diese Matratze war eindeutig besser als die in ihrem eigenen Bett.

Zu ihrem großen Verdruss regnete es noch immer in Strömen. Der Plan, sich den von Franzi wärmstens empfohlenen Spazierweg von Schönau nach Berchtesgaden anzuschauen, fiel damit ins Wasser. Regelmäßige Bewegung tat ihr gut, Astrid hatte gehofft, sich so ablenken zu können.

Ich habe eindeutig zu viel Freizeit, sagte sie sich, als sie nach der Morgenbesprechung in ihr Auto stieg.

Du musst erst wieder lernen, mit Leerlauf umzugehen, hatte Silla einmal festgestellt. Damals hatte sie in Gedanken laut aufgelacht, so abwegig schien der Gedanke, überhaupt so etwas wie Langeweile empfinden zu können. Sie hatte sich immer zu beschäftigen gewusst.

Doch seit dem Unfall fehlten ihr für all das, was sie früher neben ihrer Arbeit am Krankenhaus, der Lehrtätigkeit an der Uni und ihren Vorträgen zuwege gebracht hatte, Kraft und Konzentration: Fachartikel begeisterten sie nicht mehr, jetzt wo sie nicht mehr in Forschung und Lehre eingebunden war. Sobald der Fernseher lief, wurde sie müde. Der Roman über den Untergang der Inka, den sie sich in einer Buchhandlung in Berchtesgaden gekauft hatte, verstärkte ihre latente Depression. Für sich allein etwas Aufwendigeres kochen war ihr die Mühe nicht wert.

Das einzige, was gegen die lähmende Langeweile und die damit einhergehenden Grübeleien und Selbstvorwürfe half, waren tatsächlich Sport und Bewegung.

Sie fuhr in Richtung ihrer Wohnung und fragte sich gerade, ob sie sich vielleicht bei einem Fitnessstudio anmelden sollte, als ihr das Aufgebot an Feuerwehr und Polizei ins Auge stach, das sich vor der Zufahrtsstraße zu ihrem Haus versammelt hatte. Ihr Puls beschleunigte sich. Einsatzfahrzeuge mit Blaulicht weckten unweigerlich schlimme Erinnerungen. Da sie ohnehin nicht vorbeifahren konnte, hielt sie an.

»Ist irgendetwas passiert? – Ich wohne hier.«

»Na ja.« Die Feuerwehrfrau, die sich zu ihrem Autofenster herunterbeugte, strich sich nachdenklich übers Kinn. »Jetzt wohl nicht mehr.«

»Bitte?«

Von bösen Vorahnungen ergriffen, stieg Astrid aus. – Entsetzt starrte sie auf die Überreste des Gebäudes, in dem sich ihr ganzes Hab und Gut befunden hatte. Ein schwarzes Erdloch tat sich dort auf, wo zuvor noch der letzte Schnee auf gelbbrauner Wiese gelegen hatte. Der vordere Teil des Gebäudes war mit dem Hang abgerutscht. Der hintere Teil stand noch und gab Einblick in die auseinandergerissenen Räume, als hätte eine Abrissbirne mitten in der Arbeit gestoppt. Astrid erkannte sogar ihr Schlafzimmer, aus dem ihr schmales Bett mit der miesen Matratze fast schon provokativ in den Regen ragte.

Sie rang nach Atem.

Erst jetzt fiel ihr eine Gruppe Schaulustiger auf, die Fotos von dem Unglücksort schossen. Nur die Polizei hinderte sie daran, noch näher heranzugehen.

»Ist …«, begann sie, doch ihre Stimme versagte.

Die Feuerwehrfrau erriet, was sie hatte fragen wollen.

»Nein, zum Glück war niemand im Gebäude. Das Ganze ist gegen sieben Uhr früh passiert – da waren wohl schon alle in der Arbeit.«

Oder *noch* in der Arbeit, ergänzte Astrid in Gedanken. Um sie herum drehte sich alles. Sie fühlte sich genauso wie damals, als sie den schmalen Frauenkörper unter der Decke auf dem Asphalt gesehen hatte. Ein Feuerwehrmann griff ihr unter die Arme, stützte sie.

»Jetzt kommen S' erst einmal mit«, sagte er in väterlichem Tonfall, während er sie in das Innere des Feuerwehrautos bugsierte und mit sanfter Gewalt auf die Bank drückte. »Das ist freilich ein Schock, aber sein S' froh, dass Ihnen nix passiert ist!«

Ohne zu fragen, zauberte er einen Flachmann hervor und füllte ein Schnapsglas. Er reichte es ihr, und Astrid, die normalerweise nie Hochprozentiges trank, leerte es in einem Zug.

Statt sie zu betäuben, bewirkte der Alkohol jedoch genau das Gegenteil: Ernüchtert stellte sie fest, dass sie gerade obdachlos geworden war. Wie sollte sie so schnell eine neue Wohnung finden?

Die Verzweiflung stand ihr wohl ins Gesicht geschrieben. Denn ihr fürsorglicher Helfer zückte prompt sein Diensthandy.

»Soll ich jemanden für Sie anrufen? Verwandte, Freunde, Bekannte? – Sie müssen ja jetzt irgendwo hin …«

Das Nein lag ihr schon auf der Zunge. Sie hatte doch niemanden, kannte niemanden gut genug, wollte sich nicht aufdrängen. Doch dann wurde ihr bewusst, dass es kein guter Moment war, um sich zu zieren. Sie brauchte Hilfe. Sie hatte kein Dach über dem Kopf, und sie stand kurz vor einem Nervenzusammenbruch.

»Das wäre nett«, sagte sie folglich und gab ihm eine Nummer.

*

Das spektakuläre Abrutschen des Betonklotzes füllte die lokalen Medien und lieferte reichlich Gesprächsstoff. Es verging kaum ein Tag, an dem Astrid nicht darauf angesprochen wurde – nicht nur von den Kollegen im Krankenhaus, sondern auch von wildfremden Leuten im Supermarkt oder auf der Straße.

»Sie sind doch die Frau, die in dem Haus da gewohnt hat?«, so begannen diese Gespräche meist und endeten damit, dass die Leute enttäuscht abzogen. Da sie zum Zeitpunkt des Unglücks nicht einmal in der Nähe gewesen war, wusste sie schließlich nichts Dramatisches zu berichten. Trotzdem wurde sie binnen einer Woche zur Lokalprominenz – was sie mal erheiterte, dann aber auch wieder abstieß.

Sonja und Harald Kainz hatten ihr im Gästezimmer Quartier gegeben. Denn Franzi, auf deren Hilfe Astrid als erstes gehofft hatte, lebte mit ihrer betagten Mutter zusammen. Die alte Dame sei etwas schwierig mit Besucherinnen, die über Nacht blieben, hatte sich Franzi entschuldigt. Für Astrid bedurfte es keiner näheren Erläuterung. Sie kannte das ja von ihrer eigenen Mutter.

Das Gästezimmer war eine vorübergehende Notlösung, Sonjas stetige Beteuerungen, sie solle sich ganz wie zu Hause fühlen, halfen da wenig. Es kostete Astrid unendlich Kraft, außerhalb dieses kleinen Rückzugsorts so zu funktionieren, wie es jeder erwartete. Sonja und Harald sollten nicht merken, wie düster es in ihrem Inneren aussah. Das Wochenende kam, und bereits am Samstagabend hatte sie das Gefühl, durchzudrehen. Einer von Sonjas Söhnen war mit seiner Freundin angereist. Sie teilten sich das einzige Bad im Haus nun zu fünft. Obendrein waren Sonja und ihr Mann sehr gesellige Menschen. Schon unter der Woche waren zweimal Bekannte zum Abendessen vorbeigekommen. Seit Freitagnachmittag herrschte im Hause jedoch ein stetiges Kommen und Gehen: Nachbarn, Verwandte, Arbeitskollegen, Freunde des Sohnes – zeitweise waren bis zu fünf, sechs Gäste zeitgleich im Hause.

Astrid schüttelte unzählige Hände, erzählte zum x-ten Male die Geschichte ihrer Obdachlosigkeit und hörte sich mindestens genauso oft die ungebetenen Gutachten sämtlicher einheimischen Hobby-Geologen an, die allesamt zu dem Schluss kamen, dass der Klotz auf diesem Untergrund eigentlich nie hätte gebaut werden dürfen. Sie stellte sich auf einen langwierigen Rechtsstreit zwischen Versicherungen, Bauherrn und Behörden ein. Dass zeitnah irgendwelche Entschädigungsgelder fließen würden, war reines Wunschdenken. Ihre Möbel waren dahin, und die wenigen persönlichen Dinge, die die Feuerwehr aus den Trümmern hatte bergen können, ruhten nun in fünf Umzugskisten im Keller der Familie Kainz.

Die Suche nach einer neuen Bleibe war bisher ergebnislos verlaufen. Jeden Tag studierte Astrid die Websites mit Immobilienangeboten in der Hoffnung, dass irgendetwas Neues auf dem Markt war. Aber das WG-Zimmer über einer Bar mitten in Berchtesgaden kam genauso wenig infrage wie das Sieben-Zimmer-Gehöft in der Schönau, für dessen horrende Miete Astrid fast zwei Drittel ihres Nettoverdienstes hätte aufbringen müssen. Zwei Wohnungen hatte sie sich angeschaut. Eine davon hätte ihr sehr zugesagt, doch der Vermieter entschied sich letztendlich für ein junges Ehepaar mit Kind. Bei der anderen hätte sie erst eine Küche und eine Duschkabine einbauen und Boden verlegen müssen. Für beides fehlten ihr im Moment Geld und Muße.

Als Franzi am Sonntagmorgen unangekündigt bei den Kainzens vorbeischaute und verkündete, sie hätte *die* Lösung, war Astrid an einem Punkt angelangt, an dem ihr alles recht war. Sie wollte sich einfach nur irgendwo zurückziehen können.

*

Erich Neuretter war das Gegenteil seines durchtrainierten jüngeren Bruders: sehr groß, massig, dunkler Teint und schwarzes Haar. Auf den ersten Blick wirkte er eher gutmütig, fast ein bisschen schwerfällig. Astrid ahnte, dass dieser Eindruck täuschte. Schließlich leitete Neuretter ein halbes Imperium an lokalen Unternehmen, wie sie von Franzi wusste.

»Es ist unser Elternhaus. Seit die Mama vor sieben Jahren verstorben ist, steht es leer. Wir haben es vorerst einfach so gelassen.« Sein Tonfall klang fast entschuldigend, als er die Tür des alten Bauernhauses aufsperrte. Ein Schwall modrige Luft kam ihnen entgegen, als sie sich quietschend öffnete. »Man müsste halt richtig investieren, dann könnte man sicher etwas daraus machen. Aber, tja …«

Er zuckte nur mit den Schultern. Astrid schlussfolgerte daraus, dass die Renovierung des Hauses für ihn keinerlei Priorität hatte.

Als sie ihm durch die Räume folgte, hatte sie das Gefühl, eine Zeitreise anzutreten. Die schweren Bauernmöbel in der Stube, die ganz offensichtlich der Hauptaufenthaltsort der Familie gewesen war, stammten aus dem 19. Jahrhundert, das durchgesessene Kanapee aus den 1920er Jahren. Die große Einbauküche mit ihren mattgrünen Kästen und den orangefarbenen Griffen war ein Relikt der 1970er, genauso wie jener große Raum, der wohl als Wohnzimmer gedacht gewesen war, mit seiner eingebauten Bar und der weitläufigen Wohnlandschaft jedoch unweigerlich an einen Partyraum erinnerte. Orange, Apfelgrün und Braun dominierten Wände und Vorhänge. Irgendwann musste dieses Zimmer der letzte Schrei in Sachen Innenausstattung gewesen sein.

Im ersten Stock waren die Zimmer großteils leer. In zwei Zimmern standen hölzerne Einzelbetten ohne Matratzen. Nur das frühere Elternschlafzimmer war möbliert – mit einem riesigen Bett aus dunklem Vollholz und einem gewaltigen Kleiderschrank im selben Stil. Das Bett war mit einer durchsichtigen Plastikfolie abgedeckt. Darunter erkannte Astrid eine Matratze, die aus drei getrennten Teilen bestand – etwas, das sie bisher nur in alten Filmen gesehen hatte. Über dem Bett hing ein massives Holzkreuz mit blutendem Jesus, und Astrid fragte sich unweigerlich, welche Art von Sex hier möglich gewesen sein mochte.

»Die Mama ist sehr an ihren alten Sachen gehangen«, erläuterte Neuretter. »Wir wollten schon vor zehn Jahren renovieren, damit sie es schöner hat, aber sie hat sich bis zuletzt geweigert. Deshalb ist auch immer noch keine neue Heizung eingebaut.«

Astrid deutete auf die Rippen unter den Fenstern.

»Aber sie funktioniert, oder nicht?«

»Theoretisch schon.« Neuretter kratzte sich am Kinn. »Also wenn Sie warm duschen wollen, sollten Sie tagsüber lieber mit dem Kachelofen heizen. Warmwasser plus Heizung – das packt die Anlage nicht.«

Es ist nur vorübergehend, rief Astrid sich in Erinnerung. Bis ich etwas anderes gefunden habe.

»Brennholz ist jedenfalls genug da.« Neuretter wies in Richtung Scheune, die sie zuvor hinter dem Haus entdeckt hatte. »Und in der Waschküche gibt es auch eine Waschmaschine.«

Sie standen noch immer im ersten Stock. Astrid trat ans Fenster und sah hinaus auf die schmale Straße, die sich parallel zur Ache entlangzog. Vom Ortskern aus war sie ihr gut eineinhalb Kilometer gefolgt, vorbei an den Einfamilienhäusern. Eine Zeit lang hatte es rechterhand nur das Felsmassiv gegeben, das als Ausläufer des Untersberges fast schon bedrohlich in die Straße ragte, und links die satten, feuchten Wiesen mit dem Flussbett. Als sie vorhin aus dem Auto gestiegen war, hatte sie als allererstes nur das Rauschen des kleinen Flusses gehört, der nach der österreichischen Grenze in die Salzach mündete. Es war ein in seiner Monotonie angenehmes Geräusch gewesen.

»Und diese Straße wird bei Schneefall geräumt?« Ein freier Weg zur Arbeit musste sichergestellt sein, Idylle hin oder her.

»Da machen Sie sich mal keine Sorgen«, beruhigte Neuretter sie. »Am Ende der Straße liegen ja mein Haus, das Kieswerk und die Firma. Es ist dafür gesorgt, dass man problemlos durchkommt.«

»Am Ende der Straße?« Astrid deutete auf das große, eindeutig neu gebaute Gehöft im regionaltypischen Stil, das auf der anderen Seite der Ache stand und über eine ebenfalls sehr neu wirkende Holzbrücke erreichbar war. »Ich dachte, Sie wohnen gleich da.«

»Nein.«

Einen Moment lang schien es so, als würde er es bei dieser knappen Antwort belassen. Dann überlegte er es sich anders.

»Da wohnt eine Verwandte von uns. Izzy. Sie haben vielleicht schon von ihr gehört. Das Verhältnis zwischen uns ist ... na ja ... eher angespannt. Sie ist ... ein bisschen schwierig. Gehen Sie ihr lieber aus dem Weg.«

Eine wunderbare Nachbarschaft, dachte Astrid mit leichtem Sarkasmus.

Egal. Sie würde mit dieser Frau nichts zu tun haben, und in ein, zwei Monaten würden die jetzt so kahlen Laubbäume, die an der Grundstücksgrenze entlang der Ache standen, den direkten Blick auf das Haus gegenüber sowieso verdecken.

»Gut«, sagte sie daher. »Danke für das Angebot, einstweilen hier zu wohnen. Ich nehme es gerne an. – Setzen wir uns gleich wegen des Mietvertrags zusammen?«

Neuretter schmunzelte.

»Mietvertrag? – Brauchen wir nicht! Wir besiegeln das mit einem Handschlag. Bei Ihnen, liebe Frau Doktor, gehe ich ja nicht davon aus, dass Sie mich um die Miete prellen. Sie sind ja keine polizeibekannte Kriminelle.«

Astrid biss sich auf die Lippen.

Hast du eine Ahnung, dachte sie bitter.

*

»Na also! Sieht doch schon viel freundlicher aus.«

Franzi stand auf den alten Zeitungen, mit denen sie den Boden des Schlafzimmers ausgelegt hatten, und schaute mit zufriedenem Gesichtsausdruck auf die frisch gestrichenen Wände. Astrid musste ihr recht geben. Das Gelb, mit dem sie die altmodische roséfarbene Blümchentapete übermalt hatten, ließ den Raum gleich lebendiger und wärmer wirken. Selbst die klobigen dunkelbraunen Möbel sahen nicht mehr gar so spießig aus.

Es war nicht ihre Idee gewesen, etwas an den Räumlichkeiten zu verändern, sondern Franzis. Mit Vehemenz und Hartnäckigkeit hatte sie darauf bestanden, an diesem Samstag gemeinsam zum Baumarkt zu fahren. Astrid hatte schließlich nachgegeben.

»Wenn du jetzt noch das Parkett abschleifst und neue Möbel reinstellst, sieht es richtig gut aus.« Franzi grinste. »Immerhin hast du den Jesus gleich entsorgt. Den fand ich als Kind schon megagruselig, wenn ich bei meiner Tante und meinem Onkel war!«

»Als Kind? Du warst in ihrem Schlafzimmer?«

Auch wenn Franzi von *Tante* und *Onkel* sprach, wusste Astrid inzwischen, dass Franzis verstorbener Vater lediglich einer von vielen Cousins des alten Neuretter gewesen war.

»Ja, ich bin sogar sehr oft hier gewesen. Mein Vater hat im Kieswerk gearbeitet, meine Mutter im Gasthof. Als Einzelkind war mir allein zu Hause langweilig, also war ich fast jeden Tag hier. Tante Berta hat hier zu Weihnachten immer die Plätzchen aufbewahrt.« Franzi deutete auf den gewaltigen Schrank. »Da oben, in großen Blechdosen. Vor Heiligabend durfte keiner naschen. Aber natürlich hat uns ihr Verbot nicht davon abgehalten, es trotzdem zu tun.«

»Dich, Robert, Norbert und Erich?«

»Ja ...« Franzi zögerte kurz. »Und Niklas. Norberts Zwilling.«

Diesen Ungustl, der seit dem Zusammenstoß in der Umkleide nur noch das Nötigste mit ihr sprach, gab es quasi doppelt? – Astrid fröstelte unwillkürlich.

»Niklas ist als Kind beim Baden in der Ache ertrunken«, fügte Franzi hinzu. Nach einer bedeutungsvollen Pause ergänzte sie: »Izzy hat ihn so lange unter Wasser getaucht, bis er sich nicht mehr regte.«

»Was?« Astrid fiel vor Schreck der Pinsel aus der Hand. Er landete direkt auf ihrem Turnschuh und hinterließ einen sattgelben Fleck. »Du ... willst damit sagen, Izzy hat ein Kind umgebracht?«

»Na ja, sie war damals selbst noch ein Kind.« Franzi hob die Schultern. »Die Polizei war natürlich da und hat mit allen gesprochen, die dabei waren. Aber was willst du da schon für Aussagen erwarten? Es waren ja lauter Kinder ... Robert war mit neun Jahren der Älteste und Izzy eben erst sieben. Noch nicht annähernd strafmündig. Die Polizei legte das als Badeunfall ad acta. Richtig Ärger bekam nur Izzys Mutter.«

»Wieso?«

»Weil sie als Kindermädchen der Neuretter-Söhne die Aufsichtspflicht hatte. Doch sie war wohl kurz ins Haus zurückgegangen – behauptete sie jedenfalls. Man konnte Kate nie das Gegenteil nachweisen. Natürlich haben mein Onkel und meine Tante ihr nie verziehen. Meine Tante hatte sie ja eh auf dem Kieker ... weil doch jeder wusste, dass mein Onkel mit der Kate eine Affäre hatte. Nach dem Unglück ist sie wieder zurück nach

England gegangen. Wir haben lange nichts mehr von ihr und Izzy gehört – bis Robert dann begonnen hat, dort drüben«, sie deutete auf das Gehöft am anderen Ufer, »zu bauen. Und bald kam dann raus, dass er schon seit Jahren mit Izzy verheiratet ist – mit seiner Halbschwester, die noch dazu seinen Bruder ertränkt hat! Ich kann dir sagen, das war über Wochen Gesprächsthema Nummer Eins hier!«

Daran bestand für Astrid kein Zweifel. Etwas aber wunderte sie.

»Wieso um alles in der Welt wollten die beiden überhaupt wieder hierherziehen? Die mussten doch wissen, was sie erwartet.«

»Der alte Neuretter war tot, und alles andere war Robert völlig egal. Er war so ein Typ, der sich nie um fremdes Urteil scherte. Der zog einfach sein Ding durch.«

Täuschte sie sich oder schwang in Franzis Stimme leise Bewunderung mit? »Mochtest du ihn?«

»Robert? – Hmm.« Franzi schien überlegen zu müssen. »Ja. Eigentlich schon. Ich meine, wir gingen in dieselbe Klasse und spielten nachmittags miteinander. Ich habe mir eigentlich nie Gedanken darüber gemacht, ob ich ihn mochte. Er war eben einfach da.«

»Und an dem Tag, als dieser Badeunfall geschah ... warst du da auch mit dabei?«

»Nein. Ich lag daheim im Bett und habe mich von meiner Mandel-OP erholt.«

Astrid sah hinunter auf ihren Schuh. Der Farbfleck begann bereits zu trocknen.

»Ich geh mal kurz runter in die Waschküche«, informierte sie Franzi. »Wenn ich zurückkomme, können wir die Zeitungen und Folien entfernen und mit Farbe nachbessern, wo es nötig ist.«

»Klar. Bring zwei Bier mit, wenn du schon unten bist.« Franzi grinste. Was sie da gerade alles erzählt hatte, berührte sie deutlich weniger als Astrid. »Das haben wir uns verdient!«

Astrid war von der Geschichte noch immer komplett benommen, als sie mit einer eiskalten Bierflasche, einer Coladose und einem Müllsack zurückkam. Ein Teil von ihr hoffte, dass Franzi nicht mit weiteren Gruselgeschichten über die Nachbarin aufwarten würde. Andererseits würde sie Franzi nicht daran hindern, noch mehr über die schicksalhaften Verkettungen und Unglücksfälle rund um Izzy zu erzählen. Denn auf eine gewisse Weise faszinierte die Frau sie.

»Die andere Matratze tauschst du aber auch noch aus, oder?« Franzi hatte die schützende Plastikfolie inzwischen vom Bett entfernt und schaute auf die zwei ungleichen Seiten. Während Astrid die, auf der sie schlief, gleich mit einem neuen, rückenfreundlichen Modell ausgestattet hatte, lag auf der anderen noch das dreiteilige Ungetüm der alten Eigentümer.

»Nein. Erstens habe ich nicht vor, hier lange zu wohnen, zweitens …« Sie unterbrach sich selbst, suchte nach einer Formulierung, die neutral klang, um Franzi nicht zu tiefen Einblick in ihre zerbrochene Seele zu gewähren. »Zweitens habe ich keinen Übernachtungsgast.«

»Noch nicht.« Franzi schenkte ihr ein gewinnendes Lächeln, und Astrids Magen zog sich zusammen.

Nicht das schon wieder.

Franzi schien ihre Gedanken zu erraten.

»Sorry, so habe ich es nicht gemeint. Wenn ich nicht dein Typ bin …«

»Darum geht's nicht.« Astrid fühlte sich schäbig, obwohl sie sehr genau wusste, dass es nicht ihre Schuld war, wenn Franzi sich Hoffnungen machte. Sie hatte sie nie ermutigt. Sie setzte sich auf die Bettkante und winkte ihre Malergehilfin zu sich.

»Meine letzte Beziehung war sehr eng und intensiv«, sagte sie, als Franzi neben ihr Platz genommen hatte. Es war das erste Mal, dass sie mit jemandem außer Silla so offen über die Zeit mit Hennie sprach. »Wie du weißt, endete es in einer Tragödie. Ich bin darüber noch lange nicht hinweg, werde es vielleicht auch nie sein. Mich emotional neu einzulassen, liegt ehrlich gesagt außerhalb meiner Vorstellungskraft.«

Alles, was sie sagte, entsprach der Wahrheit. Dafür, dass Franzi oder irgendjemand mehr hineininterpretiert, kann ich nichts, beruhigte Astrid ihr schlechtes Gewissen.

»Ich wünschte, ich könnte das mal sagen«, seufzte Franzi. »Ich meine, dass ich mal so eine Liebe erlebt hätte. Meine Beziehungen halten ja nie besonders lange.«

Kein Wunder bei einer Vierzigjährigen, die noch immer in ihrem Kinderzimmer haust, ging es Astrid durch den Kopf. Sie konnte sich vorstellen, dass andere Frauen ähnlich dachten. Doch das war nicht ihre Angelegenheit. Sie drückte Franzi die Bierflasche in die Hand und öffnete für sich selbst das Cola.

»Prost – und danke für deine Hilfe.«

Sie nahmen beide einen tiefen Schluck.

»Trinkst du kein Bier? Ich habe extra zwei Flaschen mitgebracht!«

»Ich vertrage das nicht. Cola ist gut.«

Nach dem Arbeitseinsatz wirkte das koffeinhaltige Getränk wie ein Energiebooster. Astrid fühlte sich gleich frischer.

Gerade wollte sie mit dem Aufsammeln der Zeitungen beginnen, als Franzi erneut das Wort ergriff. Das Thema war für sie anscheinend noch nicht beendet.

»Und Sex? Vermisst du da nichts?«

Astrid antwortete nicht sofort.

Frigide. Leidenschaftslos.

Sie hörte Hennies Stimme in ihrem Kopf. Hörte die Rechtfertigungen für etwas, das nicht hätte sein dürfen. Das sie herunterspielte wie eine Bagatelle, ja, als die logische Konsequenz von Astrids sprödem Verhalten verkaufte.

Verklemmt. Affäre. Bedürfnisse ausleben.

Astrid nahm einen weiteren kräftigen Schluck Cola, so als hoffte sie, ihre Erinnerungen wegspülen zu können. Es gelang nicht. Der Stachel, der immer noch in ihrem Brustkorb saß, bohrte sich tief in ihr Herz und ließ es bluten. Trotzdem musste sie eine Antwort finden, mit der sich Franzi zufrieden geben sollte.

»Für mich ist Sex ohne Liebe vollkommen unvorstellbar. Insofern zerbreche ich mir darüber nicht den Kopf.«

»Wenn's nur eine Kopfsache wäre.« Franzi seufzte wieder. »Aber eigentlich ist es keine. Es ist ... etwas Triebhaftes. Jeder Mensch sehnt sich irgendwann danach.«

Und genau das ist der Unterschied zwischen mir und dem Rest der Welt, dachte Astrid. Während alle verrückt danach sind, lese ich lieber einen Fachartikel.

Hennie hatte recht gehabt: Mit ihr stimmte da irgendetwas nicht. Das allerdings vor ihrer beider Tochter ausdiskutieren zu müssen – ging erheblich zu weit.

Astrid erhob sich und öffnete die Fenster.

»Mir wird von dem Farbgeruch allmählich übel«, erklärte sie der sichtlich verdutzten Franzi, die offenbar nicht damit gerechnet hatte, dass ihre Diskussion ein so schnelles Ende fand.

Garagengeist

Tage, an denen Astrid sich besser fühlte, und Tage, an denen sich unter ihr ein alles verschlingender Abgrund auftat, wechselten sich ab. Ablenkung half, allerdings nur, wenn sie von außen kam. Ihre Bekanntschaft mit Franzi war inzwischen in eine lose Freundschaft übergegangen, die enger hätte werden können, doch Astrid ließ dies nicht zu.

Silla war es damals gelungen, ihre Mauern zu durchbrechen, allerdings waren da die Voraussetzungen auch besser gewesen. Sie hatten sich einmal die Woche treffen *müssen*. Franzi dagegen konnte Astrid aus dem Weg gehen, wenn ihr nicht nach Gesellschaft war.

Sonja und Harald waren gute Bekannte geworden, die sie gelegentlich zum Essen einluden. Obwohl sie oft lieber absagen und sich verkriechen wollte, tat sie es nie, um die netten Kainzens nicht vor den Kopf zu stoßen. Und auch, weil das Ehepaar und dessen Umfeld jene intellektuelle Komponente bot, die sie bei Franzi vermisste. Franzi wusste viel zu erzählen und konnte sehr witzig sein. Doch Franzis Welt war verhältnismäßig klein und die Tatsache, dass sie stets mehr über andere Leute redete als über eigene Interessen, störte Astrid manches Mal so sehr, dass sie einige Tage verstreichen ließ, bis sie wieder zu einem Treffen bereit war.

Die wechselnden Dienste an der Klinik waren zur Routine geworden. Bisher war ihr noch kein einziger spannender Fall untergekommen. Manchmal fühlte sie sich unausgefüllt, unbefriedigt. Es machte sie nervös, dass ihr Wissen nicht benötigt wurde. Dann aber rief sie sich in Erinnerung, dass sie doch genau das gewollt hatte: eine Stelle, die ihr ermöglichte, zu sich selbst zu finden.

Dennoch sah Astrid sich diesem Ziel ferner denn je. Vor dem Unfall war sie eine angesehene, in Fachkreisen äußerst bekannte Schmerzspezialistin gewesen. Habilitiert wie so viele an der Charité, ihrer langjährigen Wirkungsstätte, mit einer Dozentenstelle an der Uni, mit über hundert Publikationen in namhaften medizinischen Journalen und untadeligem Ruf.

Gemeinsam mit diesem Ruf waren ihre Karriere und ihr Status in die Brüche gegangen. Und da sie sich ihr ganzes bisheriges Leben lang in erster Linie über Erfolg definiert hatte – schon in der Schule, dann an der Uni und später im Job –, war sie sich inzwischen selbst zu einer Fremden geworden. Wofür interessierte sie sich eigentlich? Was machte ihr Freude? Worüber konnte sie lachen? Was gab ihr Antrieb, abseits ihrer Tätigkeit als Ärztin?

Der März war bald um, der Schnee geschmolzen, die Ache laut und reißend. Manchmal stand sie minutenlang am offenen Schlafzimmerfenster und hörte dem Rauschen des Wassers zu, als fände sie darin die Antworten auf ihre Fragen. Sie gab es auf, im Internet nach Immobilien zu suchen. Dass sie in einem alten, baufälligen Haus wohnte, machte ihr nichts mehr aus. An das Knarren der alten Holzbalken und das Klappern der renovierungsbedürftigen Doppelfenster hatte sie sich gewöhnt, und die Zentralheizung fehlte ihr nur dann, wenn sie nach dem Dienst ins kalte Haus zurückkam. Sobald sie den Kachelofen in der Stube angeschürt hatte, wurde es so warm, dass sie es nur noch im T-Shirt aushielt.

Im April kam die Sonne, es grünte und blühte. Wie sie erwartet hatte, beschränkte das frische Blätterwerk ihren freien Blick, was sie bedauerte. Ein paarmal hatte sie bis dahin im Dunkeln gestanden und die Bewohnerin des gegenüberliegenden Hauses in ihrem hell erleuchteten Wohnzimmer beobachtet, wie sie mit konzentrierter Miene am Laptop saß, an einem Glas Wein nippte oder die zwei großen Zimmerpalmen goss, die vor der stilvollen Wohnlandschaft platziert waren.

Astrid wusste selbst nicht, warum Izzy sie so interessierte. Sie kannte die Frau schließlich nicht. Trotz ihrer Nachbarschaft hatte sich daran nichts geändert. Wenn sie zufällig aneinander vorbeifuhren, grüßte keine von beiden. Astrid war auch nicht versessen darauf, sie kennenzulernen. Das, was Franzi ihr berichtet hatte, war einfach zu befremdlich gewesen.

Am Mittwoch nach Ostern stand sie einmal mehr am Rande des ihr so vertrauten Abgrunds. Kollege Norbert hatte sie wegen einer Kleinigkeit bloßgestellt, einer banalen Behandlungsformalität. Da niemand sie vorab darauf hingewiesen hatte, konnte sie es nun mal nicht wissen. Seine Bemerkung vor der gesamten Mannschaft hatte sie mit einer frostigen Erwiderung abgetan, gekränkt hatte es sie aber dennoch. Sie war schließlich nicht der Mensch, der Fehler machte!

Gefrustet über den Zwischenfall hatte sie sich ins Dienstzimmer zurückgezogen, um ihre Befunde und Entlassungsbriefe zu diktieren. Danach tat sie etwas, was noch nie bewirkt hatte, dass sich ihre Stimmung aufhellte: Sie rief Simones Social-Media-Profile auf. Es gab sie noch immer, auch wenn Astrid längst keinen Zugang mehr besaß. Die Fotos auf den öffentlichen Titelseiten zeigten Simone mit einem kinnlangen Bob im sanften Naturbraun, nicht mit ihren schrecklichen blauen Strähnen im blondierten Haar. Simone sah reifer aus auf diesen Fotos, erwachsener, nachdenklich.

Mehr denn je wünschte sich Astrid, dass sie ihr einfach eine Nachricht schreiben könnte – und eine Antwort bekäme. Dass dies nicht passieren würde, trieb ihr die Tränen in die Augen. Sie sah sich wieder im Auto sitzen, hörte Hennies Worte, die auf sie niedergingen wie Peitschenhiebe, fühlte schon den Türgriff in ihrer Hand, hörte Simone auf der Rückbank schreien. Erstmals wurde ihr bewusst, dass sie Simone inzwischen mehr vermisste als Hennie. Ein gutes Zeichen? – Als Astrid nach Dienstende gegen halb elf Uhr nachts in ihr Auto stieg, war sie sich dessen noch immer nicht sicher.

Bereits auf der Fahrt Richtung Ehernberg fiel ihr auf, wie windig es war. Die Bäume seitlich der Straße bogen sich, Blätter wehten über die Spur. Der Himmel war mit dicken, schwarzen Wolken verhangen. Gleichzeitig war es für eine Aprilnacht erstaunlich warm.

Sie bog in den Achenweg ein. Von der Baustelle am Anfang der Straße hatte sich eine Plastikplane gelöst, die nun knapp vor ihrem Auto über die Fahrbahn flatterte und im Gestrüpp hängen blieb. Irgendwo schepperte etwas. Sekundenlang hellte ein Blitz den Himmel auf, gefolgt von einem bedrohlichen Donnergrollen.

Mein erstes Gewitter hier in den Bergen, ging es Astrid durch den Kopf. Sie steuerte den Polo in die Einfahrt und unter die alte Kastanie neben dem Haus. Doch als sie ausstieg, hörte sie einen Ast knacken und war sich plötzlich unsicher, ob ihr Stammparkplatz für diese Nacht eine gute Wahl war – ein demoliertes Auto fehlte ihr gerade noch.

Im März hatte sie ein paarmal in der alten Scheune geparkt, um am nächsten Morgen keine vereisten Windschutzscheiben freikratzen zu müssen. Allerdings war das Scheunentor mit einem Vorhängeschloss gesichert. Der Schlüssel lag im Haus.

Die ersten schweren Tropfen fielen. Wieder blitzte es. Mit einem unterdrückten Fluch auf den Lippen lief Astrid quer über den Schotter zur Haustüre. Sie machte Licht, angelte sich den Schlüssel vom Schlüsselbrett, und rannte zurück zum Wagen. Sie hatte ihn noch nicht erreicht, als ein heftiger Windstoß über den Hof fegte. Hinter ihr krachte es. Ruckartig drehte sie sich um, von böser Vorahnung ergriffen. Es war die Haustüre, die sie offen gelassen hatte, damit sie schnell wieder hineinhuschen konnte. Sie war ins Schloss gefallen.

Und ihre Handtasche mit dem Schlüssel war drinnen.

Sie ballte die Hände zu Fäusten, war nahe daran, einfach nur zu schreien. Warum musste ihr auch so etwas passieren! Und warum ausgerechnet mitten in der Nacht, während die Welt quasi unterging?

Wieder blitzte es, wieder folgte Donner – diesmal lauter als die beiden Male zuvor. Der Regen peitschte Astrid ins Gesicht, als sie das schwere Scheunentor zur Seite schob. Mit nassen, klammen Fingern fuhr sie den Wagen in die Scheune.

Ein paar Minuten lang verharrte sie hinter dem Lenkrad, bemüht, einen klaren Gedanken zu fassen. Was tun?

Einen Schlüsseldienst zu rufen, scheiterte daran, dass auch ihr Handy in der Tasche steckte. Zudem war sie sich nicht einmal sicher, ob es hier überhaupt einen 24-Stunden-Dienst gab.

Erich Neuretter hatte sicherlich einen Ersatzschlüssel. Sein Haus lag am Ende des Achenwegs – fast zwei Kilometer dorfauswärts. Mit dem Auto ein Katzensprung, doch das Unwetter hielt Astrid davon ab, wieder loszufahren. Sie war die Straße einmal tagsüber entlanggegangen. Neuretters Haus lag ganz hinten beim Kieswerk. Dazwischen gab es nur noch das Bergmassiv, die Spuren von Murenabgängen und Gesteinslawinen waren unübersehbar. Die Vorstellung, die schlecht beleuchtete, kurvige Straße an dem schäumenden Fluss entlangzufahren und letztendlich unter einer Schlamm- und Steinlawine begraben zu werden, ließ sie schaudern. Außerdem war es mittlerweile viertel nach elf Uhr nachts, Neuretter würde sich über ihren Besuch bestimmt nicht freuen!

Sie bereute, das nicht zumindest eines der unteren Fenster geklappt war. Viele Einheimische schlossen nicht mal ihre Haustüren ab, wenn sie kurz zum Einkaufen fuhren. In ihr steckte halt immer noch die Großstädterin.

Schließlich stieg Astrid aus und sah hinaus in den Regen. Die in immer kürzeren Abständen niederzuckenden Blitze tauchten den Hof in ein gespenstisches Licht. Jedem Donner folgte ein fast noch gewaltigeres Echo, hervorgerufen durch die Felswände der Berge. Ein Gewitter hier sei nicht zu vergleichen mit einem Gewitter im Flachland, hatte sie irgendwo gelesen. Jetzt erlebte sie es selbst. Es war gewaltig, bedrohlich und unheimlich.

Ein Rascheln im Dunkel der Scheune, dort, wo die alten

Landmaschinen vor sich hinrosteten, ließ sie zusammenzucken. Eine Maus oder Ratte, versuchte sie sich zu beruhigen. Im selben Moment erklang dicht hinter ihr ein heiserer Laut. Es war kein richtiges Bellen, kein Fauchen, sondern ein undefinierbares Geräusch, das ihren Atem flacher werden ließ und ihren Herzschlag beschleunigte. Im Lichtkegel der Glühbirne, die nur den vorderen Teil der Scheune beleuchtete, sah sie einen Schatten. Ihr Herz blieb fast stehen. Ein Wolf. Sie befand sich mit einem Wolf auf engstem Raum!

Kopflos rannte sie hinaus in den Regen, voller Panik, dass ihr das Tier nachsetzen würde. Erst, als sie vorm Haus auf der Straße stand, hielt sie kurz inne. Ihre Jeans war inzwischen triefend nass, genauso wie ihre Haare. Die leichte Übergangsjacke fühlte sich innen schon klamm an.

Durch die Blätter der Laubbäume sah sie, dass im Haus gegenüber Licht brannte. Da schmiss Astrid sämtliche Vorbehalte über Bord und rannte über die glitschige Holzbrücke zur Haustüre. Gerade als sie ihre Hand auf den Klingelknopf legte, erschütterte ein ohrenbetäubender Donner die Szenerie. Nun war es soweit, dachte Astrid, die Welt hatte sich aufgetan, um sie zu verschlingen.

»Ja?«

Izzy Neuretter stand im Türrahmen, das blonde Haar zu ihrer üblichen lockeren Frisur nach hinten gesteckt, in Jeans und einem übergroßen, grellpinken Sweatshirt. Ihre blauen Augen waren fragend auf die triefend nasse Astrid gerichtet.

»Ich … ich habe mich ausgesperrt. Mein Handy ist im Haus … ich kann niemanden anrufen, und …«

Astrid brach ab, als sie den Blick ihrer Nachbarin sah. Statt Mitleid und Verständnis entdeckte sie etwas, was sie nur als unterschwellige Erheiterung interpretieren konnte.

»Und?«, fragte Izzy nun auch noch in einem Tonfall, der zu freundlich klang, um der Situation gerecht zu werden.

Was werde ich schon wollen, du Soziopathin. Ein Dach über dem Kopf und ein Telefon wären ein guter Anfang.

Astrid zwang sich, freundlich zu bleiben.

»Es wäre sehr nett, wenn ich Ihr Telefon benutzen dürfte.«

»Selbstverständlich.«

Die Antwort überraschte sie genauso wie die Tatsache, dass Izzy keine Anstalten machte, sie ins Haus zu bitten. Stattdessen verschwand sie kurz und kam mit einem Handy wieder.

»Bitte sehr.«

Mit vor der Brust verschränkten Armen lehnte sie im Türrahmen, während Astrid auf das Smartphone in ihrer Hand starrte wie auf einen Fremdkörper.

Schlüsseldienst. Franzi. Oder Sonja?

Wen konnte sie schon um diese Uhrzeit inmitten eines Unwetters anrufen und um Hilfe bitten?

»Ich …« Astrid schluckte. »Kann ich nicht bei Ihnen am Sofa übernachten und mich morgen darum kümmern? – Bei dem Wetter kommt doch sowieso keiner hierher!« Sie war selbst geschockt über ihren plötzlichen Mut.

Izzy blinzelte. Sie wirkte völlig verblüfft.

»Nein, natürlich nicht«, erwiderte sie dann in demselben freundlichen Tonfall wie zuvor. »Setz dich in dein Auto, nimm dir ein Hotelzimmer. Im *Edelweiß* in Berchtesgaden ist die Rezeption rund um die Uhr besetzt. Da kümmert man sich sicher gerne um dich.«

Ein neuer Blitz erhellte den Himmel. Auch wenn Astrid jetzt unter dem Vordach und damit im Trockenen stand, glaubte sie Wind und Regen auf ihrer Haut zu spüren.

»Ohne Kreditkarte wohl kaum«, erwiderte sie sarkastisch. »Die liegt nämlich auch im Haus. Und mit dem Auto fahre ich heute nicht mehr. In meiner Scheune … Garage … ist irgendetwas.«

»Huch!« Izzy fasste sich mit einer theatralischen Geste an den Oberkörper. »Der Geist von Berta Neuretter etwa?«

»Finden Sie das lustig?«

»Nein.« Izzy wurde schlagartig ernst. »Ich verstehe nur nicht, dass ich um diese Uhrzeit rausgeklingelt werde, um deine Probleme zu lösen, Schätzchen. Das alles geht mich nämlich überhaupt nichts an – weder dein Schlüssel, noch dein Garagengeist. Frag doch deinen Vermieter, ob du bei ihm übernachten kannst.«

Und ohne ein weiteres Wort schloss sie die Haustür.

Auf Fassungslosigkeit folgte bei Astrid blanke Verzweiflung.

Ihr Leben war ihr entglitten. Immer wenn sie glaubte, den Tiefpunkt erreicht zu haben, ging es noch weiter bergab. Der Unfall, das abgerutschte Haus ... und jetzt das hier.

Sie hatte nie daran geglaubt, dass es so etwas wie einen Gott gab, bekam da aber allmählich Zweifel. Irgendeine höhere Macht setzte alles daran, sie für ihr Vergehen zu bestrafen! Lebenslänglich.

Sie verharrte unter dem Vordach, während ihr die feuchtnasse Kälte allmählich in die Glieder kroch und ihr jegliche Kraft raubte. Das Gewitter war allmählich auf dem Rückzug. Der Regen blieb.

Astrid dachte an den Abend, als sie durch den Stau geirrt war. Auch damals hatte es geregnet. Sie hatte sich ähnlich hilflos und verzweifelt gefühlt, als sie nach Hennie und Simone suchte und stattdessen ...

»Na schön. Komm halt rein, ehe du vor meiner Haustüre erfrierst.«

Die Stimme, in der jetzt deutlich Resignation mitschwang, riss sie aus ihren Erinnerungen. Izzy, die wieder im Türrahmen erschienen war, trat zur Seite und gab ihr den Weg frei.

Im geräumigen Eingangsbereich empfingen sie Wärme und Licht. Mit steifen Fingern schnürte Astrid ihre durchweichten Schuhe auf. Izzy nahm ihr die Jacke ab und hängte sie an einen Kleiderbügel. Eine kleine Pfütze bildete sich auf den Natursteinfliesen. Astrid konnte nur hoffen, dass sie nicht allzu empfindlich waren.

Izzy gab ihr keine Gelegenheit, sich weiter umzusehen, sondern schob sie in das geräumige Wohnzimmer. Es duftete mild nach Zirbe. Auf dem großen, rechteckigen Esstisch stand ein halbvolles Glas Wein neben dem aufgeklappten Laptop. Leise Klaviermusik erfüllte den Raum.

»Bitte.« Izzy deutete mit einer flüchtigen Handbewegung auf die Wohnlandschaft, einem Traum in Beige mit unzähligen Kissen, und überbreiten Flächen, die eher zum Liegen als zum Sitzen einluden.

Ohne ein weiteres Wort verschwand die Hausherrin und zog die Türe zum Gang so entschieden hinter sich zu, dass Astrid sich beinahe weggeschlossen vorkam.

Sie sah sich um. Dass sich Izzy hervorragend darauf verstand, alte Möbelstücke mit neuem Design zu kombinieren, wusste sie dank ihrer heimlichen Blicke durch das Fenster. Der Esstisch wirkte wie ein Relikt aus einer alten Bauernstube, der gläserne Couchtisch dagegen stammte mit Sicherheit aus einem modernen Designstudio. Die Gemälde an den in sanftem Apricot gestrichenen Wänden zeigten phantasievolle Formen und Farben – moderne Kunst in alten, goldenen Rahmen, die Astrid sonst nur aus Museen kannte. Die bis zur Decke reichenden Bücherregale am Ende des großen Raumes waren lückenlos gefüllt. In zwei Vitrinen standen Gläser in allen Größen und Formen. Der Tulpenstrauß auf dem schwarzen Flügel brachte einen Hauch von Frühling in den Raum.

Ein großes Haus mit riesigem Wohnzimmer, eingerichtet für eine große Familie, die gerne Gäste empfing. Ein Haus, in dem eine Frau jetzt ganz allein lebte.

Astrid zweifelte schon daran, dass sie Izzy Neuretter in dieser Nacht noch einmal zu Gesicht bekäme, als diese mit einer Kanne Tee in der einen und einer schwarzen Trainingshose mit T-Shirt in der anderen Hand wiederkehrte. Sie stellte den Tee auf dem Glastisch ab und legte die Kleidung neben Astrid auf das Sofa.

»Hier. In trockenen Sachen schläft es sich besser. Hinter den Kissen ist eine Decke.«

»Danke.« Das plötzliche Entgegenkommen überraschte Astrid. Anscheinend war ihre Nachbarin doch kein Unmensch.

Izzy ging zu ihrem Laptop und klappte ihn zu.

»Das Licht schaltest du mit der Fernbedienung aus – oberster Knopf links.« Sie deutete auf ein Gerät, das neben der Stereoanlage auf dem zitronenförmigen Rundtisch lag. »Der Knopf für die Musik ist unten rechts. – Gute Nacht.« Damit zog sie sich erneut zurück und ging, dem Geräusch der sich entfernenden Schritte nach, die Treppe hinauf in den ersten Stock.

Astrid zog die nassen Klamotten aus. Die schwarze Trainingshose reichte ihr nur bis knapp unter das Knie, das T-Shirt saß stramm. Egal. Hauptsache, trocken. Der Tee, den sie mit großen Schlucken trank, wärmte sie angenehm. Er führte aber auch dazu, dass sich recht bald ihre Blase meldete.

Bemüht, keinen Lärm zu machen, schlich sie barfuß auf den Gang. Der Naturstein fühlte sich warm an, was auf eine Fußbodenheizung schließen ließ. Oben hörte sie Wasser rauschen. Anscheinend stand Izzy gerade unter der Dusche. Auf gut Glück öffnete Astrid eine Tür, hinter der sie die Toilette vermutete. Es war die Küche – eine geräumige Küche mit einem von allen Seiten offenen Herd in der Mitte und amerikanischem Kühlschrank. Eine große, bunt befüllte Obstschale mit Ananas, Banane und Zitrusfrüchten sah mehr nach Dekoration aus als nach Lebensmitteln, die zum Essen gedacht waren.

Astrid zog die Türe leise hinter sich zu, versuchte es bei der nächsten. Diesmal stand sie in einem kleinen Büro. Die Regale waren mit maschinell beschrifteten Ordnern befüllt. Auf dem Schreibtisch stand ein neues Apple-Modell mit Flachbildschirm, daneben ein Drucker. Sie wollte das Licht gerade wieder ausknipsen, als ihr Blick auf einen Bilderrahmen fiel, der neben dem Computer stand. Das Foto zeigte einen attraktiven Mann mit einem kleinen Jungen auf den Schultern.

Astrid nahm es in die Hand, um es näher zu betrachten. Der Mann hatte dunkles, fast schwarzes Haar, einen sonnengebräunten Teint und Gesichtszüge, die sie unweigerlich an ihren Kollegen Norbert erinnerten. Das leicht nach vorn gereckte Kinn, die breite Nase. Das Kind lachte in die Kamera. Was Astrid sofort an dem Jungen auffiel, waren die Augen: ein leuchtendes, intensives Blau.

Oben wurde das Wasser abgedreht. Schnell stellte Astrid das Foto zurück und verließ das Zimmer. Hinter der nächsten Tür fand sie endlich die Toilette.

Als sie wieder auf der Couch lag, die Decke über die Schultern gezogen, das Licht gelöscht, fühlte sie sich wie ein Eindringling in die Privatsphäre dieser Frau. Izzy hatte also doch ein Kind mit ihrem Bruder gehabt. Doch wo war es jetzt?

Das geht dich nichts an, ermahnte sie sich.

Schließlich hatte sie genug eigene Probleme. Dass sie sich ausgesperrt hatte, war dabei noch das unbedeutendste.

*

Als Astrid die Augen öffnete, war es taghell. Obwohl sie zunächst nur den beigefarbenen Überzug des Sofas wahrnahm, wusste sie sofort, dass sie nicht alleine im Zimmer war.

Ruckartig drehte sie sich um. Eine Gestalt saß auf der Sofakante direkt neben ihr und schaute sie aus nächster Nähe an. Izzy trug dasselbe wie gestern. Jetzt allerdings hatte sie Make-up aufgelegt. Die schwarze Mascara ließ ihre Wimpern länger und fülliger erscheinen, das Rouge betonte ihre hohen Wangenknochen. Wieder einmal wurde Astrid bewusst, dass Izzy Neuretter eine sehr aparte, hübsche Frau war.

»Hier.« Izzy reichte ihr ein hohes Glas mit rötlichem Inhalt. Zitrusaromen stiegen in Astrids Nase. »Vitamine zum Start in den Tag. Ich dachte, die kannst du brauchen.«

»Danke.« Astrid setzte sich auf, ergriff das Glas und rieb sich mit der freien Hand den Schlaf aus den Augen. Von draußen schien die Frühlingssonne durch das große Panoramafenster.

Der Smoothie schmeckte köstlich, auch wenn sie sich dadurch etwas flau fühlte. Obst auf nüchternen Magen hatte sie noch nie vertragen. Allerdings freute sie sich über Izzys Geste, sodass sie etwas Übelkeit gern in Kauf nehmen wollte.

»Wie spät ist es eigentlich?«

»Kurz nach acht. Eine gute Zeit, um deinen Vermieter um den Zweitschlüssel zu bitten und es mit dem geheimnisvollen Garagengeist aufzunehmen.« Belustigung stand in Izzys Augen.

»Da ist wirklich etwas in der Scheune.« Astrid stellte das leere Glas zurück auf den Glastisch. »Es sah aus wie ein Wolf.«

Izzy lächelte – mitleidig, wie ihr schien.

»Schätzchen, was auch immer da war: Du bist eine erwachsene Frau und wirst es damit aufnehmen können.« Sie erhob sich. »Und jetzt zieh dich bitte an. Ich muss mich um den Bauzaun kümmern, den der Wind gestern Nacht umgepustet hat.«

»Kann ich behilflich sein?«

Es lag für Astrid auf der Hand, sich bei ihrer Quartiergeberin zu revanchieren. Izzy sah sie verdutzt an.

»Schätzchen, ich mach das nicht selbst. Inklusive Betonsockel wiegt ein Teil um die achtzig Kilo, *kümmern* heißt: ich schicke meine Leute da hin.«

»Ach so.«

Astrid kam sich noch immer dumm vor, als sie ein paar Minuten später in Izzys Trainingshose und dem T-Shirt über die Straße ging, ihre noch immer feuchten Klamotten unter den Arm geklemmt.

Zögerlich betrat sie die Scheune. Tageslicht fiel durch die schmalen Fenster. Außer dem Vogelgesang, der durch das geöffnete Scheunentor nach innen drang und sich mit dem tosenden Rauschen der Ache mischte, war es still. Astrid schloss ihr Auto auf und fuhr die Straße entlang in Richtung Kieswerk. Nicht einmal zehn Minuten später bekam sie von Neuretter den Zweitschlüssel ausgehändigt.

*

Die Nacht war sternenklar. Kein Wind wehte. Warum sie sich erneut entschied, ihr Auto nach dem Spätdienst in die Scheune zu fahren statt unter den Kastanienbaum, wusste Astrid im Nachhinein selbst nicht mehr. Zwei Tage waren seit dem Gewitter und ihrer Nacht auf Izzys Couch vergangen. Inzwischen konnte sie nachvollziehen, weshalb ihre Nachbarin auf die Geschichte vom Garagengeist mit unverhohlenem Spott reagiert hatte. Durch das Gewitter war die Atmosphäre so unheimlich gewesen, dass die Phantasie offenbar einen *salto mortale* geschlagen hatte.

Als sie jetzt allerdings gerade das Scheunentor zuschieben wollte, hörte sie es deutlich: ein Klappern aus der dunklen Ecke mit den Landmaschinen, gefolgt von einem heiseren Fiepen und Winseln. Stocksteif verharrte sie in der Bewegung. Das Fiepen wurde lauter. Es hörte sich nicht bedrohlich, sondern einfach nur jämmerlich an.

Beherzt schaltete sie die Taschenlampe ihres Smartphones ein und näherte sich der Geräuschquelle. Es dauerte einen Moment, bis sie etwas zwischen rostigen Zahnrädern, alten Schmieröldosen und der Anhängerkupplung eines baufälligen Hängers entdeckte. Auf einem zusammengefalteten Sack kauerte ein Fellbündel, kaum größer als zwei Handteller, und starrte sie aus großen Knopfaugen verängstigt an.

Ein Hundewelpe, wurde Astrid klar. Doch was machte er hier in der Scheune? – Das Tier sah so jung aus, dass es bestimmt noch gesäugt wurde.

Mit einer streunenden Hündin konfrontiert zu werden, die ihren Welpen in Gefahr sah, behagte Astrid nicht. Sie zog sich zurück, ließ das Scheunentor vorsorglich einen kleinen Spalt offen und ging zu Bett. Dennoch galt ihr erster Gedanke am nächsten Morgen dem Hundebaby. Als sie gegen zehn Uhr zum Einkaufen fuhr, warf sie nochmals einen Blick hinter die Landmaschinen.

Der Welpe war wieder – oder noch immer? – allein. Allerdings wirkte er deutlich matter als in der Nacht zuvor und zitterte leicht.

Sie kaufte zusätzlich zu den Lebensmitteln, die sie über das Wochenende bringen würden, zwei Dosen Hundefutter. Vielleicht brauchte die säugende Hündin eine Stärkung oder ließ sich zumindest damit anlocken. Und dann würde sie das Tierheim verständigen. Ihre Scheune war definitiv kein Zuhause für streunende Hunde.

Als sie eineinhalb Stunden später zurückkam, saß der Welpe immer noch alleine da, frierend, zitternd und kraftlos. Von blankem Mitleid ergriffen, nahm Astrid den offensichtlich verwaisten Hund hoch, legte ihn an ihren Oberkörper und trug ihn ins Haus.

*

Zwei Stunden später stand sie vor Izzys Haustüre, eine Plastiktüte mit der frisch gewaschenen Gymnastikhose und dem T-Shirt in der einen, eine Flasche französischen Merlot in der anderen Hand.

Es dauerte diesmal lange, bis Izzy zur Tür kam. Astrid war knapp davor, aufzugeben, als die Tür doch noch aufging. Izzy stand im roten Morgenmantel und mit einem Handtuchturban im Hausgang.

»Du hast wirklich kein besonders gutes Timing, Schätzchen.«

»Sorry. Ich konnte nicht ahnen, dass Sie um drei Uhr nachmittags Ihr Schönheitsprogramm starten.«

Izzys Augenbrauen rutschten nach oben.

»Interessant«, sagte sie dann. »Zum ersten Mal habe ich den vagen Eindruck, es doch mit einem Menschen aus Fleisch und Blut zu tun zu haben. – Das war so eine Art Witz, oder?«

Astrid überging diese seltsame Feststellung.

»Danke für das Nachtquartier neulich.« Sie streckte ihrer Nachbarin Tüte und Wein entgegen.

Izzy ergriff nur die Tüte mit den Klamotten. »Ich nehme alles zurück«, erklärte sie, noch eine Spur amüsierter. »Schätzchen ist wieder im Miss-Perfect-Modus.«

Was auch immer, dachte Astrid, die aus alledem sowieso nicht schlau wurde. Sie zog den Reißverschluss ihrer Jacke nach unten. Der kleine Kopf des Welpen, den sie mit sich herumtrug, kam zum Vorschein.

»Ich brauche Hilfe«, erklärte sie ohne Umschweife. »Einen Tierarzt. Oder irgendjemand, der sich sonst mit Hunden auskennt. – Das ist der Garagengeist.«

»Das?« Izzys Augenbrauen hoben sich erneut. »Sieht ja sehr furchterregend aus.« Sie trat zur Seite und ließ Astrid ins Haus. »Ich bin kein Tierarzt und ich kenne auch keinen«, erklärte sie dann. »Ich hoffe, dass Vieh hat dich nicht gebissen?«

Die plötzliche Ernsthaftigkeit irritierte Astrid.

»Nein ... der hat ja noch nicht mal richtige Zähne!«

»Gut. Ich frage nur ... wegen Tollwut.« Izzy ging ins Wohnzimmer. Astrid folgte ihr. »Und was genau willst du von mir?«

»Könnten Sie vielleicht im Internet nachschauen, wo ich einen Tierarzt finde?«

»Kannst du das nicht selbst?«

»Nein. Ich hab kein Internet im Haus, und mein Datenvolumen am Handy ist für dieses Monat aufgebraucht.«

Es war dumm gewesen, außerhalb der Klinik nach weiteren Fotos und Einträgen von Simone im Web zu suchen und diese dann auch noch downzuloaden.

Mit einem leisen Seufzen lehnte sich Izzy über das Notebook und tippte auf der Tastatur herum.

»Eine Frau Doktor Burger in Berchtesgaden hat Wochenenddienst. Ich gebe dir die Adresse.«

»Könnten Sie ... mich vielleicht hinbegleiten?«

Izzy sah nicht minder perplex aus als vor zwei Tagen, als sie um Quartier gebeten hatte. Sie schien mit sich zu ringen.

»Okay«, sagte sie dann unerwartet. »Gib mir zehn Minuten.«

*

Nach einer Dreiviertelstunde Warten inmitten besorgter Katzen- und Hundebesitzer wurden sie aufgerufen. Die Tierärztin begutachtete das kleine Fellknäuel, das vor Aufregung wieder zu zittern begonnen hatte, und setzte ihm eine Infusion. Während die aufpäppelnde Lösung in die Adern des Tieres floss, ließ sie sich genau berichten, wie und unter welchen Umständen Astrid das Tier gefunden hatte.

»Der Kleine ist um die fünf Wochen alt«, stellte sie fest. »So, wie Sie das schildern, sieht es ganz danach aus, als wäre der Mutter etwas zugestoßen. – Was wir jetzt brauchen, ist ein Platz in der Wildtier-Aufzuchtstation. Ein Kollege von mir arbeitet dort, ich werde mich gleich darum kümmern.«

»Wildtier-Aufzuchtstation?« Astrid runzelte die Stirn. Izzy, die neben ihr stand, schmunzelte unverhohlen.

»Frau Doktor Behringer. Ihnen ist schon klar, dass das kein Hund ist?« Die Tierärztin bedachte sie mit einem ungläubigen Blick.

»Kein Hund …?« Astrid besah sich den Welpen. »Aber was …?«

»Ein Fuchs«, lachte Izzy. »Das ist ein verwaister Fuchs. – Schätzchen, du bist wirklich eine richtige Großstadtpflanze!«

*

»Warum hast du mir nichts gesagt?«

Astrid hatte eingesehen, dass es absurd war, Izzy weiterhin zu siezen. Sie saß auf dem Beifahrersitz des SUVs, den kleinen Fuchswelpen, eingewickelt in zwei dicke Handtücher, auf ihrem Schoß. Er wirkte wesentlich frischer als auf der Hinfahrt. Er war ihnen mit genauen Instruktionen wieder anvertraut worden, da der Kollege der Tierärztin erst ab Montag die Pflege übernehmen konnte.

»Dein Bestreben, einen kleinen Hund vor dem sicheren Tod zu retten, war einfach zu süß«, kam als Antwort zurück. »Warum, glaubst du, bin ich überhaupt mitgefahren? – Weil es mir dein verdutztes Gesicht einfach wert war!«

Astrid Behringer, promoviert, habilitiert, gefragte Referentin. Im Berchtesgadener Raum bekannt als Pechvogel, Zicke und Dumpfbacke. Sie schluckte trocken.

»Kannst du vielleicht irgendwann mal über dich selbst lachen?«

Astrid fühlte Izzys Blick auf sich ruhen.

»Nein«, gab sie dann unumwunden zu, »für meinen Humor war ich noch nie bekannt.«

»Wenigstens bist du ehrlich.«

»Nicht wirklich«, erwiderte Astrid und ignorierte einen überraschten Blick.

Zurück in Ehernberg, bereiteten sie in Izzys Küche gemeinsam die erste Portion Spezial-Milchpulver auf, die ihnen die Tierärztin mitgegeben hatte. Als Astrid kurze Zeit später mit der Milchflasche und dem Welpen im Arm auf dem Sofa saß, fühlte sie sich an Simone erinnert. Auch mit ihr hatte sie so auf einem Sofa gesessen und sie gefüttert, nachdem Hennie aufgrund einer Entzündung der Brustwarzen hatte abstillen müssen. Wie sehr waren ihr diese Momente in schöner Erinnerung! Die kleine Simone an ihrem Oberkörper, die an der Milchflasche nuckelte. Die sie anlächelte, die Lippen noch voller weißem Schaum. Die vor Glückseligkeit gluckste, wenn sie sie später aufs Sofa legte und Luft auf ihren kleinen nackten Babybauch pustete.

Sie hatte sich freiwillig um all diese Dinge gerissen: das Wickeln. Das Baden. Das Anziehen, auch wenn Simone dabei oft heftig strampelte und schrie. Das Füttern. Hennie hatte ihr das Aufstehen zwischen Mitternacht und sechs Uhr früh sehr gerne überlassen, und Astrid war selbst dann froh ans Gläschen wärmen gegangen, wenn sie zuvor zwei Tage Nachtdienst abgeleistet hatte und komplett übermüdet war.

Mit doppeltem Einsatz hatte sie zu kompensieren versucht, was Hennie und Simone auf natürliche Weise untrennbar miteinander verband. Sie wollte sich und der Welt beweisen, dass auch sie die Mutter dieses Kindes war, auch wenn das Gesetz den Lebenspartnerinnen damals noch die Stiefkindadoption verweigerte. Es war hart gewesen, sich immer rechtfertigen, immer umfangreiche Erklärungen liefern zu müssen, dass auch sie erziehungsberechtigt war, wenn auch nicht vor dem Gesetz. Pflegeurlaub, wenn die Kleine krank war: unmöglich, da in den ersten Jahren nicht einmal ihre Partnerschaft zu Hennie gesetzliche Anerkennung fand. Sie hatte ganz normal Urlaub nehmen müssen, um die Betreuung der kranken Tochter zu übernehmen, wenn Hennie aufgrund ihrer eigenen Termine absolut nicht konnte. Oft hatte sie sich dann von irgendeiner affektierten HR-Lady aus dem Personalbüro anhören können, dass das ja wohl nicht so ginge mit spontanem Urlaub. Sie müsse besser planen. Als könnte man Kinderkrankheiten planen …

Noch immer ärgerte sich Astrid über diese Demütigungen. Mama hatte Simone sie genannt, und Hennie Mami. Doch das alles war egal, solange nur Gesetze zählten.

»Schätzchen.«

Eine flüchtige Berührung an ihrem Oberschenkel riss sie aus den Gedanken. Izzy hatte sich neben sie gesetzt. Zum ersten Mal klang ihre Stimme weder amüsiert noch abweisend, sondern besorgt.

»Ist alles okay?«

Nein. Nichts ist okay. Ich habe meine Tochter verloren, und meine Ex-Frau hasst mich.

»Alles in Ordnung«, murmelte sie. Sie strich dem kleinen Fuchs über den Kopf, der inzwischen gierig an der Flasche saugte.

»Magst du ein Glas Wein?«

Das Angebot kam überraschend.

Astrid nickte. Vielleicht war es genau das, was sie jetzt brauchte.

»Weiß oder rot? Irgendwelche Wünsche?«

Sie legte den Kopf zurück, als müsse sie nachdenken. »Weiß«, sagte sie dann mit gespieltem Ernst. »Einen Riesling aus dem Kremstal, Jahrgang 2018, südliche Hanglage.«

Izzy lachte, verschwand – und kehrte wenig später mit zwei befüllten Weingläsern zurück. Der Fuchs war auf Astrids Schoß eingeschlafen.

Sie stießen an.

»Hattest du noch eine Flasche aus dem Kremstal, Jahrgang 2018, im Kühlschrank?«, erkundigte sich Astrid in scherzhaftem Unterton, noch ehe sie das Glas an die Lippen setzte.

»Nicht ganz. Probier.«

Astrid kam der Aufforderung nach. Der Geschmack war dem, was sie kannte, nicht unähnlich.

»Ein Riesling ist es schon mal«, befand sie. »Ein österreichischer, würde ich sagen. – Der Rest …« Sie hob die Schultern, lächelte. »Also, so fachlich versiert bin ich nun doch nicht – auch wenn ich vielleicht einen anderen Eindruck erweckt habe.«

Izzy lächelte ebenfalls. »Es ist ein Riesling aus dem Kamptal. Gleich neben dem Kremstal.«

»Welch Zufall, dass du ausgerechnet den daheim hast …«

Izzy hob die Augenbrauen.

»Zufall? – Komm mit. Ich zeig dir was.«

Sie war plötzlich wie ein aufgekratztes Kind. In ihren blauen Augen tanzten Funken. Angesteckt von ihrer guten Stimmung und von Neugierde getrieben, nahm Astrid das schlafende Tierchen von ihrem Schoß und bettete es auf die Decke zwischen den Sofakissen. Dann folgte sie Izzy durch den Hausgang in den Keller. Unverputzte, saubere Ziegelwände, gemauerte Stufen, Lampen an den Wänden, die aussahen wie Fackeln – schon der Abstieg war beeindruckend. Im Keller selbst steuerte Izzy zielstrebig auf ein kleines, schmiedeeisernes Tor zu. Nachdem sie einen Code in ein Kästchen links davon eingegeben hatte, schwang das Gitter zur Seite und gab den Blick auf einen Raum frei, dessen Gewölbedecke Astrid auf den ersten Blick an einen alten Pferdestall erinnerte.

In der Mitte des Raumes stand ein großer, hoher Tisch mit gepolsterten Barhockern. Zehn Leute fanden hier Platz.

Die großen Schränke an den Wänden hatten allesamt Glastüren: Weinkühlschränke mit individuellen Thermostatreglern. Astrid kannte dergleichen nur aus Restaurants. Sie warf einen Blick auf die Etiketten. In den Kühlschränken lagerten Weinflaschen aus allen Regionen der Welt. Hier ist ein halbes Vermögen eingelagert!

Der Mercedes-SUV, das imposante Haus, die Einrichtung, der gemauerte Keller – dass Izzy Geld hatte, war ihr von Anfang an klar gewesen. Doch die Weinsammlung bedeutete das Tüpfelchen auf dem i. Wer auch immer die Frau war, die in Jeans und schlichtem Pulli hier in diesem Keller stand und offensichtlich gebannt auf ihr Urteil wartete – sie spielte in einer ganz anderen Liga, einer, die mit Ehernberg, ein paar neu errichteten Mietshäusern und dem, was die Leute über sie reden mochten, wenig zu tun hatte.

»Eine sehr imposante Sammlung«, sprach Astrid einen Teil dessen aus, was sie dachte. »Ich frage mich nur, wann du das alles trinkst, so allein in deinem großen Haus.«

Es war ein gewagter Vorstoß. Dass auch Izzy bisher nichts über sich preisgegeben hatte, war ihr nicht entgangen. Jetzt lächelte sie, doch Astrid sah ihr an, dass sie die absichtsvolle Bemerkung sehr genau durchschaut hatte.

»Ich habe noch ein Leben abseits von Ehernberg, Schätzchen.

Im Moment habe ich hier viel zu tun, deshalb bin ich öfter hier. Langfristig gesehen ist dieses Haus dafür da, Gesellschaften zu geben und wichtige Kunden zu empfangen – etwas, was ich im Übrigen jetzt schon gelegentlich tue. – Sonst noch Fragen?«

So einige, ging es Astrid durch den Kopf und sie dachte an das Bild des dunkelhaarigen Mannes mit dem blauäugigen Kind auf den Schultern. Doch Izzys Hand auf dem Lichtschalter verriet ihr, dass die Frage nur rhetorischen Charakter gehabt hatte. Diese Frau hatte definitiv nicht vor, weitere Einblicke in ihr Leben zu gewähren.

Als sie ins Wohnzimmer zurückkamen, schlummerte das Füchschen immer noch selig. Astrid sah eine Weile zu, wie sich der kleine Körper hob und senkte, und musste der Versuchung widerstehen, ihre Nase in dem flauschigen Fell zu vergraben. Der Kleine weckte verdrängte Sehnsüchte nach körperlicher Berührung und Nähe.

»Eigentlich hatte ich vor, in die Stadt zu fahren, um etwas zu essen.« Izzy klang unschlüssig. »Ich hab nur eine Packung Spaghetti zu Hause, und allmählich knurrt mir der Magen.«

Es war inzwischen fast sieben Uhr abends. Auch Astrid war hungrig. Normalerweise hätte sie Izzys Worte als Aufforderung zum Gehen verstanden, doch das Glas Wein in ihrer Hand, das gerade neu befüllt worden war, und der zögerliche Unterton in deren Stimme hielten sie davon ab, den Rückzug anzutreten.

»Ich war heute einkaufen«, erwiderte sie. »In meinem Kühlschrank lagert kiloweise Gemüse. Du könntest deine Nudeln und den Wein nehmen, und ich könnte uns drüben etwas zubereiten.«

Izzy lächelte flüchtig. Dann ging sie zu einem der Panoramafenster und sah hinaus in den Garten und auf das alte Haus gegenüber.

»Luxus kann ich dir nicht bieten. Nur ein Essen.«

Astrid bereute bereits, überhaupt etwas gesagt zu haben. Izzys langes Schweigen sprach Bände.

»Ich kann da nicht rüber. Tut mir leid.«

Izzy drehte sich wieder zu ihr um. Ernsthaftigkeit lag in ihren ebenmäßigen Gesichtszügen. Als Astrid schon nicht mehr damit rechnete, fuhr sie fort: »Sobald ich ein Grundstück der Neuretter-Brüder betrete oder befahre, habe ich spätestens zwei Tage später einen Brief von deren Anwalt im Postkasten. Sie kommen mit ihrer Besitzstörungsklage zwar rechtlich nicht durch, aber es ist ein Ärger, auf den ich verzichten kann. – Du wirst mich bei unserer ersten Begegnung für eine irre Tussi gehalten haben, die dich schikanieren will, aber so war es nicht. Ich konnte nicht in diese Hauseinfahrt ausweichen, weil es ein Neuretter-Haus ist.«

Der Badeunfall, bei dem Niklas Neuretter starb. Der Auftakt zu einer lebenslangen Feindschaft.

Daran hatte sie gar nicht mehr gedacht: dass die Skepsis und Abneigung, mit der viele in Ehernberg Izzy begegneten, begründet waren. Izzy war nicht nur am Tod eines Kindes beteiligt, sondern brachte später in Inzucht mit ihrem Halbbruder ein Kind auf die Welt – ein Kind, von dessen Existenz im Dorf entweder niemand wusste oder über das niemand sprach. Was war mit dem Kind geschehen? Wo war es jetzt?

Ein einziger Blick auf die zierliche Frau, die allein durch ihre Körperhaltung eine unvermutete Präsenz entwickeln konnte, sagte Astrid, dass sie ihr diese Fragen auf keinen Fall stellen konnte. Izzys ernster Gesichtsausdruck, die Entschlossenheit in ihren Augen und der sachliche, strikte Unterton zeigten klar, dass sie sich nicht davor scheute, auch in schwierigen Lagen ihre Interessen durchzusetzen.

»Wenn du dein Gemüse von drüben holst, können wir in meiner Küche kochen.« Izzys Tonfall war wieder weicher geworden. »Es sei denn, du hast es dir jetzt anders überlegt, weil du deinen Vermieter nicht brüskieren willst. Das würde ich durchaus verstehen.«

»Nein, wieso?« Astrid gab sich betont gleichgültig. »Er ist nur mein Vermieter, kein Bekannter oder Freund.«

Während sie ein paar Minuten später in ihrer Küche Paprika,

Zucchini, Tomaten, Zwiebel und etwas Knoblauch in einen Sack packte, fragte sie sich, warum Franzi diesen nicht unerheblichen Aspekt unerwähnt gelassen hatte: dass das Haus dort in der Kurve Norbert Neuretter gehörte. Dabei hatte Astrid ihr genau beschrieben, an welcher Stelle ihr der SUV entgegengekommen war.

Das war seltsam.

*

Als erstes fühlte Astrid den weichen Stoffbezug an ihrer Wange. Dann bemerkte sie, dass sie noch immer Jeans und Pulli trug, nicht ihr Nachthemd. Schlaftrunken öffnete sie die Augen. Dämmerlicht drang durch die zugezogenen Vorhänge des Raums, der nicht ihr Schlafzimmer war. Sie lag noch immer auf Izzys Couch.

Der Fuchs!

Ruckartig setzte sie sich auf, als sie feststellte, dass er weder unter noch auf der flauschigen Decke lag, mit der Izzy sie anscheinend zugedeckt hatte. Erleichterung erfasste sie, als sie das Tier entdeckte. Es hatte sich in die Fransen des handgewebten grau-weiß gemusterten Designerteppichs verbissen und kratzte mit den Hinterpfoten auf dem Naturstein.

»Hej, du! Aufhören!«

Der kleine Fuchs unterbrach sich für einen Moment und sah sie aus großen, dunklen Knopfaugen erwartungsvoll an. Als sie ihn weiterhin nur von oben betrachtete, setzte er sein wildes Spiel fort. Einige Teppichfransen hatte er schon abgerissen und sowohl einen feuchten Fleck als auch etwas mehr darauf hinterlassen.

Izzy wird uns beide töten!

Mit einem Seufzen nahm Astrid den Fuchs hoch. Er schmiegte sich sogleich an ihren Oberkörper und schleckte ihre Finger.

Verdammt. Alle vier Stunden füttern, hatte die Tierärztin gesagt. Der Kleine musste halb am Verhungern sein!

Ihr Blick fiel auf den Couchtisch. In schwungvoller Handschrift auf festem Briefbogen hatte Izzy dort eine Botschaft hinterlassen.

Ich habe das Baby um halb ein Uhr noch gefüttert. Eine fertige Flasche steht in der Küche bereit.

Astrid musste unwillkürlich schmunzeln. Alle Achtung – mit dieser Frau ließ sich ein Kind aufziehen!

Kaum hatte sie den Gedanken zu Ende geführt, schlug die Erinnerung mit aller Wucht zu. Sie sah Simone vor sich, wie sie mit Sonnenhut auf dem Kopf und einem roten Eimer in der Hand an Hennies Hand in Richtung Spielplatz ging. Sie selbst hatte noch eine Publikation fertigstellen müssen, konnte nicht mit. Eine halbe Stunde später Hennies verzweifelter Anruf: Die Kleine sei verschwunden, einfach weg, sie habe schon den ganzen Spielplatz abgesucht!

Astrids Herzschlag beschleunigte sich, als sie daran dachte, wie sie damals zum Spielplatz gehastet war, ein Horrorszenario nach dem anderen vor Augen. Sie sah Simone bereits tot am Asphalt, überfahren von einem Auto, verschleppt von einem Kinderschänder, entführt von jemandem, der annahm, sie wären reich ... Letztendlich fanden sie das Kind zehn Minute später im Gebüsch vor einem Erdloch. Sie wollte ja nur warten, bis die Maus wieder herauskäme, lieferte die Kleine als Erklärung.

In Astrids Erleichterung mischte sich Ärger, nachdem sie erfuhr, dass Hennie mit irgendeiner Arbeitskollegin telefonieren hatte und dabei die Kleine aus den Augen verlor. Astrid konnte nicht nachvollziehen, wie ihre Frau so unachtsam hatte sein können. Von da an war ihr nie ganz wohl, sobald Hennie alleine mit Simone unterwegs war.

Du bist eine richtige Helikopter-Mutter, hatte Hennie ihr Jahre später vorgeworfen. Überbesorgt und kontrollierend.

Sie war wirklich versucht, es als falsch zu betrachten, dass Simone bereits mit sieben Jahren ohne elterliche Begleitung zur Schule gehen sollte. Dass sie mit neun ihre gesamten Schulsachen selbst im Fachgeschäft besorgen ging, ausgestattet mit einer Liste und einem Fünfzig-Euro-Schein. Dass sie mit zehn selbstständig über ihren Schulwechsel entschied und mit dreizehn darüber, dass sie ab sofort vegan leben wollte. Das nennt man Erziehung zur Selbstständigkeit, hatte ihr Hennie immer wieder versichert, aber Astrid war das Gefühl nie losgeworden, dass sie und ihre Frau zwei völlig verschiedene Auffassungen von diesem Begriff hatten.

Sie riss sich gewaltsam aus der Vergangenheit und widmete sich dem Fellbündel in ihrem Arm. Die Flasche steckte in einem Flaschenwärmer, wie er für Babynahrung verwendet wurde, und Astrid fragte sich, ob das wohl ein Relikt aus jener Zeit war, in der Izzy ihren kleinen Sohn gefüttert hatte.

Mit einem Kleenex und der Flasche kehrte sie zurück ins Wohnzimmer. Nachdem die unliebsamen Hinterlassenschaften des Tiers beseitigt war, setzte sie sich im Schein der Leselampe zurück auf das Sofa und fütterte es. Wie sie den Fuchs anfangs tatsächlich für einen Hundewelpen halten konnte, verstand sie inzwischen selbst nicht mehr.

Als die Flasche leer war, überlegte sie kurz, ob sie in ihre eigenen vier Wände wechseln sollte. Aber es war erst kurz vor halb sieben und außerdem wusste sie nicht, wie Izzys codegesicherte Haustüre zu öffnen war. Also legte sie sich zurück aufs Sofa, den Fuchs auf dem Schoß. Im Nu war sie wieder eingeschlafen.

*

Als Astrid diesmal die Augen öffnete, war es hell. Die Vorhänge waren zurückgezogen. Das Aroma von frischem Kaffee stieg ihr in die Nase. Im Aufrichten sah sie, dass der Esstisch gedeckt war. Eine Schale mit Obstsalat und der Korb mit Croissants standen bereit.

»Guten Morgen.« Izzy betrat das Wohnzimmer, zwei Gläser

voll frisch gepresstem Orangensaft in der Hand, ein freundliches Lächeln auf den Lippen. Während Astrid eilig versuchte, ihr Haar in Form zu bringen, sah Izzy bereits wieder aus wie aus dem Ei gepellt. Zu einer hellblauen Stoffhose trug sie eine farbenfrohe Seidenbluse. Astrid fiel zum ersten Mal Schmuck an ihr auf: klassische Perlohrringe und eine weniger klassische Halskette, deren Ornamente jedoch ebenfalls mit Perlen bestückt waren. Es war ein ausgefallenes Schmuckstück. Ein Geschenk ihres Mannes?

»Gut geschlafen?«

Astrid nahm die Frage kaum zur Kenntnis. Ihr Blick wanderte auf der Suche nach dem Fuchs durch das Zimmer.

»Da hinten.« Izzy wies mit dem Kinn in das Eck mit der bauchigen Stehlampe. »Als ich kam, hat er gerade das Kabel angefressen. Er hat im Übrigen schon Zähne, Schätzchen! – Jedenfalls ... ich hab ihm jetzt einen alten Schuh gegeben. Den bewacht er wie seinen persönlichen Schatz.«

»Oh Gott ...« Astrid seufzte. »Wir haben dein Zuhause ruiniert. Auf dem Teppich hat er auch schon seine Spuren hinterlassen.«

»Das habe ich bemerkt. Meine Putzfee soll das Ding morgen in die Reinigung bringen.«

Izzy stellte die Schale auf den Tisch und gab ihr mit einer einladenden Geste zu verstehen, dass sie sich setzen sollte. Es war lange her, dass ihr jemand Frühstück gemacht hatte. Dies und der Umstand, dass sie auch noch Gesellschaft hatte, machte Astrid ganz schwindelig. Zum ersten Mal seit Langem fühlte sie so etwas wie einen Funken Zuversicht.

»Und was hast du angestellt?«

»Ich?«

»Ja. Du hast gesagt: *Wir* haben dein Zuhause ruiniert. Da ich bisher nur entdeckt habe, was unser Baby angerichtet hat, warte ich gespannt auf deine Beichte.«

»Ach.« Astrid lachte verlegen. »Sicher habe ich auf deiner schönen Couch einen Haufen Haare hinterlassen.«

»Wenn's nur das ist.« Izzy füllte sich Obstsalat in eine kleine Schale und mischte ihn mit Joghurt. »Du bist gestern mitten im Gespräch eingeschlafen. Gerade hast du noch über die Vorzüge der spanischen Küche geplaudert und mir ein selbstgekochtes sechsgängiges Menü in Aussicht gestellt, und – zack!«, sie schnippte mit den Fingern, »warst du weg. Als hätte man einen Schalter umgelegt.«

Astrid konnte sich nur noch vage erinnern. Da war offensichtlich mehr Wein im Spiel gewesen, als ihr gutgetan hatte.

»Tut mir leid, dass ich mich schon wieder hier breitgemacht habe. Du hättest mich wecken können.«

Izzy zuckte mit den Schultern. »Ich kann verstehen, dass du lieber hier wohnen würdest. Dein Domizil stelle ich mir ziemlich spartanisch vor.«

»So schlimm ist es nicht. Außerdem ist es nur vorübergehend.«

Sie berichtete von dem Hangrutsch, von dem Izzy aber natürlich schon wusste. Da klingelte ihr Handy. Von bösen Vorahnungen ergriffen, sprang sie auf und holte es aus der Handtasche.

»Wo bleibst du denn?« Franzi machte sich nicht die Mühe einer Begrüßung. Sie klang aufgebracht. »Ich sitze seit zwanzig Minuten im *Edelweiß* und warte auf dich!«

Verdammt! Richtig, sie waren zum Brunch verabredet – worauf sie eigentlich sowieso keine Lust gehabt hatte. Da Franzi aber so hartnäckig und begeistert von der Idee gewesen war, hatte sie schließlich eingewilligt.

»Tut mir sehr leid. Ich gebe es offen zu, ich hab's vergessen. Es ist nämlich etwas passiert ...« In kurzen Sätzen fasste sie die Entdeckung des verwaisten Fuchses zusammen.

»Und was hat der Fuchs jetzt mit unserer Verabredung zu tun?«

Franzi klang kein bisschen versöhnlicher. Astrid unterdrückte ein Seufzen und sah unwillkürlich zu dem Tierchen, das noch immer an dem alten Schuh kaute.

»Ich kann ihn nicht alleine lassen. Der ist wie ein Hundewelpe.«

Sie hatte zwar noch nie einen Hundewelpen erlebt, stellte sich die Situation aber vergleichbar vor. »Er ist noch so winzig, dass er alle vier Stunden mit einer Spezialnahrung gefüttert werden muss. Die Wildtierstation kann ihn erst morgen übernehmen, und daher kümmern wir uns einstweilen um ihn.«

Wir. Sie biss sich auf die Lippen.

»Ich habe hier extra einen Tisch am Fenster reserviert!«, hielt Franzi ihr vor. »Und wir sitzen hier schon zwanzig Minuten und warten, und ...«

Im Gegensatz zu Franzi entging Astrid der Plural nicht.

»Du bist gar nicht allein?«

»Natürlich nicht! Elisabeth, Katrin und Sabine sind auch da – du weißt schon, die Mädels, die ich noch aus der Faschingsgarde kenne. Ich wollte dich endlich mal vorstellen!«

Die Namen sagten Astrid nichts, sehr wohl aber das Stichwort Faschingsgarde. Franzi hatte bereits des Öfteren von ihrer Zeit als Gardemädchen geschwärmt. Vom achtzehnten bis zum einundzwanzigsten Lebensjahr hatte sie beim lokalen Faschingsverein mitgetanzt, einem anscheinend bunt zusammengewürfelten Haufen von Spaßvögeln, die mit einer drittklassigen Kopie der großen Karnevalsprogramme auf den Faschingsbällen der Region für Stimmung sorgte. Astrid hatte ihr bisher immer mit einer Mischung aus Faszination und Grauen zugehört. Bei den Auftritten ging es laut Franzis schwärmerischen Erzählungen weniger um die Garde als um das inoffizielle Rahmenprogramm danach: Alkoholorgien, dumme Späße und Sex. Franzi hatte ihre sexuelle Orientierung scheinbar erst danach entdeckt.

Die Vorstellung, ähnliche nostalgische Berichte von drei weiteren Exgardistinnen zu hören, besaß wenig Reiz. Und überhaupt – was hieß: Ich wollte dich endlich mal vorstellen?

Dennoch hatte Astrid ein schlechtes Gewissen. Es war nicht in Ordnung, Franzi einfach zu versetzen. Sie warf einen schnellen

Blick auf Izzy, die Obstsalat löffelte und zumindest so tat, als interessiere sie das Telefonat nicht.

»Tut mir wirklich leid«, entschuldigte sie sich ein zweites Mal. »Aber komm doch einfach danach bei mir vorbei. Du kannst dir den kleinen Racker anschauen, und wir trinken gemütlich Kaffee.«

»Danke, aber: *nein* danke! Ich lasse mich nicht einfach in deinem Terminkalender herumschieben.«

Astrid fragte sich, was eigentlich mit Franzi los war. Diese heftige Reaktion schien ihr vollkommen überzogen.

»Und warum hast du nicht einfach den Jäger gerufen? – So ein Theater wegen eines Fuchses!«

»Den Jäger?« Ein paar Sekunden verstrichen, bis Astrid begriff. »Das ist doch herzlos!«

»Wie auch immer. Du kommst also nicht mehr, ich habe kapiert. Dann viel Spaß mit was auch immer.«

Sie legte auf.

Astrid starrte ein paar Sekunden ihr Handy an, dann schüttelte sie fassungslos den Kopf und steckte es zurück in ihre Handtasche. Was auch immer das gewesen war – es war skurril.

»Sturm im Paradies?« Die Frage klang eher beiläufig als interessiert.

»Ach, eine Kollegin, die ich versetzt habe.« Astrid seufzte. »Sie tut so, als hätte ich ein Kapitalverbrechen begangen.«

»Tja, man kann es eben nicht allen recht machen.« Ihr Gegenüber hob die Schultern. »Irgendwer regt sich immer über irgendwas auf.«

Unwillkürlich dachte Astrid an Izzys Ehe mit dem Mann, der angeblich ihr Bruder war. Vermutlich war dieser Frau über die Jahre ein dickes Fell gewachsen. Auch wenn Astrid der Inzest immer noch stark verstörte, bewunderte sie Izzy um ihre Haltung.

»Du wirst vielleicht schon mitbekommen haben, dass ich hier nicht gerade zu den beliebtesten Personen gehöre.« Izzy schien ihre Gedanken erraten zu haben. »Meine Wohnbauprojekte stoßen die Leute vor den Kopf. Viele Alteingesessene hassen nichts mehr als die Vorstellung, dass in ihrem schönen Dorf plötzlich auch weniger betuchte Menschen wohnen sollen – zum Beispiel Familien, die sich nur mit Mühe eine Zwei-Zimmer-Wohnung leisten können. Zwar wollen die möglichst schnell an der Supermarktkasse bedient werden und auch auf ihre Putzfrau nicht verzichten, scheren sich aber nicht darum, wo ihre Dienstleister unterkommen sollen. – Das ist einfach zum Kotzen.«

Sagt die Frau, die ein Vermögen in Wein investiert. Ein Widerspruch?

»Jedenfalls, Schätzchen, du musst wissen: Wenn du mit mir zusammen gesehen wirst, kann es sein, dass dich nicht mehr alle gern haben. Ein stabiles Selbstbewusstsein ist da unbedingt erforderlich.«

In ihrer Stimme schwang wieder dieser leicht amüsierte Unterton mit, doch ihre Augen verrieten, dass sie es ernst meinte.

»Wenn du mir demnächst also tatsächlich ein Sechs-Gänge-Menü kredenzen willst, musst du wissen, wer du bist und was du willst.«

*

Den restlichen Sonntag blieb Astrid mit dem Fuchswelpen allein, da Izzy einen *Termin* in München hatte. Astrid dachte automatisch an den Mann, mit dem sie sie in dem Salzburger Lokal gesehen hatte. Es lag auf der Hand, dass der *Termin* eine Verabredung mit ihm war.

Wie abgesprochen, übergab sie am Montagmorgen um kurz vor sieben Uhr früh einer verschlafen wirkenden Izzy den kleinen Fuchs. Nach ihrem Frühdienst wollten sie ihn gemeinsam in die Wildtier-Aufzucht bringen.

Astrid war guter Stimmung, die jedoch verflog, als sie im Eingangsbereich des Krankenhauses auf Franzi stieß, die ihr freundliches *Guten Morgen* ignorierte und sie keines Blickes würdigte.

So groß Astrids Unverständnis dafür auch war – das Verhalten der Sekretärin belastete sie dennoch. Franzi war in den vergangenen Wochen zu einer Art Freundin geworden, die sie aus ihrem Trübsinn und ihrer Isolation herausriss. Die Bedürfnisse der Patienten und der übliche Schriftkram, der erledigt werden musste, ließen ihr jedoch nicht die Zeit, weiter über Franzi nachzudenken. Ihr Dienst war fast zu Ende, als sie ins Büro des Chefarztes gebeten wurde. Stöger saß an dem kleinen Rundtisch, den er für informelle Besprechungen mit seinen Mitarbeitern nutzte. Ein weiterer Stuhl war bereits besetzt – von Norbert Neuretter, der mit undurchdringlicher Miene auf die Tischplatte starrte und ihr Eintreten ignorierte.

Eine Kunst der Familie Neuretter, dachte sie sarkastisch: Nicht grüßen und durch Missachtung strafen.

»Die niedergelassenen Ärzte haben wegen eines Fachvortrags im Rahmen eines Bezirksärztetreffens angefragt«, kam Stöger ohne Umschweife zur Sache. »Sie hätten gerne ein Update zum Thema Parkinson. – Ich habe euch beide herbestellt, um etwaige Unstimmigkeiten im Vorfeld auszumerzen. Es liegt ganz klar auf der Hand, wer diesen Vortrag halten wird, aber mir ist es wichtig, dass daraus kein Zwist entsteht.«

Der Zwist ist eh schon da, dachte Astrid. Das Stichwort *Parkinson* befreite sie jedoch von dem unguten Gefühl, dass in ihr bei Stögers erstem Satz aufgestiegen war.

Sie hatte sich inzwischen über ihren Kollegen schlaugemacht. Neuretter war, ehe er sich vor fünf Jahren für die Privatklinik entschied, an der Uniklinik München gewesen. Seine Facharztausbildung hatte er in Wiesbaden begonnen; zwischendurch war er für immerhin vier Monate an einem großen Klinikum in Chicago und dort auch in Forschungsprojekte eingebunden. Er konnte ihr bei Weitem nicht das Wasser reichen, war aber keinesfalls der kleine Krankenhausarzt mit übersteigerten

Karriereplänen, für den sie ihn zunächst gehalten hatte. Seine Hoffnungen auf den Chefarztsessel waren durchaus berechtigt. Parkinson war lange einer seiner Schwerpunkte gewesen, ehe er sich – wohl den Erfordernissen seiner jetzigen Arbeitsstelle gemäß – hauptsächlich der Migräne zuwandte.

Für Astrid lag daher klar auf der Hand, wer diesen Vortrag halten würde. Umso größer war ihr Schock, als Stöger verkündete:

»Astrid wird als Aushängeschild unserer Klinik auftreten. Das ist eine ausgezeichnete Gelegenheit, dem niedergelassenen Bereich zu zeigen, dass hier an der Klinik hochkarätige Spezialisten tätig sind.«

Neuretters Mundwinkel rutschte nach unten. Seine Miene wurde steinern. Astrid spürte ein flaues Gefühl in der Magengegend.

»Fritz, glaubst du nicht, dass ...«, begann sie vorsichtig, doch Stöger gab ihr keine Chance.

»Jetzt komm mir bloß nicht damit, dass dein Spezialgebiet die Neuropathie ist! Von einer Fachärztin der Neurologie kann ich ja wohl erwarten, dass du auch in anderen Bereichen fit bist.« Er klang unwillig. »Ich habe entschieden, dass du mit deinem Vortrag die Klinik vertreten wirst, und damit basta. – Außerdem ist Norbert zum angesetzten Termin schon anderweitig verplant.«

Neuretter, der sich sichtlich grämte, hob nun überrascht den Kopf. Stöger ging zu seinem Schreibtisch und legte eine aufwendig gestaltete Einladung, versehen mit dem Logo einer namhaften Pharmafirma, vor ihn auf den Tisch. Astrid konnte auch von ihrer Sitzposition aus lesen, was auf der Karte stand: WCN 2019. Dubai. 27.- 31. Oktober.

»Der Kongressplatz, mit dem wir in diesem Jahr freundlicherweise erstmals von der Industrie unterstützt werden, geht an dich«, erklärte Stöger, und sie sah ihm an, dass er überzeugt war, Neuretter mit der Fortbildungsreise eine außerordentliche Freude zu machen. »Das ist eine großartige Sache.«

Ja, das war es in der Tat.

Es war glasklar, weshalb die Privatklinik zum ersten Mal mit einer Einladung zum *World Congress of Neurology* beglückt worden war. Dass sie, die namhafte Schmerzexpertin, jetzt hier tätig war, hatte sich auch bei den Vertretern der Industrie herumgesprochen. Die Einladung war eindeutig für sie gedacht, doch die strikten Compliance-Grundsätze schrieben vor, dass in letzter Instanz der Chefarzt darüber entschied, wer nominiert wurde. Gewöhnlich besaß ein Chefarzt die nötige Sensibilität, um derartige Intentionen wahrzunehmen und sie bei der Auswahl des Kongressteilnehmers zu berücksichtigen. Einen nicht habilitierten Neurologen zu diesem internationalen Kongress mit hochkarätiger Besetzung zu entsenden, einen Kollegen, dessen Name gerade einmal in zwei Publikationen als Drittautor aufschien, kam einem Fauxpas gleich.

»Aha.« Neuretter drehte die Karte um, klappte sie auf, überflog die paar Zeilen im Inneren. Er wirkte nicht sonderlich begeistert, rang sich letztendlich jedoch ein steifes »Danke« ab.

Stöger schien Astrids Verstimmung zu bemerken.

»Du darfst natürlich auch wegfahren«, versprach er und klang dabei wie ein tröstender Papa. »Für den Kongress der deutschen Neurologie-Gesellschaft kriegen wir immer ein paar Plätze. Nächstes Jahr im Frühling kommst dann du zum Zuge.«

Astrid musste sich beherrschen, um nicht laut aufzulachen. Beim Kongress der DGN hatte sie selbst zweimal vorgetragen! Und jetzt wollte Stöger sie als Zuhörerin dorthin schicken?

»Wir werden sehen«, erwiderte sie und schaffte es dabei nicht, ihren Ärger zu verbergen. Stöger ignorierte beides geflissentlich.

Neuretter nicht.

Kaum hatte sich die Tür zum Chefarztbüro hinter ihnen geschlossen, zischte er: »Na, das hast du dir ein bisschen anders vorgestellt, nicht wahr? – Die große Frau Professor aus Berlin wird beim wichtigsten Kongress des Jahres übergangen. Aber auch du wirst noch lernen, dass es für dich eben keine Extrawurst gibt. Hier bist du eine ganz normale Oberärztin.«

»Ich habe nie etwas anderes behauptet.«

Astrid überging seinen Seitenhieb und machte sich auf den Rückweg zu ihrer Station. Sie sah keinen Sinn dahinter, sich auf Neuretters Anfeindungen einzulassen. Der Kollege hatte denselben Weg und offenbar nicht vor, so schnell von ihr abzulassen.

»Wenn dir das nicht passt, wie das hier gehandhabt wird, musst du halt wieder zurück nach Berlin. Aber das ist nicht möglich, gell, weil man dort verbrannte Erde hinterlassen hat.«

Astrid blieb stehen. Wollte Norbert Neuretter ihr etwa ärztliches Fehlverhalten unterstellen? Das konnte sie nicht auf sich sitzen lassen. »Ich habe es dir schon gesagt und sage es gerne nochmal: meine Entscheidung, an den Königssee zu wechseln, beruht auf reiner Freiwilligkeit.«

Norbert lachte gehässig.

»Ist der Ruf erst ruiniert, lügt es sich ganz ungeniert, nicht wahr? – Ich mag dir vielleicht in akademischer Hinsicht nicht ganz das Wasser reichen können, aber mit Google kann ich umgehen. Und du ahnst nicht, was diese Suchmaschine alles zu Tage fördert.«

Oh doch. Sie ahnte es. Ihr Magen entwickelte augenblicklich eine akute Gastritis. Sie spürte den Schweiß auf ihrer Haut.

»Da hat sich die Frau Professor wohl nicht im Griff gehabt«, spottete Neuretter weiter. »Aussteigen bei voller Fahrt, alle Achtung! *Kampf der Furien* – nette Überschrift. So reserviert und überlegen, wie du dich hier immer gibst, traut man dir das gar nicht zu.«

Dieser verdammte Artikel! – erschienen in einem Boulevardblatt, als Folge der finalen Gerichtsverhandlung. Ihr Name war nicht einmal voll ausgeschrieben worden: Astrid B. Doch die Tatsache, dass sie als Professorin der Medizinischen Fakultät, Neurologin an der Charité und renommierte Vortragende bezeichnet wurde, hatte sie identifizierbar gemacht. Ihre Anwältin war dagegen vorgegangen und hatte verhindert, dass das Medienecho weitere Kreise zog, aber dieser eine Artikel hatte genügt, um ihren Ruf zu beflecken.

Astrid hatte das Gefühl, dass ihr der Boden unter den Füßen weggezogen wurde. In ihr bebte alles vor Schmerz und Wut. Doch sie schaffte es, die Fassade zu wahren.

»Mein Privatleben tut hier nichts zur Sache«, wies sie Neuretter kühl in die Schranken. »Kümmere dich um deine eigenen Angelegenheiten, Norbert.«

Sein höhnisches Lachen begleitete sie bis zur Station. Erst als die erste Schwester vorüberkam, setzte er eine neutrale Miene auf und ging seiner Wege.

*

Die Wildtier-Aufzuchtstation lag in der Ramsau, einer der Hauptwandergegenden der Region. Während der wenige Schnee schmutzigbraun an den Straßenrändern lag, glitzerten die Berggipfel noch immer im strahlenden Weiß.

Astrid saß mit dem Füchschen auf dem Beifahrersitz und hatte kaum einen Blick für die Landschaft. Stögers offensichtliche Bevorzugung von Neuretter und vor allem der anschließende Wortwechsel mit dem verhassten Kollegen lagen ihr im Magen. Wie lange würde es dauern, bis die ganze Belegschaft ihre Geschichte kannte?

Je länger sie darüber nachdachte, desto klarer wurde ihr, dass jeder im Internet herausfinden konnte, was sie getan oder auch nicht getan hatte, je nachdem, wessen Aussage man Glauben schenkte.

Sie hatte die Hand bereits vom Türgriff genommen, als es passierte. Auch wenn Hennie das Gegenteil behauptet hatte.

Sie vergrub ihre Hände im flauschigen Fell des Fuchses, der mittlerweile äußerst munter und erlebnishungrig war. Sie musste ihn mit beiden Händen leicht nach unten drücken, damit er auf ihrem Schoß blieb und nicht im Auto herumtollte. In ihrer Obhut hatte er sich vorzüglich entwickelt. Am Sonntag, als sie mit ihm allein gewesen war, hatte sie schließlich den Versuch gewagt und die Milchlösung mit etwas Hundefutter angerührt. Die Tierärztin hatte grünes Licht gegeben. Der Welpe fraß gierig und schlief unmittelbar danach ein. Als er aufwachte, war er kaum noch zu bändigen. In jeder Ecke des Hauses fand er etwas, was als Spielzeug diente. Es war eine Freude gewesen, ihn dabei zu beobachten.

Und ja ... nachts hatte er bei ihr im Bett geschlafen und sich an sie gekuschelt. Er war so klein, er lief ihr sowieso auf Schritt und Tritt nach. Es hatte sich unglaublich tröstlich angefühlt, die Nähe eines anderen Lebewesens zu spüren – eines, das ehrliches Interesse zeigte. Von Izzy, die sie zwar freundlich begrüßt hatte, jetzt aber zunehmend schweigsamer geworden war und den Blick starr auf die Straße gerichtet hielt, konnte sie das nicht behaupten.

Je mehr sie sich nun ihrem Ziel näherten, desto enger wurde es um Astrids Brust. Der Leiter der Wildtierstation tat viel, um ihnen den Abschied leichter zu machen: er führte sie durch die Gehege, gab umfangreiche Erklärungen zu seiner Arbeit ab, beschrieb, wie und wann der Fuchs in ein paar Monaten ausgewildert würde. Astrid setzte eine interessierte Miene auf und stellte sogar ein paar Fragen. Doch als sie ein letztes Mal den kleinen Fuchs ansah und ihre Hand durch sein Fell gleiten ließ, kämpfte sie mit den Tränen. Das Gefühl, erneut etwas aufgeben zu müssen, was sie lieb gewonnen hatte, war übermächtig.

Kaum hatten sie wieder den Parkplatz erreicht und im Auto Platz genommen, als Astrids Selbstbeherrschung zusammenbrach. Sie schluchzte in ein Taschentuch und schämte sich zugleich dafür. Was sollte Izzy nur von ihr denken? Eine erwachsene Frau, die weinte, weil sie ein Wildtier nach zwei Tagen wieder abgeben musste?

Izzy schien tatsächlich nicht zu wissen, wie sie sich verhalten sollte. Sie sah zu ihr herüber, bestürzt und ratlos zugleich. Irgendwann streckte sie zögernd die Hand aus und berührte sie sanft an der Schulter.

»Schätzchen«, sagte sie leise. »Es wird alles besser. Gib dir Zeit.«

Astrids Tränen versiegten schlagartig. Izzys so simpel klingende Worte versetzten sie in Alarmbereitschaft. Das, was die Frau neben ihr da sagte, hatte nichts mit dem Fuchs zu tun – wie auch ihr eigener Tränenausbruch nicht allein auf ihn zurückzuführen war.

Sie hatte mit Izzy beinahe einen ganzen Tag verbracht. Und doch waren ihre Gespräche nicht einen Deut persönlicher geworden. Izzy hatte nie eine Frage zu ihrer Vergangenheit gestellt. Dass sie nun Worte wählte, die Hintergrundwissen verrieten, ließ nur einen Schluss zu.

»Hast du mich gegoogelt?«, presste Astrid mit erstickter Stimme hervor.

Izzy zog ihre Hand zurück. »Nein.« Sie wirkte verwirrt. »Wieso sollte ich das? – Ich weiß ja nicht mal, wie du mit Vornamen heißt!«

»Was?!«

Astrid starrte die Frau, die ihr plötzlich wieder so fremd geworden war, an. Sie wohnte seit Wochen nebenan. Sie hatten gemeinsam gekocht, Stunden auf der Couch zusammengesessen, über Weine, ausgefallene Speisen, dies und das geplaudert, den Fuchs aufgepäppelt …!

»Warum, glaubst du, nenne ich dich *Schätzchen*?«

Weil du nicht einmal nach meinem Namen gefragt hast. Weil du mich überhaupt nicht wahrnimmst, keinerlei Interesse an mir hast!

»Astrid.« Ihre Stimme klang genauso frostig wie beabsichtigt. »Mein Name ist Doktor Astrid Behringer, Master of Science, Master of Business Administration. Meine Habilitation habe ich über Nerve-Growth-Factor-Mutation verfasst. Ich bin eine der führenden Schmerzexpertinnen Deutschlands.«

Mehrere Sekunden verstrichen. Dann wandte Izzy ihr langsam den Kopf zu.

»Beeindruckend«, sagte sie, doch ihre Stimme brachte das Gegenteil zum Ausdruck. »So viele Titel. – Sonst weißt du nichts über dich zu erzählen?«

Astrid Lippen waren zu einem schmalen Strich geworden. Ihr dämmerte bereits, dass die Auflistung der Errungenschaften ihrer akademischen Laufbahn denkbar unpassend gewesen war. Doch die Demütigung, die ihr Stunden zuvor durch Stögers Kongressplatzvergabe an Neuretter widerfahren war, saß ihr noch in den Knochen. Wenn sie schon im privaten Bereich versagt hatte – als Ärztin und Wissenschaftlerin war sie immer erfolgreich gewesen! Sie wollte wieder als Expertin wahrgenommen werden, als Koryphäe auf ihrem Gebiet, nicht als die Frau, die vor inzwischen eineinhalb Jahren einen Fehler begangen hatte.

»Über mich gibt es darüber hinaus sicher nicht so viel zu sagen wie über dich!« Den Satz hatte Astrid über die Lippen gebracht, ohne nachzudenken.

Ein paar Sekunden lang verharrte Izzy, die gerade den Motor starten hatte wollen, und starrte unbewegt auf die Tannen, die den Parkplatz säumten. Dann sagte sie ganz ruhig: »Okay. Das war's. Ich darf dich bitten, auszusteigen.«

»Was?« Astrid schaute sie ungläubig an. »Hier?« Außer der Wildtierstation gab es nichts – keinen Bahnhof, keinen Bus, keinen Taxistand.

»Du hast mich schon verstanden«, erwiderte Izzy. »Verlasse jetzt bitte meinen Wagen. – Ich bin sicher, Frau Doktor Behringer, Master of Science, Master-of-weiß-der-Geier-was, ist in der Lage, sich einen Transport nach Hause zu organisieren.«

Astrid schluckte. Dann packte sie verärgert ihre Tasche und stieg aus. Schwungvoll warf sie die Autotür hinter sich zu.

Erst, als sie Izzys Auto hinter der Kurve verschwinden sah, überrollte sie die Erkenntnis, dass wieder ein Kontakt, der Potenzial zu einer Freundschaft gehabt hätte, in den Sand gesetzt war.

Hennie hatte recht gehabt: Sie funktionierte nur beruflich, aber im Privaten bekam sie rein gar nichts auf die Reihe.

Verrat

Die Frau mit den dunklen Locken saß auf einem gelben Hocker. Sie lachte herzhaft und hatte den Kopf dabei leicht in den Nacken geworfen. Dabei zeigte sie eine Reihe blitzweißer Zähne. Lebensfroh und gesund sah sie aus, ganz anders, als Astrid sie von ihren letzten Begegnungen in Erinnerung hatte.

Astrid erkannte die roten Wände im Hintergrund. Sonntags waren sie oft in diesem Café gewesen – Hennies Lieblingscafé in Friedrichshain mit den Gartenmöbeln aus umgebauten Obstkisten draußen und den gelben Hockern drinnen. Sie kannte auch die anderen auf dem Gruppenfoto – Frauen, die sie einmal für ihre Freundinnen gehalten hatte. Irgendetwas wurde gefeiert. Im Hintergrund entdeckte sie eine Girlande mit HAPPY BIRTHDAY und ein paar Luftballons.

Astrid starrte auf das Foto, das sie gerade in ihrer Timeline entdeckt hatte. Nach dem Nachtdienst, der diesmal überraschenderweise etwas turbulenter verlaufen war als die bisherigen, hatte sie gegen sechs Uhr früh noch einige Entlassungsbriefe diktiert, um die Zeit bis zur Morgenbesprechung sinnvoll zu nutzen. Sie war damit schneller fertig gewesen als erwartet und hatte der Versuchung nicht widerstehen können, im Internet nach Informationen zu suchen, von denen sie rational betrachtet wusste, dass sie weder weiterhelfen noch ihre Stimmung aufhellen würden.

Nachdem sie auf nichts Neues gestoßen war, hatte sie ihren eigenen Account aufgerufen. Das Foto war zwar am Sonntag von Bibi gepostet worden, es musste aber eine alte Aufnahme sein. Bibi und Ebru waren immer auf ihrer Seite gewesen und hatten sich damit mehr oder weniger gegen die alte Clique gestellt, die es so nicht mehr gab.

Wessen Geburtstag aber war da gefeiert worden? Und warum war sie nicht mit auf dem Foto?

Sie klickte auf Bibis Profil und entdeckte, dass das Foto Teil eines Albums mit dem Namen *Schnapp(s)schüsse* war. Sie klickte die Bilder durch. Da waren sie: Bibi, Ebru, all die anderen, genauso, wie sie sie in Erinnerung hatte. Die Freundinnen hatten sich über Jahre nicht verändert, außer dass sich bei der einen oder anderen ein paar graue Haare mehr eingeschlichen hatten. Unmöglich also zu sagen, wann die Fotos geschossen worden waren. Vielleicht bei Ebrus Vierzigstem? – Der lag drei Jahre zurück.

Sie wollte gerade Bibis Profil verlassen, als sie auf einem der Fotos die Tafel mit dem Tagesgericht entdeckte. Das Datum über der Ankündigung, dass es Tofuburger mit Hummus und Petersilien-Tomaten-Salat für 12,99 Euro gab, ließ sie unwillkürlich die Luft anhalten. Die Geburtstagsfeier hatte tatsächlich am Sonntag stattgefunden!

Mit behänden Fingern klickte sie das Fotoalbum durch und erstarrte regelrecht, als sie die Frau mit langem glatten Haar sah, die mit einem riesigen Messer eine unglaublich große Geburtstagstorte mit der Fünfzig aus rotem Zuckerguss anschnitt.

Nicolette.

Ihr wurde augenblicklich übel.

Dieses falsche Lächeln, der intrigante Blick.

Du ast eine gaaaanz, gaaaanz reizende Frau.

Es war der erste Satz, den Nicolette jemals zu ihr gesagt hatte, vor drei Jahren, als sie sich auf der Verpartnerung von Lilly und Xana das erste Mal begegnet waren. Hennie hatte die Französin damals schon gekannt. Wie gut, ahnte Astrid damals nicht ansatzweise.

Isch bin ganz entzückt von deiner wunderschönen, klugen Frau.

Nicolette war von Anfang an ehrlich gewesen. Hennie nicht.

Astrid hörte ihre Partnerin noch jetzt herzhaft lachen.

Nicolette, jetzt krieg dich wieder ein, hatte sie erwidert und die Angesprochene dabei beiläufig an der Schulter berührt.

Das letzte Foto gab Astrid dann den Rest. Nicolette hatte die mit den dunklen Locken an sich gezogen und küsste sie voller Leidenschaft auf den Mund.

»Ach, da steckst du!« Annas Stimme ließ Astrid hastig die Internetseite wegklicken. Im Netz surfen war ihnen nicht verboten, dennoch musste niemand mitbekommen, was sie sich da ansah. Toleranz hin oder her, küssende Frauen gehörten hier trotz Franzis Bemühungen, unbedingt als Lesbe sichtbar zu bleiben, nicht zum Alltag. Und diese beiden Küssenden waren sogar ihr zu viel.

»Wir sitzen schon alle im Besprechungsraum und warten auf dich. Angeblich war ja diese Nacht ganz schön was los, richtig?«

Astrid warf einen schnellen Blick auf die Uhrzeit. Die Besprechung hatte vor sieben Minuten begonnen.

»Tut mir leid, ich habe die Zeit übersehen.«

Wie in Trance folgte sie Anna ins Besprechungszimmer.

*

Kaum zu Hause angekommen, rief Astrid bei Bibi und Ebru an. Niemand hob ab, vermutlich waren die beiden um kurz nach halb neun schon außer Haus. Sie erreichte Bibi schließlich auf dem Handy. Den Hintergrundgeräuschen nach zu urteilen, saß sie im Auto.

»Guten Morgen. Ist irgendetwas passiert, oder warum rufst du so früh am Morgen an?«

Bibi klang vom ersten Wort an misstrauisch.

»Du hast Kontakt zu Nicolette?«

Ihrer simplen Frage folgte langes Schweigen. Sie konnte regelrecht spüren, wie es in Bibi arbeitete.

Astrid half ihr auf die Sprünge.

»Ich habe die Fotos auf Facebook gesehen.«

Bibi stieß einen langen, gequälten Seufzer aus.

»Sorry. Das war nicht beabsichtigt. Ich hatte vergessen, dich für diesen Beitrag zu sperren.«

Bitte?

Einen Augenblick lang starrte Astrid den Telefonhörer an.

Bibi ging anscheinend selbst auf, dass ihre Aussage nichts besser machte.

»Es ist doch nicht gegen dich persönlich gerichtet«, versuchte sie zu erklären. »Glaubst du, uns macht es Spaß, zwischen zwei Stühlen zu sitzen? – Nicolette hat uns nie etwas getan, wir sind mit ihr eigentlich immer gut ausgekommen.«

»Du hast mal ziemlich derbe Worte über sie fallen lassen, nachdem du das mit Hennie und ihr erfahren hattest!«

»Jaaaa.« Bibi war die Erinnerung daran hörbar unangenehm. »Ich finde es ja auch immer noch nicht okay von ihr, dass sie sich in eine bestehende Beziehung gedrängt hat. Aber das ist jetzt über eineinhalb Jahre her. So ist halt das Leben ... Leute fangen was miteinander an, trennen sich, kommen mit anderen zusammen ... ich meine, wenn ich immer gleich meinen gesamten Freundeskreis aufgeben würde, wenn so etwas passiert, dann stünde ich irgendwann ganz alleine da!«

So wie ich, ging es Astrid durch den Kopf. Laut sagte sie: »Ich hatte gedacht, dass ihr auf meiner Seite seid. Dass ihr Hennie als Hauptschuldige seht. Und jetzt sehe ich die Fotos, und ...«

Ihre Stimme brach.

»Ich bin keine Richterin und will auch nicht in diese Rolle gedrängt werde«, stellte Bibi klar. »Und ich will mich nicht zwischen euch entscheiden müssen.«

Wieder ein Seufzen. Dann ergänzte sie: »Aber es ist nun mal so: du bist weggezogen. Wir nicht. Es ist doch logisch, dass wir uns an die halten, die in der Nähe geblieben sind.«

»Ihr tut so, als sei ich aus der Welt«, hielt Astrid ihr entgegen und hasste sich dafür, wie verzweifelt sie klang. Warum konnte sie in solchen Situationen nicht ein Mal so auftreten wie Hennie: fokussiert, rational, tough?

»Ihr wolltet mich besuchen kommen, den Kontakt halten! Stattdessen verbündet ihr euch mit dem Feind und tut so, als wäre ich auf den Mond gezogen!«

»Astrid, jetzt mach aber mal halblang!« Bibi klang nun ebenfalls aufgebracht. »Wir telefonieren mindestens einmal die Woche, und das oft bis zu einer Stunde lang! Da Ebru und ich nicht gerade unterbeschäftigt sind, ist das schon ziemlich viel! Aber wir nehmen uns die Zeit, weil du unsere Freundin bist! – Wir haben dich noch nicht besucht, weil wir den Eindruck haben, dass du da in Bayern immer noch mit *über*leben beschäftigt bist, nicht mit leben! Bei dir jagt eine Katastrophe die nächste! Wann immer wir telefonieren, gibt's ein Problem! Einmal ist es dieser Kollege, der dich mobbt, dann fällt dein neues Haus zusammen. Als nächstes ziehst du in eine Bruchbude ohne Zentralheizung, und kurz darauf gibt es ein Fuchsdrama. Wir haben mittlerweile schon fast Angst, ranzugehen, wenn wir deine Nummer sehen, weil wer weiß, was nun wieder kommt!«

Astrid war es, als hätte Bibi ihr die Hände um den Hals gelegt und würde nun zudrücken. Sie rang nach Luft, brachte keinen Ton über die Lippen. Sie empfand dieselbe Hilflosigkeit wie damals, als Hennie im Auto gesagt hatte, sie bräuchte sich nicht zu wundern, dass sie sich Nicolette zugewandt hatte.

Zugeknöpft. Frigide. Gefühlsarm.

Das waren noch die sanftesten Adjektive gewesen, die Hennie für sie fand. Der Schmerz war so unerträglich, dass sie einfach nur weg wollte – weg aus der ganzen Situation.

Diesmal konnte sie sich leichter entziehen. Sie legte einfach auf.

Vorbei war es mit ihrer inneren Aufruhr dennoch nicht. Ganz im Gegenteil. Sie ärgerte sich, weil sie Bibi nicht klipp und klar an den Kopf geschmissen hatte, wie sie die Sache sah: als Verrat an ihrer Freundschaft. Dass sie obendrein nicht dazu gekommen war, sich nach Hennie zu erkundigen – warum sie wieder in Berlin war, ob sie nun tatsächlich mit Nicolette fest zusammen war und vor allem, ob sie irgendetwas von Simone wusste. Nachdem sie Bibi auf Eis gelegt hatte und damit zwangsläufig auch Ebru, würde sie wohl schwerlich davon erfahren.

*

»Findest du auch, dass es eine Qual ist, mit mir zu telefonieren, weil mein Leben nun mal leider nicht rosarot ist?«

Astrid hatte versucht, sich nach dem Nachtdienst noch mal schlafen zu legen, brachte aber kein Auge zu. Das Gespräch mit Bibi wühlte sie drei Stunden später immer noch auf. Als ihre Unruhe übermächtig geworden war, hatte sie erneut zum Telefon gegriffen und Sillas Nummer gewählt. Sie sehnte sich nach Zuspruch, hoffte auf Verständnis – oder zumindest darauf, mit ihrer Verzweiflung nicht mehr allein zu sein.

Silla, die sich mit drei weiteren Kolleginnen und Kollegen ein Großraumbüro teilte, wollte sie zuerst auf einen Rückruf am Abend vertrösten, merkte dann aber offenbar, dass es dringend war.

Zwanzig Minuten später meldete sie sich aus einem Besprechungsraum, in den sie sich zurückziehen konnte.

»Du hattest wirklich Pech in letzter Zeit«, beantwortete sie umgehend Astrids Frage. »Als Qual betrachte ich die Telefonate mit dir nicht, aber …«

Sie stockte, schien nach passenden Worten zu suchen.

»Aber?«, hakte Astrid nach.

»Aber man muss ein starkes Nervenkostüm haben. Es kommt wenig Positives von deiner Seite.«

Astrid lachte bitter.

»Seit eineinhalb Jahren stecke ich tief im Dreck. Da kommt nichts Positives, weil nichts Positives geschieht.«

»Aber Astrid, das stimmt doch nicht! Das ist nur deine destruktive Sichtweise.« Da war er schon wieder: Sillas unerschütterlicher Optimismus. »Alle Dinge, die dir widerfahren sind, haben auch positive Seiten.«

»Ach ja?«

Wäre Silla nicht Silla gewesen, so hätte Astrid ihr zumindest in Gedanken unterstellt, irgendeine bewusstseinsvernebelnde Substanz genommen zu haben.

»Klar. Beginnen wir mit der vermeintlichen Wurzel deiner angeblichen Pechsträhne: du bist wieder Single. Die Welt steht dir offen, du kannst dich neu verlieben. Zweitens ...«

»Ich will mich nie wieder verlieben und auf gar keinen Fall mehr eine Beziehung«, widersprach Astrid. »Zum Glück gibt es hier auch niemanden, der mir da in die Quere kommen könnte.«

»Ja, gut gewählt, dein bayerisches Exil am Ende der Welt!« Sillas Stimme platzte fast vor Ironie. »Man könnte es auch selbsterfüllende Prophezeiung nennen: ich ziehe als Lesbe in ein konservatives Kaff und leide dann drunter, dass in meinem Leben nichts passiert, während die Welt außerhalb sich weiterdreht!«

»Darum geht es doch nicht. Wie gesagt, ich will überhaupt keine Beziehung! Ich habe die Nase voll von Menschen, die mein Vertrauen missbrauchen.«

»Okay.« Silla atmete am anderen Ende der Leitung tief durch. »Was willst du denn eigentlich vom Leben?«

»Nichts. Ich will nichts mehr.«

Sekunden verstrichen. Astrid wollte gerade fragen, ob Silla noch dran war, als sich diese wieder zu Wort meldete.

»Astrid, mach endlich eine Therapie. Das hättest du im Grunde gleich tun sollen. Ich hatte gedacht, du kriegst die Kurve, aber das war ein Irrtum. Du wirst es ohne professionelle Hilfe nicht schaffen.«

»Du bist meine Therapeutin. Ich brauche niemand anderen.«

Silla ging nicht auf ihren als Scherz gedachten Einwurf ein.

»Nein, ich bin nicht deine Therapeutin«, stellte sie richtig. »Ich bin ... war deine Bewährungshelferin. Jetzt bin ich deine Freundin. Und als Freundin mache ich mir allmählich ernsthafte Sorgen.«

»Mich kotzt das alles dermaßen an!« Astrid stand jetzt am Fenster des Schlafzimmers, das Telefon in der rechten Hand, die linke zur Faust geballt. Auf der Straßenseite gegenüber parkte gerade ein Taxi. Der Fahrer stieg aus und zündete sich eine Zigarette an. »Das ist einfach so ungerecht!«

»Da gebe ich dir recht. Aber deine Anwältin war nicht die beste ihres Fachs, deine Ex hat den Richter mehr überzeugt und die Gesetze sind, wie sie sind. Ich habe sie nicht gemacht. Das einzige, was ich für dich tun konnte, war, dir unsere wöchentlichen Treffen so angenehm wie möglich zu gestalten und dich nicht wie eine vorbestrafte Verbrecherin zu behandeln.«

»Danke, dass du mich daran erinnerst.«

Astrid konnte sich einer gewissen Süffisanz in der Stimme nicht erwehren, obgleich sie wusste, dass sie Silla wirklich nichts vorwerfen konnte. Nur durch sie, diese wunderbare, warmherzige und optimistische Frau, war die demütigende Verpflichtung, sich in regelmäßigen Abständen bei Gericht zu melden, überhaupt zu ertragen gewesen. Weshalb man ihr überhaupt eine Bewährungshelferin zur Seite gestellt hatte, blieb beiden letztlich unklar: Astrid war bis dato weder strafrechtlich in Erscheinung getreten, noch war sie so jung, dass dies zum üblichen Procedere gehörte. Da Silla die Treffen jedoch wie einen gemütlichen Kaffeeplausch gestaltete, hatte Astrid es nicht weiter hinterfragt.

Am Grundstück gegenüber sah sie Izzy um die Kurve biegen. Das Grün der Laubbäume war inzwischen so dicht, dass sie nur noch die Zufahrt zur Garage sehen konnte.

Izzy ging nun an der Garage vorbei, über die Holzbrücke und auf das Taxi zu. Der Fahrer drückte hastig mit dem Fuß die Zigarette aus und kam ihr entgegen, um ihr den großen Koffer abzunehmen. Anscheinend hatte sie vor, zu verreisen.

Gekleidet war sie wie für ein Business Meeting: schwarzer Rock mit olivgrünem taillierten Blazer. Dazu trug sie Lederstiefel mit einem Absatz, der sie um einiges größer wirken ließ. Ehe Izzy ins Taxi stieg, blickte sie zu ihr hoch. Hastig trat Astrid vom Fenster zurück.

Seit ihrem Streit am Parkplatz in der Ramsau hatten sie kein Wort miteinander gewechselt. Zweimal waren sie aneinander vorbei gefahren – ohne jeden Gruß. Das Thema *Freundschaftliche Nachbarschaftsbeziehung* hatte sich also erledigt. Izzy war genauso, wie die Leute sagten: knallhart und egozentrisch. Trotzdem tat es Astrid weh, dass ausgerechnet die, in deren Gegenwart sie weder ständig an Simone noch oft an Hennie denken musste, wieder aus ihrem Leben verschwunden war, und dann auch noch auf so unschöne Weise.

»Astrid? Bist du noch dran?«

Sillas Stimme holte sie zurück in die Gegenwart. Draußen fuhr das Taxi mit Izzy auf der Rückbank los.

»Ja.«

»Hast du gehört, was ich gerade gesagt habe?«

Nein.

»Die Verbindung war gerade schlecht.«

»Ich sagte, wenn du schon keine Therapie machen willst, dann geh zumindest unter Leute. Such dir ein Hobby. Leg dir einen Hund zu, was auch immer! Aber hör um Himmels willen auf, im Internet Schatten nachzujagen! Das hat meine beste Freundin nicht nötig! Auf Facebook und Instagram stalken nur Teenager und Durchgeknallte ihre Ex!«

Silla hatte sie wieder einmal durchschaut, war aber noch nicht fertig: »Frau Professor-außer-Dienst, also bitte besinnen Sie sich auf Ihren IQ«, fügte sie nun scherzhaft hinzu.

»Mein IQ?« Jetzt musste auch Astrid lachen. Gelernt hatte sie immer leicht, aber für sie beruhte das allein auf Fleiß und Hartnäckigkeit. »Ich glaube, ich muss eher den EQ für die emotionale Intelligenz im Blick haben.«

»Gut erkannt«, erwiderte Silla. »Und wie heißt es so schön: Einsicht ist der erste Schritt zur Besserung.«

Nach dem Telefonat fühlte sich Astrid besser. Dass Silla sie als beste Freundin bezeichnet hatte, schmeichelte ihr ungemein. Gleichzeitig fühlte sie sich wie jemand, der den Titel nicht verdiente. Monatelang hatte Silla für sie den Kummerkasten gespielt. Aber was wusste sie eigentlich über ihre ehemalige Bewährungshelferin, außer dass sie gemeinsam mit einer Maine-Coon-Katze in einer Wohnung in Pankow lebte, sich als bisexuell bezeichnete und bekennender Shakira-Fan war?

Eigentlich kaum etwas, wie Astrid sich jetzt eingestehen musste. Sie hatte sie danach gefragt. Weil es ihr allgemein schwerfiel, auf Leute zuzugehen und private Fragen zu riskieren.

Sie nahm sich vor, das zu ändern. Silla hatte ja recht – sich immer mehr zu verkriechen war keine Lösung. Obendrein würde Hennie sonst recht behalten mit ihrem Urteil, dass sie eine zugeknöpfte, gefühlsarme Sozialphobikerin war.

Noch einen Sieg wollte sie ihr nicht gönnen.

*

Die in rosa Glanzpapier verpackte Schachtel Pralinen wog fast ein Pfund und hatte Astrid ein halbes Vermögen sowie einen Nachmittag in Salzburg gekostet. Dafür prangte jetzt das Logo eines exklusiven Chocolatiers prominent auf der Vorderseite. Sie blieb nach dem Nachtdienst und dem Ende der Morgenbesprechung noch eine Dreiviertelstunde länger, um sie persönlich zu übergeben.

Franzi nahm gerade mit einem Kaffee an ihrem Schreibtisch Platz, als Astrid das Vorzimmer der kaufmännischen Direktion betrat.

»Kann ich dir helfen?«

Franzi gab sich beschäftigt und sah kaum von ihrem Monitor auf, der aber noch immer die Einstiegsmaske zeigte. Astrid fand ihr Verhalten albern. Immerhin lag das geplatzte Treffen schon über drei Wochen zurück. Wie lange wollte sie sich denn noch daran aufhängen? – Es war höchste Zeit, dem ein Ende zu setzen.

Sie legte die Pralinenschachtel neben die Tastatur.

»Franzi, es tut mir sehr leid, dass ich unsere Verabredung vergessen habe«, entschuldigte sie sich. »Ich stand an dem Wochenende neben mir. Mir ist mittlerweile klar geworden, dass es dich wirklich geärgert hat. Und das bedauere ich sehr.«

Franzi trug noch immer ihre abweisende Miene zur Schau. Doch immerhin hatte sie sich ihr nun zugewandt.

Astrid schob die Pralinen leicht in ihre Richtung.

»Lass es mich wiedergutmachen.«

Franzi warf einen kurzen, beinahe abfälligen Blick auf das Geschenk. »Danke. Aber ich esse quasi keine Schokolade.«

Dann lass es eben!, schoss es Astrid spontan durch den Kopf. Ihr Vorsatz, Frieden zu schließen, löste sich in Luft auf. Nur Hennies hämische Stimme in ihrem Kopf – *Sozialphobikerin, Sozialphobikerin* – brachte sie dazu, nicht sofort zu gehen.

»Verschenk sie halt weiter oder stell sie auf irgendeine Station. – Wenn du meine Entschuldigung nicht annimmst, ist das schade, aber ich muss wohl damit leben.«

Sie war schon bei der Tür, als Franzi sie zurückrief.

»Ich habe nicht gesagt, dass ich deine Entschuldigung nicht annehme.« Franzi hatte sich erhoben. »Ich sagte nur, dass ich kein Schoko-Fan bin. Allerdings«, sie nahm die Schachtel hoch und betrachtete das Logo, »mache ich bei denen eine Ausnahme. Da hast du dich ja ganz schön ins Zeug gelegt.« Ein versöhnliches Lächeln trat auf ihre Lippen. »Entschuldigung angenommen. – Ich wollte dich bei dem Brunch einfach unbedingt meinen Freundinnen vorstellen. Ich gehe mit denen öfter wandern, weißt du? – Und da du ja sicher mitkommen willst, jetzt wo das Wetter passt, wäre es nett gewesen, wenn du sie schon mal kennengelernt hättest.«

Wandern? Richtig, Franzi hatte davon gesprochen, wie sie im Sommer die Wochenenden verbrachte: mit bis zu zehnstündigen Wanderungen über mehr als eintausend Höhenmeter und anschließender Übernachtung auf irgendwelchen Berghütten.

Astrid wusste nicht recht, ob das für sie die richtige Freizeitbeschäftigung war. Allerdings hatte sie bei den Gesprächen im Dienstzimmer mit den Krankenschwestern und Kollegen sowie in der Kantine inzwischen mitbekommen, dass es hier anscheinend niemanden gab, der im Sommer *nicht* in den Bergen unterwegs war. Strittig war nur die Frage, ob per Mountainbike oder zu Fuß. Sie musste sich wohl anpassen, wenn sie hier Freunde gewinnen wollte.

»Ich würde mich sehr freuen, wenn ihr mich trotzdem noch mitnehmt«, sagte sie daher. »Auch, wenn ich sicher nicht so fit bin.«

»Ach, mit etwas Training kriegen wir das schon hin!« Franzi hatte ihren Groll nun offenbar endgültig ad acta gelegt. Sie trat zu ihr und umarmte sie herzlich. Astrid ließ es über sich ergehen, obgleich ihr diese Körperlichkeit zu viel war. So gute Freundinnen waren sie schließlich nicht.

»Hast du am Wochenende Dienst?«

»Nein, wieso?«

Franzi lächelte wieder.

»Dann lass uns das mit dem Brunch im *Edelweiß* am Samstag nachholen. Nur du und ich. Als Entschädigung.«

Astrid hatte noch immer wenig Lust auf ein Hotelfrühstück, und auch Franzis Formulierung bereitete ihr leichte Sorge: nur du und ich. Trotzdem überwand sie ihre Bedenken und sagte zu. Mit Distanz und Abwehr schaffte man sich bekanntlich keine Freunde. In der Theorie hatte sie das schon immer gewusst, nun war es an der Zeit, es endlich in die Praxis umzusetzen.

*

Wider Erwarten gestaltete sich ihr Treffen im *Edelweiß*, dem Prestigehotel Berchtesgadens, sehr nett. Die Tische im Restaurant standen weit genug voneinander entfernt, um eine gewisse Privatsphäre zu gewährleisten; die Einrichtung war gediegen und widerlegte Astrids Befürchtung, ihr Frühstück in der minimalistisch-hypermodernen Atmosphäre eines Saals einnehmen zu müssen, mit dem sich irgendein semi-bekannter Innenarchitekt ein Denkmal setzen hatte wollen. Astrid, die üppigen Frühstücken normalerweise nichts abgewinnen konnte, aß mehr als beabsichtigt und fühlte sich zwei Stunden später wie eine Mastgans. Daran änderte auch das Glas Sekt nichts, das sie sich zum Abschluss gönnten.

Da Franzi keine Anstalten machte, die Hälfte der Rechnung zu übernehmen, zahlte Astrid alles. Für ein Frühstück fand sie den Betrag überzogen, und die Selbstverständlichkeit, mit der sich ihre Bekannte einladen ließ, ärgerte sie insgeheim. Andererseits – es war wohl auch eine Art Entschädigung für die erste Verabredung ... neben der Pralinenschachtel.

Franzi bestand darauf, ihr noch die Terrasse des Hotels zu zeigen.

»Das musst du gesehen haben!«, sagte sie, während sie mit dem Aufzug ganz hinauffuhren. Ihre Wangen glühten vor Begeisterung.

Als sie schließlich oben angekommen waren, sprang ihr Enthusiasmus auf Astrid über. Die Aussicht auf Berchtesgaden mit seinen pittoresken Bürgerhäusern und Kirchen, den noch immer schneebedeckten Berggipfeln war atemberaubend. Der strahlend blaue Himmel machte den Postkartenblick perfekt. Astrid trat ans Geländer, ließ die Umgebung auf sich wirken und genoss die frische klare Luft und die zart wärmenden Sonnenstrahlen auf ihrem Rücken. Es war ein wunderschöner Maitag. Zum ersten Mal seit langer Zeit fühlte sie sich wieder frei und lebendig.

Es war doch gut gewesen, Berlin hinter sich zu lassen. Hier gab es keine Altlasten, keine Orte, die sie mit Hennie und Simone verband.

»Ist das nicht phantastisch?« Franzi trat neben sie ans Geländer. »Hier will ich mal heiraten!«

»Hier?« Astrid lachte leise. »Eine Frau? Ganz traditionell, im Herz von Berchtesgaden?«

»Ja. Du etwa nicht?«

»Ich?« Astrid runzelte die Stirn, lachte unsicher. Worauf wollte Franzi hinaus? »Also, ich möchte nie wieder heiraten«, stellte sie klar in der Hoffnung, dass die Botschaft ankam.

»Ward ihr eigentlich richtig verheiratet, du und deine Frau, oder nur verpartnert?«

Sie wollte nicht über Hennie sprechen, doch Franzi klang so ehrlich interessiert, dass sie sich zu einer Antwort hinreißen ließ: »Verpartnert. Wir waren 2001 unter den ersten Paaren überhaupt, die sich verpartnern ließen. Eine Eheschließung wie bei Heteros war damals noch nicht möglich.«

»Wow. Dann ward ihr noch total jung!«

»Ziemlich, ja.«

Aber wir waren vollkommen davon überzeugt, dass das, was wir miteinander haben, für die Ewigkeit bestimmt ist, ergänzte sie in Gedanken – und stutzte, als sie sich erinnerte, was Hennie immer wieder einmal einfließen ließ: Sex ist nur Sex. Wenn du Abwechslung willst, bitte. Ich bin nicht eifersüchtig, solange du emotional bei mir bist.

Astrid hatte stets vehement widersprochen. Es stand ihr überhaupt nicht der Sinn danach, mit jemand anderem zu schlafen als ihrer Frau. Dass Hennie diese Option für sich selbst immer schon in Erwägung zog, wurde ihr erst jetzt bewusst. Sie hatten wirklich nicht dieselben Werte geteilt.

»Und habt ihr die eingetragene Partnerschaft dann in eine Ehe umwandeln lassen?«

»Wir waren beide beruflich zu eingespannt, um diesen ganzen Behördenkram zu regeln.«

Zumindest hatte das Hennie von sich behauptet, meist in Kombination mit der Ergänzung: Ehe, das klingt doch wie pures Spießbürgertum!

»Und eure Tochter? Wie habt ihr das gemacht?«

Allmählich wurde ihr Franzis Fragerei zu intim. Dennoch rang sich Astrid zu einer Antwort durch. Der Tag war zu schön, um ihn dadurch zu ruinieren, dass sie wieder ihre unsichtbare Mauer zwischen sich und der Welt hochzog.

»Wir hatten einen schwulen Freund, der uns behilflich war. Es hat ganz klassisch mit der Bechermethode geklappt.«

»Hat er Alimente gezahlt?«

»Nein, wieso?« Die Frage irritierte sie. »Es war ja unser Kind.«

»Ich würde es anders machen.« Franzi lehnte sich mit dem Rücken ans Geländer. Die rötlichen Strähnen, die anscheinend beim letzten Friseurbesuch aufgefrischt worden waren, kamen in der Sonne noch mehr zur Geltung. »Ich würde Norbert als Vater für mein Kind aussuchen.«

»Norbert? Norbert Neuretter? Deinen Cousin?«

Astrid schaute sie ungläubig an und hoffte insgeheim, dass Franzi in herzliches Gelächter ausbrechen würde. Doch sie blieb ernst.

»Er ist ja nicht mein direkter Cousin. Und überhaupt – vor dem Gesetz dürfen Cousine und Cousin sogar heiraten. Das will ich ja nicht, aber ein Kind von ihm … das könnte ich mir vorstellen. So könnte ich endlich mal ein Stück vom Kuchen abkriegen.«

»Von welchem Kuchen denn?«

Astrid stand auf der Leitung.

»Na, vom Neuretter-Vermögen! Dann wäre ich nicht länger die arme Verwandtschaft.« Franzi kicherte. »Klingt nach einem Plan, nicht wahr?«

Nach einem sehr zweifelhaften.

»Er würde sich darauf doch niemals einlassen!«

Ein Schulterzucken war die Antwort, gefolgt von dem Satz: »Ich würde ihn gar nicht erst fragen.«

»Wie bitte?«

»Du lieber Himmel, Astrid, jetzt spiel hier nicht die Moralapostelin!« Franzi verdrehte die Augen. »Jeder weiß, dass der Norbert kein Kostverächter ist, zumal, wenn er getrunken hat. Ich würde einfach eine günstige Gelegenheit abwarten ... und dann ... zack!« Sie schnippte mit den Fingern.

»Aber du bist doch nicht arm«, wandte Astrid ein. Das Gespräch hatte für sie eine schräge, wenn nicht gar unangenehme Wendung genommen. Zeit, es wieder auf die richtigen Gleise zu bringen. »Du wohnst in einem Haus mit Garten, das irgendwann dir gehören wird. Du hast einen fixen Job.«

»Du als Ärztin hast leicht reden. Du hast ja ein fettes Gehalt.« Franzi seufzte. »Und du bist nicht von hier. Deshalb wirst du nie verstehen, wie es ist, von lauter reichen Neuretters umgeben zu sein. Schau dir nur mal Erich an: fährt eine Mordskiste, ist der Chef eines Imperiums, Urlaub in der Karibik, ab und an zum Skifahren mit dem Heli auf einen Gletscher! Davon kann ich nur träumen. Oder die Neuretter-Frauen, die angeheirateten. Als die Anja den Norbert geheiratet hat, war sie eine Bäckerstochter mit einem Diplom von der Tourismusschule. Und jetzt trägt sie Prada und Gucci und macht einen auf Frau Doktor, obwohl sie nur zu Hause sitzt und sich im Kirchenchor wichtigmacht. Und Bettina, die Frau vom Erich, verbringt ihre Tage im Reitstall und auf Turnierplätzen und lässt sich sogar ihre Pferde satteln. Die rührt selbst keinen Finger!«

Astrid hatte Norberts Frau noch nie getroffen – zumindest nicht bewusst, Erichs jedoch schon. Am Monatsanfang, wenn sie die Miete vorbeibrachte, war es Bettina, die sie im Büro des Kieswerks entgegennahm – eine attraktive, großgewachsene Frau mit langer schwarzer Mähne, die in der Firma ihres Mannes eindeutig etwas zu melden hatte. Astrid war Zeugin davon geworden, wie sie LKW-Fahrern Anweisungen erteilt und Arbeiter zurechtgewiesen hatte. Ein Spaziergang hatte sie einmal zufällig am Pferdestall vorbeigeführt. Bettina Neuretter hatte zu diesem Zeitpunkt in Gummistiefeln und fleckigem Bundeswehr-Parka auf dem Misthaufen gestanden, eine Mistgabel in der einen Hand, und ihr mit der anderen freundlich zugewunken. Das Bild, das Franzi da zeichnete, stimmte nicht mit diesen Eindrücken überein. Aber Franzi kannte die Neuretters letztendlich besser als sie.

»Ja, Franzi, die Welt ist ungerecht«, sagte sie jetzt, weiterhin bemüht, deren Neid auf die Verwandtschaft abzufedern. »Aber, wie gesagt: So schlecht geht es dir doch nicht, oder?«

Franzi ignorierte den Einwand. Ein finsterer Zug hatte sich über ihr Gesicht gelegt.

»Oder Izzy«, fuhr sie fort. »Jeder weiß, was sie getan hat. Trotzdem macht sie heute auf *Grande Dame*, geht beim Bürgermeister ein und aus und protzt mit dem Vermögen herum, das Robert ihr hinterlassen hat! – Den hat sie ausgenommen wie eine Weihnachtsgans, aber er war so gutgläubig und naiv und hat das alles geschehen lassen. Du musst dir vorstellen: er hat wirklich die Mörderin seines kleinen Bruders geheiratet! Sie muss ihn auf irgendeine abscheulich-raffinierte Weise um den Finger gewickelt haben!«

Astrid wurde es langsam zu viel. Auch, wenn das letzte Zusammentreffen mit Izzy unschön geendet hatte – das, was Franzi hier über sie vom Stapel ließ, klang nach übelster Nachrede.

»Gibt es hier oben irgendwo Toiletten?«, fragte sie und verhinderte mit ihrer Frage, dass ihre Begleiterin, die den Mund schon wieder geöffnet hatte, die nächste Tirade loslassen konnte.

»Ja ... da hinten im Panoramarestaurant. Rechts neben der Bar.«

Missmutig deutete Franzi auf den leerstehenden Saal, durch den sie auf die Terrasse gekommen waren. Auf diese Weise zu flüchten, war eine elegante und unverfängliche Art.

Als sie zurückkam, hatte sich eine kleine Gruppe Senioren ebenfalls auf der Terrasse eingefunden. Franzi kannte zwei davon und war in ein lebhaftes Gespräch verwickelt. Als sie mit Astrid im Lift nach unten fuhr, war sie wie ausgewechselt, sprach über

Belanglosigkeiten und schmiedete Pläne für weitere Treffen. Die neiderfüllte Hassrednerin von eben war offenbar auf der Terrasse geblieben.

Astrid hoffte, dass sie nicht so schnell wieder hervorkam.

Trotz all ihrer guten Vorsätze, offener auf Leute zuzugehen und mehr mit neuen Bekanntschaften zu unternehmen – wenn Franzi so weitermachte, würde sie in Zukunft doch lieber zu Hause alleine herumsitzen oder auf eine Einladung von Sonja und Harald warten. So viel Hass, Neid und offenen Unsinn ertrug sie nicht.

*

»Nussdorfer mein Name«, stellte sich der Mann mit der sonoren Stimme am anderen Ende der Leitung vor, kaum dass Astrid den Anruf entgegengenommen hatte. »Ich bin der Bezirksärztevertreter vom Landkreis Berchtesgadener Land. Der Fritz ... also, Ihr Chef ... hat mir Ihre Nummer gegeben, damit ich mich melden kann wegen des Vortrags über Parkinson, den Sie uns ja freundlicherweise für Juni zugesagt haben.«

»Für Juni?« Astrid stand im Garten vor dem Haus, die Hände voller Erde. Zwei der insgesamt fünf Tomatensetzlinge, die Franzi ihr nahezu aufgedrängt hatte, waren schon in großen Töpfen. Die anderen harrten noch in den kleinen Plastikschalen aus. Es war das erste Mal in ihrem Leben, dass sie Gartenarbeit verrichtete. Zu ihrer Überraschung machte es ihr Freude. Zumindest hatte sie an diesem Wochenende etwas zu tun. »Mir wurde gesagt, der Vortrag sei für Ende Oktober geplant!«

»Ach so?« Verwunderung am anderen Ende der Leitung. »Also, da muss der Fritz was missverstanden haben. Ich habe immer von Ende Juni geredet. – Aber wenn Sie nicht können ...« Enttäuschung schwang in seiner Stimme mit.

»Nein, nein«, beeilte sich Astrid zu sagen. »Ich war nur überrascht. Mir ist es ganz gleich.« *Es ist nicht so, dass mein Kalender vor Termineinträgen überläuft …*

»Wunderbar! Ich wollte vorschlagen, dass wir uns bald zusammensetzen, damit ich Ihnen etwas über den Rahmen unserer Treffen erzählen kann, Publikum, Dauer des Vortrags … diese Formalitäten. – Hätten Sie vielleicht Lust, morgen zum Kaffee bei mir vorbeizuschauen? – Ganz zwanglos. Meine Frau hat dann auch einen vorzüglichen Kuchen gebacken!«

Astrid musste unwillkürlich schmunzeln. So lief das also am Land. Aber Franzi nahm es bekanntlich nicht gut auf, wenn sie versetzt wurde.

»Morgen bin ich leider schon verplant.«

»Wie wäre es dann mit heute?«

Nussdorfer hatte anscheinend nicht vor, so schnell aufzugeben.

»Jetzt?« Astrid sah an sich hinunter. Mit ihren schmutzigen Händen und der fleckigen Jeans sah sie aus wie ein Erdferkel.

Dem Bezirksärztevertreter war das leichte Entsetzen in ihrer Stimme nicht entgangen. Er lachte. »Nicht sofort. In zwei Stunden, so gegen fünfzehn Uhr?«

Astrid sagte zu. Als sie aufgelegt hatte, ärgerte sie sich – nicht über Nussdorfer, sondern über Stöger. Er hatte sie bezüglich des Vortragstermins belogen, um Neuretters Entsendung zum Kongress in Dubai zu rechtfertigen.

*

Familie Nussdorfer wohnte in einem regionaltypischen Holzhaus, an einem sonnigen Hang etwas außerhalb von Berchtesgaden gelegen. Der Blick von der Terrasse hinab ins Tal war so unglaublich, dass Astrid sich anfangs nur mit Mühe auf die

Tischgesellschaft konzentrieren konnte. Den Sonntagskuchen hatte Hausherrin Johanna offenbar in aller Eile vorgezogen. Als sie ihn servierte, war er noch lauwarm. Mit am Tisch saßen außerdem Tochter Lena und ihre zwei jüngeren Brüder. Astrid fiel gleich auf, dass zwischen Lena, die sie auf achtzehn, neunzehn schätzte, und den beiden anderen Kindern ein Altersabstand von mindestens zehn Jahren lag.

Nussdorfer hieß mit Vornamen Peter; das unter Kollegen ohnehin übliche Du war schnell ausgesprochen. Astrid trank Kaffee und aß Kuchen und fühlte sich dabei so aufgenommen, als würde sie diese Leute schon ihr Leben lang kennen. Über eine Stunde verstrich, bis der Bezirksärztevertreter zum Fachlichen überging. Was er sich erwartete, war ein Vortrag, der Astrid nicht viel Vorbereitungszeit kosten würde – ein Überblick, Therapiemöglichkeiten, Neuheiten. Nicht zu studienlastig, denn das Publikum bestand hauptsächlich aus niedergelassenen Hausärzten.

Sie waren noch mitten in ihrer Besprechung, als Lena zurück auf die Terrasse kam. Im Schlepptau hatte sie einen etwa gleichaltrigen, schlaksigen Burschen mit Nasenring, Lippenpiercing und Totenkopf-Tattoo auf dem rechten Unterarm. Artig schüttelte er zunächst Peter, dann ihr die Hand. Sein Händedruck war schwach, und Astrids feiner Nase entging nicht, dass er leicht nach Marihuana roch.

»Der Nico und ich fahren dann jetzt nach Salzburg rein«, erklärte Lena. Sie drückte ihrem Vater zwei Küsse auf die Wangen.

»Und wann sieht man dich wieder?«

Astrid musste keine Hellseherin sein, um zu erkennen, dass Peter Nussdorfer kein Fan dieser Beziehung war.

»Nächste Woche? – Ich habe zur Zeit echt viel Stress in der Schule.«

»Jaja.« Peter wirkte weniger überzeugt. »Dann viel Spaß.«

Schon waren die beiden weg. Der Bezirksärztevertreter starrte ins Leere. Erst, als draußen ein Motor gestartet wurde, schien er sich wieder bewusst zu werden, dass er nicht alleine am Tisch saß.

»Verzeihung«, sagte er. Einen Moment lang sah es aus, als wolle er ohne Umschweife wieder auf das Fachliche zurückkommen. Doch dann überlegte er es sich anders. »Ich mag den Burschen nicht«, gab er ohne Umschweife zu. »Aber was soll ich tun? Für Lena ist er die große Liebe. Würde ich ihr sagen, was ich von ihm halte, wäre sie nur sauer auf mich. Ich hoffe ja noch immer, dass sie nach dem Abi einen Studienplatz in Rostock oder Hamburg bekommt, dann erledigt sich diese Liaison von selbst. – Hast du eigentlich Kinder?«

Die Frage fühlte sich für Astrid im ersten Moment an, als würde ihr ein Kübel kalten Wassers über den Kopf geschüttet.

Nicht das schon wieder.

»Ich habe ... hatte eine Tochter.«

»Hatte?«

Sag's schon.

Astrid atmete tief durch. Es war Zeit, sich der Wahrheit zu stellen.

»Es ist die Tochter meiner ehemaligen Lebensgefährtin. Seit der Trennung gibt es keinen Kontakt.«

Sie konnte an dem Flackern in den Augen ihres Gegenübers erkennen, dass ihn die Lebensgefährtin überraschte. Als er ansetzte, um etwas zu erwidern, rechnete Astrid damit, dass er irgendetwas zum Thema sexuelle Orientierung loswerden wollte – dass er da noch jemanden kenne, der *so sei*, dass er kein Problem damit hätte und so weiter. Sie kannte die Sprüche von Heterosexuellen, die mit einem Coming-out im ersten Moment überfordert waren.

Doch der Hausarzt sagte mit nachdenklicher Miene: »So was ist echt ganz großer Mist. – Ich war vor fünfzehn Jahren in derselben Situation. Die Scheidung von meiner Ex-Frau war eine Schlammschlacht. Meine Ex hat so eine Hetze gegen mich betrieben, dass die Kleine überhaupt nicht mehr zu mir wollte. Wir haben erst seit zwei Jahren wieder Kontakt. Die Zeit dazwischen war schlimm. Irgendwie fühlte es sich so an, als würde ein Teil von einem selbst fehlen – wie ein amputierter Arm.«

Astrid verstand genau, was er meinte. Besser hatte es noch niemand in Worte gefasst.

»Lena ist von selbst auf mich zugekommen«, fuhr Peter Nussdorfer fort. »Manches braucht wahrscheinlich einfach nur Zeit. Wenn die Mädels älter werden, kommt die Vernunft, und sie sehen die Dinge neutraler.«

Astrid nickte, auch wenn sie nicht daran glaubte. Es tat gut, mit jemandem offen darüber zu sprechen und zu hören, dass sie nicht die einzige war, die so etwas durchleben musste. Allerdings waren die Dinge bei ihr anders gelagert. Bei ihr ging es nicht um eine bloße Trennung, sondern um eine Katastrophe. Möglicherweise von ihr selbst ausgelöst durch eine unverantwortliche Fahrlässigkeit. Doch darüber konnte und wollte sie mit niemandem sprechen.

Bekenntnisse

Die Route sollte vom bekannten Hammerstiel-Parkplatz über die Kührointhütte zum Watzmannhaus führen. Franzi hatte Astrid versichert, dass es eine einfache Tour wäre, nichts, was gute Kondition voraussetze. Doch schon als der Weg nach der ersten Kurve steiler wurde, spürte Astrid, dass dieser Sonntag sie an körperliche Grenzen bringen würde. Franzi, Turnlehrerin Rita und Katrin, deren Hauptgesprächsthema ein nur zwei Wochen zurückliegender Kletterurlaub in Chile war, schritten leichtfüßig und plaudernd voran und merkten von ihren Nöten überhaupt nichts.

Astrid biss die Zähne zusammen und zwang sich, einen Fuß vor den anderen zu setzen. Zumindest drückten ihre neu gekauften Wanderschuhe nicht. Auch die Funktionshose erwies sich als gute Investition. Sie war Franzi dankbar dafür, sie von ihrer ursprünglichen Idee, in Jeans und Sneakers zu wandern, abgebracht zu haben, auch wenn die neue Ausrüstung einen Batzen Geld gekostet hatte.

Nach einer halben Stunde lief ihr der Schweiß bereits über Stirn und Rücken. Ihre Kehle war dagegen staubtrocken. Sie hielt an, setzte den Rucksack ab und angelte sich die Wasserflasche aus dem Seitenfach.

»Wartet mal kurz. Ich brauche eine Pause!«

Die Wanderinnen, die schon bei der nächsten Kurve angekommen waren, blieben stehen.

»Jetzt schon?«, rief Franzi ihr zu.

»Ja. Für mich ist das anstrengend.«

In gierigen Schlucken trank sie das Wasser. Danach ging es kurzzeitig besser. Doch schon nach zehn Minuten hatte sie erneut das Gefühl, nur noch mit Mühe vorwärtszukommen.

»Du hast in den letzten Jahren wohl wirklich keinen Sport gemacht«, stellte Katrin fest, und auf ihrem Gesicht stand deutlich, was sie davon hielt. »Das rächt sich jetzt.«

Was du nicht sagst!

Astrid leerte ihre Wasserflasche und fragte sich, wie sie den Rest des Weges wohl ohne Flüssigkeitszufuhr überstehen sollte.

»Ich dachte, du bist in Berlin regelmäßig joggen gegangen?«, hakte Franzi nach.

»Das ist über eineinhalb Jahre her.«

Astrid hasste es, sich für ihre mangelnde Kondition rechtfertigen zu müssen. Sie hatte nie behauptet, eine Sportskanone zu sein!

»Mei, die Astrid ist halt eine Intellektuelle. Man kann ja nicht alles können.«

Rita, die bei Treffen mit Franzi des Öfteren dabei gewesen war, spottete nicht über andere, das wusste Astrid inzwischen. Trotzdem fand sie die Bemerkung dämlich. Als hätte sie sich in dieser Runde jemals mit ihrer Bildung gebrüstet!

Immerhin reichte Rita ihr nun eine Wasserflasche.

»Hier, nimm sie. Ich hab noch eine zweite dabei und brauche sowieso nicht so viel.«

Als eineinhalb Stunden später die Hütte in Sicht kam, fühlte sich Astrid wie ein Folteropfer. Ihre Gliedmaßen wollten kaum mehr gehorchen. Schwer atmend ließ sie sich auf eine der Holzbänke vor der Hütte fallen und lehnte sich gegen die Wand. Während sich ihr Herzschlag langsam beruhigte, nahm sie erstmals wieder die Welt um sich herum war. Ein paar der Tische waren besetzt. Unter den Wanderern, die sich hier niedergelassen hatten, gab es auch Familien mit Kindern. Die Kinder wirkten trotz des Aufstiegs so frisch und munter, dass sich Astrid nun wirklich zu schämen begann. Sie musste definitiv mehr für ihre Fitness tun!

Schlaffe oder nicht vorhandene Muskeln würden sich im Alter rächen, das wusste sie nur zu gut von ihren betagten Patienten.

Ob Franzi und ihre Freundinnen aber die geeigneten Trainingspartnerinnen waren, bezweifelte sie mehr denn je. Die drei Grazien standen ein paar Meter vom Tisch entfernt und hatten den Blick auf den Berg gerichtet. Sie diskutierten rege miteinander, wobei Astrid ihren Namen fallen hörte. Irgendwann begriff sie, dass sich die drei den Kopf darüber zerbrachen, ob und wie sie in ihrem Zustand das Watzmannhaus erreichen sollte.

Astrid beschloss, ihnen weitere Diskussionen zu ersparen.

»Ich schaffe das auf keinen Fall. Geht ihr alleine – und am Rückweg holt ihr mich einfach ab.«

Katrin war sofort einverstanden, während bei Rita zunächst das schlechte Gewissen überwog.

»Aber was machst du denn dann hier solange alleine? – Wir sind mindestens drei Stunden weg, eher vier!«

»Kein Problem.« Astrid sah sich um. Das Bergpanorama war phantastisch, ihr Sitzplatz bequem. Hinter den Tischreihen entdeckte sie zudem mehrere Liegestühle. »Ich werde hier einfach ausruhen.« Sie wedelte mit der Speisekarte, die sie zuvor kurz überflogen hatte. »Verhungern und verdursten werde ich sicher nicht.«

»Aber ich wollte dich doch so gern dabei haben!« Franzi wirkte regelrecht betroffen. »Ich hatte mich die ganze Woche auf diesen Tag gefreut!«

Dann such nicht solche Wanderungen aus, dachte Astrid.

»Franzi, du siehst ja selbst: ich pack das nicht. Wenn ihr von eurer Tour zurückkommt, trinken wir hier noch gemütlich zusammen ein Bier, und jede ist zufrieden.«

»Ich aber nicht«, gab Franzi ohne Umschweife zu. »Wir haben eh so wenig Zeit gemeinsam, weil du ständig mit irgendwas anderem beschäftigt bist!«

Beschäftigt war sie nicht, nur oft nicht willens, ihre Freizeit vollkommen Franzi zu widmen. Außerdem: Ein bisschen klang diese Frau, die schließlich nicht ihre Partnerin war, schon wie Hennie. Und das ganz ohne zwanzig Jahre Beziehung.

»Jetzt übertreib mal nicht.« Astrid ahnte, dass irgendwann der Punkt kommen würde, an dem ihre Bekanntschaft an Franzis Anspruchsdenken mit einem Knall explodieren würde. Ihr graute jetzt schon davor. Sie hasste nun mal Auseinandersetzungen. »Ich laufe ja nicht weg. Du wirst mich noch so oft am Hals haben, dass du irgendwann froh bist, wenn du eine Pause hast.«

Der Satz schien Franzi zu versöhnen. Sie umarmte Astrid, als gelte es, für Wochen voneinander Abschied zu nehmen, und drückte ihr zwei warme Küsse auf die Wangen.

»Na gut. Dann bis später.«

Astrid sah den dreien nach, wie sie den schmalen Wanderpfad in Richtung Watzmann verschwanden, und spürte blanke Erleichterung. Im Grunde verbrachte sie nur deshalb mit Franzi Zeit, weil sich ansonsten wenig Alternativen boten. Sonja und Harald hatten einen riesigen Bekanntenkreis, und die meisten anderen Kolleginnen und Kollegen waren in der Freizeit fast ausschließlich mit ihren Familien beschäftigt – wenn sie sich mit anderen trafen, dann mit Leuten, die ebenfalls Kinder hatten, nicht mit alleinstehenden Singlefrauen über vierzig. Über Franzi andere Leute kennenzulernen, funktionierte nur bedingt. Deren Freundinnen kamen ihr großteils sehr oberflächlich vor und unterhielten sich oft über Themen, zu denen sie wenig beisteuern konnte: irgendwelche Dorffeste, Feuerwehr- und Kolpingbälle, Vereinsaktivitäten des Skiclubs, der Bergwacht und der Wanderfreunde, Sales-Aktionen im Salzburger Europark und diverse Kinofilme, die in ihrer Jugend liefen und dessen Titelsongs sie noch immer auswendig kannten. Astrid dachte an Ritas Geburtstagsfeier, zu der auch sie eingeladen gewesen war und auf der Franzi mit zwei anderen schieftönend, aber textsicher den Titelsong von *Titanic* zum Besten gegeben hatte. Überhaupt war Musik ein sehr sensibles Terrain mit vielen Untiefen. Als zwei von Franzis Freundinnen neulich begeistert ihre Karten für das nächste Andreas-Gabalier-Konzert schwenkten, hatte Astrid erst einmal nachdenken müssen, wer das überhaupt war. Schließlich waren ihr zu diesem Sänger nur gewisse CD-Hüllen mit vermeintlichen Hakenkreuzen eingefallen, über die manche Medien berichtet hatten – was ihr prompt einen Entrüstungssturm seiner beiden Fans einbrachte. Als ob sie selbst diese Behauptung ins Leben gerufen hätte!

Immerhin lenkte Franzi sie mit ihren Aktivitäten und ihrem Freundeskreis erfolgreich davon ab, andauernd an Hennie und Simone zu denken. Silla hatte recht mit ihrer Warnung, dass ein Herumstöbern im Internet nur das Abheilen der Wunden verhinderte.

Astrid bestellte sich schließlich eine große Saftschorle und auch etwas zu essen. Die Karte bot für eine Almhütte einiges, und so folgte dem Hauptgang – Saibling mit Kartoffeln und Salat – auch noch ein Schokokuchen mit flüssigem Kern. Als die Sonne endlich drehte, ergatterte sie einen Liegestuhl. Es wurde so warm, dass sie sogar die Hose abzippen und sich die Sonne auf ihre viel zu weißen Beine scheinen lassen konnte. Sie schloss die Augen.

Als sie sie wieder öffnete, hatte die Sonne gedreht. Ihr Liegestuhl stand nun im Schatten. Ihre Beine brannten. Im Spiegel in der Toilette sah sie in ein rotes Gesicht. Da hatte sie sich wohl den ersten Sonnenbrand des Jahres zugezogen, der hoffentlich auch ihr letzter bleiben würde.

Das Smartphone verriet, dass es inzwischen fast halb vier Uhr nachmittags war. Astrid ließ sich wieder auf einer der Bänke nieder und wartete. Gruppen von Wanderern marschierten vom Watzmann her talwärts, doch Franzi, Rita und Katrin waren nicht unter ihnen.

Sie begann sich zu sorgen. War etwas passiert? – Eine halbe Stunde später war ihre Sorge um die drei so groß, dass sie den nächsten Wanderer einfach ansprach.

»Haben Sie da oben zufällig drei Frauen um die vierzig gesehen? – Eine ein Meter siebzig, braunes kurzes Haar mit roten Strähnen, die andere blond, kinnlanger Bob, etwas kleiner, die dritte …«

Er unterbrach sie.

»Der Trupp von der Franzi Neuretter? Die sitzen oben am Watzmannhaus mit dem Sepp zusammen und sind mittlerweile beim dritten Schnapserl ... bin gespannt, wie und ob die überhaupt noch runter finden!«

Astrid bedankte sich und traf eine Entscheidung. Hier weiter auf der Hütte zu verharren war keine Option. Sie wollte nach Hause, duschen, ihre brennende Haut kühlen, sich in ihr Bettzeug kuscheln. Sollten die drei ruhig ihren Spaß haben – sie würde allein den Weg zum Parkplatz finden und dort auch hoffentlich jemanden treffen, der sie zumindest nach Berchtesgaden mitnahm, von wo aus einmal pro Stunde ein Bus nach Ehernberg fuhr. Sollte sie je wieder mit Franzi wandern fahren, dann nur mit getrennten Autos.

Der Abstieg fiel zum Glück leicht. Die meisten, die an diesem Tag an ihr vorbeimarschiert waren, saßen längst wieder zu Hause, weshalb sie den Weg fast für sich allein hatte. Die Luft roch nach frischen Wiesenkräutern und auch ein bisschen nach den Kühen, die auf den Wiesen gegrast hatten und jetzt in Richtung Almen getrieben wurden. Irgendwann knirschte endlich der Kies der Forststraße unter Astrids Füßen.

Es hatte inzwischen deutlich abgekühlt. Langsam bekam sie Gänsehaut. Als sich vor ihr der Wald auftat, der die Almen vom Parkplatz trennte, hielt sie am Wegesrand inne und zog sich ihr Fleece-Oberteil über. Als sie gerade wieder losmarschieren wollte, hörte sie nicht weit von sich entfernt ein Rascheln.

Die zwei Büsche, die eine Wiese mit ein paar Felsen verdeckt hatten, teilten sich. Die Frau, die zügig daraus hervortrat, steuerte sofort auf die Forststraße zu und ging zügigen Schrittes durch den Wald bergab. Astrid brauchte sie nicht von vorne zu sehen, um zu wissen, wer da ging. Bei der zierlichen Gestalt vor ihr, deren feminine Rundungen durch eine enge signalrote Wanderhose hervorgehoben wurden, handelte es sich zweifelsohne um Izzy.

Ihr Haar trug sie wie immer lose aufgesteckt, allerdings hatten sich mehr Strähnen als sonst aus der Frisur gelöst. Ein blaues Tanktop umschmiegte Izzys Oberkörper, und Astrid fragte sich, ob ihr nicht kalt war. Sie trug keinen Rucksack, sondern hatte nur einen Gürtel mit kleiner Tasche um die Hüfte gebunden. Was hatte sie hier gemacht? Auf einem der Steine gesessen und die Sonne genossen?

Seit Izzy mit dem großen Koffer ins Taxi gestiegen war, hatte sie sie nicht mehr gesehen. Offenbar war sie jetzt wieder zurück. Aus irgendeinem Grund freute Astrid sich darüber. Als Izzy ihr Tempo drosselte, ging auch sie langsamer, um den Abstand zu wahren.

In ihren Gedanken ließ sie zum x-ten Mal das Gespräch an der Wildtierstation Revue passieren. Ihr eigenes Verhalten kam ihr inzwischen lächerlich vor. Sicher, auch Izzy hatte überreagiert – allerdings erst, als sie mit ihrer Bemerkung, dass es über sie mehr zu sagen gäbe, unter die Gürtellinie gegangen war. Ein Gespräch, das anders hätte laufen können ... wenn sie bloß mehr zu sich selbst stehen könnte!

»Möchtest du nicht endlich überholen?«

Izzy war so abrupt stehen geblieben, dass Astrid beinahe gegen sie geprallt wäre.

»Ich ... entschuldige, ich ...«, stammelte sie. Dann sah sie Izzy ins Gesicht und erschrak. Izzys Augen waren gerötet, ihre Wimperntusche leicht verwischt. Sie hatte geweint. Der Schmerz, der in ihren Gesichtszügen lag, traf Astrid mitten ins Herz.

Und so tat sie etwas, was für sie, die *Sozialphobikerin*, komplett atypisch war: sie schloss Izzy einfach fest in ihre Arme. Einen Moment lang schien Izzy zu überrascht, um zu reagieren. Dann versuchte sie sich aus Astrids Umarmung zu befreien. Nachdem es nicht gelang, gab sie auf – und begann bitterlich zu weinen.

Astrid hielt sie weiterhin umschlungen und streichelte ihr dabei über den Rücken. Sie fühlte Izzys Herz an ihrer Brust schlagen, roch das Blütenshampoo, mit dem sie ihr Haar wusch, und den salzigen Schweiß an ihrer Halsbeuge, in den sich Tränen mischten, und auch die Gänsehaut, die ihre nackten Arme überzog.

Eine halbe Ewigkeit verharrten sie in dieser Pose auf der Forststraße mitten im Wald. Erst als sich von unten Stimmen näherten, machte sich Izzy frei. Für Astrid fühlte es sich an wie der amputierte Arm, von dem Peter Nussbaumer neulich in anderem Zusammenhang gesprochen hatte, und sie verstand sich selbst nicht. Bei Franzi waren ihr die ständigen Berührungen lästig; Izzy im Arm zu halten, fühlte sich dagegen gut und selbstverständlich an.

Lange blieb ihr nicht Zeit, über diese Gefühlsirrungen nachzudenken, denn Izzy zog die Nase hoch, fuhr sich mit dem Handrücken über die Augen.

»Danke«, sagte sie mit rauer Stimme.

Verlegenheit beschlich Astrid; was sollte sie darauf erwidern?

»Ich habe dir ja gesagt, ich bin eine international bekannte Schmerzexpertin. Ich weiß, was ich tue.«

Izzy hob den Kopf, Ungläubigkeit stand in ihren blauen Augen. Sie lachte kurz auf, schüttelte den Kopf.

»Wenn du mal einen Witz machst, kommt das so unerwartet, dass man fast einen Schock bekommt.«

»Das wollen wir nicht hoffen. Schock ist ein lebensbedrohlicher Zustand.« Astrid lächelte. »Und ich will schließlich noch mit dir nach Hause fahren.«

»Ach?« Izzy legte in gespielter Empörung die Hände in die Hüften. »*Deshalb* dein Engagement? – Hat dich etwa jemand hier ausgesetzt, oder warum bist du auf eine Mitfahrgelegenheit angewiesen?«

Jugendliche bogen um die Kurve, ausgestattet mit dicken Rucksäcken, an die Schlafsäcke geschnallt waren – offenbar eine Gruppe, die auf der Hütte übernachten und am nächsten Morgen weiterwandern wollte. Sie grüßten artig und zogen an ihnen vorbei.

Erst, als sie außer Hörweite waren, ergriff Izzy wieder das Wort.

»Schätzchen, du hast wirklich Glück: meine Quote für Charity-Aktionen ist diesen Monat noch nicht erfüllt. Daher nehme ich den kleinen Umweg in Kauf und nehme dich ausnahmsweise mit.«

Die alte Izzy war wieder zurück. Astrid nahm es mit gemischten Gefühlen zur Kenntnis. Einerseits freute sie sich, dass es ihr gelungen war, Izzy aus ihrem Kummer zu reißen. Andererseits signalisierte Izzy nun wieder klar: bis hierhin und nicht weiter. Nach außen immer souverän, überlegen, heiter. Innerlich zu Tode betrübt.

Im Grunde waren sie sich gar nicht so unähnlich.

»Umweg?«, griff Astrid das Wort auf, dass sie unwillkürlich erheiterte. »Habe ich was nicht mitbekommen? Hast du neulich etwa deinen Hausstand in diesem großen Koffer ins Taxi gepackt?«

»Oh, du beobachtest mich. Das ist interessant.« Schmunzelnd setzte Izzy sich in Bewegung, und Astrid tat es ihr gleich. »Aber eigentlich auch kein Wunder. Dir muss schrecklich langweilig sein, den ganzen Tag allein in diesem viel zu großen Haus.«

»Ja«, gab Astrid ohne Umschweife zu. »Ich bin ziemlich alleine. Meine Nachbarin redet auch nicht mehr mit mir.«

»Oh, wirklich?« Izzy streifte sie mit einem kurzen Seitenblick, während sie weiterhin nebeneinander talwärts gingen. »Warum denn? Hast du dich vielleicht ein bisschen daneben benommen?«

»Vielleicht.« Trotz allen Geplänkels sah Astrid nicht ganz ein, dass sie die Alleinschuld tragen sollte. »Sie sich aber auch«, setzte sie daher hinzu. »Immerhin wusste sie nicht mal meinen Namen.«

»Eine furchtbare Person. Vollkommen ignorant. Wahrscheinlich kann keiner im Dorf sie leiden. Ich habe gehört, sie frisst kleine Kinder und hat Schuld, wenn Kühe keine Milch geben und zu wenig Regen fällt. – Mit so einer willst du befreundet sein?«

Izzy hatte mit beißendem Sarkasmus gesprochen. Doch Astrid sah in ihren Augen etwas aufflackern, das nicht dazu passte. Unsicherheit? Angst vor Ablehnung? Furcht, zurückgestoßen zu werden?

Sie verzichtete darauf, einen weiteren Witz zu machen.

»Ja, das will ich.«

Izzy griff nach ihrer Hand, drückte sie wortlos.

*

»So. Da wären wir.«

Izzy hielt genau vor ihrer Hofeinfahrt.

»Wo war denn nun der heroisch angekündigte Umweg?«

Irgendetwas in Astrids Innerem sträubte sich gegen die Vorstellung, auszusteigen und in ihrem Haus zu verschwinden. Verwundert stellte sie fest, dass ihr zum ersten Mal nach sehr, sehr langer Zeit wirklich nach Gesellschaft zu Mute war – nach ganz bestimmter Gesellschaft.

»Meine Zufahrt zur Garage liegt ungefähr fünf Meter weiter hinten. Ich muss zurückstoßen. Das ist ein klarer Umweg.«

Izzy lächelte sie verschmitzt an. Ihre Traurigkeit schien verflogen.

»Oh, da hast du natürlich recht.«

Astrid hatte den Türgriff bereits in der Hand, zögerte aber noch. Würde Izzy sie noch auf ein Glas Wein einladen? – Es sah nicht danach aus.

Astrid blickte zu ihrem Haus. Es waren inzwischen Wolken aufgezogen; vermutlich würde es noch regnen. Die Tomatensetzlinge standen unter dem schützenden Vordach, aber der Rasen im Vorgarten schrie danach, gemäht zu werden. Sie könnte das noch erledigen, ehe es zu regnen begann. Dazu musste sie nur den alten Dieselrasenmäher flottmachen, der in der Scheune stand. Allerdings zog sie im Moment so gar nichts in den verwilderten Garten. Zum zweiten Mal innerhalb kurzer Zeit sprang sie über ihren Schatten.

»Ich würde dich jetzt gerne zu mir einladen, zum Abendessen oder auf ein Glas Wein«, begann sie zögerlich. »Aber ich weiß ja, dass du nicht zu mir kommen wirst ... kannst. Also muss ich mich wohl bei dir einladen. Ich hätte Tiefkühl-Lachs für zwei im Angebot.«

Sie fühlte sich, als wäre sie Franzi, die sich immerzu aufdrängte – wobei sie rational wusste, dass der Vergleich hinkte. Denn Franzi hatte überhaupt kein Empfinden dafür, wann es zu viel war.

Izzy lächelte, doch ihr Lächeln war wieder traurig.

»Ich bin heute keine tolle Gesellschaft.«

Das war der Moment, in dem sie vermutlich Verständnis zeigen und gehen sollte. Astrid aber blieb sitzen. »Ich bin nie eine tolle Gesellschaft«, brach es aus ihr heraus. »Ich bin eine unnahbare Sozialphobikerin.«

»Autsch, da hat aber jemand einen Volltreffer bei dir gelandet.« Izzy sah sie abwartend an, doch der Mut hatte Astrid bereits wieder verlassen. Sie war inzwischen *genau* wie ihre Mutter – statt sich um das Leid anderer zu kümmern, setzte sie in so einer Situation noch eines drauf und stellte ihre Bagatellprobleme über alles!

»Vielleicht sollten wir wirklich miteinander zu Abend essen. Mein Appetit wird hoffentlich noch kommen.« Izzy atmete tief durch. »Aber ich muss zugeben, deine Selbstbeschreibung klingt einfach zu verlockend, um dir einen Korb zu geben. – Komm in einer halben Stunde rüber; ich will vorher noch duschen.«

*

Izzy saß auf dem Barhocker an der kleinen Küchentheke, ein Glas Wein in der Hand, und sah Astrid dabei zu, wie sie eine Mango, Knoblauch und Frühlingszwiebeln in kleine Stücke schnitt.

»In Frau Professor und Master-of-was-weiß-ich schlummern in der Tat viele Talente«, stellte sie amüsiert fest. »Deine Nudelsoße neulich war ja schon köstlich, aber was du hier zauberst, wird bestimmt noch leckerer!«

»Das ist ein einfaches Gericht.«

Astrid nahm den gefrorenen Lachs aus der Packung und öffnete auf gut Glück eine Tür im oberen Küchenschrank. Teller und Frühstücktassen leuchteten ihr farbenfroh entgegen.

»Suchst du was?«

»Ja. Eine Auflaufform.«

Izzy rutschte vom Hocker und brachte ihr das Gewünschte. Interessiert sah sie zu, wie Astrid es großflächig mit Alufolie auslegte.

»Ein einfaches Gericht«, bemerkte sie scherzhaft. »Jaja. – Ich kann immer noch nicht fassen, dass du mich ernsthaft danach gefragt hast, ob ich ein Bananenblatt daheim habe!«

»Hätte ja sein können.« Astrid schmunzelte. »Wer im Keller hochwertigen Alkohol im Wert von mehreren tausend Euro bunkert, hat vielleicht auch einen halben Asia-Laden in der Gefriertruhe.«

»Leider nein.« Izzy lachte. »Ich koche so gut wie nie.«

»Tatsächlich?«

Astrid verteilte das geschnittene Gemüse und die Sojasprossen auf der Alufolie, positionierte die zwei Lachsfilets darauf und übergoss das Ganze mit einigen kräftigen Spritzern Sojasoße. Dann schloss sie die Folie und schob die Form in den vorgeheizten Ofen.

»Mein Leben lang hatte ich Leute, die für mich kochen«, sagte Izzy. »Erst meine Mutter, dann Berta, dann die Köche im Internat, dann ging ich zum Essen in die Mensa … und schließlich waren wir so oft in Hotels oder Restaurants, dass es nicht mal mehr notwendig war zu wissen, wie man ein Spiegelei brät. Da es mir ehrlich gesagt wenig Spaß macht, hier alleine am Tisch zu sitzen, habe ich das mit den Restaurants beibehalten. Salzburg ist ja nur einen Katzensprung entfernt, und die Gastronomie bietet da einiges.«

Astrid hörte überrascht zu, während sie den Topf für den Reis mit Wasser befüllte. Mit Berta musste Berta Neuretter gemeint sein, die Mutter ihres Vermieters und des Kollegen Norbert – und auch von Izzys verstorbenem Mann. Natürlich, Izzy hatte mit ihrer Mutter, dem englischen Kindermädchen, bei den Neuretters gewohnt, und war auch dort verköstigt worden. Und Robert, der reiche, erfolgreiche Ehemann war dann mit ihr in Restaurants gegangen.

»Ich kann dich kurz alleine lassen?« Izzys Umschwung kam vollkommen unerwartet. Eben noch guter Dinge, wirkte sie plötzlich so, als hätte die Aufzählung schmerzhafte Erinnerungen in ihr heraufbeschworen. »Ich muss mich aufs Sofa setzen; vom Barhocker bekomme ich auf Dauer Rückenschmerzen.«

»Kein Problem. Ich warte nur, bis das Wasser kocht, dann komme ich nach.«

Izzy war schon verschwunden. Diese Frau ließ sich nicht in die Karten schauen. Genau wie sie selbst. Astrid seufzte. Dass sie sich sympathisch waren – da gab es wohl keinen Zweifel mehr. Sie konnten miteinander über Belanglosigkeiten plaudern, sich gegenseitig necken und herumschäkern. Doch kaum wurde es privater, zogen sie sich beide zurück.

Astrid ging zum Fenster und sah hinaus in Izzys Garten. Es hatte inzwischen zu nieseln begonnen. Das Schilf, das den Schwimmteich neben der Terrasse säumte, bog sich sanft im Wind. Ganz hinten am Grundstücksende standen einige junge Obstbäume in voller Blüte. Den kleinen hellsandigen Pfad, der von der Terrasse zu einem Gartenhäuschen führte, säumten Steinkugeln, dazu kamen stilvolle Tonkrüge und eine schmiedeeiserne Skulptur in Form einer Flamme. In den Blumenbeeten weiter rechts sorgten verschiedenste Tulpen und Narzissen für ein farbenfrohes Allerlei. Sie wusste, dass sich Izzy nicht selbst um den Garten kümmerte. Ein kleiner Lieferwagen der lokalen Gärtnerei fuhr mindestens einmal die Woche vor und setzte zwei Männer in Arbeitskleidung ab.

Auf dem Herd begann das Wasser zu brodeln. Astrid kippte die Tasse mit dem Reis hinein und drehte die Temperatur niedriger. Sie räumte das benutzte Geschirr in die Spülmaschine, wischte die Küchenplatten ab, sah sich um. Im Moment gab es nichts zu tun. Mit der halbvollen Flasche Wein in der einen, ihrem Glas in der anderen ging sie ins Wohnzimmer – und verharrte stocksteif auf der Schwelle, als sie Izzy tränenüberströmt auf dem Sofa vorfand.

Sollte sie sich dezent zurückziehen, so tun, als hätte sie nichts bemerkt? – Zu spät.

»Tut mir leid«, schluchzte Izzy. »Ich habe ja gesagt, ich bin heute keine tolle Gesellschaft.«

Astrid stellte Flasche und Glas ab und ließ sich neben ihr nieder. Ihr Blick fiel unwillkürlich auf das Foto, das Izzy auf ihrem Schoß liegen hatte. Es zeigte den kleinen dunkelhaarigen Jungen.

»Das ist Jonas.« Izzy zog ein Taschentuch hervor und schnäuzte sich. »Mein Sohn. Heute ... wäre sein zehnter Geburtstag.«

Astrids Herz zog sich zusammen. Automatisch dachte sie an Simone. Ja, sie wusste, wie sich Verlust anfühlte, auch wenn der ihre mit Izzys nicht wirklich gleichzusetzen war. Jonas war tot. Izzy brauchte das nicht extra auszusprechen.

»Wie ist es passiert?«, fragte sie leise.

Izzy, die sich neben ihr wieder in Tränen auflöste, brauchte mehrere Anläufe, um eine Antwort über die Lippen zu bringen.

»Flugzeugabsturz«, stieß sie schließlich hervor. »Mein Mann und mein Sohn ... Robert wollte nur kurz mit einem Geschäftspartner eine Runde drehen, ihm von der Luft aus ein Viertel zeigen, das im Bau begriffen war. Das hatte er schon öfter getan ... wir besaßen eine kleine Cessna.«

Sie zog erneut die Nase hoch und wischte sich mit dem Taschentuch die Tränen aus den Augen.

»Jonas wollte unbedingt mit, er liebte das Fliegen. Er sagte: Bis später, Mami! – Dann sind die beiden zum Flughafen gefahren. Zwei Stunden später hat man mir mitgeteilt, dass die Cessna in der Nähe des Skydive Campus abgestürzt und in Flammen aufgegangen ist. – Später musste ich die Leichen identifizieren ... oder das, was davon übrig war. Seitdem ...«

Ihre Stimme brach, und wieder flossen Tränen der Verzweiflung über ihre Wangen.

Astrid dachte an Hennie und Simone – *ihren* Verlust – und kam sich klein und schäbig vor. Über eineinhalb Jahre lang hatte sie sich so auf ihr eigenes Leid konzentriert, dass sie jeglichen Maßstab für die Realität verloren hatte. Sie hatte gedacht, ihr Unglück sei am allergrößten, und war blind gegenüber den Schicksalsschlägen anderer geworden. Sie verstand nun, was Bibi etwas direkter und Silla in vorsichtigeren Worten angesprochen hatten. Sie hatte sich regelrecht in ihrem eigenen Leid gesuhlt.

»Izzy.« Astrid berührte vorsichtig deren tränennasse Wange. »Ich bewundere dich«, sagte sie leise.

»Mich? Wofür denn?«

Izzy drehte ihr langsam den Kopf zu. Sie hatte aufgehört zu weinen.

»Dafür, dass du immer noch hier bist. Dass du weitermachst und dich nicht unterkriegen lässt. Andere hätten aufgegeben.«

»Glaube nicht, dass ich das nicht in Erwägung gezogen hätte.« Wieder griff Izzy nach der Packung Taschentücher. »Aber ich bin dafür viel zu feige. Die Variante mit den Schlaftabletten hätte ich mir noch am ehesten vorstellen können, aber ...« Sie stockte kurz, schien mit sich zu ringen. »Aber im Krankenhaus hat man damals zu gut auf mich aufgepasst und mich nach meiner Fehlgeburt mit irgendwelchen Glückspillen gefüttert, die mich kurzzeitig fast meinen eigenen Namen vergessen ließen.«

»Du warst schwanger?«

Auch das noch.

Izzy nickte.

»Mit Zwillingen. Fünfter Monat. – Nachdem ich Roberts und Jonas' Überreste identifizieren musste, spielte mein Körper total verrückt. Erst stand ich wie unter Schock, dann bekam ich Fieber und musste mich ständig übergeben. Ein paar Tage später war es dann vorbei. Ich bekam starke Blutungen, Bauchkrämpfe ... tja, das war's dann.«

Astrid schluckte. Sie wusste nicht, was sie sagen sollte. Was Izzy erlitten hatte, klang für sie so unfassbar schrecklich, dass es ihr fast absurd vorkam, dass sie nur zwanzig Minuten vorher noch mit ihr in der Küche herumgescherzt hatte. Ihrer Intuition folgend, umarmte sie sie einfach.

Diesmal sträubte Izzy sich nicht, sondern legte ihrerseits ihre Arme um Astrids Oberkörper. Eine ganze Weile verharrten sie so, ohne ein Wort zu wechseln.

Ein gedämpftes Piepen bereitete ihrer Umarmung ein Ende.

»Der Wecker vom Ofen.«

»Ja.« Astrid erhob sich vom Sofa. »Das Essen ist fertig. – Ich kann natürlich verstehen, wenn du keinen Appetit hast, und fühle mich nicht in meiner Ehre als Köchin gekränkt.«

Izzy stand ebenfalls auf. Sie strich sich ihr Baumwollkleid glatt.

»Ich habe den ganzen Tag noch nichts gegessen. Also versuche ich es mal mit Lachs und Reis.«

Sie schickte ihren Worten ein kleines Lächeln hinterher.

*

»Ich habe sooo eine Knoblauchfahne!« Izzy ließ sich auf das Sofa fallen. »Wie viele Zehen hast du da reingetan, um Himmels willen?«

»Gar nicht so viele. Es war vielleicht nur eine besonders intensive Sorte.«

Astrid hatte sich ebenfalls dort niedergelassen. Als Izzy nun die Beine hochzog und die Kissen hinter sich zu einer bequemen Kopfstütze arrangierte, tat sie es ihr gleich. Sie lagen sich nun gegenüber, ihre Füße berührten sich, und Astrid staunte im Stillen über die Vertraulichkeit, die so plötzlich zwischen ihnen entstanden war. Sie fühlte sich dieser Frau auf eigenartige Weise verbundener als Silla, mit der sie so viel mehr Zeit verbracht hatte und die ihre dunkle Vergangenheit kannte. Vielleicht lag es wirklich daran, dass sie beide geliebte Menschen verloren hatten.

Und diese Menschen, um die Izzy weint, waren ihr eigener Bruder und das Kind, das sie mit ihm hatte!, meldete sich in ihr Franzi zu Wort.

»Morgen werden all deine Kollegen einen Riesenbogen um dich machen. Und küssen wird dich auch keiner, Schätzchen. Das hast du dir selbst ruiniert.«

Izzy grinste sie von der gegenüberliegenden Sofaseite an. So erleichtert Astrid darüber war, dass es ihr gelungen war, die neu gewonnene Freundin aus ihrem Trübsal zu reißen, so abrupt rief ihr diese auch unbeabsichtigt in Erinnerung, dass bisher nur Izzy etwas sehr Privates von sich preisgegeben hatte.

»Ich will gar niemanden küssen und auch nicht geküsst werden.«

Ein guter Satz für den Einstieg. Astrid bereute bereits, dass sie sich ihr Glas nicht wieder hatte füllen lassen. Bei einem dritten Wein würden ihr die Bekenntnisse vielleicht leichter von den Lippen gehen als im nüchternen Zustand.

»Oh. Da hat der Typ, der dich so charmant *Sozialphobikerin* nannte, ja ganze Arbeit geleistet.«

Astrid unterdrückte ein Seufzen. Schon wieder der berühmte Sprung ins kalte Wasser! Sie hasste das: nie zu wissen, wie ihre Homosexualität aufgenommen wurde. Offene Anfeindungen hatte sie in den Kreisen, in denen sie verkehrte, zwar nie erlebt, einige Male aber den Eindruck gehabt, dass Leute sich auf stille Art von ihr zurückzogen.

»Es war eine Frau. Ich war über zwanzig Jahre mit ihr zusammen und, ja … es lief gegen Ende hin nicht mehr so gut zwischen uns.«

»Eine Frau?« Izzy schien völlig überrascht. Anscheinend war sie tatsächlich nicht in den Dorfklatsch eingebunden. »Du bist lesbisch?«

»Ja, ich glaube, so nennt man das.«

Sich in Humor zu flüchten, nahm ihr die Befangenheit, die sie bei diesen Outings stets befiel.

Izzy zog ruckartig die Beine zurück und das Kleid, das etwas nach oben gerutscht war, über die Knie.

»Das sagst du mir jetzt?« Ihren Augen waren weit aufgerissen. Die Unterlippe zitterte leicht. »Jetzt, wo ich mit nackten Beinen vor dir sitze! Du hättest beinahe auf meinen Slip geschaut!« Sie rang nach Atem. Rote Flecken bildeten sich auf ihren Wangen.

»Deshalb umarmst du mich also die ganze Zeit! Weil du Hintergedanken hast! – Oh mein Gott.« Izzy griff sich an die Brust. »Das ist ja … widerlich!«

Astrid spürte, wie sie innerlich zerfiel. Ein Pfahl der Enttäuschung bohrte sich in ihren Bauch und nahm ihr fast den Atem. Sie wollte aufstehen, weglaufen, doch ihre Beine gehorchten nicht.

»Du hast mich angegraben!« Izzys Stimme überschlug sich fast. »Du wolltest mir an die Wäsche!«

»N…nein!«

Es war das einzige Wort, das sie über die Lippen brachte. Immerhin reagierten nun ihre Muskeln wieder. Noch immer benommen, stand sie auf und bewegte sich auf die Türe zu. Sie verstand noch immer nicht, was hier eigentlich los war, warum ihre sexuelle Orientierung eine dermaßen übertriebene Reaktion auslöste, warum sie mit diesen vollkommen haltlosen Vorwürfen konfrontiert wurde. Sie wollte nur weg.

»Schätzchen, um Himmels willen! Bleib da!«

Izzy war aufgesprungen und packte sie am Arm. Statt Abneigung stand in ihren Augen nur noch Verwirrung. »Das war ein Witz! Ein Witz! – Kein guter, wie ich sehe. Aber wie konntest du auch nur eine Sekunde glauben, dass ich irgendetwas davon ernst meine?«

»Du ... denkst nicht, dass ich ...?«

Astrid war immer noch zu schockiert, um einen klaren Gedanken zu fassen.

»Natürlich nicht! So ein Blödsinn!« Jetzt klang Izzy fast schon verzweifelt.

»Tut mir leid. Ich wollte dich wirklich nur necken. Mir wird jetzt erst klar, dass du so was vielleicht schon mal erlebt hast. Aber warum schreist du mich nicht einfach an, beschimpfst mich als homophob und wünscht mich zum Teufel? Warum willst du abhauen?«

»Weil ... ich das nicht kann.« Astrids Stimme klang noch immer kratzig, und ihre Beine zitterten, als Izzy sie nun wieder mit zum Sofa zog. »Ich kann das nicht ... schreien. Jemanden anschreien, meine ich. Das bin nicht ich.«

»Das solltest du aber können! Tut gut, befreit und steckt Grenzen ab.« Izzy atmete tief durch, nahm Astrids Hände in die ihren. »Schätzchen, tut mir wirklich leid. Komm, darauf hole ich uns einen besonders guten Tropfen aus dem Keller.«

»Mach mir lieber einen Beruhigungstee. Den brauche ich jetzt notwendiger.«

»Ehrlich?« Izzy sah sie zweifelnd an.

»Ja. Ich habe morgen Frühdienst. Noch ein Glas wäre eines zu viel.«

Izzy verschwand in der Küche, und Astrid atmete tief durch. Der Schreck saß ihr noch immer in den Gliedern. Izzy war so überzeugend gewesen. Vermutlich hätte sie an jeder Schauspielschule beste Chancen. Als Izzy kurz darauf mit dem Tee zurückkam, hatte sich ihr Herzschlag wieder beruhigt.

»Ich weiß, ich habe es nach dieser Aktion nicht verdient.« Izzy ließ sich so dicht neben ihr nieder, dass sie die Wärme ihres Körpers fühlen konnte. »Aber es würde mich trotzdem interessieren, was los war. Warum du jetzt so alleine hier wohnst, Frau Professor, Master-of-was-weiß-ich. Und warum du dich selbst so abgeschnitten hast vom Leben – als müsstest du dich für etwas bestrafen.«

Als müsstest du dich für etwas bestrafen.

Izzy brachte es so exakt auf den Punkt, dass es schon unheimlich war. Genau das tat sie. Und diese Frau war die erste Person, die das zielsicher erkannt hatte. Fast schon zu zielsicher ...

»Und du bist sicher, dass du mich nicht gegoogelt hast?«

»Würde ich fragen, wenn ich eh schon alles über dich wüsste?«

Astrid holte tief Luft. Das war er also, der gefürchtete Moment. Sie konnte die Wahrheit umschiffen, mit geschickt gewählten Worten Leute dazu bringen, ihre eigenen, falschen Schlüsse zu ziehen. Doch was sie nicht konnte, war, jemanden bewusst ins Gesicht zu lügen. Am allerwenigsten einer Frau, die ihr in den vergangenen Stunden das eigene Herz auf dem Silbertablett serviert hatte.

Also begann sie zu erzählen.

»Hennie und ich waren Ende Oktober auf der Heimfahrt von einem Wochenende bei ihren Eltern. Simone, unsere Tochter, war auch dabei. Ich wollte eigentlich nicht mitfahren, weil ich so viel um die Ohren hatte. Ich musste einen Vortrag vorbereiten, eine Anhörung vor der Ethik-Kommission stand bevor und auch für meine Vorlesung gab es noch etwas zu tun. Aber Hennie war sowieso schon nicht gut auf mich zu sprechen, weil ich ihre Eltern lange nicht mehr besucht hatte, und es war der Geburtstag ihres Vaters, tja, und überhaupt ...« Astrid seufzte. »Also bin ich mitgefahren. Es war eines der schrecklichsten Wochenenden meines Lebens. Meine ehemaligen Schwiegereltern sind sehr spezielle Menschen. So eine Mischung aus Alt-Hippies und Öko-Alternativen. Ressourcen schonen ist ihr höchst heiliges Ziel. Komfort darf man da nicht erwarten. Sie leben in einem notdürftig sanierten alten Bauernhof bei Erlangen, heizen sparsam, essen vegane Rohkost ... all diese Dinge. Ich habe das ganze Wochenende gefroren und fand keine ruhige Ecke, um mich meinen Agenden zu widmen. Hennie hatte Spaß. Sie saß in der Nacht von Samstag auf Sonntag noch ewig mit ihren beiden Schwestern zusammen, quatschte, feierte. Gegen halb fünf Uhr früh kam sie ins Bett ... oder besser gesagt auf die Isomatte, auf der wir schliefen. Sie roch nach Alkohol und auch nach Zigaretten. Hennie war an sich Nichtraucherin, hat auf Partys aber immer Zigaretten geschnorrt. Ich weiß noch, dass ich mich fragte, ob wir am Morgen wirklich rechtzeitig aufbrechen würden. Sie hatte mir versprochen, gegen zehn loszufahren, damit ich mich noch an den Schreibtisch setzen konnte.«

Während Astrid erzählte, fühlte sie sich an den Schauplatz von damals versetzt. Zu ihrem eigenen Erstaunen ärgerte sie sich auch jetzt noch, wenn sie daran dachte, dass Hennie tags drauf gegen zehn Uhr überhaupt erst am Frühstückstisch erschienen war.

»Wir sind letztendlich erst am frühen Nachmittag losgekommen. Hennie hatte zwei Aspirin eingeworfen und ständig beteuert, dass sie fit genug wäre zu fahren.«

Und sie hatte es aus Bequemlichkeit nicht infrage gestellt ... Erstens war sie in den zwei Jahrzehnten an Hennies Seite viel zu selten am Steuer gesessen, um sich im Wochenendheimreiseverkehr sicher zu fühlen, zweitens konnte sie als Beifahrerin schon einmal in Ruhe die Unterlagen sichten.

»Auf der Rückfahrt gerieten wir dann aneinander. Ein Wort gab das andere.«

Ihre Kehle fühlte sich plötzlich trocken an. Als sie nach ihrem Teeglas griff, zitterte ihre Hand leicht.

»Hennie warf mir schlechtes Zeitmanagement vor. Sie fühle sich wie eine Nebendarstellerin, sagte sie. Ich sei mit meiner Arbeit verheiratet, alles sei wichtiger als sie. Es war nicht das erste Mal, dass sie damit ankam.« Sie nahm einen Schluck Kräutertee.

Izzy nutzte die Pause für eine Frage: »Und? Hatte sie recht?«

Astrid hob die Schultern.

»Ich weiß es selbst nicht. – Ich liebe ... liebte meine Arbeit. Die Studien, die Lehrtätigkeit, die Möglichkeit, Patienten, bei deren Erkrankungen viele meiner Kollegen im Dunklen tappten, zu einer Diagnose zu verhelfen. Es war so ein Kick: brillant zu sein, in dem was ich tue. Aber ich liebte auch Hennie. Sie und Simone waren das Herzstück meines Lebens – das Kraftwerk, dass mir die Energie für meinen beruflichen Erfolg gab.« Ihre Miene verdüsterte sich. »Als sie mir sagte, sie hätte eine Affäre mit einer gemeinsamen Bekannten, zog es mir buchstäblich den Boden unter den Füßen weg.«

»Das hat sie dir auf dieser Autofahrt gesagt?«

»Nein. Ungefähr acht Monate davor.«

Hennie hatte es ihr unter Tränen gestanden. Es sei ein Fehler gewesen, hätte nichts mit Liebe zu tun. Es war nur der aufregende Sex, dass Drumherum ... die Auslandsreisen und Empfänge, auf die sie Nicolette in den Wochen, über die sich die Liaison erstreckte, begleiten durfte.

Astrid hatte nicht nur der Betrug an sich tief getroffen, sondern auch die Tatsache, dass Hennie sie über einen so langen Zeitraum schonungslos belogen hatte. Die Reisen mit Nicolette hatte sie als Fortbildungslehrgänge verkauft, und wenn Astrid nach der Arbeit Simone allein in der Wohnung vorfand, ließ Hennie sie über SMS wissen, sie käme später aus dem Büro. Wenn sie gegen zehn, halb elf Uhr schließlich nach Hause kam, klagte sie über die vielen Überstunden und ließ sich von ihr den angeblich steifen Nacken massieren. Im Nachhinein hatte sich Astrid oft gefragt, ob Hennie wirklich so gut geschauspielert hatte oder sie die Veränderungen ihrer Frau einfach nicht hatte wahrhaben wollen. Hennie war als Nicolettes Geliebte aufgeblüht und hatte Astrid mit ihrer plötzlichen Lebendigkeit und Aufgekratztheit an die ersten Jahre ihrer Verliebtheit erinnert – eine Zeit, in der ihr Leben noch nicht von Sechzig-Stunden-Wochen, Nachtdiensten und Alltagsroutine geprägt gewesen war.

Ich liebe dich, hatte Hennie beteuert. Ich habe mich für dich entschieden. Ich will einen Neuanfang. Für Astrid war dieser Neuanfang der Anfang vom Ende gewesen, aber sie konnte sich das damals nicht eingestehen.

»Auf der Autofahrt ist das Thema wieder hochgekommen. Sie hielt mir meine Fehler vor und sagte mir letztendlich ins Gesicht, dass ich schuld an ihrer Affäre sei ... weil das Leben mit mir nur eintönig und langweilig wäre, weil ich eigenbrötlerisch und ungesellig bin, weil ...«

Sie stockte. Mehr konnte sie Izzy nicht erzählen, der Rest ging deutlich unter die Gürtellinie – und das nicht nur sprichwörtlich.

»Da hat sie dich also *Sozialphobikerin* genannt«, schlussfolgerte Izzy trocken. »Reizend.«

Astrid ließ es so stehen.

»Jedenfalls war es schrecklich für mich, dass sie das alles vor Simone ausbreitete. Simone war zwar schon fünfzehn, kein Kind mehr, und natürlich hatte sie längst mitbekommen, dass es zwischen uns nicht mehr stimmte. Aber dass sie mich so vor ihr demütigte ... einfach unerträglich! – Ich war Simones Mutter, genau wie Hennie, und sie demontierte mich systematisch, zerstörte sämtlichen Respekt und jegliche Autorität. Ich habe es einfach nicht mehr ausgehalten!«

Sie schluckte. Jetzt folgte das Schwierigste.

»Ich wollte einfach nur weg. – Das nächste, was ich weiß, ist, dass ich zwischen stehenden Autos auf der A9 herumirrte, mit einer riesigen Platzwunde auf der Stirn und einer Rippenprellung. Es war dunkel, es regnete, ich hatte keine Ahnung, was eigentlich passiert war. – Und das war das Ende des Lebens, wie ich es bis dato gekannt hatte.«

Wieder klang ihre Stimme kratzig, und diesmal zitterte ihre Hand, als sie zum Tee griff, so sehr, dass sie einen Teil davon verschüttete. Sie spürte Izzys warme Hand auf ihrer Schulter – eine beruhigende Geste, die ihr die Kraft gab, die Erzählung zu ihrem unrühmlichen Ende zu führen.

»Auf der A9 hatte es kurz vorher einen Crash wegen eines Geisterfahrers gegeben. Drei Tote, sieben Schwerverletzte, eine Menge Blechschaden. Hennie war zu sehr mit mir beschäftigt, um das zu registrieren. Obendrein hatte ich zuvor den Verkehrsfunk ausgeschaltet, weil mich die Durchsagen ständig aus meiner Konzentration gerissen haben. Jedenfalls ... sie ist ins Stauende gerast. Sie hat gerade noch das Steuer herumgerissen und hat damit vermutlich für viele andere, die am Stauende standen, Schlimmeres verhindert. Gestorben ist keiner, aber zehn Leute trugen leichte bis mittelschwere Verletzungen davon. Hennie und Simone hat es am schlimmsten erwischt.«

Sie schluckte trocken, starrte ins Leere.

Izzy gab ihr die Zeit, die sie brauchte, um fortfahren zu können. Ihre Hand ruhte noch immer auf ihrer Schulter.

»Hennie erlitt einen Oberschenkelhalsbruch und eine Nierenquetschung. Simone zog sich neben ein paar vergleichsweise leichten Verletzungen eine Wirbelfraktur zu. Als ich sie das letzte Mal sah, saß sie noch immer im Rollstuhl, und es ist ungewiss, ob sie jemals wieder laufen kann.«

»Nun ... es war ein Streit«, begann Izzy leise, doch die Geschichte war noch nicht zu Ende.

»Das alles ist nicht nur passiert, weil ich vorher den Verkehrsfunk ausgeschaltet habe. Es ist in erster Linie passiert, weil ich aussteigen wollte.«

An Izzys Stirnfalten erkannte Astrid, dass sie die Tragik hinter ihrer Aussage begriff.

»Ich wollte weg, raus aus diesem Auto. Ich sagte, dass ich es nicht mehr ertrage, dass ich aussteige. – Vor Gericht sagte Hennie, sie hätte keinen Zweifel gehabt, dass ich es ernst meinte. Meine Hand wäre schon am Türgriff gewesen. Sie hätte versucht, mich am Aussteigen zu hindern, und daher den Stau zu spät bemerkt.«

»Und? Hattest du deine Hand wirklich am Türgriff?«

Astrid zuckte mit den Schultern.

»Ich weiß es nicht. Das ist das Schlimme: Ich weiß überhaupt nicht mehr genau, wer was wann sagte in diesem Auto, wo meine Hand zum Zeitpunkt des Unfalls war ... ich kann mich nur noch daran erinnern, dass ich einfach nur von Hennie weg wollte und dass Simone plötzlich gellend schrie.«

Sie atmete tief durch, sah Izzy direkt an.

»Um es kurz zu machen: ich wurde zu acht Monaten auf Bewährung verurteilt und musste ein Vermögen an Schmerzensgeld an alle Opfer zahlen. Ich verlor dadurch meine Eigentumswohnung, meinen makellosen Ruf, Hennie und Simone.«

Izzy sagte eine ganze Weile nichts. Als sie ihre Hand fortnahm, sah Astrid ihre größte Angst bestätigt: Alle, die die Wahrheit erfuhren, wandten sich von ihr ab. Dass Izzy nun sanft über ihren Arm streichelte, überraschte und berührte sie.

»Warum Simone?«, erkundigte sie sich dann leise. »Gibt sie dir auch die Schuld?«

»Mehr oder weniger, ja. Ich hatte nach dem Unfall keine Gelegenheit, mit ihr alleine zu sprechen. Hennies gesamte Familie rückte im Krankenhaus an und ließ mich nicht heran. Ich sah die beiden erst wieder vor Gericht.«

»Ihr hattet aber eine gemeinsame Wohnung. Da musstet ihr euch doch gesehen haben, nach der Entlassung?«

»Nein. Hennie und Simone zogen übergangslos nach Erlangen; sie brauchten ja beide Pflege. Das übernahmen offenbar ihre Eltern. Meine ehemalige Schwiegermutter ließ in meiner Abwesenheit alles zusammenpacken und abholen, was sie als Hennies Eigentum ansah ... nicht nur ihre Klamotten und Bücher, sondern auch gemeinsam gekaufte Möbel, Fotoalben, CDs, einfach alles. Ich kam nach Hause und fand eine fast leere Wohnung vor. Wegen der horrenden Zahlungen, mit denen ich belastet wurde, musste ich sie sowieso verkaufen und zog in ein kleines Appartement. Aber es war trotzdem wie ein zusätzlicher Todesstoß.«

»Und was hast du aus dieser Geschichte gelernt?« Izzy sah sie ernst an.

»Gelernt?« Astrid lachte bitter. »Keine Beziehung mehr einzugehen.«

»Sonst nichts?«

Auf was wollte Izzy hinaus? »Während der Fahrt die Hand vom Türgriff zu lassen.«

»Das setzt voraus, dass du die Hand wirklich dort hattest.« Izzy drehte sich jetzt so zu ihr, dass sie ihr geradewegs in die Augen schaute. »Du solltest daraus lernen, dass es besser ist, seine Wut rauszulassen als wegzulaufen. Wenn du deiner Ex deine Enttäuschung ins Gesicht geschrien hättest, wäre wahrscheinlich nichts von alledem passiert. Ihr hättet euch gezofft und dann getrennt. Ende im Gelände.«

»Ich hab's ja schon gesagt: ich kann das nicht.«

»Okay.« Izzy hob die Schultern. »Dann probier es in Zukunft mit Variante zwei: Benutze Wörter, die verletzen! Es geht darum, sich zu wehren. Egal wie.«

»Das hättest du also getan«, stellte Astrid fest. »Sie verbal gekreuzigt.«

»Ich?« Izzy lachte kurz auf, wurde dann aber schlagartig ernst. »Nein. Ich hätte *sie* bei voller Fahrt aus dem Auto geworfen! So einen Schwachsinn hätte ich mir keine zwei Minuten angehört.«

Ihre Augen hatten auf einmal etwas Stechendes, Wildes. Ihr Gesichtsausdruck war wie eingefroren, und ihr Tonfall ließ keinen Zweifel zu, dass sie jedes einzelne Wort ernst meinte. Ein eiskalter Schauder lief Astrid über den Rücken. Die Frau, die ihr gerade noch so vertraut gewesen war, wurde ihr schlagartig fremd. Unwillkürlich dachte sie an das, was vor vielen Jahren an der Ache passiert sein mochte. Was hatte Norbert Neuretters Zwillingsbruder gesagt oder getan, dass er sich Izzys Zorn zuzog?

»Willst du nicht endlich rangehen? – Da scheint dich irgendwer sehr zu vermissen.«

Izzys Stimme, jetzt wieder frei von allem, was bedrohlich klang, holte sie zurück in die Gegenwart.

»Was?«

»Dein Handy. In deiner Tasche. Es vibriert schon die ganze Zeit. Seit du begonnen hast, mir deine Geschichte zu erzählen.«

Von einer leisen Vorahnung ergriffen, holte Astrid das Mobiltelefon aus ihrer Tasche. 22:45 Uhr. Acht Anrufe von Franziska Neuretter. Sechs SMS.

Sie überflog die Nachrichten.

18:01 Uhr: Hej, wo bist du? – Sind jetzt wieder an der Hütte.

18:32 Uhr: Du bist alleine abgestiegen? – Wir wollten doch noch etwas trinken!

18:34 Uhr: Das finde ich jetzt echt kacke.

18:42 Uhr: Na gut, ich hab's kapiert: wir sind dir egal.

20:18 Uhr: Bin jetzt zu Hause. Du kannst mich anrufen.

21:45 Uhr: Warum gehst du so mit Menschen um? Was habe ich dir eigentlich getan? Du nutzt mich nur aus und trampelst auf meinen Gefühlen herum. So behandelt man keine Freundin!

Danach hatten die Anrufe begonnen. Eine Nachricht auf der Mobilbox hatte sie aber nicht hinterlassen.

In Astrid herrschten gemischte Gefühle. Einerseits übertrieb Franzi es zweifelsohne wieder maßlos. Sie selbst hatte sich dafür entschieden, länger als vereinbart oben am Berg zu bleiben, und sich keinen Deut darum geschert, dass Astrid auf der Kührointhütte auf sie wartete. Andererseits hätte sie natürlich längst Bescheid geben sollen, dass sie wohlbehalten zu Hause angekommen war und die drei sich keine Gedanken um sie zu machen brauchten.

Sie warf einen kurzen Seitenblick auf Izzy, die damit begonnen hatte, den Esstisch abzuräumen, auf dem noch immer das benutzte Geschirr vom Abendessen gestanden hatte.

Astrid beschloss, den heiklen Anruf nicht aufzuschieben.

Franzi hob nach dem ersten Läuten ab.

»Da schau her!«, sagte sie hörbar verstimmt. »Spät, aber

doch. Kannst du dir eigentlich vorstellen, dass ich mich zu Tode gesorgt habe?«

»Hat dir die Hüttenwirtin denn nicht ausgerichtet, dass ich schon vorausgegangen bin?«

»Doch. Aber was sagt das schon? – So, wie du beim Aufstieg beisammen warst, konnte ich nicht davon ausgehen, dass du den Rückweg alleine schaffst. Ich habe dich in Gedanken schon in irgendeiner Schlucht liegen sehen!«

»Jetzt übertreib mal nicht. Beim Bergabgehen verausgabe ich mich nicht, und außerdem sprechen wir von einem Pfad über Wiesen und von einer Forststraße, nicht von einer Hängebrücke am Mount Everest! Die einzige Gefahr wären vielleicht ein paar wildgewordene Kühe gewesen. Aber zu der Zeit, wo ich abgestiegen bin, wurden die bereits zurück auf die Alm getrieben.«

»Soll das jetzt ein Vorwurf sein, weil wir uns ein bisschen verspätet haben? – Beim Bergsteigen lässt sich eben nicht alles so genau planen. Wenn du ein bisschen Ahnung hättest, wüsstest du das!«

Es lässt sich vor allem dann nichts planen, wenn man noch Schnaps trinkt, ging es Astrid durch den Kopf.

»Tut mir leid, wenn du dich geärgert hast«, lenkte sie dennoch ein. »Aber du merkst ja selbst: Solange ich keine Kondition habe, sollten wir das mit dem Wandern lieber bleiben lassen. Ich bin nur ein Hindernis für euch.«

Izzy war zurückgekommen und bedachte sie mit einem merkwürdigen Seitenblick, ehe sie mit den Teegläsern und der Kanne erneut in der Küche verschwand.

»Tja, aber bei deiner Motivation wird das wohl nie etwas werden«, ätzte Franzi jetzt. »Wenn ich nicht wäre, würdest du nur daheim herumgammeln!«

Und wenn schon. Was geht es dich an?

»So schlimm ist es nun auch wieder nicht. Ich habe mir vorgenommen, jetzt wirklich mehr zu tun.«

»Wo bist du eigentlich?« Die Frage kam völlig unvermittelt.

Eigentlich sah Astrid nicht ein, warum sie lügen sollte, doch sie hatte einfach keine Lust auf weitere Diskussionen.

»Zu Hause. Ich habe mir noch etwas gekocht und bis jetzt gelesen. Das Handy hatte ich auf lautlos.«

»Du lügst«, erwiderte Franzi knapp. »Ich bin heute Abend zwei Mal bei dir vorbeigefahren: um kurz nach halb neun und vor einer Stunde. Bei dir ist es stockdunkel, die Vorhänge sind nicht zugezogen, aber dein Auto steht vor der Tür. Wo bist du also?«

Astrid hatte genug. Das wurde ja immer besser!

»Ich werde mich vor dir sicher nicht rechtfertigen. Beenden wir das Gespräch«, sagte sie kühl. »Gute Nacht!«

Sie legte auf. Als sie das Handy gerade zurück in die Tasche steckte, stand Izzy mit verschränkten Armen im Türrahmen. Ihre linke Augenbraue rutschte fragend nach oben.

»Deine Cousine überschreitet allmählich Grenzen.«

Der Satz war schneller ausgesprochen, als dass ihre Vernunft ein Veto hätte einlegen können. Gefährliches Terrain.

»Welche Cousine?«, fragte Izzy prompt. Das feine Lächeln, das zuvor noch ihre Lippen umspielt hatte, war verschwunden.

»Franzi. Also, Franziska.«

Es war lächerlich, jetzt einen Rückzieher zu machen, auch wenn sie das Gefühl hatte, sich auf einem Mienenfeld zu bewegen.

Sie hat ihren Bruder geheiratet. Izzy ist die heimliche Tochter vom alten Neuretter. Jeder weiß das.

Franzis Stimme plapperte in ihrem Kopf.

»Sie ist nicht meine Cousine.« Izzys Gesichtsausdruck wurde undurchdringlich.

»Sie hat mir das so gesagt«, entschuldigte sich Astrid, um einen belanglosen Tonfall bemüht. »Ich kenne mich nicht aus mit den Ehernberger Verwandtschaftsverhältnissen.«

»Ihr redet über mich?«

Die Temperatur im Raum schien um mindestens zehn Grad zu sinken.

Gleich schmeißt sie mich raus.

Astrid dachte unwillkürlich an die Situation an der Wildtierstation zurück. So weit brauchte es nicht wieder zu kommen. Sie nahm ihre Tasche an sich.

»Sie fühlte sich bemüßigt. Das bedeutet jedoch nicht, dass ich alles für bare Münze nehme, was sie von sich gibt.«

Izzy ging gar nicht darauf ein. »Sie gibt dir Informationen und fordert im Gegenzug dasselbe. So funktioniert das Spiel.«

»Ich habe nicht vor, da mitzuspielen.«

Izzys plötzlicher Argwohn und die leise mitschwingende Unterstellung traf Astrid. Schließlich war auch sie offen zu Izzy gewesen, offener, als sie überhaupt jemals zu einem Menschen gewesen war! Selbst Silla kannte die Geschichte nicht so detailliert.

»Das rate ich dir auch.« In Izzys Augen trat wieder dieser wilde, kalte Blick. Diese Frau hatte so viele Facetten: Mal war sie voller Schalk, dann zu Tode betrübt ... und von einem Moment zum nächsten richtig unheimlich. »In aller Freundschaft«, setzte sie jetzt hinzu – und klang schon wieder wie ausgewechselt. »Danke für's Zuhören. Und für deine Kochkünste. Es war köstlich.«

Sie drückte Astrids Hand und machte klar, dass der Abend hiermit zu Ende war.

»Gute Nacht.«

»Gute Nacht. Danke auch für den Wein.«

Astrid spürte, dass eine Umarmung zum Abschied nicht mehr angebracht war. Izzy hatte wieder ihre Mauer aufgezogen und bereute wahrscheinlich zutiefst, dass sie sich geöffnet hatte.

Auch Astrid bereute ihre Offenheit. Dass Izzy ihre unrühmliche Geschichte verbreitete, hielt sie dennoch für ausgeschlossen. Dass sie sie trotz Anteilnahme fortan mit anderen Augen betrachtete, dagegen nicht. Für Izzy war sie fortan vermutlich ein Schaf, das sich alles gefallen ließ oder auch eine Verrückte, die das Leben anderer aufs Spiel setzte, weil sie ihr eigenes nicht im Griff hatte.

Als sie ihr Handy neben dem Bett an das Ladegerät anschloss, dachte sie automatisch an Franzi, ihre vielen Anrufe und ihr unangemessenes, an Stalken grenzendes Verhalten, sowie an Norbert, mit dem sie am nächsten Morgen wieder den Frühdienst bestreiten musste. Sie kam zu dem Schluss, dass die gesamte Familie Neuretter den Wahnsinn für sich gepachtet hatte, und dass es vermutlich besser war, ihr – sofern möglich – aus dem Weg zu gehen.

Konsiliarisch

Zwei Patienten mit einer Trigeminusneuralgie, wobei bei einem davon die Ursache noch völlig unklar war und eventuell auch bleiben würde. Ein Patient mit typischen Anzeichen für das Ulnarisrinnensyndrom; eine Operation würde zumindest eine Verschlimmerung der Erkrankung verhindern. Vier Patienten mit Neuropathien unterschiedlichster Art, zwei mit Cluster-Kopfschmerz, drei Bandscheibenvorfälle, ein Amputierter mit Phantomschmerzen.

Die Woche begann wie jede zuvor: ohne Besonderheiten. Neuretter machte sich bei der Morgenbesprechung und der Visite wichtig, die beiden jungen Assistenzärztinnen, die vor einem Monat angefangen hatten, hingen an seinen Lippen. Stöger klopfte ihm hin und wieder jovial auf die Schulter und Astrid rechnete jede Minute damit, dass er ein sonores *Mein bester Mann* nachschob. So weit kam es dann zwar nicht, trotzdem verstörte das Schauspiel sie, das ihr hier geboten wurde. Gelegentlich fragte sie sich, wie Sonja als Erste Oberärztin den Alphatier-Zirkus aushielt. Sie kam immer wieder zu demselben Schluss: Sonja hatte in Wahrheit mit ihrer Karriere vor Jahren abgeschlossen und suchte ihre Erfüllung im Privaten. Astrid wurde immer ganz schwindelig, wenn sie hörte, was die Fünfzigjährige in ein einziges Wochenende packte: Treffen mit der Verwandtschaft. Klettern. Mountainbiken. Eine Tour auf die Gotzenalm. Gartenarbeit. Am Abend hin und wieder Kultur in Salzburg oder München.

Astrid kannte diese Männerbünde zur Genüge – dieses Sich-gegenseitig-den-Ball-zuspielen, dieses permanente Gerangel um den Platz an der Spitze auf Kosten weiblicher Kolleginnen. Sie hatte es an der Uni erlebt, sie hatte an der Charité damit zu kämpfen gehabt. Der rote Teppich war ihr noch nie ausgelegt worden. Sie hatte sich alles mühsam erkämpfen müssen. Im Unterschied zu dem, was sie hier in der Privatklinik erlebte, hatte sich ihr in Berlin jedoch immer wieder die Chance geboten, maskulinen Platzhirschen die Geweihe zu stutzen. Sie hatte schnell begriffen, dass sie fachlich schlicht besser sein musste, um ihre Karriere in einem männlich dominierten Umfeld voranzubringen. Also hatte sie in Fachzeitschriften publiziert, wann immer sich die Chance dazu bot, kaum eine Einladung als Vortragende jemals abgeschlagen und sich an Krankheitsbilder herangewagt, um die sich ihre auf schnellen Erfolg abzielenden Kollegen nicht gerade rissen. So war sie allmählich aufgestiegen und hatte sich Respekt verschafft. Ein einfaches Erfolgsrezept, das mit Mühen verbunden war – Mühen, die sie ohne zu zögern auch auf sich nehmen würde, um Neuretter und Stöger einzubremsen. Bislang scheiterte es daran, dass die gesamte Neurologie hier seit Monaten nichts bieten konnte als Patienten, deren Diagnose sowieso schon feststand oder quasi auf der Hand lag. Und daran würde sich nichts ändern: Die Klinik am Königssee bot nun einmal keine Notaufnahme für neurologische Spezialfälle, sondern hatte sich als Therapiezentrum für Privatpatienten mit oft langjähriger Leidensgeschichte etabliert. Überwiegend ging es nur darum, ihre Therapie zu verbessern.

Was mache ich hier eigentlich, fragte sich Astrid an einem Mittwoch auf dem Weg zur Kantine. Das hier war nicht das Richtige für sie. Aber was war das Richtige für sie?

Sie stellte sich in die Schlange mit dem Fleischgericht, hörte Sonja und einer weiteren Kollegin, die sie begleiteten, mit halben Ohr zu, wie sie sich über eine Wanderroute zum Schneibsteinhaus austauschten, die für sie allein der Beschreibung nach ins Reich der sportlichen Utopien gehörte, und dachte unwillkürlich an Izzy. Ihr Vorsatz, ihr künftig besser aus dem Weg zu gehen, war am Vortag ins Wanken geraten, als sie Izzy mit zwei Männern und einer Frau aus einem Taxi hatte steigen sehen. Die Männer trugen Anzüge, die Frau ein sommerliches Kostüm, und es bestand für sie kein Zweifel, dass es sich um Leute handeln musste, mit denen sie in irgendeiner Geschäftsbeziehung stand. Umso größer war ihre Überraschung, als sie wenig später Grillgeruch vom Grundstück gegenüber wahrnahm und Platschen, das vom Schwimmteich kommen musste.

Sie hatte sich auf eigenartige Weise hintergangen gefühlt und gleichzeitig gewusst, wie lächerlich das war. Was Izzy tat und mit wem, ging sie schlichtweg nichts an. Außerdem war es nicht Izzys Schuld, wenn sie an einem sonnigen Frühsommertag nichts besseres mit ihrer Zeit anzufangen gewusst hatte, als bei offenem Fenster in der Stube vor ihrem Laptop zu sitzen und den Vortrag über Parkinson vorzubereiten.

»Huhn oder Schwein?«, fragte die Kantinenköchin, und Astrid bemerkte jetzt erst, dass offenbar Schnitzeltag war. Da Paniertes nicht ihr Fall war, überlegte sie kurz, ob sie zur Nudeltheke wechseln sollte. Sie ließ es sein, als sie dort Franzi entdeckte, die gerade so verbissen die Tafel mit den drei zur Auswahl stehenden Soßen studierte, als ginge es darum, eine lebenswichtige Entscheidung zu treffen. Franzi strafte sie seit dem letzten Telefonat wieder mal mit Missachtung, und Astrid beließ es dabei. Auf diese Kindereien würde sie sich nicht einlassen, auch wenn sie dieses Verhalten verletzte. Sooft sie den Sonntag auch Revue passieren ließ – sie sah sich nicht als Verursacherin dieses Zerwürfnisses.

Mit einem Hühnerschnitzel und Bratkartoffeln auf dem Teller, ging sie zu dem Tisch, an dem bereits Sonja, die wanderbegeisterte Stationsärztin, und zwei Krankenschwestern Platz genommen hatten. Die Erste Oberärztin und die Stationsärztin unterhielten sich wie immer über das Wandern, die beiden Schwestern über die Schulprobleme ihrer Kinder. Astrid widmete sich ihrem Schnitzel. Aus dem Augenwinkel sah sie, dass Franzi – inzwischen mit Pasta Bolognese versorgt – nun ebenfalls auf ihren

Tisch zusteuerte. Sobald sie jedoch erkannte, dass der einzige freie Platz an Astrids Seite war, schlug sie einen so gekonnten Haken, dass für einige Sekunden fast alle Blicke im kleinen Speisesaal auf sie gerichtet waren, und steuerte den einzig freien Tisch rechts beim Fenster an.

»Habt ihr Krach?«

Sonjas Frage ließ Astrid unmerklich zusammenzucken. Es war nicht ihre Art, bei anderen Menschen Probleme mit Dritten auszubreiten. Lügen wollte sie trotzdem nicht.

»Franzi ist gekränkt, weil ich auf einer Hütte nicht auf sie gewartet habe.«

Sie hatte vor, es dabei zu belassen, doch Sonja hakte nach, und so berichtete sie so knapp und sachlich wie möglich, was vorgefallen war. Nur, dass sie mit Izzy heimgefahren war, ließ sie aus. Zu privat.

Intuitiv rechnete sie damit, dass Sonja sofort für Franzi Partei ergreifen würde, immerhin waren die beiden befreundet. Doch deren Reaktion fiel ganz anders aus.

»Nimm es dir nicht zu Herzen. Sie ist manchmal ein bisserl schwierig.« Sonja lächelte milde, und die Krankenschwestern schmunzelten.

»Oh ja, das ist sie«, bemerkte die Stationsärztin resigniert.

»Wer ist was, meine Damen? Schon wieder am Lästern?«

Norbert Neuretter, Schnitzel und Salat auf dem Teller, grabschte sich den freien Stuhl und ließ sich direkt neben Astrid nieder.

Auch das noch.

»Ja, über deine Cousine«, gab die Stationsärztin freimütig zu. »Dass sie einen riesigen Schuss hat.«

»Das ist nix Neues.« Norbert stopfte sich das erste Salatblatt in den Mund, während er Franzi, die allein an ihrem Tisch saß, mit einem schnellen Seitenblick bedachte. Erst jetzt ging Astrid auf, dass er sich anscheinend lieber neben sie setzte als neben seine Verwandte, die doch immer weitgehend positiv von ihm sprach. Seltsam.

»Sie hat Astrid auf die erste Wandertour ihres Lebens verschleppt, und jetzt rate mal, was sie dafür ausgewählt hat: das Watzmannhaus!«

Der ganze Tisch lachte, einschließlich Norbert. Er wandte sich Astrid zu, der die Unterhaltung zunehmend unangenehm war.

»Da hilft der ganze Ehrgeiz nichts, wenn die Muskeln nicht mitspielen.«

Von welchem Ehrgeiz er da sprach, war ihr ein Rätsel. Mochten sich auch alle mit ihren mehrstündigen Steilhang-Touren übertrumpfen – was kümmerte es sie? Ihr einziges Ziel war, etwas fitter zu werden und an die frische Luft zu kommen. Da sie bezweifelte, dass das irgendjemand am Tisch verstehen würde, behielt sie ihre Gedanken für sich.

»Die Franzi macht sich halt Hoffnungen, dass aus ihr und Astrid doch noch ein Paar wird«, plauderte Sonja jetzt, kassierte von Astrid einen missmutigen Blick, den sie jedoch ignorierte, und fuhr in heiterem Plauderton fort: »Es ist halt nicht leicht für sie. Und passen würde es gut. Astrid sieht nicht aus wie so ein Mannsweib, das mag die Franzi ja nicht, und arbeitet auch hier an der Klinik … und bisher habt ihr euch eh gut verstanden, oder nicht, Astrid?«

Astrid war froh, dass das Stück Schnitzel in ihrem Mund als Alibi diente, nichts darauf erwidern zu müssen.

»Also, aus meiner Sicht passt da gar nichts!«, stellte Norbert nüchtern fest, und Astrid empfand zum ersten Mal einen Anflug von Dankbarkeit ihm gegenüber. Ihr Gefühl verflog, als er nun sein Smartphone aus der Tasche seines Arztkittels nahm und Augenblicke später das Display mit dem Foto einer attraktiven dunkellockigen Frau in die Höhe hielt, so dass es alle in der Runde sehen konnten.

Astrid fiel fast die Gabel aus der Hand, als sie Hennies Antlitz sah. Es war eine Aufnahme, die sie nicht kannte, offenbar aufgenommen für Business-Zwecke, denn Hennie trug ein schwarzes Jackett und ein elegantes weinrot-gemustertes Seidentuch. Sie sah so professionell und elegant aus wie selten zuvor.

»Das ist die Liga, in der unsere Kollegin spielt«, trompetete Norbert so laut, dass es der ganze Saal mitbekommen musste. »Henriette Tatzloff, neue Leiterin der internationalen Unternehmenskommunikation bei der NGO blablabla ... ursprünglich übrigens Henriette Behringer-Tatzloff, wie mir das Internet verraten hat. Im Übrigen«, er grinste frech, »ist sie quicklebendig. Das ist doch sehr erfreulich, schließlich hat Astrid uns ja diese Story erzählt, dass ihre Frau und ihre Tochter bei einem Autounfall gestorben sind.«

Es wurde schlagartig still. Der ganze Saal verstummte. Die Essensausgabe hatte ihre Arbeit eingestellt. Kein Schritt von jenen, die sich gerade von dort zu den Tischen bewegten. Kein Geschirrklappern. Es war, als hätten die Leute aufgehört zu atmen.

Dann löste sich das Standbild. Alles lief wie gewohnt weiter, nur Sonja schaute kurz etwas irritiert und sagte: »Ach ja?«

»Das musst du missverstanden haben, Norbert.« Die Stationsärztin, mit der Astrid bisher erst wenige Worte gewechselt hatte, kam ihr unerwartet zur Hilfe. »Astrid sagte, dass sie die beiden verloren hat. Das kann auch bei einer Trennung der Fall sein.«

»Richtig.« Astrid hatte ihre Sprache wiedergefunden. Sie straffte die Schultern. Auf einmal war sie dankbar, Izzy bereits die ganze Geschichte erzählt zu haben. Darüber zu sprechen, fiel nicht mehr ganz so schwer wie beim ersten Mal. »Ich habe einen Unfall mitverschuldet, bei dem sich meine ehemalige Partnerin und meine Tochter erhebliche Verletzungen zugezogen haben. Seither gibt es keinen Kontakt. Es tut noch immer verdammt weh – weshalb ich um Verständnis bitte, dass ich das hier und jetzt nicht weiter vertiefen möchte.«

Sie konnte mitverfolgen, wie die Stimmung am Tisch umschlug. Norbert wurde von vier Augenpaaren nahezu durchbohrt. Er steckte sein Smartphone wieder weg und hatte es plötzlich sehr eilig, seinen Teller zu leeren.

Astrid war der Appetit vergangen. Sie ließ die Hälfte ihrer Portion stehen und suchte das Weite.

*

Astrids Schritte hallten auf dem trockenen Asphalt wider. Tapp – tapp – tapp. Die wenigen Häuser entlang des Achenwegs zogen an ihr vorüber, genauso wie die schroffen Felswände des Untersbergs zur Rechten. Links plätscherte die Ache.

Schon nach wenigen Metern perlte Schweiß auf ihrer Stirn. Sie lief weiter. Sie musste die Wut, die in ihr kochte, irgendwie loswerden, denn sie hatte das Gefühl, sonst zu platzen. Joggen erschien ihr als gute Methode, auch wenn sie das Tempo bald auf ein schnelles Walking reduzieren musste.

Sie war sauer – seltsamerweise nicht mal so sehr auf Norbert als auf sich selbst. Dass ihr Kollege schwere charakterliche Defizite hatte, war eh klar. Die Aktion mit dem Foto und seine kleine, miese Ansprache in der Kantine fügten sich nahtlos in das Bild, das sie von ihm gewonnen hatte.

Über sich selbst ärgerte sie sich, weil sie trotz Hennies fiesen Worten und trotz aller Gerichtsverhandlungen, bei denen sich ihre Ex stets als Opfer positioniert hatte, noch immer auf das Gute in ihr vertraute. Auf ihre Ehrlichkeit. Ihre Redlichkeit. Ihre Fairness.

Wie viele Ohrfeigen brauchte sie eigentlich noch, um zu kapieren, was schon vor dem Unfall deutlich gewesen war: Hennie hatte keinerlei Liebe mehr für sie empfunden, sondern nur noch Verachtung. Sie hatte nicht mehr versucht, mit ihr zu schlafen, weil das Begehren fehlte. Um dies nicht zugeben zu müssen, schob sie einfach ihr die Schuld dafür in die Schuhe. Hennie war mit ihr zusammen geblieben, weil sie den Lebensstil, auch wenn sie ihn als kapitalistisch kritisierte, nicht aufgeben wollte. Ihre Affäre mit Nicolette, die in der Szene für ihre Sprunghaftigkeit bekannt war, stand anfangs auf wackligen Beinen – daher Hennies Bemühungen, am Alten festzuhalten. Jetzt aber sah es wohl anders aus. Anscheinend waren die beiden fest zusammen, und

Nicolette hatte ihr sogar Arbeit in einer NGO verschafft, wovon vermutlich hunderte träumten, die besser qualifiziert waren als Hennie, die Soziologin. Dass sie nun einen Job hatte, hielt Hennie aber nicht davon ab, weiterhin die stattliche Summe anzunehmen, die Astrid ihr monatlich überwies, – erst, weil Hennie aufgrund ihrer Verletzung arbeitsunfähig gewesen war und es so ausgesehen hatte, als würde sich daran nichts mehr ändern, inzwischen nur noch aus schlechtem Gewissen.

Ein Job in Berlin, was verriet, dass Hennie und Simone nicht mehr von ihren ehemaligen Schwiegereltern in Erlangen gepflegt und unterstützt werden mussten.

Schluss mit den Schuldgefühlen!, ermahnte sich Astrid. Es war Zeit, endlich wieder an sich zu denken. Vor lauter Furcht, irgendwo auf Hennie zu stoßen, hatte sie das Internet in den letzten Wochen gemieden. Im Grunde konnte sie Norbert fast dankbar dafür sein, dass er sie mit den harten Fakten konfrontiert hatte!

Sie würde weiterhin Unterhalt für Simone zahlen, keine Frage. Simone war ihre Tochter, auch wenn das Gesetz es anders sah. Aber Hennie konnte sich jetzt wieder selbst unterhalten – und wenn nicht, gab es da ja noch die wundervolle, mondäne Nicolette! Sie jedenfalls würde nicht weiter auf kleinstem Fuße leben, um einer Frau, die sie seit Jahren mit Füßen trat, doppelte Einkünfte zu ermöglichen.

Tapp. Tapp. Knirsch. Knirsch.

Der Belag unter ihren Füßen änderte sich. Sie war am Ende der asphaltierten Straße angelangt. In Neuretters Kieswerk herrschte reger Betrieb. Ein paar Laster kurvten auf dem Gelände herum. Weiter hinten sammelte ein Bagger mit seiner großen Schaufel Schotter auf. Rechts auf einer kleinen Anhöhe lag eine toskanische Villa, bei der ihr Vermieter alle regionalen Bauvorschriften außer Kraft gesetzt haben musste, wie auch immer er das bewerkstelligt hatte. Der Stil war nichts, was mit gängigen Vorgaben in Ehernberg übereinstimmen konnte.

Aber das war nicht ihr Problem. Neuretter blieb eben Neuretter. Gesellschaftliche Umgangsformen, Regeln und Vorschriften galten für Normalsterbliche, nicht für diese Familie.

Der Kiesweg führte leicht ansteigend am Pferdestall vorbei, wo sich vier Pferde im Paddock die Nachmittagssonne auf den Rücken scheinen ließen. Auf dem angrenzenden Dressurviereck drehte ein Arbeiter mit einem Minitraktor seine Runden, um den Belag zu begradigen.

Als der Weg steiler zu werden begann und in das Waldstück am Fuße des Untersbergs überging, hielt Astrid inne. Sie war völlig außer Atem, fühlte sich aber gleichzeitig befreit.

Niemand konnte ihr mehr etwas anhaben. Sie musste nicht länger fürchten, dass ihre Vergangenheit ans Licht kam und versucht wurde, ihren Ruf zu demontieren. Das alles war geschehen, und sie hatte die Situation gemeistert, ohne daran zu zerbrechen. Ganz im Gegenteil: Heute fühlte sie sich stärker als je zuvor.

Sie setzte ihren Weg im gemächlichen Schritttempo fort, bis sie zu der Weggabelung kam, an der sich die Bäume lichteten. Ihr Blick ging hinunter ins Tal.

Die Baufahrzeuge im Kieswerk waren von hier aus klein wie Spielzeug. Der Motorenlärm, den sie unten als störend empfunden hatte, drang nur noch gedämpft an ihr Ohr. Beim Pferdestall wurde eines der edlen Tiere aus dem Paddock geführt, vermutlich von Bettina, Erich Neuretters Frau. Es roch nach Tannennadeln, Moos und dem Heidekraut, das an den steilen Hängen abseits des Weges wucherte. Sonnenstrahlen fielen durch die Wipfel der hohen Tannenbäume auf den Weg.

Astrid überkam ein Gefühl tiefen Friedens. Es war gut gewesen, Berlin zu verlassen. Der Job an der Klinik erfüllte sie zwar nicht, aber es gab auch andere Aspekte im Leben. Vielleicht musste sie ihnen einfach nur endlich Raum geben.

*

Astrid sah Izzy schon von Weitem, als sie die Straße entlang zurückjoggte. Ihre Nachbarin stand im geblümten Sommerkleid am Eingangstor ihres Grundstücks, ein rot-blau-grüner Farbklecks auf grauem Pflasterstein. Sie schien auf jemanden zu warten.

Astrid verlangsamte ihren Schritt. Sie waren am Sonntag nicht im Streit auseinandergegangen, trotzdem war die Stimmung am Ende irgendwie gekippt.

»Hallo.«

Sie wollte es bei dem höflichen Gruß belassen und weitergehen, doch Izzy trat aus der Einfahrt hervor und stellte sich ihr in den Weg.

»Hallo. Du hast ziemlich lange gebraucht, um wieder zurückzukommen.«

Der Neuretter-Tick: Stalking. Kontrolle. Vorwürfe.

Automatisch dachte Astrid an Franzi, auch wenn Izzy mit einem Lächeln auf den Lippen gesprochen hatte.

»Niemand hat von dir verlangt, auf mich zu warten«, erwiderte sie brüsk – zu brüsk, wie sie selbst sofort bemerkte. Es gab keinen Grund, Izzy anzupflaumen.

Izzys Lächeln wurde breiter.

»Schätzchen, dir ist anscheinend eine Riesenlaus über die Leber gelaufen! Komm mit auf die Terrasse. Es gibt Erdbeerbowle, Barbecue und Gesellschaft, die dich auf andere Gedanken bringt.«

Astrid sah an sich hinunter.

Ihr ärmelloses Shirt klebte an ihr wie eine zweite Haut. Die kurze Sporthose gab den Blick auf ihre Beine mit den Haarstoppeln frei. Ihr Haar roch noch immer nach dem frittierten Schnitzel aus der Kantine und hing glanzlos herunter. Ihr war nach vielem zumute – einer Dusche, einem Liter Mineralwasser, ein paar letzten Sonnenstrahlen auf der Bank vor dem Haus. Aber gewiss nicht nach einem Abend mit einer Frau, bei der sie nie ganz wusste, woran sie war, und die offenbar auch noch Gäste geladen hatte. Aus dem hinteren Teil des Gartens hörte sie Gelächter und Stimmen. Männerstimmen.

Sie entschied sich für Ehrlichkeit.

»Danke, aber ich brauche heute eine Pause von allem, was den Nachnamen *Neuretter* trägt.«

Izzys linke Augenbraue rutschte prompt nach oben. Das Lächeln auf ihren Lippen blieb.

»Oh. Ärger mit meiner Verwandtschaft. Das höre ich gerne.« Sie machte eine einladende Geste in Richtung ihres Gartens. »*Mi casa es tu casa.* – Komm schon. Konzentriere dich auf meinen Vornamen und trink einen Schluck mit uns.«

»Ich will wirklich nicht.« Astrid wischte sich demonstrativ zwei kleine Schweißperlen von der Stirn. »Schau mich mal an! Ich bin komplett durchgeschwitzt.«

»Schau mich mal an.«

Astrid kam ihrer Aufforderung nach. Das bunte Stoffkleid umspielte Izzys schmale Hüften und betonte ihre Figur genau an jenen Stellen, die auch sonst direkt ins Auge fielen: ihrem wohlgeformten Gesäß und ihren Brüsten. Die aufgesteckten Haare gaben den Blick auf große, goldene Kreolen frei. Der Anhänger an der Halskette spiegelte das tiefe, leuchtende Blau ihrer Augen. Sie hatte sich zurechtgemacht, wie auch ihr Make-up verriet.

Astrid runzelte die Stirn.

»Was soll an dir nicht in Ordnung sein? – Du siehst hübsch aus.«

»Stimmt.« Izzy legte kokett den Kopf schief, lächelte wieder. »Aber ich wollte es von dir hören.«

Astrid musste lachen. Sie spürte, dass ihr Widerstand schmolz.

»Ich muss erst duschen. Wenn ich danach noch in Stimmung bin, komme ich rüber.«

»Nichts da.« Izzy griff nach ihrer Hand. »Du duschst bei mir. Frische Klamotten bekommst du auch.«

Sie überging Astrids Protest und zog sie mit sich.

*

Als Astrid rund zwanzig Minuten später mit noch feuchtem Haar auf die Terrasse trat, stand eine kleine Gesellschaft vor dem Schwimmteich beisammen: Zwei Männer, die in ihren hellen Comforthosen und Polohemden aussahen wie frisch vom Golfplatz, eine Frau im Faltenrock und kurzärmeliger Bluse, dazu Izzy, die in diesem Kleid tatsächlich besonders hübsch aussah. Man ließ sich von einem Kellner in Uniform gerade die Gläser nachfüllen. Hinten beim gemauerten Grill schürte dessen Kollege bereits das Feuer an. Dass Izzy ein Cateringunternehmen engagiert hatte, überraschte Astrid nicht. Der Lieferwagen stand ein wenig versteckt unter den Laubbäumen an der Straße.

Astrid war froh, sich Izzys Anweisung, bei ihr zu duschen, gefügt zu haben. Der Hangrutsch hatte damals auch einen Teil ihrer ohnehin nicht besonders großen Garderobe mitgerissen, und da sie ohnehin so gut wie immer in weißer Hose und zugehörigem Arztkittel steckte, hatte sie die Lücken noch nicht ergänzt. Dass Izzy ihr so bereitwillig Kleidung von sich lieh, kam ihr da sehr gelegen. In Jeans mit T-Shirt hätte sie sich in dieser Runde nicht wohlgefühlt.

Das Kleid saß etwas eng und reichte bei Izzy bestimmt übers Knie, während es bei ihr knapp oberhalb endete, doch die Schuhe passten wie angegossen. Sie hatten dieselbe Größe.

»Darf ich vorstellen ... meine Nachbarin, Astrid Behringer, Neurologin an der Privatklinik am Königssee. Astrid, das sind Roger Sunderland und seine Frau Regine Winter-Sunderland und Andrew, Rogers Bruder.«

Die Vorstellung erfolgte auf Englisch, worauf Astrid im ersten Moment nicht gefasst gewesen war. Es verstrich jedoch nur der Bruchteil einer Schrecksekunde, ehe sie sich darauf eingestellt hatte. Sie beherrschte die Sprache fließend, und das mit leichtem amerikanischen Akzent, den sie sich während ihres Forschungsjahres in Washington angeeignet hatte. Sie hatte erst ein paar höfliche Begrüßungsfloskeln von sich gegeben, als sie einen überraschten Seitenblick spürte. Was hatte Izzy wohl erwartet? Dass sie als international Vortragende in peinlichem Schulenglisch herumstotterte?

Roger und Andrew waren beide sehr groß und schlaksig. Sie schätzte Andrew auf ungefähr vierzig, seinen Bruder etwas älter. Rogers Haar war grau, während sich in Andrews braunem Haar lediglich ein paar weiße Härchen zeigten.

Regine Winter-Sunderland war eine schlanke, hochgewachsene Brünette mit einem prägnanten Gebiss. Es war genau dieses Gebiss, das Astrid daran erinnerte, dass sie diese Frau schon einmal gesehen hatte – und nicht erst, als sie vor Izzys Haus aus dem Taxi gestiegen war. Während sie noch ihr Gedächtnis durchforstete, war Regine Winter-Sunderland schon einen Schritt weiter.

»Wir kennen uns.« Sie sprach Deutsch mit österreichischem Einschlag. »Sie haben vor drei Jahren auf der Jahrestagung der österreichischen Gesellschaft für Neurologie über den Einsatz von neuartigen Bisphosphonaten bei Morbus Sudeck referiert.«

Die Erkenntnis traf sie wie ein Blitz. Die Frau, die vor ihr stand, war keine andere als die Leiterin des Holtzmann-Instituts, einer renommierten Institution. Sie erinnerte sich gut daran, wie Regine Winter – damals noch ohne Doppelnamen – eine kritische Frage nach der anderen gestellt hatte, um Lücken und Stolpersteine in der von ihr vorgestellten Studie zu finden. Letztendlich war es ein fairer, wissenschaftlicher Schlagabtausch gewesen.

Astrid nahm das unverhoffte Wiedersehen sportlich.

»Welch Überraschung, Sie hier zu treffen.«

»Das wäre genau mein Satz gewesen. Ich wähnte Sie in Berlin, nicht hier in der Idylle des Berchtesgadener Lands.«

Auch Astrid bekam ein bauchiges Glas mit Bowle angereicht.

Sie ging mit Regine den Kiespfad entlang, der zu der kleinen Hütte am Grundstücksende führte, gab ihr einen kurzen Abriss von ihrer Tätigkeit an der Klinik und nannte lapidar private Gründe als Grund für ihren Abschied von Berlin. Die Leiterin des Wissenschaftsinstituts war höflich genug, um nicht weiter nachzufragen. Schon bald darauf waren sie in eine rege Diskussion über ein neues Präparat zur Behandlung von Schlafstörungen bei Demenzkranken vertieft.

Es tat gut, sich mit jemanden auszutauschen, der auf demselben wissenschaftlichen Niveau stand wie sie selbst. Sie war Izzy, die währenddessen mit den Sunderland-Brüdern sprach, dankbar für die Abwechslung gegenüber der Fadesse des Klinikalltags und auch überhaupt dankbar, dass sie hier sein durfte. Inmitten des Gartens, der inzwischen mit noch mehr Blumenschmuck aufwartete, fühlte sie sich beinahe wie auf einem englischen Landsitz.

»Ein prächtiges Anwesen«, sprach Regine schließlich aus, was Astrid dachte. »Izzy hat so viel Geschmack! – Es ist wirklich erstaunlich, dass sie sich um die Innenarchitektur immer noch selbst kümmert. Sie sollten ihr Hotel in Dubai sehen. Ich habe selten so ein harmonisches, geschmackvolles Interieur erlebt wie dort. Eine echte Wohlfühloase.«

Izzy hatte ein Hotel in Dubai? – Astrid verbarg ihre Überraschung hinter einem zustimmenden Lächeln und schwieg, bis sie merkte, dass ihre Gesprächspartnerin nun von ihr Input erwartete.

Sozialphobikerin.

Sie war in solchen Dingen einfach nicht gut.

»Ihre Wohnprojekte in Ehernberg sind zwar noch im Bau, aber es sind wohl bereits alle Wohneinheiten vergeben.« Manchmal war es gut, den Krankenschwestern im Dienstzimmer beim Tratschen zuzuhören. »Da sie die Wohnungen ja deutlich unter dem marktüblichen Mietniveau anbietet, wenig überraschend.«

»Ach ja? Das tut sie?«

Regine wirkte überrascht, und Astrid bereute ihre Aussage. Hatte sie ein Geheimnis ausgeplaudert, etwas, wovon Izzy gar nicht wollte, dass es die Runde machte?

»Eigentlich sollte mich das nicht wundern«, fuhr die Österreicherin jetzt fort. »Robert und sie waren schon immer sehr umsichtige Menschen mit einem hohen Bewusstsein für soziale Unterschiede.«

»Sie kannten Robert?«

Astrid biss sich sofort auf die Zunge. Es stand ihr nicht zu, Izzys Bekannte darüber auszufragen.

»Nein, aber mein Mann.« Regine sah in ihrer Frage anscheinend kein Problem. »Roger und Andrew waren gemeinsam mit Izzy und Robert in *Saint Clouds*. Sie kennen sich alle schon seit der Schulzeit. Man könnte sagen, es war eine Clique.«

Saint Clouds. Eine Privatschule von Ruf, bekannt über die britischen Grenzen hinaus. Das also erklärte das leicht snobistisch klingende Upperclass-Englisch, in dem sich die Brüder mit Izzy unterhielten.

Was Astrid stutzig machte, war ein anderer Punkt: Robert Neuretter, Sohn eines bayerischen Lokalmatadors, hatte ein Privatinternat in England besucht?

»Aber ... ich dachte immer, Robert sei hier zur Schule gegangen. In Berchtesgaden. Er war doch von hier.«

»Nun, mit sechzehn setzte er wohl einen Wechsel nach England durch. Vielleicht ein Auslandsjahr? Das machen ja viele.«

Langsam setzten sie ihren Weg in Richtung Terrasse fort, als Regine Winter-Sunderland noch einmal stehen blieb. »Angeblich wollte Robert wegen Izzy nach *Saint Clouds*. Roger erzählte mir, dass die beiden ganz verrückt nacheinander waren. Aber Izzy war ja noch so jung ... und, na ja, angeblich gab es deshalb einen ziemlichen Skandal. Co-Education war damals an den renommierten Privatschulen Englands sowieso nicht selbstverständlich, ja, sogar eher umstritten. Da war eine Liebesbeziehung zwischen einer Fünfzehnjährigen und einem zwei Jahre älteren Burschen wohl der Super-Gau. Robert wurde postwendend nach Hause geschickt und Izzy musste *Saint Clouds* wohl auch verlassen.«

Regine Winter-Sunderland machte eine Pause, sah kurz zur Terrasse, wo Izzy und die zwei Männer inzwischen am Tisch saßen und die Köpfe über irgendeinen Plan gebeugt hatten.

»Zumindest hat mir Roger das alles so erzählt.«

Astrids feinem Gehör entging nicht, dass ihrer Begleiterin gerade Zweifel kamen, ob es angebracht war, vor der Nachbarin ihrer Gastgeberin so freimütig auszupacken.

»Eine Jugendliebe, die in einer Ehe mündete«, ergänzte sie daher leichthin. Regine sollte nicht denken, dass sie nichts von Izzy wusste. Ihre Strategie ging auf.

»Ja. Kaum war Izzy achtzehn, heirateten die beiden. Eine wunderschöne Liebesgeschichte mit«, ein Schatten legte sich über ihr Gesicht, »leider tragischem Ende.« Sie seufzte. »Ich wünsche Izzy von Herzen, dass sie bald jemanden kennenlernt, der sie wieder so auf Händen trägt, wie Robert es getan haben muss. Sie ist so ein liebenswerter Mensch. Sie sollte nicht alleine bleiben.«

*

Die Atmosphäre war entspannt, die Unterhaltung gestaltete sich locker und flüssig. Es fiel Astrid nicht schwer, mit den beiden Brüdern Themen zu finden. Beide waren viel in der Welt herumgekommen, kulturell bewandert und obendrein sehr angenehme, charmante Gesprächspartner. Mit Regine kam sie im Laufe des Abends noch mehrmals auf berufliche Belange zu sprechen.

Um kurz nach neun Uhr fuhr ein Großraumtaxi vor, das die drei Gäste zum Flughafen Salzburg bringen würde. Ihr Aufenthalt im Bayerischen war zu Ende.

Auf der Terrasse hatte das Catering inzwischen sein Equipment eingesammelt und abgebaut. Izzy knipste die Heizpilze aus, ohne die der Abend draußen eine äußerst kühle Angelegenheit gewesen wäre, und zog Astrid mit sich ins Haus. Sie streifte ihre Schuhe ab und ließ sich auf der Couch in die Kissen fallen.

»Jetzt beginnt der gemütliche Teil des Abends!«

»Ich fand es mit den dreien auch gemütlich.« Astrid stand unschlüssig im Raum. Vermutlich war jetzt der Zeitpunkt gekommen, ihre verschwitzten Klamotten von oben aus einem der

Gästebadezimmer zu holen und sich zu verabschieden. »Es waren sehr angenehme Gespräche.«

»Ja, für dich sicher!« Izzys Augen blitzten belustigt. »Während ich den beiden Herren ein Investment in Dubai schmackhaft gemacht habe, hast du dich mit Rogers Frau über Topftomaten unterhalten!«

»Also bitte.« Astrid wurde dennoch rot. »Das war nur ein kleiner Ausschnitt unseres Gesprächs.«

»Ja. Und ehrlich gesagt war das auch genau der Grund, weshalb ich dich hier haben wollte: als Ablenkung für diese etwas abgehobene Dame, die Roger vor zwei Jahren geheiratet hat. Die hätte sich bei unseren Gesprächen sonst in den Erdboden gelangweilt.«

»Dann war ich das Unterhaltungsprogramm für die Ehefrau, während du wichtige Geschäfte regelst?«

»Exakt.« Izzy grinste. »Wer hätte schon gedacht, dass du dich in solch einer Gesellschaft so wacker schlägst. Von Sozialphobie habe ich nichts bemerkt. – Schöne Grüße an deine Ex: Sie hat eine Wahrnehmungsstörung! Und jetzt komm endlich aufs Sofa. Wie du da so unschlüssig herumstehst, ist kaum auszuhalten!«

»Ich dachte, du willst allein sein.«

Astrid wollte sich auf die Couchkante setzen, doch Izzy rückte ganz an den Rand und gab ihr klar zu verstehen, wo sie sie haben wollte: neben sich in den Kissen. Mit leichtem Zögern leistete sie der Aufforderung Folge. Es war eine ungewohnte Situation, mit einer Frau, die sie noch nicht so gut kannte, hier zu liegen.

»Wann habe ich das gesagt?«

»Du hast von einem gemütlichen Abend gesprochen …«

»Ach so? Und mit dir ist es nicht gemütlich?« Izzy lachte amüsiert. Sie drehte sich so auf die Seite, dass sie Astrid direkt im Blick hatte, und stützte ihren Kopf mit der Hand auf dem Polster auf. »Also. Was hat dir Regine denn da alles erzählt, als ihr durch den Garten spaziert seid?«

»All deine Schandtaten.« Astrid flüchtete sich in einen neckenden Tonfall. Es würde Izzy nicht sonderlich gefallen, zu hören, was Roger Sunderlands Frau tatsächlich über sie zu berichten gehabt hatte. »Nein, im Ernst: Sie hat mir von deinem Hotel in Dubai berichtet. Auch wenn ich mich deinem Urteil nach in dieser Gesellschaft recht wacker schlage«, sie griff bewusst Izzys Formulierung von zuvor auf, weil sie diese ein bisschen kränkte, »hat mich die Tatsache, dass du einen milliardenschweren Hoteltower besitzt, doch fast aus deinen schönen Schuhen gehoben. Jetzt fühle ich mich natürlich noch geehrter, als arme Kirchenmaus hier mit dir auf deinem Designersofa zu kuscheln.«

Izzy lachte herzhaft, oberhalb ihrer Mundwinkel zeigten sich tiefe Grübchen.

»Ich habe keinen Hoteltower, Schätzchen. Ich habe *Anteile* an einem. Das ist etwas anderes.«

»Jaja, natürlich.« Astrid schmunzelte. »Meine Nachbarin, der heimliche Immobilientycoon.« Sie wurde ernst. »Und warum willst du diese Anteile verkaufen?«

»Weil ich mich aus Dubai zurückziehen will.« Auch Izzy hatte ihren neckenden Tonfall aufgegeben. »Es kostet mich zu viel Zeit und ist von hier aus schwierig zu managen. Außerdem – als Frau allein ist es ehrlich gesagt ziemlich übel, in Dubai Geschäfte zu machen. Mit Robert gemeinsam war es etwas ganz anderes.«

»Wie seid ihr überhaupt dazu gekommen?«

Aus Astrid sprach nun ehrliches Interesse. Gleichzeitig hoffte sie, mit der Frage nicht bereits die Grenze überschritten zu haben, die Izzy zwischen ihrem Privatleben und dem Rest der Welt zog. Tatsächlich ging der Antwort ein kurzes Zögern voraus.

»Wir waren sehr jung, als wir nach Dubai gingen. Ein Schulfreund von uns ... mir ... nun, seine Familie war dort ganz groß im Immobiliengeschäft und er bot uns, also, eigentlich meinem Mann einen Job an. Wir kannten Dubai beide nicht, hatten aber damals nichts zu verlieren. Also haben wir es einfach versucht. Die erste Zeit war ziemlich hart. Wir teilten uns ein schäbiges Loch am äußersten Stadtrand – fünfzehn Quadratmeter. Nach einem halben Jahr hatten wir dann aber den Dreh raus. Von da ab lief es immer besser. Zwei Jahre später waren wir so erfolgreich, dass meinem Mann eine führende Position in dieser Firma angeboten wurde. Wir haben aber dann entschieden, dass wir es auf eigene Faust versuchen.«

»Eine sehr mutige Entscheidung.«

»Ja, aber sie erwies sich als richtig. Wir haben da wirklich viel Geld gemacht. Das meiste davon haben wir immer reinvestiert ... und es lief echt gut. Wir hatten Glück.«

Wohl nicht nur das.

»Aber irgendein Know-how musstet ihr doch haben. Irgendein Studium, irgendeine Basisqualifikation.«

»Wir haben beide diese Prüfung gemacht, um eine offizielle Lizenz als Immobilienmakler in Dubai zu bekommen. Das, was man da lernen musste, war schon hilfreich. Ansonsten hatten wir einfach ein Händchen für das Abwickeln von Geschäften. Gute Gene, könnte man sagen. Unsere Familie ist ja seit Generationen gut darin, Besitz und Vermögen anzuhäufen.«

Unsere Familie. Singular.

Es stimmte also: Izzy hatte wirklich ihren Bruder geheiratet.

Astrid wurde der Boden unter den Füßen zu heiß. Zeit für einen Themenwechsel.

»Regine Winter-Sunderland hat mich gefragt, ob ich Interesse hätte, dem Wissenschaftsbeirat des Holtzmann-Instituts beizutreten.«

»Und? Hast du?«

»Vielleicht.«

In wenigen Sätzen erläuterte sie Izzy den Zweck des Instituts, das von einer Stiftung getragen wurde: forschenden Pharmafirmen bei ihrer Arbeit genau auf die Finger zu schauen. Das bedeutete, neue Studien, in denen eine Pharmafirma als Sponsor aufschien, nachzuprüfen und im Bedarfsfall auf wissenschaftliche Mängel bei Datenerhebung und -auswertung aufmerksam zu machen.

»Klingt nach viel Statistik.«

»Es ist viel Statistik, aber es ist auch ein bisschen wie Detektiv spielen. Insofern würde es mich wirklich reizen.«

»Aber?«

»Es gibt eigentlich kein klares *Aber.*« Astrid hob die Schultern. »Abgesehen natürlich davon, dass ich einen Tag pro Woche in Wien verbringen müsste, um bei den Sitzungen des Gremiums dabei zu sein. Außerdem gibt es da noch ein paar Doktoranden, die betreut werden müssen; das fiele mir auch zu. Es könnten also auch mal zwei Tage sein – und da fängt es dann an, kompliziert zu werden. Ich müsste meine Stunden an der Klinik reduzieren.«

»Und wenn schon! Wenn dir dieses Studien-Fleddern mehr Spaß macht?«

Astrid seufzte.

»Ich will irgendwie alles, das ist das Problem: Lehre. Forschung. Studien fleddern, wie du es nennst ... und Patienten helfen. Deshalb bin ich ja Ärztin geworden.«

»Trotzdem scheint dich dein Job an der Klinik nicht wirklich auszufüllen.«

Astrid seufzte erneut.

»Weil es immer dasselbe ist, deshalb. Zu eintönig, zu einseitig.«

»Mit dem Zug bist du von Salzburg aus in zweieinhalb Stunden in Wien. Ich glaube schon, dass das zu schaffen wäre, wenn dir die Klinikleitung etwas entgegenkommt.«

»Ich weiß nicht ... Ich muss noch darüber nachdenken.«

»Schätzchen, du bist so destruktiv!« Izzy knuffte sie leicht in die Seite. »Du könntest jetzt auch sagen: Danke, liebste Izzy, dass du mich so selbstlos ermutigst, aus meiner tristen Komfortzone herauszukriechen, in die ich mich seit der Trennung geflüchtet habe!«

Triste Komfortzone! Diese Frau hatte wirklich eine beinahe unheimliche Gabe, sie zu durchschauen!

Astrid griff sich das heraus, was aus ihrer Sicht am meisten Erklärungsbedarf forderte. »Selbstlos? Aber was hast denn *du* damit zu tun?«

»Ganz einfach! Gerade habe ich mich an deine Gesellschaft gewöhnt, und schon pflasterst du dich mit Arbeit zu, um dich zu entziehen! Das ist nicht fair.«

Wieder fragte sich Astrid, was für ein Mensch sich da eigentlich neben ihr auf dem Sofa ausgestreckt hatte und sie entwaffnend anlächelte. Es gab Augenblicke wie diese, in denen Izzy so unschuldig, fast kindlich wirkte. Und dann wieder Momente, in denen sie scheinbar vor nichts zurückschreckte, um ihre eigenen Interessen durchzudrücken. An einem Tag lachte sie und versprühte helle Lebensfreude, am nächsten flossen bittere Tränen.

Wer bist du wirklich, ging es Astrid durch den Kopf. Doch auch in dieser Nacht verließ sie Izzys Haus, ohne die Frage zu stellen.

Feste

»Happy Birthday, liebe Astrid.«

Astrid hatte an diesem Freitag im Juni keinerlei Erwartungen gehabt. Hinter ihr lagen ein Wochenenddienst und vier Tage Spätschicht, vor ihr noch rund fünfeinhalb Stunden Arbeit. Sie war mit dem Gedanken aufgestanden, dass sie mittlerweile den zweiten Geburtstag ohne Hennie und Simone verbrachte. Diese Tatsache war ihr so auf den Magen geschlagen, dass sie auf ein Frühstück verzichtet und gleich ihre morgendliche Joggingrunde gestartet hatte. Ein Fehler, denn schon nach einem Kilometer machte ihr Kreislauf schlapp, und sie musste sich erst einmal auf eine Bank setzen, ehe sie ihren Weg als Spaziergang fortsetzen konnte.

Dass es ausgerechnet Franzi war, die ihr als Erste gratulierte, verwunderte sie. Nach fast vier Wochen des Ignorierens stand sie jetzt vor ihr, einen Pappteller mit einem kleinen Kuchen in den Händen, auf dem eine einzelne Kerze brannte.

»Ich weiß aus den Personalunterlagen, dass heute dein Geburtstag ist«, fühlte sich Franzi bemüßigt zu erklären. »Dass du Sternzeichen Krebs bist, überrascht mich gar nicht. Du bist ein total typischer Krebs: sensibel, verletzlich, klug …«

»Danke, aber ich hab's nicht so mit den Sternen.« Astrids Interesse, astrologisch analysiert zu werden, hielt sich in Grenzen. Dennoch empfand sie den Kuchen als nette Geste. Offensichtlich wollte Franzi wieder Kontakt. Ihr war es recht. Das Verhalten der Kollegin konnte sie noch immer nicht nachvollziehen. Auf Dauer war es jedoch ebenso unangenehm wie lächerlich, wenn sich Franzi in der Kantine demonstrativ an einen anderen Tisch setzte oder ihr Dinge, die ihr Dienstverhältnis betrafen, per Mail zuschickte, obgleich ein kurzer Anruf es viel schneller geklärt hätte.

»Jedenfalls ...« Franzi trat etwas verlegen von einem Bein auf das andere. »Ich dachte mir ... vielleicht hast du heute nach der Arbeit noch Lust zu feiern? Ein paar Drinks und Knabbereien, völlig zwanglos?«

»Ich habe bis halb elf Dienst.«

»Ich weiß. Danach?«

Die Vorstellung, nach Dienstschluss in der Bar des Hotels Edelweiß zu sitzen, dem einzigen Ort, der in Franzis Augen Gnade fand, war für Astrid nicht gerade reizvoll. Zumal sie nach Berchtesgaden mit dem Auto fahren mussten, was bedeutete: Eine von ihnen durfte nicht einmal die Drinks dort genießen.

Franzi schien ihre Gedanken zu erraten.

»Feiern wir bei uns zu Hause in Ehernberg«, schlug sie vor. »Ich meine, bei *dir* zu Hause ... bei mir ist ja die Mama.« Sie schnitt eine kurze Grimasse, ehe sie fortfuhr: »Wenn du mir deinen Hausschlüssel gibst, bereite ich auch was vor – eine kleine Überraschung.«

Franzi allein bei ihr im Haus? – Die Vorstellung hatte im ersten Moment etwas Alarmierendes. Dann aber besann sich Astrid. Im Grunde gab es nirgendwo in diesem Gemäuer etwas wirklich Persönliches, abgesehen von ein paar Ordnern mit nichtssagenden Dokumenten, ein paar Toilettenartikeln und ihrer übersichtlichen Garderobe. Selbst wenn Franzi in den drei Zimmern, die sie nutzte, herumstöberte, würde sie auf nichts stoßen, was Substanz für Klatsch und Tratsch lieferte.

Franzis offenes, freundliches Lächeln und ihr Blick, in dem deutlich zu lesen war, dass sie auf Versöhnung hoffte, gaben den Ausschlag für Astrids Antwort: »Von mir aus. Aber übertreib es nicht. Aus dem Alter, in dem ich die Nacht zum Tage mache, bin ich definitiv raus.«

*

Franzi hatte ganze Arbeit geleistet. Als Astrid nachts nach Hause kam, erhellten Kerzen die Stube. Eine Girlande mit ALLES GUTE war quer durch den Raum gespannt und eine ganze Reihe Luftballons zierte die Vorhangstangen. Im Hintergrund spielte ein tragbarer Recorder, den Franzi offenbar mitgebracht hatte, 99 Luftballons von Nena. Auf dem Tisch standen eine Flasche Bellini und drei Schüsseln mit Knabbereien. Franzi hatte einen spitzen Hut aus Pappe aufgesetzt, an dem Luftschlangen baumelten.

Kindergeburtstag, war Astrids erster Gedanke. Sie wusste, das war unfair, Franzi hatte es mit der Geburtstagsfeier nett gemeint. Die einzige Alternative wäre ohnehin gewesen, gleich ins Bett zu gehen. Vermutlich hätte sie dann lange wach gelegen und über Dinge nachgedacht, die sie depressiv stimmten, wie beispielsweise die kurze, unpersönliche Gratulation ihrer Mutter oder das Schweigen von Hennie und Simone, die sie so völlig aus ihrem Gedächtnis gestrichen hatten.

Nach dem zweiten Glas Bellini begann sie sich zu entspannen. Franzi plauderte über Belanglosigkeiten: den Klinikalltag, Kinofilme, Badeseen in der Umgebung, zu denen sie unbedingt mal fahren sollten, das neue indische Restaurant in Berchtesgaden. Astrid musste sich eingestehen, dass sie trotz der gelegentlichen Entgleisungen eine unterhaltsame Gesellschaft war. Allein die Tatsache, dass sie sich von Beginn an um Freundschaft bemüht hatte, verdiente Anerkennung. Sie war schließlich auch kein leichter Fall.

Die Zeiger auf der alten Küchenuhr näherten sich der zwölf, als Franzi plötzlich ganz aufgeregt wurde. Sie griff nach Astrids Arm und zog sie nach draußen. Kühle Nachtluft schlug ihnen entgegen. Der Sommer hatte in den vergangenen Tagen eine kurze Pause eingelegt.

»Wir müssen dein neues Lebensjahr noch gebührend begrüßen!«

Erst jetzt entdeckte Astrid die Feuerwerkskörper in den Glasflaschen, die Franzi in Reih und Glied in dem kleinen Vorgarten aufgestellt hatte. Selbst im fahlen Licht der Außenbeleuchtung erkannte sie, dass es sich nicht um neue Fabrikate handeln konnte.

»Wo hast du das her?«

»Oben am Speicher gefunden.« Franzi wollte sich schon bücken, ein Feuerzeug in der Hand, doch Astrid hielt sie zurück.

»Bist du wahnsinnig? – Das funktioniert bestimmt nicht mehr richtig! Außerdem ... ich glaube nicht, dass das erlaubt ist, mitten im Jahr!«

»Astrid. Es sind drei Raketen!« Franzi verdrehte die Augen. »Und hier ist weit und breit niemand!«

Sie warf einen kurzen Blick auf das Haus gegenüber, das komplett im Dunklen lag. Zwei steile Falten bildeten sich auf ihrer Stirn.

»Außer Izzy, aber die ist völlig egal. Selbst, wenn sie die Polizei ruft – bis die kommt, haben wir sämtliche Spuren beseitigt und drehen es so, als hätte diese Irre Halluzinationen.«

Astrid unterdrückte ein Seufzen. Das schon wieder!

»Sie ist nicht da.«

»Ach, wirklich?« Franzi, die sich schon wieder mit dem Feuerzeug in der Hand den Raketen genähert hatte, hielt in der Bewegung inne. »Als ich kam, hat drüben Licht gebrannt.«

»Das war die Putzfrau, die regelmäßig nach dem Rechten sieht.«

»Woher weißt du das?«

Sie klang so alarmiert, dass Astrid ihre Worte sofort bereute. Jetzt aber war es zu spät für einen Rückzieher – vor allem, weil es auch keinen rationalen Grund dafür gab. Was hatte sie mit diesem Familienkrieg zu tun? – Nichts.

»Weil sie es mir gesagt hat.«

»Ihr redet miteinander?« Franzi fiel fast das Feuerzeug aus der Hand.

»Wieso nicht?« Astrid seufzte. »Ich habe kein Problem mit ihr. Sie ist nett und freundlich.«

»Seit wann denn? – Damals, als sie dich am Berg mit ihrer fetten Kutsche bedrängt hat, hast du noch ganz anders gesprochen!«

»Das ist jetzt Monate her. Ich habe sie inzwischen besser kennengelernt und ...«

»Was?« Nun klang Franzi regelrecht panisch. »Du hast dich mit ihr angefreundet? Mit dieser Irren? – Astrid, die Frau ist ein Psycho, mit der stimmt was nicht! Sie manipuliert Leute und nutzt sie aus! Und wenn ihr etwas nicht passt, dann tickt sie völlig aus, und ...«

»Schon gut.« Astrid schnitt ihr mit ungewohnter Vehemenz das Wort ab. »Bisher hat sie mir noch keinen Grund zur Sorge gegeben.«

»Sag bloß nicht, ich hätte dich nicht gewarnt!«

Franzi schien einzusehen, dass weitere Ausführungen sinnlos waren. Mit missmutigem Gesicht bückte sie sich nieder und zündete den ersten Feuerwerkskörper. Er schnellte in den dunklen Nachthimmel und explodierte mit einem lauten Knall, der hauptsächlich vom Echo an der Felswand des Untersbergs herrührte. Der erwünschte Farbregen blieb aus. Der zweite Feuerwerkskörper zündete gar nicht, der dritte versprühte schwachen roten Staub.

»Um wie viele Jahre war da denn das Haltbarkeitsdatum überschritten?«

Astrid, die in Wahrheit froh war, dass das unwillkommene Feuerwerk vorbei war, ging wieder zurück in die Stube. Ohne Jacke war es ihr draußen zu kalt.

»Keine Ahnung, da stand kein Datum drauf. Aber die müssen noch aus der Zeit stammen, in der Tante Berta und Onkel Erich hier ihre großen Silvesterfeiern machten.«

Franzi schenkte großzügig Bellini nach.

Astrid stutzte. Sie hatte angenommen, die Raketen hätte Franzi von ihrem Speicher mitgebracht. Ein Irrtum.

»Du warst hier am Dachboden?«

»Ja, klar. Und ich habe da noch ganz viel andere Sachen gefunden.« Angesichts der Offenheit, mit der Franzi ihre Erkundungstour darlegte, fragte sich Astrid, ob sie vielleicht wirklich zu sensibel war. Das Haus gehörte immerhin den Neuretters, also Franzis Verwandten; sie war nur die Mieterin und nutzte den Speicher sowieso nicht.

Franzi gab ihr keine Zeit, weiter darüber nachzudenken. Sie stellte einen kleinen, alten Schuhkarton auf den Tisch und öffnete den Deckel.

»Das musst du dir ansehen. Ich habe das auch erst jetzt entdeckt!«

Sie holte einen ganzen Packen älterer Fotos hervor. Astrid staunte, als sie die abgelichteten Leute sah: sie trugen allesamt historische Kostüme. Barocke Kleider, Livrees, Perücken. Noch mehr staunte sie, als sie auf einem der Fotos klar den holzgetäfelten Hintergrund der Stube erkannte, in der sie gerade saßen.

»Die haben hier einen Historienfilm gedreht?«

»Eher nicht.« Franzi drehte das Foto um. In krakeliger Schrift hatte jemand *Barockes Fest, Ehernberg* vermerkt und eine Jahreszahl, die knapp vierzig Jahre zurücklag. »Die haben wohl einfach ein paar echt krasse Mottopartys hier veranstaltet! – Sieh dir das an.«

Das nächste Foto ließ keinen Zweifel darüber, dass die Ausschweifungen auf jenen Feiern sich nicht nur auf Alkohol beschränkten. Auf einer mit rotem Samt überzogenen Matratze lag wie hingegossen eine junge Blondine mit langem, gewelltem Haar. Ihr Korsett saß so locker, dass eine ihrer Brüste daraus hervorquoll. Ein Mann mit Perücke, dessen Gesicht unscharf war, hatte seine Hand unter ihrem hochgeschobenen Rock, ein anderer – etwas fester, mit zusammengebundenem braunen Haar – leckte ihre bloßen Füße.

Es gab noch ein paar weitere Bilder, die ähnlich anschauliche Szenen zeigten. Auch wenn auf keinem der Fotos mehr zu sehen war als blanke Busen, nackte Beine oder küssende und schleckende Männer, lag für Astrid der Zweck dieser Feiern, die allesamt mit *Barockes Fest* und einer Jahreszahl datiert waren, auf der Hand.

»Was ist das? Der erste und einzige Ehernberger Swingerclub?«

»Scheint so.« Franzi kicherte. »Echt krass. Es wurde ja schon einiges über diese Feste gemunkelt, aber dass es wirklich so abging ... und vor allem, wer da alles dabei war!«

»Du kennst die Leute?«

»Na sicher!« Franzi lachte erheitert, korrigierte sich aber gleich: »Nicht alle.«

Sie nahm ein Foto in die Hand, auf dem eine üppige, durchaus attraktive Dunkelhaarige mit kunstvoller Turmfrisur einen halbnackten Mann mit einer Lederpeitsche traktierte. Ihr knallrot geschminkter Mund stand in Kontrast zu dem giftgrünen, wogenden Kleid, das ein beeindruckendes Dekolleté freigab.

»Hier haben wir beispielsweise Tante Berta – die Mutter von Erich, Norbert und Robert. Und das da«, Franzi quietschte aufgeregt, »ist meine Volksschullehrerin, die alte Grünjäger! Ich fass es nicht!«

Eine grotesk geschminkte Frau in neckischem Korsett hatte sich rauchend auf dem Kanapee drapiert und blickte lasziv in die Kamera. Ein Mann mit venezianischer Halbmaske, dunkler Kniebundhose und weißem Spitzenhemd stand seitlich daneben und betrachtete die Hingegossene mit lüstern verzogenem Mundwinkel.

»Das könnte der Kunstschmied aus Ettenberg sein, in jungen Jahren«, vermutete Franzi. »Aber ganz sicher bin ich nicht. Hier dagegen schon. Das ...« Sie streckte Astrid ein Foto entgegen. Es zeigte den Mann, der zuvor die Füße der Blondine geleckt hatte, in anderer Pose. Nun lehnte er an dem gekachelten Kamin, der auch heute noch das Wohnzimmer nebenan heizte, und rauchte eine Zigarre. Seine blaue Brokatjacke stand offen und gab den Blick frei auf üppige Brustbehaarung. Die Kniebundhose saß knapp und betonte die Beule, die sich in seinem Schritt gebildet hatte. »... ist Onkel Erich«, fuhr Franzi amüsiert fort. »Also, Erich Neuretter senior, der Mann von Berta. Und das«, sie griff erneut nach dem Foto, das die kunstvoll daliegende Blondine zeigte, »ist Kate, das Kindermädchen.« Es folgte eine bedeutungsvolle Pause. »Izzys Mutter.«

Bereits beim ersten Blick auf das Foto war Astrid an den leuchtend blauen Augen hängen geblieben. Das war also die Erklärung. Izzys Mutter war eine schöne Frau. Die ebenmäßigen Gesichtszüge und den wohlproportionierten Körper hatte sie zweifelsohne an ihre Tochter weitergegeben. Allerdings lag in Kates Gesichtszügen etwas Durchtriebenes – etwas, was Astrid an Izzy definitiv noch nicht aufgefallen war.

Franzi schien ihr Interesse bemerkt zu haben. Sie packte weitere Fotos aus der Schachtel, die allerdings ganz anderer Natur waren. Familienfotos, auf denen Berta und Erich Neuretter senior abgebildet waren, als biederes Brautpaar in heimischer Tracht, später mit Kindern. Jedes Foto war hinten mit der Jahreszahl versehen. Irgendwann begann Kate auf den Fotos aufzutauchen, plötzlich mit einem Baby auf dem Arm, später mit einem Kleinkind an der Hand, das Astrid mühelos als Izzy identifizieren konnte.

Das sogenannte Kindermädchen, wurde ihr nun allmählich klar, war ein festes Familienmitglied gewesen.

Sie ergriff ein Foto, das die beiden Neuretters mit Kate und sämtlichen Kindern zeigte. Alle trugen Tracht. Ihr Blick blieb an einem der Buben hängen, der ihr bisher noch nicht in Großaufnahme untergekommen war.

»Und wer ist das?«

»Niklas, Norberts Zwillingsbruder.«

»Er hatte Trisomie einundzwanzig?«

»Ja, ein Kind mit Downsyndrom. Sie waren ja zweieiige Zwillinge. Kaum war er da, hat sich alles nur noch um ihn gedreht ...

Niklas hier, Niklas da. Meine Tante und mein Onkel waren total vernarrt in ihn. Es ging nur noch um ihn.«

Niklas, den Izzy ertränkt haben sollte.

Astrid betrachtete nachdenklich das Foto. Die beiden Frauen standen dicht nebeneinander. Ihre Schultern berührten sich, und Kate lächelte Berta an. Neuretter senior hatte sich neben seiner Frau platziert und blickte geradewegs in die Kamera. Seine Körperhaltung, seine Miene und sein fester Blick ließen keinen Zweifel daran, dass er gewohnt war, den Ton anzugeben.

Von allen Kindern sah Norbert ihm am ähnlichsten. Erich, ihr Vermieter, hatte das kräftige, dunkle Haar seiner Mutter, aber die muskulöse Figur seines Vaters. Robert, der Älteste der Brüder – Astrid schätzte ihn zum Zeitpunkt der Aufnahme auf neun oder zehn Jahre alt – ähnelte weder Vater noch Mutter besonders. Während die anderen Neuretter-Söhne allesamt etwas gedrungen wirkten, ragte Robert richtiggehend heraus. Izzy, im blauen Dirndl dicht neben ihm, wirkte wie ein blondes Püppchen. Sie sah zu ihm auf und lächelte ihren späteren Mann genauso an, wie ihre Mutter Berta Neuretter anlächelte. Niklas, das Kind mit dem Downsyndrom, hockte vor der Gruppe auf dem Boden und lachte fröhlich.

»Das wurde relativ kurz vor Niklas' Tod gemacht«, ließ Franzi sie beiläufig wissen. »Das hier auch.«

Sie legte Astrid ein Bildchen vor, auf dem nur Kinder abgebildet waren. Es war eine Momentaufnahme, geschossen im Hof neben der alten Scheune. Izzy hielt einen Ball in den Händen und lachte keck. Robert hatte die Hand gehoben und sah aus, als wollte er der Gruppe etwas erklären. Der kleine Norbert hatte weinerlich das Gesicht verzogen. Ein etwa zwölfjähriges Mädchen mit blonden Zöpfen stand gelangweilt dabei, ein anderes streckte dem kleinen Norbert ein Taschentuch entgegen. Neben Izzy stand ein Kind mit kurz geschnittenem braunen Haar, die Hände zu Fäusten geballt, die Lippen schmollend aufeinandergepresst.

»Erkennst du mich nicht?«

Astrid runzelte die Stirn, sah genauer hin.

»Der Trotzkopf in der Latzhose bist du? Hast du dich geärgert, dass du den Ball nicht bekommst?«

»Keine Ahnung, zu lange her.« Franzi machte eine wegwerfende Handbewegung. »Schau dir das Bild nochmal an. Du kennst noch jemanden auf diesem Foto. Da!« Franzi deutete auf die Gelangweilte. »Das ist Sonja. Unsere Sonja von der Klinik!«

»Ach.«

Sonja hatte sich zu ihrem Vorteil verändert. Den Babyspeck hatte sie verloren und kurze Haare standen ihr eindeutig besser als Zöpfe.

»Und das andere Mädchen ist ihre Schwester Tanja. Die ist auch Ärztin, wohnt aber in München.«

»Ich wusste nicht, dass ihr euch schon so lange kennt.«

»Na, wir sind doch alle in Ehernberg aufgewachsen! Wir hingen fast den ganzen Tag bei Onkel Erich und Tante Berta herum – entweder am Hof oder hinten am Kieswerk. Das war ja noch eine andere Zeit! Es gab nur eine Regel: abends um sechs Uhr mussten wir immer zu Hause sein.«

»Klingt nach einer tollen Kindheit.«

Astrid musste an ihre eigene denken, die sich großteils in der Schule oder den vier Wänden ihrer kleinen Wohnung abgespielt hatte. Franzi indessen griff wieder zu den Fotos eines der Feste.

»Schau mal – dieser da ... könnte eventuell der Vater von Lilly, der Bäckerin sein, der letztes Jahr einen Schlaganfall hatte. Der hat es sich echt ganz schön gegeben!«

Astrid sah das Bild nicht an. Plötzlich hatte sie genug davon, in die intimsten Vergnügungen einer Familie einzudringen, die vor rund vierzig Jahren eine damals ungewöhnliche Freizügigkeit an den Tag gelegt und unter den Dorfbewohnern wohl ein paar Gleichgesinnte gefunden hatte. Offensichtlich waren alle zufrieden gewesen. Warum also in alten Kisten wühlen?

Die Küchenuhr zeigte inzwischen halb zwei Uhr früh. Astrid gähnte demonstrativ.

»Franzi, ich muss dich jetzt rausschmeißen. Ich danke dir für den netten Abend; es war schön, aber ich bin wirklich müde.«

»Jetzt schon?« Franzi war offenkundig enttäuscht, räumte aber dennoch artig die Fotos zurück in die Schachtel. »Wie sieht es mit deinen Wochenendplänen aus? Am Vormittag muss ich leider mit der Mama einkaufen fahren, aber ab drei, vier Uhr hätte ich Zeit.«

»Ich leider nicht. Ich halte nächste Woche einen Vortrag bei der Bezirksärztesitzung Berchtesgaden. Der braucht noch Schliff.«

Das war nur die halbe Wahrheit. Dass sie abends bei Bezirksärztevertreter Nussdorfer und seiner Frau zum Abendessen eingeladen war, brauchte Franzi nicht zu wissen.

»Und am Sonntag?«

Kommt Izzy wieder.

»Fahre ich zu meiner Mutter nach München.«

Was für eine fette Lüge – nur um Stress zu vermeiden.

»Schade … aber na gut.« Franzi griff nach ihrer Jacke. Als sie auch die Schachtel an sich nehmen wollte, griff Astrid ein.

»Was willst du denn damit?«

»Na, mitnehmen! Das sind total irre Fotos! Die muss ich unbedingt den Mädels zeigen!«

Franzi und ihre Freundinnen, die sich daran aufgeilten, wer wo in welcher Pose abgelichtet war. Das fehlte noch!

»Du, ich finde, da solltest du erst deinen Cousin Erich fragen, ob ihm das recht ist. Immerhin geht es primär um seine Eltern.«

»Wieso, die sind eh schon tot!« Franzi schaute sie verständnislos an. »Außerdem weiß Erich wahrscheinlich nicht mal, dass es die Fotos überhaupt gibt! Die Schachtel war ganz hinten in einer Kommode mit Christbaumschmuck versteckt.«

Du lieber Himmel, wie viele Stunden hatte Franzi wohl dort oben zugebracht? – Dass sie ihr den Hausschlüssel gab, würde sich sicher nicht wiederholen!

»Ich finde trotzdem, dass du dir seine Erlaubnis holen solltest.« Astrid drückte die Schachtel an sich. »Solange gehören die Fotos zum Haus und bleiben hier.«

»Spaßverderberin!«

Franzis Schmollmund erinnerte sie unwillkürlich an das Kind auf dem Foto. Fehlten nur die geballten Fäuste. Trotzdem gab sie sich nun geschlagen und verabschiedete sich wie gewohnt mit einer Umarmung, die Astrid viel zu innig war, und zwei Wangenküssen.

Astrid sah vom Fenster aus zu, wie Franzi ins Auto stieg und davonfuhr, fast so, als müsste sie sichergehen, dass sie auch wirklich verschwand.

Ja, es war nett gewesen, noch nach der Arbeit mit jemanden zu plaudern. Allerdings blieb bei den Treffen mit Franzi immer ein schaler Geschmack zurück. Irgendetwas zwischen ihnen passte einfach nicht.

Als Astrid wenig später im Nachthemd das Schlafzimmer betrat, sah sie das Bett, in dem sie sich seit Wochen schlafen legte, mit anderen Augen. Was hatte hier in diesem Zimmer eines anscheinend so biederen alten Ehepaars wohl alles stattgefunden? – Zum Glück hatte sie zumindest die Matratze ausgetauscht!

Auf dem Nachtkästchen lag ihr Handy, angesteckt an die einzige Steckdose im Raum. Jemand hatte ihr ein SMS geschrieben.

HALLO, ALLES GUTE ZUM GEBURTSTAG. SIMONE.

Astrids Herzschlag erhöhte sich. Sie hatte daran gedacht! Ein erster Schritt, um wieder anzuknüpfen?

Das zweite SMS, zehn Minuten später von derselben Nummer verschickt, brachte sie auf den Boden der Tatsachen zurück.

DAS IST MEINE NEUE HANDYNUMMER. RUF MICH AUF KEINEN FALL AN! ICH WERDE MICH MELDEN, WENN ICH SOWEIT BIN. SIMONE.

*

Der Feldweg in Richtung Landesgrenze hatte sich als gute Alternative zu Astrids üblicher Joggingrunde rund um die Kiesgrube erwiesen. Zumindest wurde sie hier nicht von LKWs eingestaubt. Plangemäß kehrte sie um, ehe sie das nächste Dorf erreichte, und joggte wieder zurück durch das kleine Ortszentrum. Sie war gerade wieder in den Achenweg eingebogen, als sie die kleine Menschenansammlung vor Izzys Baustelle bemerkte. Neugierig geworden, verlangsamte sie ihren Schritt.

Unter den Leuten erkannte sie die Anwohner von gegenüber der Baustelle, ein paar Ehernberger, deren Namen sie nicht wusste, den Bürgermeister, dessen rundes Gesicht ihr regelmäßig aus dem Gemeindeblatt entgegenstrahlte, ein paar Männer in Arbeitskleidung und mit gelben Helmen auf dem Kopf – und Izzy. Es wurde rege diskutiert. Einer der Anwohner legte sich besonders ins Zeug. Er schrie aufgebracht und gestikulierte wild. Sein Kopf war hochrot.

Der Bürgermeister versuchte ihn offenbar zu beruhigen. Einer der Arbeiter, wohl der Polier, schaltete sich ein, deutete auf die Rohbauten im Hintergrund, dann auf die Einfamilienhäuser gegenüber.

Izzy stand mit verschränkten Armen und undurchdringlicher Miene mitten in der Gruppe. Astrid bewunderte unwillkürlich ihre Präsenz: auch wenn sie im Moment nur zuhörte, war aufgrund ihrer aufrechten Haltung und dem wachen, zugleich entschiedenen Ausdruck in ihrem Gesicht klar, wer hier die Chefin war.

Als Astrid im Schritttempo vorbeiging, bemüht, ihre Neugierde zu verbergen, öffnete Izzy den Mund. Ihre Stimme war scharf wie ein Messer, ihre Worte klangen wohlüberlegt. Es ging um Baulärm, das bekam Astrid mit, und um Ruhezeiten, die angeblich nicht eingehalten wurden. Izzy argumentierte sachlich und klar. Einwände, die der aufgebrachte Anwohner weiterhin einbringen wollte, erstickte sie mit einem einzigen eiskalten Blick.

Astrid hätte die Diskussion gerne noch länger und aus nächster Nähe verfolgt, wusste aber, dass die Auseinandersetzung sie nichts anging.

Izzy, wer bist du eigentlich, fragte sie sich zum wiederholten Male. Täterin oder Opfer?

*

Izzy öffnete die Tür, das Telefon am Ohr, und winkte sie hinein. Astrid ging mit ihren zwei Einkaufstüten zielstrebig in die Küche und begann die mitgebrachten Zutaten auszupacken und zu sortieren. Sie hörte, dass Izzy gerade jemanden zur Schnecke machte. Auch in ihrem Upperclass-Englisch war jedes gewählte Wort ein Treffer. Ihre Stimme wurde im Laufe des Gesprächs lauter, doch sie verlor sich nicht in emotionalen Tiraden. Die Diskussion blieb sachlich – zumindest von ihrer Seite aus. Trotzdem wollte Astrid nicht in der Haut desjenigen am anderen Ende der Leitung stecken.

Als Izzy in die Küche kam, jetzt ohne Telefon, wirkte sie dennoch erschöpft. Sie ging zum Kühlschrank und füllte zwei Gläser mit einem Welschriesling, der bereits angebrochen war.

»Oh. Heute fangen wir früh an«, neckte Astrid, griff aber dennoch gerne nach dem Weinglas. »Es ist ja noch nicht einmal halb sechs.«

»Heute ist irgendwie nicht mein Tag.«

Izzy nahm einen großen Schluck Wein und lehnte sich mit dem Rücken gegen den Küchenkasten.

»Ich hasse es, wenn Leute glauben, mich auf den Arm nehmen zu können.«

»Ich hatte heute Nachmittag nicht den Eindruck, dass das leicht gelingt. Du hast ziemlich imposant gewirkt.«

»Und du wie eine, die gerne unmittelbar neben mir gestanden wäre, damit ihr kein Wort entgeht.«

Izzy lächelte amüsiert.

»Ja, das stimmt«, gab Astrid unumwunden zu. »Um was ging es überhaupt?«

»Die Baustelle macht Lärm. Ganz ungewöhnlich für eine Baustelle, nicht wahr?« Izzy verdrehte die Augen. »Jedenfalls fühlen sich die Anwohner gestört. Ich verstehe das ja, aber ich kann es nicht ändern. Ich kann nicht sämtliche Maschinen mit einem Schalldämpfer ausstatten! Die müssen da einfach durch. Die Häuser sind eh bald fertig und dann können sie wieder ihre himmlische Ruhe genießen. Was diese Leute nicht kapieren, ist dass sie den Bau dieser Häuser durch ihre Aktionen nicht verhindern, sondern nur verzögern.«

»Welche Aktionen?«

»Nun, sie bestehen auf irgendwelche Lärm- und Feinstaubmessungen, schicken die Baupolizei vorbei, weil sie irgendwo Schwarzarbeiter vermuten, und tun so abstruse Dinge wie den Naturschutzbund ins Boot holen. Angeblich hätte gerade in diesem Abschnitt der Ache irgendeine bedrohte Froschart ihr Zuhause, und durch die Bauarbeiten wären deren Laichaktivitäten beeinträchtigt. – Blöd nur, dass der Biologe, der anrücken musste, nichts dergleichen bestätigen konnte. Aber mich hat das wieder einige tausend Euro gekostet, weil die Bauarbeiten bis zum Abschlussbericht stillstanden.«

»Und das alles wegen nichts.«

»So ist es.« Izzy seufzte. »Im Grunde geht's nur darum, mir das Leben schwer zu machen, in der Hoffnung, die Hexe aus dem Dorf zu jagen.«

»Die Hexe? Redest du von dir?«

»Von wem denn sonst? – Ich hab dir ja schon mal gesagt, für die Ehernberger bin ich grundsätzlich an allem schuld.«

»Aber warum?«

Astrid wusste, dass sie sich auf dünnes Eis begab, doch die Frage drängte sich nun einmal auf.

»Weil sie denken, dass ich nicht zu ihnen gehöre, und mir

daher den Erfolg nicht gönnen. Du kennst ja das Sprichwort: Der Neid ist ein Hund.«

»Ich kenne ein anderes, das dir besser gefallen wird: Neid ist die aufrichtigste Form der Anerkennung.« Astrid war mit dem Auspacken fertig und verstaute die zusammengelegten Plastiktüten in der untersten Schublade zu den anderen, was Izzy prompt mit einem Lächeln quittierte. Worte waren überflüssig. Sie wussten beide, was der Grund für dieses Lächeln war: dass Astrid sich in dieser Küche inzwischen besser auskannte als Izzy selbst.

»Siehst du dich als eine von ihnen?«

Astrid konnte nicht anders als hier nachzuhaken, bereute es aber sofort, als sie leisen Argwohn in den blauen Augen aufflackern sah. Sie rechnete schon damit, allenfalls eine ausweichende Antwort zu bekommen, als Izzy sagte: »Manchmal weiß ich nicht, wohin ich gehöre. Das ist ja das Problem.« Nachdenklich nippte sie an ihrem Wein. Dann stellte sie das Glas abrupt auf der Küchentheke ab. »Aber lass uns von etwas anderem reden. Zum Beispiel darüber, was es heute zu essen gibt, große Meisterköchin.«

»Oh, noch eine neue Bezeichnung für mich. Neben Frau Professor und Schätzchen eine gelungene Ergänzung.«

»Wobei dir Schätzchen natürlich am liebsten ist. Ich weiß.«

»Richtig. Es tut einfach gut, nach Feierabend mit einem so liebevollen Kosenamen empfangen zu werden.«

Mindestens genauso gut tat es, mit Izzy herumzuschäkern. Astrid staunte in diesen Augenblicken über sich selbst. Humorbefreit sei sie, hatte Hennie ihr vorgeworfen. Und sie hatte es geglaubt. Das war dumm gewesen.

»Oh je, und ich habe es heute gar nicht gesagt.« Izzy legte ihr vertraulich den Arm um die Schultern. »Also, Schätzchen. Wobei kann ich helfen? – Mach mich zu deiner Küchengehilfin.«

»Gar nicht. Setz dich auf den Barhocker und versorge mich mit Nachschub, wenn mein Weinglas leer ist. – Tut mir leid, aber ich muss dir ein langgehütetes Geheimnis über mich anvertrauen: Ich bin absolut nicht teamfähig.«

In der Tat hatte es Jahre gedauert, bis Hennie und sie miteinander kochen konnten, ohne dass Astrid nach ein paar Minuten genervt aus der Küche verschwand.

»Sagt Hennie, die allwissende Ex.«

»Ich fürchte, damit hatte sie einfach recht«, gestand Astrid, während sie sich ein Schneidebrett und ein scharfes Messer holte.

Izzy tat es ihr gleich. Zudem band sie sich eine der Kochschürzen um, die links neben der Tür an einem dekorativen Haken hingen.

»Und ich fürchte, Hennie war einfach die vollkommen falsche Frau für dich«, erklärte sie unbeeindruckt. »Denn alles, was sie anscheinend über dich vom Stapel ließ, ist schlichtweg falsch.«

Izzys Worte fühlten sich an wie Balsam auf ihrer Seele. Trotzdem: Hennie war viele Jahre perfekt für sie gewesen, sie hatten sich wohl auseinandergelebt. Dieser Realität nicht rechtzeitig ins Auge zu schauen, war ein Fehler gewesen.

»Danke. Du bist süß.« Einem spontanen Impuls folgend, drückte sie Izzy einen Kuss auf die Stirn.

Blaue Augen sahen amüsiert zu ihr hinauf. »Das ist alles, was du darauf sagen und tun kannst?«

Izzy sah sie noch immer abwartend an, ein kokettes Lächeln auf den leicht geöffneten Lippen.

Scherzkeks, ging es Astrid durch den Kopf, doch in diesem Moment ritt sie der Teufel. Aufgeheizt von der Fopperei, schlang sie die Arme um die zierliche Frau, zog sie an sich und gab ihr einen leichten Kuss auf den Mund.

Als sie sich voneinander lösten, mussten sie beide lachen.

*

Astrid lachte nicht mehr, als sie gegen Mitternacht zu Bett ging. Rund eineinhalb Stunden später lag sie noch immer hellwach unter den Laken. Der Abend mit Izzy hatte sie aufgewühlt. Tapas zum Essen, ein paar Gläser Wein, zum Abschluss Crème brulée. Dazu Izzy in diesem weiß-rot gemusterten Kleid, dessen Ausschnitt es ihr unmöglich machte, nicht auf den Ansatz des weißen Spitzen-BHs zu starren, der daraus hervorlugte. Sexy Unterwäsche an einer sexy Frau. Einer heterosexuellen Frau …

Ihr Entsetzen über sich selbst gewann mit jeder Minute, in der sie vergebens auf Schlaf hoffte, an Gewicht. Über eineinhalb Jahre hatte ihre Libido brachgelegen. Sie hatte keine einzige Frau als mögliches Objekt der Begierde wahrgenommen. Nicht mal nach masturbieren war ihr zumute gewesen. Aber jetzt dachte sie an Izzy, und zwischen ihren Beinen herrschte brennendes Verlangen. Blanke Lust, Izzy auf ihre vollen Lippen zu küssen, sie überall zu berühren.

Sie wusste, das war lächerlich. Es war nichts passiert an diesem Abend, das ihre Empfindungen rechtfertigte. Izzy war wie immer gewesen: gelöst, heiter, unbekümmert und völlig ahnungslos, was ihre kleinen Scherze auslösten.

Es durfte einfach nicht sein! Sie hatte sich noch nie in eine Hete verliebt, hatte insgeheim über jene, denen es passierte, den Kopf geschüttelt. Wie konnte man nur Freundschaft mit Begehren verwechseln! Sogar jetzt, wo sie sich mit einem Mal beinahe in derselben Situation wähnte, konnte sie sich nur wundern.

Sie widerstand dem Drang, dem lustvollen Ziehen zwischen ihren Beinen nachzugeben. Sie wollte dabei nicht an Izzy denken, aber sie wusste, genau das würde passieren. Es kam ihr fast vor wie ein sexueller Übergriff. Dass Izzy davon nichts mitbekäme, änderte nichts. Es reichte, dass sie selbst es wusste.

Sie durfte diese Freundschaft nicht zerstören, nur weil plötzlich ihre sexuellen Regungen wieder zum Leben erwachten. Es waren Triebe, rein körperlicher Natur. Sie würde das in den Griff bekommen. Disziplin und Zurückhaltung waren bekanntlich ihre zweiten Namen.

Nachdem sie sich diesen Vorsatz in Gedanken unzählige Male vorgesagt hatte, konnte sie endlich Schlaf finden.

Besucherinnen

An diesem Freitag ging es am Salzburger Hauptbahnhof hoch her. Im Westen von Österreich hatten die Sommerferien begonnen. Ganze Gruppen von jungen Leuten mit dicken Reiserucksäcken strömten Astrid entgegen, als sie sich durch die Bahnhofshalle zu den Gleisen kämpfte. Sie fragte sich kurz, ob Interrail noch ein Thema war, wurde aber von den ständigen Durchsagen und dem allgemeinen Gedränge zu sehr abgelenkt, um sich weiter damit zu beschäftigen.

Als sie endlich bei Gleis vier ankam, war der Zug aus Berlin bereits eingefahren. Sie hatte Mühe, ihre Besucherinnen in dem Menschengewühl auszumachen.

Als erstes entdeckte sie Sillas aschblonden Wuschelkopf, dann Ebru mit ihrem dunklen Pferdeschwanz. Während Silla einen Rucksack geschultert hatte, mit dem sie in den Studentengruppen nicht aufgefallen wäre, zog Ebru einen riesigen orangefarbenen Samsonite-Koffer hinter sich her. Nur von Bibi fehlte jede Spur.

Hatte sie es sich in letzter Sekunde anders überlegt und Astrids Entschuldigung doch nicht akzeptiert? – Nach ihrem Streit am Telefon vor ein paar Wochen, hatte erst einmal Funkstille zwischen ihnen geherrscht. Letztendlich hatte Astrid jedoch eingesehen, dass sie ihre Hennie-Probleme, nicht auf Dritte übertragen durfte, und sich bei Bibi entschuldigt. Am Telefon hatte die Freundin sich versöhnlich gezeigt, wenngleich sie sich bei den Planungen für die Wanderwoche in Bayern auch weniger ins Zeug geworfen hatte als Silla und Ebru.

»Hallo, hallo, hallo!«

Silla umarmte sie herzlich. Sie roch ein bisschen nach Schweiß und Zigaretten, und Astrid fiel erst jetzt wieder ein, dass sie ja Raucherin war.

»Wie schön, dich zu sehen!« Ebru küsste sie auf beide Wangen. Sie trug eine kurze Hose und ein Trägerhemd, das beste Sicht auf ihre tätowierten Unterarme ermöglichte. Über den Winter waren noch neue Tattoos hinzugekommen. »Gut siehst du aus! So fit und braun gebrannt ... und entspannt!«

»Danke.« Astrid sah sich nervös um. »Ist Bibi nicht mitgekommen?«

»Versuch es mal mit mir.«

Bisher hatte Astrid die hochgewachsene Frau mit dem grauen Kurzhaarschnitt, die am Pfeiler rechts neben ihr lehnte, nicht wahrgenommen. Als sie jetzt aus dem Schatten hervortrat, weiteten sich ihre Augen.

»Bibi! Was ist mit deiner Mahagonimähne passiert?«

»Hallo erstmal.« Bibi begrüßte sie mit einer Umarmung. »Du, ganz ehrlich, ich hatte die Färberei so satt! Ich bin nun mal grau und stehe dazu. Und meine langen Haare waren so kaputt, dass die Friseurin kurzen Prozess machte.«

»Das Tolle ist: sie braucht jetzt nicht mehr so lange im Bad!«, kicherte Ebru, während sie in Richtung Ausgang marschierten.

Astrid lachte. Bibis Badezimmer-Aufenthalte waren legendär und hatten sie bei gemeinsamen Urlauben oft den letzten Nerv gekostet.

»Das ist sehr praktisch, denn ich hab nur ein Bad!«

»Was? Aber das Haus ist doch so groß, hast du gesagt!«

»Ja, aber es ist nur eines der drei Badezimmer in Betrieb. Bei den beiden anderen funktionieren ein paar Rohrleitungen nicht mehr.«

»Ich bin schon gespannt auf diese Bruchbude«, sagte Bibi. »Wenn sie zu schlimm ist, können wir noch immer in ein Hotel umziehen. Das *Edelweiß* in Berchtesgaden wird im Web heiß empfohlen!«

»Ja, es gibt einige, die es sehr lieben.«

Astrid musste an Franzi denken, die sich – kaum hatte sie vom Besuch der Berlinerinnen erfahren – als Wander- und Touristenfahrerin nahezu aufgedrängt hatte. Sie würden am Sonntag mit ihr eine kleine Tour machen, wobei Franzi vorab hoch und heilig versprechen musste, eine wirkliche Anfängerstrecke mit gemütlicher Hütte zur Einkehr zu wählen.

Sie kamen in der Tiefgarage an. Astrid betätigte die Fernbedienung. Der Kofferraum des azurblauen Mercedes Benz öffnete sich.

»Wow, Astrid!« Ebru ging vor Staunen fast in die Knie. »Du fährst einen protzigen SUV mit Sternchen? Hast du eine Bank überfallen?«

»Der gehört meiner Nachbarin. In meinem VW Polo hätte nicht mal Ebrus Koffer gepasst, geschweige denn ihr drei!«

»Die leiht einfach so ihre teure Karre her?« Bibi hob die Augenbrauen. »Da hat eine Vertrauen in deine Fahrkünste, das muss man sagen!«

Dass Astrid nicht gerne Auto fuhr und daher zumeist Hennie am Steuer gegessen hatte, war ihren alten Freundinnen bekannt.

»Keine Sorge, ich habe mich verbessert. Ich bin hier ja gezwungen, jeden Tag zu fahren.« Astrid war nicht gekränkt. Ganz im Gegenteil: Es tat gut, mit Menschen zusammen zu sein, die sie schon länger kannten als nur ein paar Monate.

»Und jetzt geht es direkt über die Grenze ins schöne Bayern?«, erkundigte sich Silla, als sie losfuhren.

»Nein, jetzt wechseln wir nur die Garage.« Astrid lenkte den Wagen in Richtung Innenstadt. Dass es um diese Zeit nur stockend voranging, war zu erwarten gewesen. Sie kannte die Stadt von einigen Abstechern inzwischen gut genug, um sich an den Stau gewöhnt zu haben. »Wir parken beim Schloss Mirabell, gehen durch den Park, vorbei am Landestheater in die Innenstadt. Für sieben Uhr ist ein Tisch im *Triangle* reserviert, gleich neben dem Festspielhaus.«

»Ach ja, die Festspiele! Ist dieser Promi-Auflauf nicht jetzt gerade?«, fragte Bibi interessiert, während Ebru und Silla sich die Nasen an den Seitenfenstern plattdrückten und erste Eindrücke in sich aufsaugten.

»Nächste Woche ist Eröffnung.«

»Und du bist natürlich dabei.« Bibis gekräuselte Lippen zeigten deutlich, dass diese ihren eigenen Scherz für die Punktlandung des Tages hielt.

»Eventuell, ja.«

Bibi sprachlos zu erleben, kam selten vor. Astrid genoss den Augenblick.

»Das ist ein Witz, oder?«

»Nein. Ich wurde eingeladen.«

»Ja … und warum sprichst du dann von *eventuell*?«

»Ich muss erst noch etwas Passendes zum Anziehen finden. Das ist nicht so leicht.«

Bibi blinzelte.

»Du spinnst doch!«, bemerkte sie dann belustigt. Im selben Augenblick lehnte sich Ebru von der Rückbank nach vorne.

»Das ist völlig egal!«, rief sie aus. »Wen interessiert schon Astrids Outfit! – Die wichtigste Frage ist: Von *wem*, zum Teufel, wurdest du eingeladen?«

*

Nach einem üppigen Essen und einem kleinen Stadtspaziergang über den hell erleuchteten Domplatz und zurück zum Mirabell-Garten brachte Astrid die Freundinnen nach Ehernberg. Sie lud mit ihnen das Gepäck aus, dann drückte sie Bibi den Hausschlüssel in die Hand, während sie selbst Izzys Wagen in deren Garage parkte.

Als sie zurückkam, sahen sich die drei Besucherinnen bereits im Haus um. Silla hatte die Küchenkästen geöffnet, bestaunte das alte Geschirr mit den kitschigen Wiesenblumen und die großen Töpfe. Im ersten Stock hörte sie Ebru und Bibi kichern.

»Du benutzt wirklich dieses alte Zeug?« Silla schaute sie ungläubig an. »Du hast nichts Neues gekauft?«

»Abgesehen von der Kaffeemaschine nicht. – Wieso denn auch? Ich gehe eigentlich immer in die Kantine, und wenn ich aufwendiger koche, dann meistens b…«

Sie biss sich gerade noch auf die Lippen. Ein weiteres Mal an diesem Abend Izzy zu erwähnen, würde ihre Freundinnen hellhörig werden lassen. Dass sie etwas Falsches hineininterpretierten, wollte sie vermeiden.

»… dann geht das mit diesen Sachen genauso gut.«

Es war klar, dass Silla ihr den verbalen Haken nicht abnahm, doch ehe diese noch etwas sagen konnte, polterten Bibi und Ebru in die Küche.

»Das ist voll retro!«, krähte Ebru aufgekratzt. »So eine Mischung aus Zwanziger-, Dreißiger- und Siebzigerjahre, dazwischen noch ein paar Uraltteile! Aber die Badewanne ist ein Hit. Mit Füßchen! Wie aus alten Filmen!«

»Ich glaube, damals war dieses Bad der letzte Schrei«, widersprach Bibi. »Das Design erinnert mich an das bei meinen Eltern. Ich weiß noch ganz genau, wie stolz sie damals waren!«

»Unter Platzmangel leidest du jedenfalls nicht. Das Haus ist riesig! Allein diese vielen Zimmer im ersten Stock …«

»Ja, hier haben mal einige Leute gewohnt«, stimmte Astrid zu. »Euch habe ich in zwei der ehemaligen Kinderzimmer einquartiert.«

»Dann bin ich froh, dass wir uns nicht ein Kinderbett teilen müssen«, erwiderte Bibi trocken. »Ich bin zwar noch etwas skeptisch, was dieses aufblasbare Doppelluftbett betrifft, aber für ein paar Tage wird's schon gehen.«

Sie leerten gemeinsam noch eine Flasche Wein und schmiedeten Pläne für die nächsten Tage. Besonders Ebru steckte so voller

Tatendrang, dass Astrid ernsthafte Zweifel beschlichen, wie sie das alles in fünf Tagen umsetzen sollten. Gegen Mitternacht verabschiedete sich Silla ins Bett, kurz darauf Ebru.

Astrid, der eingefallen war, dass sie ihre Tomaten noch nicht gegossen hatte, schnappte sich die Gießkanne und trat hinaus in die Nacht. Wie immer lag alpine Frische in der Luft. Der Untersberg mit seinen Felswänden schien Kälte und Feuchtigkeit zu speichern und gab beides bereitwillig ab, wenn man es am wenigsten brauchte.

Trotzdem ließ sie sich noch kurz auf der kleinen Bank vor dem Haus nieder. Der Sternenhimmel wölbte sich über ihr wie ein Kuppeldach mit kleinen, hellen Deckenleuchten. Irgendwo zirpten ein paar Grillen. Es roch nach Heu.

Keine Frage – nun war der Sommer da. Sie atmete ein, streckte sich. Tiefes Glücksgefühl flutete ihren Körper. Das Leben war nicht perfekt, aber viel besser als vor einem Jahr. Vor ihr lagen ein paar Tage Urlaub mit den Freundinnen. Es war schön, dieses Wort sagen zu können: Freundinnen. Noch vor wenigen Monaten hatte sie daran gezweifelt, ohne Hennie überhaupt dazu fähig zu sein, Freundschaften knüpfen und aufrechterhalten zu können.

»Da steckst du.« Bibi war vor die Haustür getreten und ließ sich neben ihr nieder. »Sehr idyllisch hier.«

Eine Weile saßen sie schweigend nebeneinander. Astrid spürte, dass Bibi etwas loswerden wollte. Ihr unschönes Telefongespräch schwelte immer noch zwischen ihnen. Mit einem zerknirschten *Entschuldigung, ich habe überreagiert* war es wohl nicht getan.

»Es tut mir leid wegen …« – »Ich habe mich damals dumm …«

Sie begannen fast gleichzeitig zu sprechen, verstummten beide wieder, lachten verlegen.

»Es tut mir leid, dass ich euch Vorwürfe gemacht habe«, sagte Astrid schließlich. »Wir haben uns vor zwanzig Jahren über Hennie kennengelernt. Von euch zu erwarten, dass ihr meinetwegen jeglichen Kontakt abbrecht, war überzogen. Ich war in diesem

Moment einfach nur vor den Kopf gestoßen. Vor allem, weil du auch noch sagtest, dass du vergessen hättest, die Fotos für mich unsichtbar zu schalten. Das war so ... lächerlich und verletzend.«

»Du hast recht, es war lächerlich. Ich kam mir auch vor wie ein fünfzehnjähriger Teenager, nicht wie eine fast fünfzigjährige Hochschulprofessorin«, gab Bibi zu. »Ich wollte dich einfach nicht verletzen. Es wirkte auf mich so schäbig, dass wir auf Nicolettes Geburtstag Spaß hatten, während es dir in Bayern immer noch so schlecht ging. – Aber jetzt geht es dir besser, nicht wahr? Oder rufst du uns nur nicht mehr an, um nicht als Jammerliese dazustehen?«

Beides, dachte Astrid. Sie sagte: »Ich habe durchaus meine Tiefs, aber insgesamt geht es bergauf. Ich lenke mich mit Joggen ab, gehe frühmorgens hier im Freibad schwimmen, wenn es in meinen Dienstplan passt, und lasse mich ab und an zu einer Wandertour überreden. Die Bewegung tut mir gut.«

»Du siehst auch wieder besser aus – nicht mehr wie ein blasses Klappergestell. Das ist mir schon am Bahnhof aufgefallen. Und du hast hier wohl auch Anschluss gefunden? Alleine wirst du ja wohl nicht die Gipfel stürmen.«

»Also, vom Gipfelsturm kann keine Rede sein. Mit zwei Stunden bergauf bin ich völlig ausgelastet«, gestand Astrid schmunzelnd. »Und ja, du hast recht: ich habe ein paar nette Leute kennengelernt, mit denen ich mich gelegentlich treffe.«

Sie dachte an Sonja und Heinz, an die netten Nussdorfers, die sie inzwischen schon ein zweites Mal zum Grillen eingeladen hatten, an Franzi – und natürlich an Izzy. Als hätte sie deren Namen gerade laut ausgesprochen, hakte Bibi prompt nach.

»Und was ist das mit dir und deiner reichen Nachbarin? Sie leiht dir ihr Auto, lädt dich zu den Festspielen ein, reserviert sogar einen Tisch für uns auf ihren Namen ...«

»Aber doch nur, weil es in diesem Lokal als No-Name und kurz vor den Festspielen schwierig ist! Sie wollte helfen.«

»Eine ganz dicke Freundschaft also.«

Auf Bibis Lippen trat ein breites, vielsagendes Lächeln.

»Rein platonisch«, widersprach Astrid betont sachlich. »Sie steht auf Männer. Derzeit sind wir beide Single, und daher verbringen wir eben gerne Zeit miteinander. Aber gefühlsmäßig ist da nichts.«

Das war freilich untertrieben. Sie vermisste Izzy mehr, als es in einer x-beliebigen Freundschaft normal war. Ansonsten aber konnte sie mit leisem Stolz behaupten, dass sie ihre Emotionen wieder im Griff hatte. Ihr Begehren für Izzy war eine einmalige Angelegenheit gewesen, etwas, das sie in eine Schublade gepackt und weggeschlossen hatte. Seither achtete sie darauf, Izzy körperlich bloß nicht mehr zu nah zu kommen. Die Schublade sollte nicht versehentlich wieder aufspringen.

»Und sonst? Triffst du jemanden ... auf andere Art?«

»Um Himmels willen, nein.« Astrid schüttelte den Kopf. »Das will ich nicht. Außerdem: Die einzige Lesbe, die ich kenne, ist nicht mein Fall. Mit Heteros befreundet zu sein ist in dieser Hinsicht wirklich entspannend und konfliktfrei.«

»Irgendwann wirst du das alles wieder wollen«, stellte Bibi in den Raum. »Sex, Liebe ...«

»Mit einem blutigen Finale«, ergänzte Astrid voller Sarkasmus. »Nein, danke!«

»Also ehrlich!« Bibi schlug sich auf die Schenkel. »Das ist doch nicht zu fassen! Leg dieses Hennie-Thema endlich ad acta! Du tust dir selbst keinen Gefallen! Es hat halt nicht funktioniert mit euch beiden.«

»Ja, das habe ich begriffen. Aber mit ihr und Nicolette funktioniert es ja offenbar sehr gut.«

Astrid konnte die Bitterkeit in ihrer Stimme nicht verhindern.

»Das bleibt abzuwarten«, erwiderte die Freundin nüchtern. »Bisher ist die Beziehung noch frisch. Wer weiß, wie sich das entwickelt. Nicolette geht nächstes Jahr zurück nach Paris. Schauen wir mal, ob eine Fernbeziehung für beide noch genauso erfüllend ist.«

»Nicolette geht zurück nach Paris?«

Es gelang ihr nicht, so zu tun, als interessiere sie das nicht.

»Ja, sie soll künftig die Aktivitäten dieser NGO in Frankreich steuern. Sie ist ganz heiß auf den Job.«

»Vielleicht geht Hennie ja mit. Ihr Französisch ist nicht so schlecht.« Astrid überlegte kurz. »Oder auch nicht. Denn da steckt Simone gerade mitten im Abitur.«

»Simone? – Die wohnt gar nicht mehr bei Hennie.«

»Was?« Astrid runzelte irritiert die Stirn. »Woher weißt du das?«

»Ich weiß, dass Hennie zu Nicolette gezogen ist. Aber von Simone war nie die Rede. – Ich kann mir auch nicht vorstellen, dass Nicolette sehr erpicht darauf gewesen wäre, ihre vier Wände mit einem Teenager zu teilen.«

»Aber wo wohnt sie dann?«

»Keine Ahnung. Wir sehen Hennie hin und wieder, wenn die frühere Clique zusammenkommt, aber wir vermeiden zu private Gespräche.«

»Simone sitzt im Rollstuhl! Wie soll sie denn alleine wohnen?!«

Aufgewühlt dachte Astrid an die zwei SMS an ihrem Geburtstag. Sie hatte seither immer wieder gehofft, dass sich Simone wieder meldete. Umsonst.

»Wie gesagt, ich weiß es nicht«, wiederholte Bibi. Sie legte ihre Hand besänftigend auf Astrids Schulter. »Das mit Simone tut mir schrecklich leid für dich ... eigentlich für euch beide, für dich und Simone. Von einem Elternteil plötzlich abgeschnitten zu werden, geht sicher nicht spurlos an so einer Teenagerseele vorüber.«

Eine interessante Feststellung.

»Du glaubst, dass Hennie das so für sie entschieden hat?«

»Du nicht?«

»Ich weiß nicht. Ich ging immer davon aus, dass auch Simone mich nicht mehr sehen wollte. Schließlich bin ich zumindest teilweise für ihr Schicksal verantwortlich. Wenn es anders wäre, hätte sie mich nur anrufen müssen.«

»Vielleicht weiß sie einfach nicht, was sie sagen und wie sie das anfangen soll. Euer Vertrauensverhältnis liegt ja quasi in Scherben, wer auch immer dafür verantwortlich ist.« Bibi atmete tief durch. »Aber genug spekuliert. – Eine letzte Frage, ehe wir schlafen gehen: was tut sich beruflich?«

»Oh!« Astrid winkte müde ab. »Ehrlich gesagt nicht viel. Ich mache brav meine Dienste und komme mir vor wie in einem Reha-Zentrum. Die einzige Aufregung sind die Sticheleien meines Lieblingskollegen Norbert, aber selbst er hat schon etwas an Elan eingebüßt. – Ende Juni habe ich einen Vortrag gehalten; das war zumindest ein kleiner Ego-Booster und nebenbei auch noch richtig nett.«

Sie dachte unwillkürlich an den älteren Salzburger Neurologen, der extra wegen ihr nach Berchtesgaden gefahren war und sie im Anschluss ganz direkt gefragt hatte, ob sie nicht seine gutgehende Wahlarztpraxis übernehmen wollte. Er selbst plane zum Ende des Jahres in Pension zu gehen. Astrid hatte sich erst einmal erklären lassen müssen, was denn eine Wahlarztpraxis war, und wusste jetzt immerhin, dass hier nur Privatpatienten und Selbstzahler behandelt wurden. Sie hatte dankend abgelehnt. Von anspruchsvollen Privatpatienten hatte sie genug. Der Neurologe hatte ihr trotzdem seine Visitenkarte aufgedrängt – falls sie es sich anders überlege.

»Fehlt dir das wissenschaftliche Arbeiten denn gar nicht?«

»Doch.« Unnötig, hier etwas zu beschönigen. »Allerdings hat sich da etwas aufgetan. Ab Herbst sitze ich im Wissenschaftsbeirat des Holtzmann-Instituts in Wien. Die acht bis zehn Wochenstunden zusätzlich werde ich wohl neben dem Klinikalltag stemmen, wenn man mir bei der Diensteinteilung entgegenkommt.«

»Wissenschaftsbeirat.« Bibi kratzte sich nachdenklich am Kinn. »Klingt nicht schlecht. – Wie kommt man zu so einem Job?«

»Izzy kennt die Geschäftsführerin.«

»Ach! Und so schließt sich der Kreis!« Bibi erhob sich. »Wie schade, dass wir diese Tausendsassa-Frau nicht persönlich kennenlernen. Zu dumm auch, dass sie ausgerechnet jetzt in Urlaub ist!«

»Ja, vielleicht beim nächsten Mal, wenn ihr kommt.«

Auch Astrid stand auf. Gemeinsam gingen sie ins Haus.

Als sie im Bett lag, dachte sie noch immer über Bibis letzten, so banal klingenden Satz nach. *Dass sie ausgerechnet jetzt in Urlaub ist.*

Bibi hatte nur wiederholt, was Astrid zuvor als Erklärung dafür geliefert hatte, weshalb Izzy sie nicht zum Abendessen begleitet hatte. Die Wahrheit war: Sie wusste nicht, wo sich Izzy derzeit aufhielt, was sie dort machte und wann sie wieder zurück sein würde.

Ich bin sowieso nicht da, nimm mein Auto, hatte Izzy angeboten.

Keine Erklärung, kein nichts.

Weil sie auch nicht dazu verpflichtet ist, dir ihre Pläne und Agenden vorzulegen, mahnte sich Astrid.

Männerbekanntschaften

Astrid wachte mitten in der Nacht auf. Irgendetwas hatte sie geweckt. Um sie herum war es dunkel. Das Mondlicht fiel durch die Vorhänge und hinterließ einen fahlen Schein auf dem Parkett.

Astrid griff nach dem Handy. 1:26 Uhr. Sie wollte das Gerät gerade zurücklegen und sich wieder in die Kissen kuscheln, als sie es deutlich hörte: Stimmen. Ein Mann und eine Frau. Sie konnte nicht verstehen, was gesprochen wurde, doch der Lautstärke nach standen sie auf der Straße. Das war ungewöhnlich. Um 1:26 Uhr stand in diesem Teil des Achenwegs niemand auf der Straße, auch nicht in einer verhältnismäßig lauen Sommernacht wie dieser.

Astrid trat im Dunkeln an das halb offene Fenster und schob vorsichtig den Vorhang zur Seite. Ein Taxi stand vor Izzys Einfahrt. Ein Mann stand an der Fahrerseite und beglich gerade die Rechnung. Izzy stand bereits auf dem kleinen gepflasterten Weg, der zu ihrer Haustüre führte. Anscheinend wartete sie auf ihn.

Sie trug ein langes, rotes Cocktailkleid mit tiefem Ausschnitt und High Heels in derselben Farbe. Ihr Haar war nicht wie üblich lose aufgesteckt, sondern in einer Art frisiert, die darauf schließen ließ, dass es sich um das komplexe Werk eines Friseurs handelte. Die Kette um ihren Hals funkelte im Mondlicht.

Offensichtlich war Izzy also mit diesem Mann ausgegangen. In Salzburg, wie das Nummernschild des Taxis verriet.

Die Erkenntnis versetzte Astrid einen leichten Schlag in die Magengrube. Sie hatte nicht einmal gewusst, dass sie von ihrer Reise zurück war. Wann war sie gekommen?

Am Vortag, als sie die Freundinnen nach fünf Tagen bester Unterhaltung und einem Programm, bei dem andere Touristen nur vor Neid erblassen konnten, zum Bahnhof gebracht hatte, war Izzy noch verreist. Sie musste wohl gekommen sein, als Astrid im Krankenhaus war.

Warum hatte sich Izzy nachmittags nicht bei ihr gemeldet?

Blöde Frage, schalt sie sich sogleich selbst. Weil sie da wahrscheinlich beim Friseur saß, um sich aufbrezeln zu lassen.

Der Taxifahrer startete jetzt den Motor und fuhr wieder los. Der Mann im Anzug bewegte sich zielstrebig auf Izzy zu.

Astrid erkannte ihn an seinem konservativen Haarschnitt selbst auf diese Entfernung. Es war der Kerl, mit dem Izzy damals in dem Restaurant gegenüber dem Mexikaner gesessen hatte.

Jetzt stand er so nah bei Izzy, dass er sie berühren konnte. Was er auch tat. Er zog sie mit beiden Armen und voller Zärtlichkeit an sich. Als sie sich küssten, fühlte es sich für Astrid so an, als hätte jemand ihr eine kräftige Ohrfeige verpasst. Dennoch konnte sie ihren Blick nicht abwenden. Sie verfolgte den Weg der beiden zum Hauseingang, wo Izzy den Zugangscode eingab. Augenblicke später stieß sie die Tür auf.

Doch statt jetzt über die Schwelle zu treten, zögerte sie plötzlich. Ihr Kopf hob sich, und sie sah direkt herüber zum Fenster, hinter dem Astrid in der Dunkelheit stand. Astrid trat automatisch zurück, sah aber noch, dass auch dem Mann dieser Blick über die Straße nicht entgangen war. Er schien etwas zu fragen.

Eilig ließ Astrid den Vorhang los und ging zurück ins Bett. Trotzdem sah sie kurze Zeit später durch den Lichtschein, der bis über die Straße reichte, dass im ersten Stock gegenüber das Licht anging – es musste Izzys Schlafzimmer sein. Es war jener Teil des Hauses, den Astrid noch nie zu Gesicht bekommen hatte. Eine schwere Türe mit Schloss, die aussah wie der Eingang zu Fort Knox, trennte diesen Bereich von den Gästezimmern.

Astrid verdammte den Gärtnereibetrieb, der vor rund einer Woche die Laubbäume gestutzt hatte, sodass sie fast wieder freie

Sicht auf das Nachbarhaus hatte, sie verdammte ihre eigene Neugierde, die sie zur unfreiwilligen Zeugin dieses Schauspiels hatte werden lassen, und sie verdammte dieses beißende Gefühl lodernder Eifersucht, das in ihr aufflammte wie von Brandbeschleuniger getrieben und sie fast um den Verstand brachte.

Es ist so ungerecht, dachte sie bitter und wusste dabei nicht einmal genau, was genau sie meinte: dass Izzy offensichtlich einen Freund oder Liebhaber hatte? Dass sie im Gegensatz dazu allein im Bett lag? Dass dieser Krawattenträger Izzy just in diesem Moment berührte? Dass ihr Izzy die Existenz dieses Typen komplett verschwiegen hatte?

Sie ist manipulativ, hatte ihr Franzi mehrmals geflüstert. Ihr geht es nur darum, die eigenen Interessen durchzusetzen.

Jetzt fragte Astrid sich, ob Izzy nicht auch sie geschickt für ihre eigenen Interessen genutzt hatte. Wenn ihr langweilig war, gewährte sie ihr Audienz. Wenn es darum ging, eine von Immobiliengeschäften gelangweilte medizinische Wissenschaftlerin zu beschäftigen, dann auch. Wenn sie Lust auf ein selbstgekochtes Abendessen in den eigenen vier Wänden hatte, war Astrid ebenfalls willkommen.

Im Vergleich verriet Izzy sehr wenig über sich selbst – von jenem schwachen Moment, in dem sie um ihren Sohn getrauert hatte, einmal abgesehen. Während sie selbst bereits des Öfteren über Hennie erzählt hatte, war im Gegenzug nur sehr wenig Information zu Robert gekommen.

Es ist, als würde sie sich in der Aura des Geheimnisvollen regelrecht sonnen, dachte Astrid bitter.

Sie kam sich ausgenutzt und hintergangen vor. Gleichzeitig hasste sie sich für die heftigen Gefühle, die in ihr brodelten.

Warum, zum Teufel, konnte diese Frau ihr nicht einfach egal sein?

*

Astrid betrachtete das lange, orangefarbene Abendkleid auf dem Kleiderbügel in ihrer Hand. Ein Traum, der nach mehr aussah als nach den zweihundertfünfzig Euro, die er sie gekostet hatte. Jetzt reuten sie auch die zweihundertfünfzig Euro.

Sie hatte das Kleid in der Nähe des Salzburger Bahnhofs erstanden, nachdem sie Silla, Bibi und Ebru verabschiedet hatte. Am Samstag war die Opernpremiere, zu der sie Izzy eigentlich begleiten wollte. Die Flamme der Eifersucht, die sie in der Nacht fast um den Verstand gebracht hatte, war erloschen, doch die Glut schwelte immer noch.

Dennoch, ihr Verstand hatte wieder die Oberhand ergriffen. Die acht Stunden Dienst und der Kontakt mit Patienten, die wirklich größere Probleme als sie selbst wälzten, hatten sie wieder auf den Boden der Tatsachen geholt: Izzy war ihr keine Rechenschaft schuldig, und dafür, dass Astrid sich in einem verworrenen Dschungel widersprüchlichster Gefühle verirrte, konnte Izzy nichts.

Trotzdem war es besser, erst einmal etwas Abstand zu gewinnen. Die Schublade mit ihren unangebrachten Empfindungen zuzuschieben, hatte einfach nicht gereicht. Sie musste sie zunageln, damit sie für immer geschlossen blieb. Den ersten Nagel hatte sie schon gesetzt: keine Festspiele an Izzys Seite, so gern sie dieses exklusive Kulturspektakel auch mal im Publikum miterlebt hätte.

Sonja, die natürlich nichts von Izzys Einladung wusste, hatte ihr alternativ die Klappstühle am Domplatz empfohlen. Hier werde die Premiere live auf einem Großbildschirm für das einfache Volk – wie Sonja es spöttisch ausdrückte – übertragen. Astrid hatte nur müde gelächelt. Lieber würde sie daheim die Fensterläden schließen und ganz altmodisch eine CD mit einer früheren Produktion des Stückes auflegen, falls ihr überhaupt nach Oper zumute war.

Im Moment war ihr nur nach Fensterläden schließen, nicht nach Musik. Sie hängte das Kleid zurück in den Schrank. Ihr Blick fiel auf das Nachtkästchen. Izzys Garagenöffner und der Zweitschlüssel ihres Wagens lagen darauf.

Sie musste ihr für Samstag sowieso noch absagen. Einen plötzlichen Wochenenddienst vorzuschieben klang nicht nach billiger Ausrede, sondern ziemlich plausibel. Krankheitsbedingt fielen immer wieder mal Kollegen aus. Warum also nicht gleich zwei Fliegen mit einer Klappe schlagen?

Astrid schnappte sich Fernbedienung und Schlüssel und marschierte über die Straße. Sie klingelte. Niemand öffnete.

Anscheinend war Izzy nicht da.

Na gut. Dann würde sie eben beides einfach in der Garage verstecken und ihr eine Nachricht per SMS schreiben. Das Garagentor teilte sich fast lautlos, als sie den Öffner betätigte. Zu ihrer Überraschung stand Izzys Auto auf seinem Platz.

Wenn schon. Vermutlich war sie mit ihrem Galan wieder im Taxi fortgefahren.

Sie hatte Autoschlüssel und Öffner gerade auf dem Kästchen abgelegt, als ihr die Sinnlosigkeit ihrer Aktion bewusst wurde: wie sollte sie das vollautomatische Tor von außen wieder schließen, wenn der Öffner in der Garage blieb?

Die Lösung kam ihr rasch in den Sinn: Sie würde das Tor von innen schließen und durch die Tür in den Garten gehen. Dort konnte sie über den kleinen Holzzaun nach draußen klettern.

Besagte Türe war nicht verschlossen. Kurze Zeit später war ihr Plan umgesetzt und Astrid stand im Garten. Der Rasen unter ihren Schuhen wirkte feucht. In letzter Sekunde bemerkte sie den Rasensprenger. Sie sprang zur Seite und brachte sich mit ein paar schnellen Schritten außer Reichweite.

Wer, um Himmels willen, bewässerte bei dieser Wolkendecke am Himmel schon seinen Rasen? – Der Schwüle nach zu urteilen, würde in ein paar Stunden sowieso ein saftiges Gewitter losbrechen.

Sie wollte gerade an der Terrasse vorbei zum Zaun gehen, als sie die neue Korbmuschel rechts neben dem Grill bemerkte. Neugierig geworden, wollte sie sich das Teil näher ansehen. Zu spät bemerkte sie die schmale Gestalt, die in beiger Gymnastikhose und weißem T-Shirt fast mit dem hellen Polsterbezug verschmolz. Sich unbemerkt zurückzuziehen war keine Option, auch wenn sie nicht sicher war, ob Izzy sie überhaupt bemerkt hatte.

»Hallo, Izzy. Entschuldige mein Eindringen. Ich dachte nicht, dass je…«

Ihr blieb das Wort im Halse stecken.

Izzy hatte sich zu ihr umgedreht. Ihre Augen waren knallrot, ihr Gesicht tränenüberströmt.

Astrids Kehle wurde eng. Sie kam sich vor wie ein Eindringling, wie jemand, der wieder einmal eine Grenze überschritten hatte. Unschlüssig stand sie da, hilflos, ratlos, während Izzy sie einfach ansah und lautlos weinte. Ihr Körper zuckte, und die Tränen wurden nicht weniger.

»Tut mir leid, dass ich …« Astrid schluckte. Plötzlich dachte sie an Silla, Bibi und Ebru. Würde sie einfach nur dumm danebenstehen, wenn sie weinten? – Sicher nicht! Und hatte sie Izzy nicht schon mal in die Arme genommen und getröstet?

Ja, sagte ihre innere Stimme mit leicht genervtem Unterton. Aber das war, *bevor* du irgendwelche Begehrlichkeiten und Eifersüchteleien entwickelt hast, du Idiotin!

Richtig, ihr Verhalten war idiotisch: Zuzuschauen, wie vor ihren Augen jemand aus Verzweiflung zerfloss und sich womöglich auch noch abzuwenden. Also, bis später dann, schönen Tag noch.

Absurd.

Astrid setzte sich auf die Kante der Muschel.

»Was ist los, Izzy?«, fragte sie sanft.

»Nichts.« Izzy schluchzte auf und widerlegte damit ihre eigene Aussage. »Das Leben ist scheiße und ungerecht!«

Meine Worte von heute Nacht, ging es Astrid durch den Kopf.

»Stimmt.«

Sie konnte das nur aus tiefstem Herzen bestätigen.

Izzy murmelte etwas, was sie nicht verstand.

»Was meinst du?«

»Nimm mich in den Arm. Bitte.«

Astrid seufzte innerlich und schob ihre Vorsätze beiseite. In Izzys Augen lag der flehende Ausdruck eines Kindes, das verzweifelt Trost suchte. Sie ließ sie in ihren Armen weinen, während sie ihr mit einer Hand über den Rücken strich und sich fragte, was wohl schiefgelaufen war. Weinte sie wegen Jonas? Wegen Robert? Oder hatte ihr dieser Typ, den sie gestern vertrauensvoll in ihr Schlafzimmer gelassen hatte, gar etwas angetan?, fragte Astrid sich fröstelnd.

Allmählich wurde Izzy ruhiger. Ihr Körper zitterte nicht mehr so sehr, und die Tränen hatten aufgehört zu fließen.

»Ich habe ihn wieder weggeschickt«, flüsterte sie an Astrids Schulter.

Oh.

»Wen?« Astrid war eingefallen, dass sie von Mr. X offiziell nichts wusste.

Izzy ließ sie abrupt los. Leichter Ärger stand in ihren verweinten Augen. »Ich habe dich am Fenster gesehen. Du weißt genau, wen ich meine.«

Das Blut stieg Astrid ins Gesicht. Ihre Wangen glühten. Astrid, die nachts ihre Nachbarin ausspionierte wie eine ans Haus gefesselte Achtzigjährige, deren Fernseher kaputt war. Bravo!

»Ja, ich habe euch gesehen«, gab sie zu. »Aber ich …«

Izzy ließ sie nicht ausreden.

»Ich habe es wirklich versucht! Ich habe gedacht: Diesmal klappt es. Ich meine: Fünf Jahre ist das jetzt her! Es kann doch nicht immer so weitergehen!«

Sie wischte sich mit dem Handrücken über die Augen, die sich wieder mit Tränen gefüllt hatten.

»Ich bin siebenunddreißig. Noch jung genug, um etwas Neues anzufangen«, fuhr sie fort. »Aber es klappt nicht. Weil … immer wenn es enger wird, ist da in mir diese Sperre. Ich empfinde nichts mehr außer dem Verlangen, diesen Mann in meinem Bett dringend loszuwerden.«

»Du hast ihn in der Nacht noch heimgeschickt?«

Izzy nickte.

»Ja. Rausgeschmissen, sozusagen. Wieder eine kaputte Freundschaft.«

»Woher kanntest du ihn?«

»Er ist Rechtsanwalt in Salzburg. Ich hatte vor ein paar Monaten geschäftlich mit ihm zu tun. Er war charmant, interessant, weltoffen … Ich habe gern mit ihm geplaudert. Irgendwann wollte er mehr. Und ich dachte, dass ich das auch will. Weil ich nicht bis zum Ende meines Lebens alleine sein möchte!«

Ihre Stimme kippte wieder.

»Ich wollte immer eine Familie, Kinder … das ganze Programm«, schluchzte sie. »Mit Robert. Am Anfang hatten wir so wenig Geld … und dann zu viel Arbeit. Es war immer irgendwas. Jonas war nicht wirklich geplant, aber natürlich haben wir uns gefreut. Mit weiteren Kindern wollten wir warten. Als die Pläne für Ehernberg standen, haben wir dieses Haus bauen lassen, mit vielen Zimmern für viele Kinder. Ich war mit den Zwillingen schwanger. Und mit einem Mal … ist mir alles genommen worden!«

Wieder weinte sie, und wieder zog Astrid sie in ihre Arme. Izzys Schmerz ging ihr nahe. Statt sich in etwas zu verrennen, sollte sie lieber diese Frau, die sich ihr gegenüber gewiss offener zeigte als in der Gesellschaft anderer, aufbauen und unterstützen. Ihre eigenen Begehrlichkeiten erschienen ihr nicht nur absurd, sondern auch egoistisch.

»Gib dir Zeit«, sagte sie leise. »Vielleicht ist es noch zu früh.«

»Ich bin siebenunddreißig! So viel Zeit habe ich nicht mehr, wenn ich Kinder will.« Izzy schniefte. »Ich will wieder eine Familie«, fuhr sie fort, »aber in erster Linie wünsche ich mir jemanden an meiner Seite, für den ich alles bin. Und der alles für mich ist. Ich will wieder lieben und geliebt werden. Aber es geht einfach nicht mehr!«

Sie machte eine kurze Pause, in der sie nachdenklich ins Leere starrte.

»Ich habe Robert über alles geliebt. Wir wussten schon als

Kinder, dass wir zusammengehören, und wir haben alles dafür getan, dass wir zusammen sein können. Es gab kaum einen Tag an seiner Seite, an dem ich unglücklich war. Wir waren einfach … eins.«

Ihre Stimme kippte wieder. Ein paar Sekunden verstrichen, ehe sie sich wieder gesammelt hatte.

»Immer wenn ich jetzt einen Mann kennenlerne, vergleiche ich ihn mit Robert. Aber niemand reicht nur annähernd an ihn heran.«

»Vielleicht liegt es daran, dass du noch nicht den Richtigen getroffen hast.«

Izzy schüttelte den Kopf. Ihr Haarknoten löste sich. Die blonden Wellen rutschten ihr ins Gesicht. Sie erinnerte Astrid unwillkürlich an das Foto von Izzys Mutter auf der Samtmatratze.

»Ich habe in den letzten Jahren mehrere getroffen. Männer sind schnell begeistert von mir und werfen sich ziemlich ins Zeug. Es hat nicht an Chancen gemangelt. Aber wenn ich überhaupt jemanden etwas an mich heranlassen konnte, hat es früher oder später katastrophal geendet. Spätestens dann, wenn wir im Schlafzimmer angekommen waren. Ich muss die ganze Zeit an Robert denken.«

Eine Frage drängte sich Astrid auf.

»War Robert der einzige, mit dem du jemals …«

Sie brauchte nicht auszureden.

»Ja«, erklärte Izzy ohne Umschweife. »Wir waren sehr jung, als wir«, sie schwieg kurz, schien zu überlegen, wie sie den Sachverhalt in Worte packen sollte, »zusammenkamen.«

Eine diplomatische Formulierung, die Astrid schmunzeln ließ. Sie dachte an das, was Regine Winter-Sunderland berichtet hatte: dass die Liebesbeziehung der fünfzehnjährigen Izzy und des zwei Jahre älteren Robert zum Rausschmiss aus der Privatschule führte.

»Ich weiß, das ist fürs einundzwanzigste Jahrhundert sicher nicht ganz zeitgemäß.« Izzy zog aus Astrids Schmunzeln ihre eigenen Schlüsse. »Aber ich wollte nie einen anderen Mann. Und ich will es offensichtlich immer noch nicht. Sonst würden meine Männerbekanntschaften nicht immer so katastrophal enden!«

»Eventuell bist du einfach nur unsicher«, wandte Astrid vorsichtig ein. »Vielleicht resultiert deine plötzliche Unlust aus Panik ... weil du Angst hast, den Erwartungen des Typen nicht zu entsprechen, weil du dich vor dem Unbekannten fürchtest.«

Astrid, die Sexualpädagogin. Ausgerechnet sie! Hennie würde sich totlachen, wäre sie Zeugin dieses Gesprächs.

Izzy lachte nicht.

»Ich weiß nicht.« Sie schien kurz darüber nachzudenken, ihre Stirn in Falten. »Wenn man sich liebt, sind diese Gedanken doch unerheblich, oder nicht? – Und genau das ist das eigentliche Problem: ich lasse emotional niemanden nah an mich heran. Und ohne Liebe funktioniert Sex für mich wohl nicht.«

»Tja. Und Liebe lässt sich nicht erzwingen ...«

»Eben.« Izzy seufzte. »Ich sag ja: das Leben ist ungerecht und beschissen.«

Trotzdem hörte sie sich jetzt wieder stabiler an. Ihr Tränenstrom war versiegt.

»Leider werden wir beide das jetzt nicht ändern können.«

Izzy lächelte schwach.

»Dass du da bist, ändert schon einiges für mich. Du hast diese Gabe, genau dann aufzutauchen, wenn es mir dreckig geht!«

Astrid grinste schief.

»Mein siebter Sinn«, scherzte sie. »Soll ich dir vielleicht noch etwas bringen, ehe ich dich wieder alleine lasse? Tee vielleicht?«

»Tee?« Izzy schaute sie an, als hätte sie den Verstand verloren. Mit einem Blick auf die Armbanduhr an ihrem schmalen Handgelenk sagte sie: »Ach ja, deine Regel: Kein Alkohol vor halb sechs Uhr, oder wie war das? – Außerdem, warum willst du schon wieder gehen? Hast du ein Date?«

»Damit ich denselben emotionalen Schiffbruch erleide wie du?« Astrid lachte. »Nein, danke. Kein Date. Heute nicht und morgen auch nicht. Ich wollte mich nur nicht aufdrängen.«

»Jaja.« Izzy schüttelte den Kopf, als wäre diese Annahme gänzlich absurd. »Also. Geh in den Keller, suche dir was aus und bring eine Decke mit raus.«

»Wir können auch ins Wohnzimmer, wenn es dir kühl ist.«

»Nein, ich will meine Neuanschaffung hier noch auskosten.« Sie fuhr mit den Händen über den geflochtenen Korb.

Als Astrid weniger später mit einer Flasche steirischen Sauvignon Blanc im Weinkühler, zwei Gläsern und einer Schale Oliven auf die Terrasse kam, drangen leise Jazzklänge aus den zwischen Blumenkästen versteckten Lautsprecherboxen. Izzy hatte ein paar Sofakissen in der Muschel zu einer gemütlichen Sitzlandschaft arrangiert.

»Prost. Auf zwei verkappte Alkoholikerinnen.«

»Darauf trinke ich sicher nicht!« Izzy lachte leise. Dann wurde sie ernst. »Auf uns und unsere Freundschaft. Darauf, dass es dich gibt. Seit ich dich kenne, fühle ich mich nicht mehr ganz so schrecklich allein.«

An diesem Abend schlug Astrid gedanklich zwei weitere Nägel in die Schublade, in der sie ihr Begehren verschloss. Der erste Nagel stand dafür, dass Izzy eine traurige, verzweifelte Frau war, die einfach nur Trost brauchte. Der zweite dafür, dass diese Frau sehr klar formuliert hatte, was sie wollte: Mann und Kinder. Es war also sinnloser als sinnlos, sich in Träumereien zu verzetteln.

Business

Astrid saß an einem imposanten Schreibtisch mit Holzschnitzereien und studierte den Stapel Unterlagen, deretwegen sie in dieses alte, herrschaftliche Haus am Salzburger Giselakai gekommen war. An der holzgetäfelten Decke surrte ein Ventilator. Trotzdem war es so drückend warm, dass ihre bloße Haut am Leder des Drehstuhls kleben blieb. Unter ihrer luftigen Kurzarmbluse spürte sie Schweiß.

Ich muss verrückt sein, dachte sie zum wiederholten Male, als ihr Blick über Blut- und Liquorbefunde, EEG-Auswertungen und MRT-Aufnahmen glitt. Während andere Kollegen sich vor ihren Spät- und Nachtdiensten in irgendeinem See abkühlten oder in ihren Gärten entspannten, war sie das etwas zu bereitwillige Opfer eines Schlitzohrs geworden.

Das Schlitzohr war ein kahlköpfiger, braungebrannter Mann um die siebzig, dessen bisheriges Leben von zwei großen Leidenschaften geprägt gewesen war: dem Sammeln von Kunst, was sich an der Ausstattung dieser Räumlichkeiten zeigte, und seiner Tätigkeit als Neurologe. Letztere musste er demnächst auf Druck seiner Frau hin, die noch ein paar schöne Jahre mit ihm im Ruhestand erleben wollte, an den Nagel hängen. Dass er sein Lebenswerk in bestmögliche Hände abgeben wollte, hatte er Astrid schon bei der Bezirksärztesitzung in Berchtesgaden verkündet.

Ihre Ablehnung hatte ihn nicht davon abgehalten, noch zwei weitere Male bei ihr anzurufen und sie mit Worten, die so süß waren wie Salzburger Mozartkugeln, zu überreden, sein Angebot doch zumindest in Erwägung zu ziehen. Sie war bei ihrer Absage geblieben.

Nun aber hockte sie hier, weil das Schlitzohr einfach die Strategie geändert und sie unter dem Vorwand dringend benötigter konsiliarischer Hilfe unter Kollegen in seiner Ordination gelockt hatte.

Die Patientin, deren Akte sie hier studierte und bei der Dr. Georg Immenauer, alias Schlitzohr, nicht mehr weiterwusste, war einundzwanzig Jahre alt und hatte laut Unterlagen eine regelrechte Arztodyssee hinter sich gebracht, bis sie bei Immenauer vorstellig wurde. Sie litt seit Wochen unter Gedächtnisstörungen und einem lästigen, teilweise auch schmerzhaften Kribbeln am ganzen Körper. Das MRT-Bild zeigte Schädigungen des Rückenmarks *unbekannter Ursache*, wie der Radiologe sinnig vermerkt hatte.

»Georg?!« Sie hatte genug gesehen. Auf den Arm nehmen konnte sie sich selbst. »Zeit für das Hühnchen, das ich mit dir rupfen werde!«

Immenauer war nicht nur ein Schlitzohr, sondern auch ein witziges Kerlchen, wie sie zugeben musste. Es war ihr von Anfang an leicht gefallen, sich auf ihn und seinen Humor einzulassen.

»Zu Diensten, werte Dame!« Er schob seine drahtige Gestalt durch die Doppelflügeltür. Inzwischen hatte er seinen Arztkittel gegen eine schwarze Radlerhose mit buntem Trikot getauscht. In der Hand trug er einen Becher Eiskaffee mit üppiger Sahnehaube, den er jetzt neben sie auf den Schreibtisch stellte. »Ein kleines Zuckerl für meine Nachfolgerin.«

Astrid verdrehte die Augen, griff aber trotzdem nach dem langstieligen Löffel.

»Georg, das kannst du dir so was von abschminken!«, ließ sie ihn wissen. »Ich und deine Praxis, das passt einfach nicht!«

»Na, das denkst du jetzt noch, Mauserl!« Er zog sich einen zweiten Stuhl an den Schreibtisch. »Überhaupt, was soll das heißen? – Jetzt bist du doch an einer Klinik mit ähnlichem Patientengut!«

»Und langweile mich in den Erdboden«, rutschte es ihr raus. Er sah sie kurz überrascht an, fuhr dann aber unbeirrt fort: »Hier in der Ordi siehst du zumindest hin und wieder etwas Spannendes. Durch den Fachärztemangel kommen nämlich inzwischen auch recht viele Kassenpatienten, die nicht drei bis fünf Monate auf einen Termin warten wollen. Die sind richtig krank, denen kannst du helfen!«

»So wie dieser Patientin.« Sie deutete mit dem Kinn auf die Unterlagen, während sie sich den nächsten Löffel Vanilleeis mit Kaffee gönnte. Zumindest dafür hatte sich ihre Fahrt nach Salzburg gelohnt. »Funikuläre Myelose. Aber das weißt du schon, richtig?«

»Ja, Mauserl, ich hab's erkannt.« Der Doktor legte den Kopf schief und sah sie mit Schalk in den Augen an. »Aber ich muss doch sicherstellen, dass meine Patienten auch weiterhin in besten Händen sind und du wirklich so gut bist wie dein vorauseilender Ruf.«

Astrid verdrehte die Augen.

»Schau, du musst das ein bisserl pragmatisch sehen«, setzte Immenauer erneut an. »An dreieinhalb Tagen machst du die Ordi, in Summe nicht mehr als zwanzig Stunden. Dafür kassierst du so viel wie unser Kassenkollege zwei Straßen weiter, der sich dafür insgesamt vierzig Wochenstunden aufhalst und dann noch mühsam mit der Kasse um jede veranschlagte Position feilschen muss. Keine Nachtdienste, keine Morgenbesprechung, keine depperten Kollegen – das ist eine herrliche G'schicht!«

Er unterstrich seine Worte mit einer ausschweifenden Geste.

»Dreieinhalb Tage?«, wiederholte Astrid. »Und was mache ich mit dem Rest der Zeit?«

»Na, was du magst!« Er zuckte mit den Schultern. »Radl fahren wie ich, auf Kongresse fahren, dich um die Kinder kümmern ... Das ist kein schlechtes Leben!«

»Kinder? Welche Kinder?« Sie saß mal wieder auf der Leitung. Zu spät begriff sie, dass er wie selbstverständlich angenommen hatte, dass sie welche großzog. Das Mitleid, das kurz in Immenauers Gesicht trat, gab ihr den Rest.

»Also, zurück zu dieser Patientin«, ergriff sie das Wort. »Die Ursache für diesen starken Vitamin-B12-Mangel weißt du wirklich noch nicht?«

»Na ja ... sie ist Veganerin, das kann immer wieder ein Problem sein.« Zum ersten Mal erlebte sie ihn ernst. »Sehr schlank, beinahe untergewichtig. Sie nimmt seit zwei Wochen Vitamin-B12-Tabletten, doch das Problem ist noch da. Also habe ich sie zur Magenspiegelung geschickt, um sicherzugehen, dass ihre Magenschleimhaut überhaupt intakt genug ist, um das B12 aufnehmen zu können. Aber da war alles in Ordnung.«

»Was macht sie beruflich?«

»Studiert Philosophie und Psychologie auf Magister in Wien. Was sie dann später damit machen will, weiß sie selbst noch nicht. Und bei dem Tempo, dass sie bei ihren Prüfungen an den Tag legt, wird sie den Abschluss frühestens in zehn Jahren haben.«

Das erklärte, dass alle Ärzte, die sie laut den vorliegenden Befunden besucht hatte, in Wien saßen.

»Georg, wenn du mich fragst: ich tippe auf Lachgas-Abusus. Ich habe an der Charité mehrere junge Patienten erlebt, die das Zeug inhaliert haben und ebenfalls einen ausgeprägten Vitamin-B12-Mangel entwickelten. Da kannst du dann mit Tabletten und Infusionen substituieren, so viel du willst – wenn der Patient keinen Entzug macht, kommt es irgendwann zu Nervenschädigungen.«

»Aber ... warum macht man das denn?«

Der alte Arzt wirkte jetzt regelrecht verstört, und Astrid erkannte, dass er mit einem Spezialfall wie diesem im beschaulichen Salzburg noch nichts zu tun gehabt hatte.

»Ich habe mir sagen lassen, dass es entspannt, berauscht, in Euphorie versetzt – alles, was Drogen eben so machen. Abgesehen vom Vitamin-B12-Mangel kann es leider noch weitere negative Folgen haben: Krämpfe, Halluzinationen oder bei schlechtem Mischverhältnis auch Organschäden wegen Sauerstoffmangels.«

Immenauer atmete tief durch. »Ich werde mit der Patientin reden.«

»Mach dich darauf gefasst, dass sie es wahrscheinlich erst mal leugnet«, warnte in Astrid vor. »Da wird die Sucht heruntergespielt.«

»Na, der werde ich schon gehörig auf den Zahn fühlen, das kannst du mir glauben!« Mit einem Seufzer fügte er hinzu: »Sie ist meine Enkelin.«

»Oh. Das tut mir leid.«

Sie fühlte sich ein bisschen schäbig, weil sie ihm die ganze Zeit unlautere Motive unterstellt hatte, obwohl er wirklich in Sorge war.

»Wenn du meine Hilfe brauchst – jederzeit«, bot sie daher an, als sie sich voneinander verabschiedeten.

Er nickte, klopfte ihr auf die Schulter.

»Wir werden hervorragend zusammenarbeiten«, erklärte er im Brustton der Überzeugung. »Dann, wenn wir ein, zwei Monate beide hier arbeiten, um eine anständige Übergabe abzuwickeln.«

Doktor Schlitzohr hatte seinen Humor wiedergefunden.

»Ja, Georg. Keep on dreaming, wie der Ami sagt!«

Sie war bereits mit einem Fuß zur Türe draußen, als er sie noch einmal aufhielt.

»Das mit den Kindern wird schon noch. Du bist eine typische Mama, das habe ich gleich erkannt. Irgendwann wirst du einen Stall voller Kinder daheim haben!«

Da war er eindeutig der einzige Mensch auf Erden, der dieser Auffassung war. Sogar in der Zeit, als sie sich so intensiv um Simone gekümmert hatte, war sie von allen immer als Karrierefrau betrachtet worden, während Hennie als liebende Mutter gegolten hatte – obwohl die lieber Demo-Plakate für den Weltfrieden bemalte als mit ihrer Tochter im Bilderbuch zu blättern.

»Georg, ich bin vierundvierzig. Der Zug ist abgefahren.«

»Na, Mauserl, das ist nicht gesagt.« Er schüttelte bedächtig den Kopf. »Du wirst noch an mich denken.«

»Natürlich. Ich werde immer an dich denken!«

Als die Tür ins Schloss fiel, hatte sie noch immer ein Lächeln auf den Lippen.

Sie dachte an Hennie – diesmal nicht mit Wehmut, sondern mit Erheiterung. Dass sie sich von einem siebzigjährigen Mann Mauserl nennen ließ und auch noch darüber lachen konnte, hätte bei Hennies feministischem Herz vermutlich zu sofortigem Organversagen geführt.

*

»Mein Chef will dich sehen.« Seit ein paar Tagen klang Franzi wieder schnippisch, wenn sie überhaupt mit ihr sprach. Astrid ignorierte es geflissentlich. Es war ihr mittlerweile zu anstrengend, sich über Franzis Gefühlsschwankungen den Kopf zu zerbrechen. Vermutlich lag es ohnehin nur daran, dass sie sich seit der Bergtour mit den Berliner Freundinnen nicht mehr bei ihr gemeldet hatte.

Es hat sich eben nicht ergeben.

Das war nur ein Teil der Wahrheit. Es hatte sich nicht ergeben, weil sie an ihren freien Nachmittagen oder Abenden schlichtweg Izzys Gesellschaft vorzog. Mit ihr konnte sie sich besser unterhalten und sie selbst sein: Astrid mit all ihren Stärken und Schwächen.

»Okay. Wann?«

Astrid konnte sich nicht recht vorstellen, was der kaufmännische Direktor von ihr wollte. Ihre Vertragsangelegenheiten waren geregelt und sie gehörte auch nicht zu denjenigen, die ständig irgendwelche Sonderwünsche hinsichtlich der Wochenstundenanzahl äußerten.

»Jetzt. Sofort.«

Franzis Sekretärinnen-Tonfall hatte etwas Unerbittliches.

»Ich bin noch mitten unter der Visite. Kann das nicht warten?«

»Hej, geht's noch?« Franzi am anderen Ende der Leitung schnappte nach Luft. »Herr Maas, der Klinikchef, ordert dich zu sich! Also reiß dich gefälligst zusammen und komm sofort ins Büro.«

Astrid warf den drei Schwestern um sich herum und ihrer Kollegin Anna einen kurzen Seitenblick zu, die geduldig auf sie wartete, um den Visitenwagen ins nächste Zimmer zu schieben. Eigentlich hätte sie Franzi an dieser Stelle ihre Grenzen aufzeigen und einen anderen Umgangston erbitten müssen. Allerdings war sie darin nicht gut. Im Beisein der Kolleginnen war das sicher auch nicht der richtige Zeitpunkt.

»Okay«, sagte sie daher nur und legte auf.

»Hier entlang. Die sitzen im Besprechungsraum.« Franzi geleitete sie zu einem Raum zwei Zimmer weiter. Als Astrid die Tür öffnete, hatte sie das Gefühl, ein Déjà-vu zu erleben. Statt wie erwartet nur den beleibten kaufmännischen Leiter vorzufinden, war sie plötzlich auch mit Chefarzt Fritz Stöger sowie Norbert Neuretter konfrontiert. Neuretter trug eine lässige Freizeithose und T-Shirt. Dass er an seinem freien Tag einbestellt worden war, bescherte Astrid ein ungutes Gefühl im Magen.

»Frau Doktor Behringer. Bitte, setzen Sie sich doch«, sagte Maas.

Sie und Neuretter saßen den beiden Klinikleitern gegenüber. Neuretter würdigte sie keines Blickes, was sie weniger überraschte als seine verbissene Miene.

»Wir stehen vor einer schwierigen Situation: Unser geschätzter Kollege Stöger hat sich aufgrund persönlicher Umstände dafür entschieden, schon mit Ende dieses Jahres den Ruhestand anzutreten.« Maas kam gleich zur Sache. »Das heißt, wir müssen uns rechtzeitig um eine Nachfolge bemühen.«

»Meine Frau ist erkrankt«, schloss Stöger nahtlos an. »Brustkrebs. Ich möchte für sie da sein.«

»Das tut mir leid«, sagte Astrid automatisch. Neuretter sagte nichts.

»Nachzubesetzen ist damit der Posten des ärztlichen Direktors und des Chefarztes in Personalunion«, fuhr Maas fort. »Im Moment stehen wir also vor der Frage, ob wir jemand Externen holen oder eine interne Nachbesetzung in Erwägung ziehen.«

Lustig, dachte Astrid, obwohl sie in diesem Setting keineswegs Heiterkeit empfand. Diese Frage müsst ihr euch ja wohl eher selbst beantworten.

»Ausgeschrieben werden muss die Stelle natürlich sowieso!« Maas schien in letzter Sekunde eingefallen zu sein, dass gewisse Compliance Guidelines trotz der bayerischen Freunderlwirtschaft eingehalten werden mussten, zumindest pro forma – was Astrid das Gefühl gab, nicht im Besprechungszimmer einer Klinik, sondern in einem Kabarett zu sitzen. Ihr Eindruck verstärkte sich, als Stöger lapidar hinzusetzte: »Aber ein bisschen Vitamin B tut bekanntlich nicht weh. Außerdem würden wir sowieso lieber intern nachbesetzen. Wer weiß schon, wer da sonst zu uns ins Haus kommt!«

»Jedenfalls …« Maas räusperte sich. »Es ist kein Geheimnis, dass Sie beide als Nachbesetzung für unseren lieben Fritz in die engere Wahl kommen, und ich gehe davon aus, dass Ihnen beiden das Angebot nicht ganz unrecht kommt.«

Astrid wurde in einen Strudel von Empfindungen gerissen: Überraschung. Stolz. Freude. Aber auch Schrecken und Zweifel. Sie hatte sich mit einer möglichen Chefarztposition nicht mehr auseinandergesetzt, seit in einem Berliner Gerichtssaal das Urteil über sie gefallen war. Die ärztliche Direktion würde es hier eventuell noch als Dreingabe mit dazu geben, was in einem kleinen privaten Haus wie diesem nicht ungewöhnlich war.

Sie warf einen kurzen Seitenblick auf Neuretter. Er saß stocksteif neben ihr. Schockgefroren? – Das konnte sie sich kaum vorstellen. Neuretter hatte schließlich seit Jahren auf diese Position geschielt, wenn sie den Gerüchten Glauben schenkte.

»Sie sind alle beide hervorragend qualifiziert«, fuhr Maas fort. »Haben beide internationale Erfahrung, sich einen exzellenten und über die Region hinausreichenden Ruf erarbeitet, haben weitreichend publiziert. Daher ist es für uns völlig unmöglich, hier einen von Ihnen beiden zu favorisieren.«

Bitte, was? – Das klang ja fast so, als hätte Neuretter einen vergleichbaren Lebenslauf! Das konnte sie nicht auf sich sitzen lassen.

»Mit Verlaub, aber es gibt da durchaus einige Unterschiede. Ich bin habilitiert, habe eine wirtschaftliche Zusatzausbildung und erheblich mehr Publikationen als mein Kollege. Wenn wir von Qualifikationen sprechen, habe ich einen klaren Vorsprung.«

Neuretter bedachte sie mit einem giftigen Blick.

Wenn schon. Das war doch einfach eine Frechheit!

»Norbert, wie sieht es eigentlich aus mit deinem MBA?« Stöger wandte sich direkt an Neuretter. »Bist jetzt bald fertig mit deiner berufsbegleitenden Ausbildung?«

»Ein Semester fehlt noch.« Norberts Stimme war ein einziges böses Knurren. »Und nach der Habilitation kräht hier kein Hahn!«

»Da hast du sicher recht«, bestätigte Stöger, der auch nicht habilitiert war. »Das ist für diese Position nicht entscheidend; wir sind ja nicht an einer Uniklinik.«

»Nichtsdestotrotz ist es ein Qualifikationsbenefit.« Astrid rang sich ein besonders liebenswürdiges Lächeln ab, während sie innerlich bebte. Patriarchale Machtspiele vom Feinsten. Männer fördern Männer. Warum saß sie überhaupt hier, wenn Stöger sowieso Neuretter vorzog?

Maas gab ihr die Antwort: »Frau Doktor Behringer hat sich international einen Namen gemacht und ist ein hervorragendes Aushängeschild für die Klinik. Das sieht auch die Konzernzentrale in München so. Mit ihr in dieser Position würde unsere

Dachorganisation, die Gesellschaft Bayerischer Privatkliniken, endlich ihre Frauenquote in der Führungsetage halbwegs erfüllen. So etwas kommt medial immer gut an!«

Zurück auf den Kabarettstuhl also. Astrid Behringer, promoviert, habilitiert, Master of Science, Master of Business Administration, Quotenfrau.

Jetzt kam Leben in Norbert Neuretter. Er lehnte sich leicht nach vorne: »Sie wissen aber schon, dass Frau Doktor Behringer vorbestraft ist?«

Sie hatte damit gerechnet, dass er irgendwann mit den Ergebnissen seiner Recherche über sie auftrumpfen würde, und der Zeitpunkt passte perfekt für ihn. Dennoch fühlte es sich an, als hätte er einen Kübel eiskaltes Wasser über sie ausgekippt.

»Wegen eines Verkehrsdeliktes«, sagte sie so ruhig wie möglich, ehe einer der beiden anderen Männer zu Wort kommen konnte. »Ich wurde zu einer Bewährungsstrafe verurteilt. Mit meiner ärztlichen Tätigkeit steht das in keinem Zusammenhang.«

»Ja ...!« Maas wirkte wie aus dem Konzept gebracht. Sein kleines Doppelkinn zitterte. »Aber das haben Sie gar nicht gemeldet!«

»Das musste ich auch nicht. Wie gesagt, die Bewährung war bereits abgelaufen, als ich mich hier beworben habe. Sie haben weder nach Vorstrafen gefragt noch ein polizeiliches Führungszeugnis verlangt.«

»Wir gingen natürlich davon aus, dass da nichts ist«, erwiderte Maas, sah aber ein, dass er ihr hier von juristischer Warte aus nichts vorwerfen konnte.

Neuretter wollte sich nicht so leicht geschlagen geben.

»In unserem Vertrag gibt es einen Passus, der sinngemäß dazu verpflichtet, die Klinikleitung über Straf- und Ermittlungsverfahren zu informieren. Das hast du genauso unterschrieben wie ich!«

»Ich weiß nicht, was du unterschrieben hast, Norbert, aber in meinem Vertrag heißt es: über *laufende* Straf- und Ermittlungsverfahren. Das ist ein Unterschied.«

Eins zu null. Sein Gesichtsausdruck erstarrte.

»Nun, ich muss gestehen, das bringt uns jetzt etwas aus dem Konzept.« Stöger fuhr sich durch den Bart. »Nicht wahr, Richard?«

»Ähm … ja.«

Maas schien Stögers Zurückrudern mehr zu verstören als ihre Vorstrafe. Der kaufmännische Leiter fing sich aber gleich wieder. »Es ist ja auch, wie bereits angesprochen, keineswegs so, dass wir alleine darüber entscheiden. Da ist ein ganzes Gremium von Leuten … die Führungsetage in der Zentrale, dann natürlich auch regionale Entscheidungsträger. Wir sind ein wichtiger Arbeitgeber in der Region, tragen mit unserer Kompetenz dazu bei, Berchtesgaden und die Region Königssee auch im Bereich der Spitzenmedizin zu positionieren. Da redet natürlich auch die Lokalpolitik ein Wort mit, wenn es um bedeutsame Positionsbesetzungen geht.«

»Und wie geht es jetzt weiter?« Neuretter hatte nach dem Rückschlag, den Maas ihm bescherte, seine Sprache wiedergefunden.

»Wir würden Sie gerne beide in München empfehlen«, antwortete Maas. »Sie wollen das doch prinzipiell, oder nicht?«

»Natürlich.« Norbert zögerte keine Sekunde.

»Dito«, schob Astrid hinterher. Den Triumph, sie auszubooten, konnte sie ihm einfach nicht gönnen! Und mit ihm als Chef zu arbeiten, war undenkbar. Er nutzte jetzt schon jede Gelegenheit, um ihr das Leben schwer zu machen.

Die Sitzung war zu Ende. Astrid hatte es eilig, zurück zur Visite zu kommen. In ihrem Kopf herrschte Chaos. Da war sie, die Chance, auf die sie an der Charité so lange gewartet hatte! Chefärztin Dr. Astrid Behringer. Vielleicht würde sie endlich Anerkennung für ihre wissenschaftlichen und medizinischen Erfolge bekommen. Die Privatklinik war zwar nicht die Charité, natürlich nicht, aber dennoch war der Titel eine weitere Sprosse auf ihrer Leiter nach … ja, wohin? Sie wusste es spontan selbst nicht genau. Zum Nachdenken blieb ihr keine Zeit. Norbert hatte sie mit eiligen Schritten eingeholt.

»Das stellst du dir nett vor, gell!«, zischte er ihr entgegen. Wie zumeist, wenn er sie persönlich angriff, hielt er seine Stimme gedämpft und klang dadurch umso bösartiger. »Dass du hier den Laden übernimmst und nach deinen Berliner Vorstellungen ummodelst!«

Was auch immer er damit meinte.

Astrid beschloss, ihn zu ignorieren und setzte ihren Weg fort. Der Gang zum Treppenhaus erschien ihr doppelt so lang wie sonst.

»Du bist der Wolf im Schafspelz, dass muss mal gesagt werden! Als du im Februar hier angefangen hast, war Stögers Nachfolge ja angeblich kein Thema für dich. Aber siehe da, nur sechs Monate später ist alles ganz anders! Plötzlich positionierst du dich, drängst dich in den Vordergrund, spielst dich auf und kuschelst mit den Entscheidungsträgern!«

»Wie bitte?!«

Ihre Verwirrung darüber, was er ihr hier vorhielt, war größer als ihr Vorsatz, ihn einfach zu ignorieren.

»Ja, geh! Da schaust du, was ich alles herausfinde! – Sehr geschickt gemacht: sich gezielt die richtigen Freunde suchen und dann Beziehungen knüpfen, die beruflich wichtig sind! Aber keine Sorge, ich habe auch Kontakte! Sehr gute Kontakte sogar!«

Was auch immer. Der nicht allzu große Mann mit der drahtigen Figur und den verhärmten Gesichtszügen tat ihr plötzlich fast schon leid, wie er vor ihr stand und sich gebärdete wie ein verletztes Rumpelstilzchen.

»Norbert, ehrlich – du redest im Augenblick chinesisch«, stellte sie klar. »Ich weiß nicht, was du dir da zusammenreimst.«

»Nein?!« Plötzlich zog er sein Handy aus der Tasche, tippte hastig darauf herum, und Astrid fragte sich mit flauem Gefühl, was er jetzt schon wieder aufgetrieben hatte.

Das Foto, das er ihr unter die Nase hielt, war in ihren Augen völlig harmlos. Es zeigte Izzy und sie bei den Salzburger Festspielen in Gesellschaft eines Mannes, den Izzy irgendwoher kannte und dessen Namen sie bereits wieder vergessen hatte. Astrid war letztendlich doch mit zu dem Event gegangen. Izzy war mit sehr vielen Leuten bekannt – oder hatte sich dort auf geschickte Weise bekannt gemacht. Die Opernpremiere bot eine Art Businessplattform, die sie nach besten Möglichkeiten nutzte. Astrid hatte sie einerseits dafür bewundert, andererseits aber auch wieder das Gefühl gehabt, diese energiegeladene, berechnende Person an ihrer Seite gar nicht richtig zu kennen. Sie war so anders, wenn sie mit ihr alleine war.

»Und? Wer ist das?«

Norbert wedelte mit dem Gerät so dicht vor ihrer Nase herum, dass sie zurückwich.

»Izzy. Deine Schwester, Schwägerin ... keine Ahnung, wie ich sie nennen soll.«

Er funkelte sie böse an. »Nimm mich nicht auf den Arm. Du weißt genau, wer das ist: der Landrat vom Kreis Berchtesgadener Land! An den hast du dich herangemacht.«

Er machte eine kurze Pause, schöpfte Atem. Sie wollte weitergehen, doch er war noch nicht fertig.

»Sehr geschickt, sich mit Izzy zu befreunden, die überall ihre Finger im Spiel hat! Aber pass auf: wenn sie je erfährt, wie schamlos du sie ausnutzt, dann gnade dir Gott! Die hat schon ganz andere Gefechte ausgefochten, und die hält mit nichts hinter dem Berg!«

Bildete sie sich das ein, oder schwang da fast schon Bewunderung in seiner Stimme mit? Jedenfalls hatte sie genug gehört.

»Danke für deine Sorge um mein Wohlergehen. Aber ich weiß, was ich tue. Und jetzt geh bitte zur Seite, ich muss zur Visite.«

Sollte er ruhig glauben, was er sich da zurechtspann! Hoffentlich bereitete es ihm viele schlaflose Nächte.

Widerwillig machte er ihr Platz.

*

Die Reinigungskraft, von Izzy stets charmant *Putzfee* genannt, gab Astrid an diesem Tag die Tür in die Hand. Sie kannte Astrid inzwischen gut genug als Freundin und Nachbarin ihrer Arbeitgeberin, um ihr Kommen nicht extra anzumelden. Astrid ging durch den langen Gang hinaus auf die Terrasse.

Izzy saß unter dem aufgespannten Sonnensegel am Tisch, vor sich das Notebook. Sie war so vertieft in ihre Arbeit, dass sie erst aufsah, als Astrid mit einem »Hallo« auf sich aufmerksam machte.

»Oh, hallo.«

Izzy hob kurz den Kopf, widmete sich aber sogleich wieder konzentriert dem Dokument, das auf ihrem Monitor aufschien.

Zögernd ließ sich Astrid auf der Kante der Sonnenliege nieder. Auf den Terrakottafliesen lag eine Mappe. Die Titelseite zeigte ein Haus, das aussah wie ein altes, heruntergekommenes Hotel. Darunter stand: Altes Kurhaus, Glasenbach und ein Preisangebot, das Astrid nahezu den Atem verschlug.

»Willst du das etwa kaufen?«

Izzy sah kurz auf.

»Ja. Aber nicht zu diesem Preis. Bin noch am Verhandeln.«

»Und was hast du damit vor? Willst du ins Hotelgewerbe einsteigen?«

»Nein, natürlich nicht. Ich mache daraus Wohnungen. *Leistbare* Wohnungen. Das übliche Konzept.«

»Also auch in Österreich?«

Astrid kannte Glasenbach zumindest dem Namen nach als Vorort von Salzburg.

»Ja. Deshalb waren wir auf den Festspielen: um entsprechende Kontakte zu knüpfen.«

Unwillkürlich dachte Astrid an Norbert Neuretter und seine Behauptung, dass sie sich bewusst an den Landrat herangepirscht hätte. Offenbar kannte er Izzy wirklich sehr gut. In diesem Moment wusste Astrid selbst nicht so genau, was sie eigentlich mehr ärgerte: dass Izzy eben wirklich so berechnend dachte und handelte, wie ihre Verwandtschaft immer behauptete oder dass sie heute anscheinend keine Zeit hatte, um ihr zuzuhören.

Rational betrachtet wusste sie freilich, dass es ungerecht war, von Izzy zu erwarten, dass sie sofort zur Verfügung stand, wenn sie dringend eine Freundin brauchte. Sie waren nicht verabredet gewesen. Während sie innerlich darauf brannte, endlich ihre Geschichte loszuwerden, ließ sie den Blick über den Garten schweifen.

Die Gärtner waren anscheinend wieder aktiv gewesen. Es gab jetzt große Steintröge mit Dahlien, Rosen und Gladiolen seitlich des Weges. Der kleine Springbrunnen am Rand des Schwimmteichs, der vor ein paar Tagen noch defekt gewesen war, sprudelte. Ein großer Schmetterling, so bunt, als wäre er im Ensemble mit den Pflanzen geliefert worden, flatterte dicht an ihr vorbei und ließ sich auf der Rosenhecke weiter hinten nieder.

»So. Fertig.« Izzy klappte den Laptop zu und erhob sich. Unter der bunten, hauchdünnen Stofftunika zeichneten sich ihre Brüste mit einer Deutlichkeit ab, die Astrid schlucken ließ. »Jetzt bin ich ganz für dich da.«

Mit einem Lächeln auf den Lippen ging sie an Astrid vorbei und hielt einen Fuß in den Schwimmteich.

Nicht hinsehen.

Astrid zwang sich, den Blick von Izzys Po abzuwenden. Der knappe Tanga verdeckte vorne wenig und hinten nichts. Sie begann unter ihrem Trägerhemd zu schwitzen. Bloß. Nicht. Hinsehen.

Sie tat es doch. Ein Fehler. Izzy begann Umhang und Tanga abzustreifen. Mit einer Selbstverständlichkeit, die Astrid bei aller Hitze Gänsehaut bereitete, drehte sie sich nun auch noch zu ihr um. Sie hatte schöne, pralle, apfelgroße Brüste und helle Brustwarzen, die kaum zu ihrer Sonnenbräune passten.

»Komm ins Wasser. Es hat angenehme dreiundzwanzig Grad. Das ist sogar warm genug für dich.«

Es stimmte, dass Astrid permanent fror. Jetzt aber war ihr heiß und kalt zugleich. Ein gemeinsames Bad im Schwimmteich würde das gewiss nicht besser machen.

»Ich … nein, äh … lieber nicht.« Ihre Stimme hörte sich ganz hell und quietschig an, wie die eines Teenagers im Stimmbruch.

»Warum nicht? – Es ist so schön!« Izzy gab nicht auf.

»Ich … Regel«, stieß Astrid hervor, weil ihr nichts Besseres einfiel. Das wirkte. Izzy sagte nichts mehr, und als ihr Körper endlich in den dunklen Fluten verschwand, war Astrid erleichtert. Zwischen ihren Beinen pulsierte es allerdings …

Das. Ist. Eine. Platonische. Freundschaft.

Sie biss sich auf die Lippen.

»Wolltest du nicht irgendetwas loswerden?« Izzys Kopf tauchte aus dem Wasser auf. »Als du gekommen bist, hast du ausgesehen, als könntest du keine Sekunde damit warten, und jetzt machst du ein Gesicht, als würde ich dich mit Stromschlägen foltern!«

Ein ziemlich treffender Vergleich.

Bemüht, nicht ständig hinüberzustarren, gab Astrid stockend ihr Erlebnis vom Vormittag wieder. Doch die Geschichte, die ihr zuvor noch so auf der Zunge gebrannt hatte, kam ihr jetzt arg lahm vor.

»Und? Willst du?«

Izzy stütze ihre Unterarme auf den kleinen Holzsteg und strampelte mit den Füßen. Ihr Po tauchte dabei immer wieder kurz aus dem wogenden Wasser auf – wie eine kleine Insel im Sturm.

Nicht. Hinsehen.

»Willst du, oder willst du nicht?«

»Was?«

Astrid sah nur noch diesen Po, obwohl sie sich auf das Schilf dahinter konzentrierte.

»Na, die Stelle als Chefärztin, was sonst! – Du klingst so unentschlossen.«

»Na ja. Ich will schon.« Überzeugend klang anders, aber sie konnte es nicht ändern. Eigentlich ging es sowieso nicht um den Posten, sondern um Neuretters mieses Verhalten. »Ich meine, ich bin viel qualifizierter als Norbert! – Aber statt der das endlich begreift, unterstellt er mir, dass ich über Vitamin B und Nepotismus in die Chefposition kommen will! Das ist doch eine echte Frechheit.«

Izzy lachte.

»Ich find's lustig. Er macht sich ins Hemd, dass du ihm einen Schritt voraus sein könntest.« Dann wurde sie ernst. »Abgesehen davon hat er recht. Du bist dem Landrat jetzt namentlich bekannt. Du könntest ja mal unangemeldet bei ihm im Büro vorbeischauen, dich in Erinnerung rufen und ganz elegant auf die tolle Chance zu sprechen kommen, die sich dir mit der Chefarztstelle bietet.«

»Ja, genau!« Astrid lachte auf, allein der Gedanke war absurd. »Und der wird mich sofort empfangen – nachdem wir uns einmal kurz die Hand geschüttelt haben. Der hat sicher längst meinen Namen vergessen.«

»Glaube ich nicht. Wir haben uns in Salzburg immerhin länger unterhalten. Falls doch, rufst du ihm in Erinnerung, dass du eine Freundin von mir bist. Ich hatte in letzter Zeit des Öfteren mit ihm zu tun; er weiß, wer ich bin.«

Wenn sie das tat, würde Neuretter mit seinen Anschuldigungen recht behalten.

»Ich wüsste nicht mal, was ich dem sagen sollte«, spann sie den Faden dennoch weiter. »Hallo, ich bin Frau Doktor Behringer und will Chefärztin werden?«

»Ach, Quatsch!« Izzy spritzte Wasser in ihre Richtung. »Das macht man anders: Du kaufst vorher diese Anna-Netrebko-Sonderedition, investierst also mal siebzig bis achtzig Euro, und dann sagst du ihm, eine Bekannte hätte dir das geschenkt, aber du seiest kein so eingefleischter Fan wie er, und deshalb hättest du dir gedacht ... blabla ... und so weiter, und so weiter. Schon seid ihr mitten im Gespräch, und da ist es dann ganz leicht, die Kurve zum eigentlichen Anliegen zu kriegen, Schätzchen!«

Astrid wurde ganz schwindelig.

»Das ist total plump!«, brach es aus ihr hervor. »Das mache ich ganz sicher nicht!«

»Na, dann nicht!« Izzy schwamm zu der kleinen Leiter. »Bringst du mir das Handtuch? – Das wäre lieb!«

Schwerfällig stand Astrid auf und ging das Handtuch holen. Als sie damit zum Schwimmteich kam, stand Izzy bereits wieder im Eva-Kostüm und triefend nass auf der Terrasse. Die Brustwarzen hatten sich im kühlen Wasser aufgerichtet und reckten sich erwartungsvoll.

Wieder musste Astrid schlucken. Hastig drückte sie Izzy das Frotteetuch in die Hand und rettete sich aus gefährlicher Nähe zurück auf die Liege. Vor ihren Augen tanzten Izzys Brüste auf und ab, als diese sich abtrocknete.

»Wenn du dich nicht an den Landrat heranmachst, wird es Norbert tun«, griff Izzy das Thema plötzlich wieder auf. »Der nutzt seine Chance.«

»Das ist doch lächerlich! Worüber diskutieren wir da eigentlich!« Der Ärger vom Vormittag pochte auf Entladung. »Ich bin wesentlich qualifizierter!«

»Halt die Luft an, Schätzchen!«, fiel Izzy ihr ungeduldig ins Wort. Sie stand noch immer splitternackt da. »So läuft das nicht im Leben! Deine ganzen Titel kannst du dir einrahmen und vor dem Schlafengehen betrachten, aber die bringen dich nicht ans Ziel! So läuft Business nicht.«

»Ja, und wie dann? Durch Schleimerei? Machst du deine Geschäfte, indem du dich irgendwelchen Typen an die Brust wirfst, ihnen Sand in die Augen reibst und Schokolade fütterst?«

»Ja, zum Teil.« Verständnislosigkeit stand in Izzys Augen. »Wo ist das Problem? So läuft das eben! – Wenn du etwas willst, musst du dafür kämpfen.«

»Mit solchen Waffen kämpfe ich sicher nicht.«

»Schätzchen, ich sage dir eh nicht, was du zu tun hast.« Izzy klang ganz sachlich. Trotzdem merkte Astrid, dass auch sie sich ärgerte. »Es war ein Rat, nicht mehr, nicht weniger. Wenn du ihn nicht annimmst, bitte.«

»Ja, natürlich.« Astrid seufzte. Sie wollte mit Izzy, die jetzt glücklicherweise wieder in Tanga und Tunika schlüpfte, nicht streiten. Was sie wollte, war Verständnis. »Es ist vor allem Norbert«, gestand sie. »Der Typ ist ein Arsch!«

Kraftausdrücke waren so untypisch für sie, dass sogar Izzy überrascht die Augenbrauen hob. »Ja, das liegt dem männlichen Nachwuchs unserer Familie im Blut«, erwiderte sie dann nüchtern. »Aber aus meiner langjährigen Erfahrung heraus kann ich dir versichern: Er wird übler, je mehr du ihn einen Arsch sein lässt!«

»Ich habe ihm heute sowieso schon einiges gesagt.«

»Eure höfliche Konversation im Treppenhaus, von der du mir erzählt hast? – Vergiss es! Mit den Neuretter-Burschen musst du eine ganz andere Sprache sprechen.«

»Ach ja, und welche soll das sein?«

»Allenfalls juristisch. – Du musst die angreifen, aggressiv werden! Nur so kapieren die.« Sie setzte sich zu Astrid auf die Liege. Ihre Arme berührten sich, und Astrid dachte automatisch wieder an Izzys Brüste, verhüllt unter dünnem Tuch.

»Schau, ich habe Erich heute die von der Feinstaubmessung auf den Hals gehetzt«, erzählte sie ungewohnt auskunftsfreudig. »Auge um Auge, Zahn um Zahn. Hat er bei meiner Achenweg-Baustelle ja auch, was mich viel Geld gekostet hat wegen des vorübergehenden Baustopps. Da hatten mein Anwalt und ich die glorreiche Idee, dass wir den Spieß umdrehen. Schließlich fahren seine Laster auch hin und wieder hier vorbei. Gerade im Sommer kann ich mir gut vorstellen, dass die Grenzwerte da leicht mal überschritten werden!«

Izzy sonnte sich in ihrem eigenen Lächeln. Astrid dagegen hatte das Gefühl, Zeugin eines Kindergartenstreits zu werden.

Neuretters LKWs hatten das Kieswerk immer über eine eigene Zufahrt am Ende des Achenwegs in Richtung Bundesstraße verlassen. Erst, seitdem dort Kanalarbeiten im Gange waren, wurde der LKW-Verkehr zeitweise über das andere Straßenende, vorbei an ihren Häusern, umgeleitet. Die schweren, staubigen LKWs quasi vor der Haustüre waren lästig, aber in zwei Wochen würde der Spuk wieder vorbei sein. Genauso war auch Izzys Baustelle eine temporäre Belästigung. Wieso machten sich die beiden gegenseitig das Leben so schwer?

»Was ist eigentlich wirklich das Problem zwischen euch?«

Izzys Lächeln erlosch.

»Das Problem ist, dass die mich zur Erzfeindin erklärt haben, seit …« Sie brach abrupt ab.

»Seit du Robert geheiratet hast?«

Izzys Gesichtszüge gefroren. »Was meinst du damit?« Ihre Stimme verriet höchste Alarmbereitschaft.

Immer dieses Thema, dachte Astrid. Kaum geht es um Robert, macht sie dicht.

»Es ... war ja angeblich eine schwierige Konstellation«, versuchte sie ihren Kopf vorsichtig aus der Schlinge zu ziehen. »Heißt es zumindest.«

»Heißt es«, wiederholte Izzy bissig. Sie stand auf und ging an den Rand des Schwimmteichs. Eine ganze Weile schaute Astrid nur auf ihren Rücken, wartete, ob von ihr noch etwas kam, und zermarterte sich gleichzeitig den Kopf, wie sie das Gespräch wieder auf ein unverfängliches Thema lenken konnte.

»Glaubst du eigentlich alles, was man dir erzählt?« Izzy fuhr herum, die Arme vor der Brust verschränkt. »Dann glaubst du wohl auch, dass ich die böse Hexe bin, die diese Familie zerstören will? Die es verdient hat, wie eine Aussätzige behandelt zu werden? – Auf wessen Seite stehst du eigentlich?!«

Das Gespräch nahm eine Wendung, die Astrid nicht erwartet hatte. Ein dicker Kloß drückte ihr auf die Kehle.

»Ich habe mit euren Streitigkeiten doch gar nichts zu tun.«

»Nein?« Izzy lachte trocken. »Das denkst aber auch nur du! – Du gehst hier ein und aus. Glaubst du, das bliebe unbemerkt? Du bist schon mittendrin in unseren, wie nennst du es so niedlich … *Streitigkeiten*. Und du merkst es nicht mal! Du magst gut darin sein, akademische Titel zu sammeln, aber vom Leben hast du keine Ahnung!«

Sie spuckte die Worte hasserfüllt aus. Astrid wurde stocksteif. Sie verstand nicht, weshalb Izzy ihr plötzlich so voller Aggressivität gegenübertrat. Alles nur weil sie Robert erwähnt hatte?

»Ich habe gedacht, ich könnte dir vertrauen!«, grollte Izzy weiter. »Ich war so offen und ehrlich zu dir! Und dann hintergehst du mich auf diese Weise!«

Astrid hatte zunehmend das Gefühl, im falschen Film zu sein. Wo und wann um alles in der Welt hatte sie Izzy hintergangen?!

Doch ihre Kehle war so trocken, dass sie die Frage nicht über die Lippen brachte. Das Gefühl verzweifelter Hilflosigkeit fuhr ihr in die Knochen und lähmte auch die Muskulatur, obwohl sie nur noch fliehen wollte – weg von Izzy, ihren böse funkelnden Augen und dem Hass. Aber ihr ganzer Körper blockierte. Sie hatte keine Gegenargumente, keine Stimme, keine Gegenwehr. Nur diese unglaubliche Furcht, dass alles noch schlimmer werden würde, wenn sie sich der Situation weiterhin aussetzte und sich mit Vorwürfen bombardieren ließ.

Ihre Schockstarre löste sich. Sie stand auf und ging ins Haus. Hinter sich hörte sie Izzy irgendetwas rufen, doch sie blieb nicht stehen. Hastig flüchtete sie über die Straße, in ihre eigenen vier Wände, hinauf ins Schlafzimmer, ins Bett. Sie war viel zu erschöpft, um einen klaren Gedanken zu fassen, und starrte eine ganze Weile nur benommen an die Decke.

Irgendwie hatte sie diese Freundschaft wohl gerade zerstört. Sie hatte irgendeinen Fehler gemacht, sich völlig falsch verhalten, Izzy dadurch zur Weißglut gebracht. Hennie hatte immer recht gehabt: Eine Sozialphobikerin war sie, die noch jeden freundschaftlichen Kontakt zunichte machte.

Damit schlug sie den vierten und letzten Nagel in die mentale Schublade. Alles, was sie für Izzy an unzulässigen Gefühlen empfand und je empfunden hatte, war nun für immer fest verschlossen. Und das war gut so.

Im Nachthemd

Astrid funktionierte. Sie verrichtete ihren Dienst, beteiligte sich an den oberflächlichen Kantinengesprächen, drehte ihre tägliche Joggingrunde und hoffte, dass diese gefühlstaube innere Leere endlich verschwand. Sie telefonierte mit Silla, sprach über Belanglosigkeiten, unfähig, das, was zwischen Izzy und ihr an diesem Tag passiert war, in Worte zu fassen. Erst als sie Izzy vier Tage nach ihrem Streit mit einem Koffer in ein Taxi steigen sah, wich die Leere unerklärlicher Unruhe – einem Gefühl, das noch wesentlich schlimmer zu ertragen war.

Außerhalb der Klinik gelang es ihr kaum, sich auf irgendetwas zu konzentrieren. Die Gedanken kreisten fast pausenlos um Izzy und dieses letzte unglückliche Gespräch. Je mehr Astrid darüber nachdachte, desto mehr Details beschäftigten sie.

Der Typ ist ein Arsch, hatte sie gesagt, und Izzy hatte prompt erwidert, dass dies auf den gesamten männlichen Nachwuchs der Familie Neuretter zuträfe.

Schloss das nicht auch Robert ein? Was hatte Izzys Mann getan, dass sie so über ihn dachte? War das vielleicht der Grund, weshalb sie nicht über ihn sprechen wollte?

Und warum war sie, Astrid selbst, angeblich schon mittendrin in dieser seltsamen Familienfehde? – Sie hatte sich wirklich bemüht, alle Seiten zu verstehen und sich neutral zu verhalten! Es zermürbte sie mehr und mehr, in diesen warmen Augusttagen vor dem Haus zu sitzen, auf die gegenüberliegende Straßenseite zu starren und darauf zu warten, dass … ja, was eigentlich? Sie wusste es selbst nicht.

Sie dachte auch wieder mehr an Hennie und Simone und konnte es nicht lassen, im Internet nach neuen Spuren zu suchen.

Hennie war noch immer PR-Chefin bei der NGO, die von Nicolette geleitet wurde. Ein paarmal spielte sie mit dem Gedanken, einfach bei der Nummer anzurufen, die online als Kontaktmöglichkeit hinterlegt war, und Hallo zu sagen – immerhin hatten sie über zwanzig Jahre gemeinsam verbracht und ein Kind großgezogen. Dann aber besann sie sich auf die üblen Szenen im Gerichtsaal und kam zu dem traurigen Schluss, dass sie sich wohl wirklich nichts mehr zu sagen hatten. Simone wechselte hin und wieder ihr Portraitfoto auf Facebook, und Astrid gewann zunehmend den Eindruck, dass es ihr gut ging. Sie lachte auf diesen Selfies, sah fröhlich aus. Kein Hinweis jedoch, wo sie sich aufhielt. Und gemeldet hatte sie sich noch immer nicht wieder.

Noch ein Kapitel, das ich allmählich abschließen sollte, ermahnte sich Astrid jedes Mal, wenn sie ihr Smartphone wieder resigniert beiseitelegte. Leichter gesagt als getan.

Franzi redete wieder mit ihr, wollte sogar etwas unternehmen. Astrid war froh, dass sie den Wochenenddienst vorschieben konnte. Ihr fehlte es an Energie, den ganzen Tag eine fröhliche Fassade zur Schau zu tragen. Aus demselben Grund lehnte sie auch eine weitere Einladung der Familie Nussdorfer ab. Hinzu kam ihr schlechtes Gewissen: Eine Gegeneinladung war mittlerweile mehr als überfällig. Doch das Ehepaar in ihr sanierungsbedürftiges Gemäuer einzuladen, kam nicht in Frage.

Vielleicht sollte ich allmählich wirklich etwas Neues suchen, dachte Astrid resigniert, als sie an diesem Nachmittag in ihr Auto stieg und obendrein auch noch die Delle entdeckte, die eine heruntergefallene Kastanie in seinem Dach hinterlassen hatte. Etwas Neues mit ordentlicher Garage, nicht mit einer alten Scheune, deren Tor bei jedem Öffnen schwerer zur Seite zu schieben war. Eine Wohnung mit funktionierender Zentralheizung.

Schon jetzt sah sie mit Grauen den Winter vor sich, zumal ihr vor Kurzem aufgegangen war, dass sie sich auch noch um eine Holzlieferung kümmern musste.

Sie war in Gedanken noch immer bei der Holzlieferung, als sie in die Seitenstraße einbog, die zur Klinik führte. Eine Gruppe Mountainbikefahrer, die mitten auf der Straße einen Stopp eingelegt hatte, zwang sie zum Abbremsen. Als ein paar der Biker ihre Räder zur Seite schoben, damit sie vorbeifahren konnte, erkannte sie den Grund für den Halt: Am Straßenrand in der Wiese kauerten zwei junge Frauen. Eine davon hatte ihren Helm abgenommen. Ihr blondes, halblanges Haar klebte schweißnass am Kopf; Blut floss aus ihrer Nase, das sie mit Hilfe eines Burschen, der sich verzweifelt um sie bemühte, zu stillen versuchte.

Astrid fuhr rechts heran, stieg aus. »Ich bin Ärztin. Kann ich helfen?«

»Nein, nein, alles okay. Nur ein kleiner Sturz«, wiegelte ein hochgewachsener junger Mann ab, der sein teuer aussehendes Rad nun vorsichtig neben den Mädchen in der Wiese ablegte. »Die Christina hat bloß Nasenbluten. Das wird gleich wieder.«

Christina, das Mädchen mit der blutenden Nase, hatte an den Armen auch zwei hässliche Schürfwunden und ein aufgeschlagenes Knie. Doch was Astrids Aufmerksamkeit schnell von ihr ablenkte, war die andere junge Frau. Sie schätzte sie auf siebzehn, achtzehn Jahre, auf keinen Fall älter. Sie war blass, wirkte sichtlich mitgenommen. Was Astrid in Alarmbereitschaft versetzte, war ihr schneller, rasselnder Atem. Immer wieder hustete sie trocken. Das bunte Trikot war schweißdurchtränkt.

Astrid kniete sich zu ihr. »Hast du Schmerzen?«

Die junge Frau schüttelte erst den Kopf, dann flüsterte sie: »Nur so ein Ziehen in der Schulter. Aber das hatte ich schon vor dem Sturz.«

»Die Nicki kriegt die Sommergrippe.« Der große Typ drängte sich in den Vordergrund. Er nahm seinen Fahrradhelm ab. »Sie war heute schon den ganzen Tag nicht so fit. Deshalb ist sie gestürzt, und hat Christina mitgezogen. Wir rufen jetzt ihre Mama an, die soll sie abholen.« Schon hatte er sein Smartphone in der Hand.

Nicki, die vermeintliche Grippepatientin, hustete wieder und fasste sich an die Brust.

»Nein.« Astrid stand auf. »Ihr ruft bitte gleich den Notarzt. Nicki muss sofort ins Krankenhaus.«

»Was?« Der junge Kerl ließ sein Smartphone sinken, musterte Astrid skeptisch. »So ein Quatsch«, sagte er dann. »Ich bin auch Arzt, ich kann durchaus beurteilen, was sie hat!«

Astrid musterte ihn mit derselben Skepsis. Dem Alter nach hatte er höchstens seine ersten Monate im Praktikum absolviert.

»Gut, wenn Sie Mediziner sind, dann klingeln bei Ihnen angesichts der Symptome hoffentlich die Alarmglocken: Stechen in der Brust, Husten, Schwitzen, schwerer Atem.«

Er schwieg. Seiner Miene war anzusehen, dass er nicht willens war, sich weiter mit einer Frau, die hier zufällig des Weges kam und sich ungebeten einmischte, auseinanderzusetzen.

»Diese Frau hat aller Wahrscheinlichkeit nach eine Lungenembolie«, stellte sie klar. »Also rufen Sie jetzt sofort Notarzt und Rettung!«

»Blödsinn, Nicki ist sportlich, schlank, keine Raucherin …«

»Und nimmt sicher die Pille«, vollendete Astrid den Satz. »Rufen Sie endlich den Notarzt!«, wiederholte sie mit Nachdruck.

»Können wir nicht gleich in die hiesige Klinik fahren?«, fragte Christina mit den Schürfwunden zaghaft. »Das ginge schneller. Wir sind auch privat versichert, und falls die Kasse was nicht übernimmt, zahlt das mein Papa!«

Mit einem Blick auf ihr sehr neues, sehr modernes Marken-Mountainbike hatte Astrid da nicht den geringsten Zweifel. »Ich arbeite dort. Wir sind darauf nicht ausgerichtet«, erklärte sie. »Das ist ein Fall für die Intensivmedizin.«

Immerhin orderte der angehende Jungarzt jetzt tatsächlich Notarzt und Rettung.

Astrid hatte sich wieder zu Nicki gekniet, die sich jetzt zurück ins Gras sinken ließ. Der junge Bursche, der sich zuvor um Christina gekümmert hatte, befeuchtete ein Taschentuch mit dem Inhalt seiner Trinkwasserflache und legte es ihr auf die Stirn.

»Kommt das wieder in Ordnung?«, erkundigte er sich besorgt, während er Nickis Wange streichelte, offensichtlich war er ihr Freund, während der Besserwisser zu Christina zu gehören schien.

»Wir sollten den Papa anrufen«, sagte die Blondine nun. Astrid schätzte sie auf zwanzig oder auch etwas älter. »Der weiß doch am besten, was zu tun ist.«

Wohl kaum.

»Ich weiß das auch«, beruhigte Astrid das Mädchen. »Notarzt und Rettung werden bald hier sein.«

»Ihr hat in der Früh nur die Schulter leicht wehgetan. Wir hätten das dem Papa sagen sollen, aber der war schon unterwegs.«

»Nicki und du – seid ihr Schwestern?«

Ein Nicken war die Antwort.

»Als wir jetzt bergab gefahren sind, ging es ihr immer schlechter. Ihr wurde schwindelig, und sie ist hinten auf mich draufgefahren. Deshalb sind wir da gestürzt.« Sie deutete mit dem Kinn zum Feldweg, der vom Berg auf der Straße mündete.

Rettung und Notarzt kamen bereits. Astrid wechselte ein paar Worte mit letzterem, dann sah sie zu, wie die kaum mehr ansprechbare Nicki vorsichtig in den Wagen verfrachtet und nach Berchtesgaden abtransportiert wurde.

Lieber Himmel, lass das gut gehen. Mach, dass sich der Thrombus nicht löst und ins Gehirn wandert!

Sie hatte in ihrer Laufbahn zwei Fälle von jungen Mädchen erlebt, die eine Lungenembolie erlitten hatten. Die eine war daran verstorben, die andere seither schwerbehindert.

»Dann fahren wir jetzt wohl nach Hause«, meinte der Jungarzt unschlüssig. Christina rappelte sich auf.

»Mein Vorderrad hat es voll verzogen. Es ist kaputt.«

»Dann nimm halt Nickis Rad.«

Was für eine Krätze, ging es Astrid durch den Kopf. Christina und der Freund ihrer Schwester wirkten angesichts seiner ach-so-erwachsenen Anweisungen vollkommen überfordert.

So traf Astrid eine Entscheidung.

»Christina, ich bringe dich nach Hause. Laden wir eure Räder in mein Auto.«

Niemand in der Klinik würde sterben, wenn sie ausnahmsweise einmal zu spät kam.

»Geht sich das aus?« Christina beäugte skeptisch den kleinen VW.

»Bestimmt, wenn wir die Rückbank umklappen.«

Immerhin half der Schnösel nun dabei, die zwei Räder zu verstauen. Sie mussten allerdings die Vorderreifen abmontieren, und selbst dann ließ sich die Klappe nicht ganz schließen.

»Wohnst du weit von hier?«

»Nein, gar nicht. Mit dem Auto vielleicht zehn Minuten.«

Der Weg, auf den sie die junge Frau lotste, kam Astrid vertraut vor. Doch erst, als sie in die steil bergauf führende Straße abbog, machte es *klick*. Hier hatte sie Izzy das erste Mal getroffen!

Zum zweiten Mal machte es *klick*, als die junge Frau zielstrebig auf genau die Einfahrt deutete, in die Izzy nicht hatte ausweichen wollen.

Neben ihr saß Norbert Neuretters zweite Tochter, während sie die andere gerade ins Krankenhaus geschickt hatte. Die Bemerkung, dass der Papa wohl am besten gewusst hätte, was zu tun wäre, ergab nun Sinn. Der Konjunktiv erinnerte sie daran, dass Neuretter heute frei hatte.

Sie stellte sich intuitiv darauf ein, ihm zu begegnen. Doch die Tür wurde von einer sehr aparten, blonden Frau geöffnet.

»Mama!« Christina brach prompt in Tränen aus. Sämtliche Anspannung schien von ihr abzufallen. »Nicki ist im Krankenhaus! Sie hat eine Lungenembolie, sagt die Frau!«

»Was?« Astrid konnte mitverfolgen, wie sämtliche Farbe aus dem Gesicht der Mutter wich. »In welchem? Wieso? Aber das hatte sie heute früh noch nicht, oder …? Wieso macht ihr dann eine Fahrradtour, um Himmels willen?«

»Wir haben es doch nicht gewusst!« Christina heulte nun wie ein Kind, und Astrid korrigierte ihre Altersschätzung nach unten. »Und der Papa war schon unterwegs auf den Untersberg!«

Mutter und Tochter wirkten genauso überfordert wie die gesamte Fahrradgruppe zuvor. Anja, so hieß Neuretters Frau. Astrid erinnerte sich wieder.

»Ich muss mich bei Ihnen bedanken.« Anja Neuretter wirkte noch immer so, als wüsste sie nicht ganz, wie ihr geschah. »Dass Sie da so schnell helfen konnten.«

Sie streckte ihr die Hand entgegen, und Astrid nahm sie.

»Astrid Behringer. Ich bin eine Kollegin Ihres Mannes.«

Anja zuckte leicht zusammen und verriet dadurch, dass ihr der Name durchaus etwas sagte. Norbert ließ vermutlich nicht unbedingt Positives über sie fallen.

»Bitte. Kommen Sie doch herein.« Anja schien sich wieder zu fassen. »Sagen Sie mir, wo Nicki jetzt ist. Was passieren wird.«

»Ich muss leider zum Dienst. Sie wurde in die Kreisklinik Berchtesgaden gebracht. Ich bin sicher, dort wird sie optimal versorgt.«

»Ich versuche, meinen Mann zu erreichen.« Anja schüttelte nochmals ihre Hand. »Danke jedenfalls für Ihre Hilfe. Ich weiß nicht, was passiert wäre, wenn Sie nicht gleich den Ernst der Lage erkannt hätten.«

Das will auch ich mir gar nicht vorstellen, erwiderte Astrid in Gedanken, beließ es jedoch bei einem höflichen Lächeln. Als sie wieder zur Klinik aufbrach, hatte sie erneut den allwissenden Jungarzt vor Augen. Es erfüllte sie mit heimlicher Schadenfreude, wenn sie daran dachte, dass so einer wie er eventuell Norberts Schwiegersohn würde. Entweder, die zwei Arroganzler würden sich hervorragend verstehen – oder gegenseitig die Köpfe einschlagen.

Insgeheim hoffte sie auf letzteres.

*

Sie traf Norbert am nächsten Tag im Umkleideraum.

Er ging schnurstracks auf sie zu und streckte ihr die Hand entgegen. »Danke«, sagte er knapp. »Wegen Nicki.«

»Wie geht es ihr?«

»Nicht so gut. Sie liegt noch auf der Intensiv. Der Thrombus ist zum Glück nicht gewandert, aber gelöst hat er sich trotz Thrombolytika-Gabe noch immer nicht. Sie wollen jetzt noch etwas nachschießen. Falls die Lyse nicht anschlägt, wird sie an die Uniklinik Salzburg verlegt. Da wird dann versucht, das Gerinnsel mit Katheter zu entfernen. Wenn das nicht klappt, bleibt wohl nur noch eine OP.«

»Shit«, entfuhr es Astrid. Es war eine Situation, die sie ihrem ärgsten Feind nicht wünschte. Der operative Eingriff galt aufgrund seines hohen Risikos als Mittel der letzten Wahl.

»Du sagst es. Aber zumindest hat sie dank deines schnellen Eingreifens keinen Schlaganfall erlitten.« Er atmete tief durch. »Hast was gut bei mir«, setzte er dann hinzu, und Astrid hatte den Eindruck, dass ihn dieser Satz unendliche Überwindung kostete.

Sie winkte nur ab. Inwiefern Norbert Neuretter ihr je einen Gefallen tun wollte – oder was auch immer die Floskel bedeuten sollte –, war ihr im Moment schleierhaft.

*

Izzy stand plötzlich in ihrem Schlafzimmer. Sie trug ein Spitzennegligee aus roter Seide; das wellige Haar fiel ihr über die Schultern. Mit einem aufreizenden Lächeln trat sie an das Bett heran. Ein einziger Handgriff, und das rote Nachthemd sank an ihr herab aufs Parkett. Mit einem weiteren zog sie Astrid die Bettdecke weg.

Ein kühler Luftzug streifte Astrids Körper. Ihr leichtes Frösteln wurde binnen von Sekunden zu glühender Hitze, als sich Izzy jetzt auf sie gleiten ließ. Ihre Brüste berührten sich, und Astrid schnappte nach Luft.

»Du blöde Kuh«, flüsterte Izzy leise an ihrem Ohr. »Lässt mich über zwei Wochen schmoren. Damit ist jetzt Schluss!«

Und schon biss sie Astrid in den Hals. Ein Gefühl, so warm und elektrisierend, durchfuhr deren gesamten Körper und entlockte ihr ein Stöhnen. Dann schaltete sie auf Automodus. Sie packte Izzys Po, zog sie an sich, küsste sie gierig auf die Lippen. Es blieb keine Zeit, sich darüber zu wundern, was Izzy eigentlich hier machte, mitten in der Nacht in ihrem Schlafzimmer, wie sie überhaupt ins Haus gekommen war. Zu sehr war sie damit beschäftigt, Izzy zu erkunden, zu schmecken, zu spüren. Sie bewegte sich unter ihr, rieb sich an dem weichen Körper, bis sie schließlich mit einem erstickten Schrei kam.

Izzy rollte zur Seite und gab sie frei. Ihr leises Lachen ließ sie die Augen öffnen. Es war dämmrig. Die Vorhänge blähten sich im leichten Herbstwind, der durch das offene Fenster ins Zimmer drang. Plötzlich war ihr kalt, was vermutlich daran lag, dass sie mit hochgeschobenem T-Shirt und im Slip auf der Matratze lag, die Bettdecke zur Seite gestrampelt.

Neben sich hörte sie Izzys schweren Atem. Doch als sie sich zur Seite drehte, war die Betthälfte leer. Ein paar Augenblicke verstrichen, ehe sie begriff, dass sie selbst diejenige mit dem schweren Atem war. Zwischen ihren Beinen pulsierte es. Ihr Slip war nass.

Genügte es nicht, Izzy den ganzen Tag zu vermissen? Musste sie jetzt auch noch in dieser eindeutigen Weise von ihr träumen?

Ihr Handy zeigte 6:40 Uhr.

Abrupt setzte sich Astrid auf. Auch das noch! Sie hatte Frühdienst, musste um halb acht Uhr in der Klinik sein. Offenbar hatte sie vergessen, den Wecker zu stellen. Die morgendliche Dusche musste ausfallen, und ihren ersten Kaffee würde sie wohl erst nach der Visite bekommen.

Wunderbar. Ganz wunderbar.

*

Zwanzig Minuten später saß Astrid hinter dem Steuer. Sie hatte den Wagen gestartet, als die Beifahrertüre aufgerissen wurde. Begleitet von einem kühlen Windstoß, sprang eine vertraute Gestalt im roten Nachthemd auf den Beifahrersitz und sagte in sachlichem Tonfall: »Okay, du hast gewonnen. Der erste Preis in Sachen Sturheit geht an dich. Ich nehme ausnahmsweise auch mal mit dem zweiten vorlieb. Hauptsache, wir können das endlich aus der Welt schaffen!«

Einen Augenblick lang glaubte Astrid, erneut zu träumen. Doch die Frau mit dem zerzausten blonden Haar, die sich barfuß und tatsächlich in einem Nachthemd, das jenem aus dem Traum bis auf die fehlenden Spitzen sehr ähnlich war, auf dem Beifahrersitz anschnallte, wirkte einfach zu real.

»Izzy ... ich muss zur Arbeit ...«

»Ja, dann fahr! Wir können uns auch während der Fahrt unterhalten. Da besteht zumindest die Hoffnung, dass du nicht wegläufst.« Izzy machte eine kurze Pause. »Dass Aussteigen während der Fahrt keine Option ist, hast du vermutlich inzwischen begriffen.«

Astrid schenkte ihr ein säuerliches Lächeln, während sie gleichzeitig plötzlich unheimlich erleichtert war. Izzy redete wieder mit ihr. Sie selbst wusste allerdings nicht, was sie sagen sollte.

Sie hatten den Achenweg bereits passiert und bogen in Richtung Ehernberg Zentrum ab, als Izzy wieder das Wort ergriff.

»Ich bin sauer«, kam sie unmittelbar zur Sache. »Ich bin sauer, weil du mich über Robert aushorchen willst und jeden Dreck glaubst, der dir zu Ohren kommt.«

Astrids Hoffnung fiel in sich zusammen. Sie spürte sofort wieder das drängende Bedürfnis, unsichtbar zu werden und der Enge des Wagens zu entkommen. Da sie inzwischen jedoch mitten auf der Bundesstraße waren, schied diese Option aus.

»Ich bin sauer, dass du es zwei Wochen schaffst, mich komplett aus deinem Leben zu schubsen, und mich kein bisschen vermisst«, fuhr Izzy fort. »Dass du nicht mal versuchst, das Ganze mit mir zu klären. Als sei es dir egal.«

Astrid hatte den Blick stur geradeaus gerichtet. Sie wollte nichts Falsches sagen. Also schwieg sie, bemüht, sich keine Gefühlsregung anmerken zu lassen.

»Du hättest zumindest ein SMS schicken können. Oder anrufen. Irgendwas. Aber nein, du blendest mich einfach aus! – Aber weißt du, was mich am allermeisten ärgert? Dass man mit dir nichts ausdiskutieren kann! Gar nichts! Kaum wird es ein bisschen unangenehm, schmeißt du alles hin und ergreifst die Flucht! Ich kann Hennie mittlerweile echt gut verstehen. Ich meine, ehrlich: Womit und mit welcher Intensität muss man dich eigentlich provozieren, damit du endlich – endlich, endlich! – mal etwas anderes tust, als kampflos aufgeben und abhauen! Das ist weder gesund noch normal.«

Astrid dachte unwillkürlich an ihre Mutter. An all die Diskussionen, die stets vollkommen aus dem Ruder gelaufen waren. In denen ihr das Wort im Munde verdreht worden war und die damit endeten, dass ihre Mutter in Tränen aufgelöst damit drohte, ihrem Leben ein Ende zu setzen. Jede Meinungsverschiedenheit war eskaliert und zu einem Drama hochstilisiert worden. Mit vierundvierzig Jahren und ihrer Bildung war sie reflexiv genug, um ihr Verhalten als Resultat ihrer Kindheits- und Jugendprägung zu verstehen. Es war nicht das erste Mal, dass sie den Zusammenhang erkannte, wohl aber das erste Mal, dass ihr jemand die Wahrheit ungeniert ins Gesicht schleuderte: Es war weder gesund noch normal.

Wie sollte sie sich aber einfach so um einhundertachtzig Grad ändern? Selbst jetzt wusste sie nicht, wie sie dagegenhalten sollte.

»Wenn ich gesagt hätte, dass ich dein Vertrauen nicht missbrauche, dann hättest du mir trotzdem vorgeworfen, mich nicht auf deine Seite zu stellen«, warf sie vage ein.

»Ach was?!« Izzy funkelte sie vom Beifahrersitz aus an. »Na, stell dir vor: Nur weil du mal dein zartes Stimmchen erhebst, bedeutet das nicht, dass jede Diskussion zu deinen Gunsten beendet ist! Ja, wenn man in Streit gerät, gibt's auch mal Gegenwind! – Du hättest mir an dem Tag sagen können, dass ich mich aufführe wie ein Trottel! Du hättest schreien, mich beleidigen können, was auch immer – aber doch nicht einfach abhauen und sich nicht melden! Das ist krank!«

»Du hättest mich aus deinem Garten geschmissen«, wandte Astrid zaghaft ein. »So, wie damals aus deinem Auto.«

»Wann?« Izzys Stirn lag in Falten.

»Na, damals an der Wildtierstation.«

»Richtig!« Izzy schien sich zu erinnern. »Und es war damals genau dasselbe: Kaum flippe ich aus und sag was Blödes, gehorchst du wie ein abgerichtetes Zirkuspferd! Du musst nicht immer gleich tun, was man dir sagt! Das ist so … demütigend, und zwar für beide!«

»Ich kann nicht, Izzy!« Ohne es zu wollen, war Astrid nun doch lauter geworden. »Ich kann nicht streiten … nicht auf diese Art.«

»Und auch auf keine andere«, erwiderte Izzy trocken. »Das ist furchtbar! Du treibst andere damit in den Wahnsinn, ohne es überhaupt zu merken.«

»Und du machst Leute zu Kleinholz und bist noch stolz darauf.«

Astrid biss sich auf die Lippen. Das war nicht unbedingt der beste Satz, wenn sie auf Versöhnung hoffte.

In Izzys Augen jedoch trat ein Funkeln. »Ah, siehe da! Du kannst es also doch. So eine Überraschung! Und … nein, ich bin nicht stolz darauf, dass ich Leute zu Kleinholz mache, wie du sagst. Nur, manchmal ist es einfach notwendig, um sich selbst zu schützen.« Sie verschränkte die Arme vor der Brust.

»Auch vor mir?«, hakte Astrid nach. »Ich habe überhaupt nichts getan! Du lässt deine Wut aufs Leben auch an Unschuldigen aus!«

Izzy sah aus dem Fenster. Die Landschaft zog an ihnen vorüber. Sie waren bereits in Berchtesgaden am großen Kreisverkehr angelangt, als sie wieder das Wort ergriff.

»Ich war wütend auf Erich«, gab sie schließlich zu. »Und dann kommst du noch mit dieser Norbert-Geschichte an, wehrst dich nicht wirklich gegen ihn und … ja, das hat mich geärgert. Dass du nichts tust, um ihn in die Schranken zu weisen. Stattdessen hast du mich die ganze Zeit angesehen wie ein Alien.«

Astrid musste an Izzys nackten Körper vor dem Schwimmteich denken. Bei der Erinnerung stieg ihr erneut das Blut ins Gesicht.

»Und jetzt machst du wieder ein ganz ähnliches Gesicht.«

Astrid schluckte trocken. »Das hat nichts mit dir zu tun, sondern nur mit mir«, quetschte sie hervor.

»Geht's präziser?«

»Ich …« Astrid fuhr sich nervös über die Stirn, suchte nach Worten. Ihr Knie zitterte leicht, als sie zum Schalten die Kupplung trat. »Es ist nicht so, dass ich dich nicht vermisst hätte«, presste sie schließlich hervor und konzentrierte sich verbissen auf die Straße, die sie seit einem halben Jahr täglich fuhr. Sie konnte Izzy jetzt nicht in die Augen schauen. Das Schweigen, das das Auto erfüllte, machte die Sache nicht leichter.

Sie bog bereits in die Zufahrtsstraße zur Klinik ein, als Izzy wieder das Wort ergriff.

»Ich denke seit unserem Streit die ganze Zeit nur an dich. Ich kann nicht schlafen. Ich kann kaum essen. Ich bin teilweise fast durchgedreht.« Sie klang jetzt völlig verändert und erinnerte Astrid wieder an die Frau, die in ihren Armen um ihren Sohn geweint hatte. »Ich habe über zwei Wochen darüber nachgedacht, wie ich dir sagen soll, dass es mir leidtut! Ich hatte an dem Tag eine Saulaune! Dieser Krieg mit meinen Brüdern nervt und belastet mich.«

Meinen Brüdern. Astrids Überraschung, dass Izzy es erstmals so formulierte, war im ersten Moment viel zu groß, als dass sie ihren ersten Worten mehr Beachtung schenken konnte.

»Es geht um einen Erbschaftsstreit, um deine Frage zu beantworten«, fuhr Izzy nun fort. »Mein Vater hat mich mein ganzes Leben nicht vor dem Gesetz anerkannt. Als ich erwachsen war, habe ich einen Vaterschaftstest erzwungen und ihn verklagt. Erich und Norbert waren alles andere als erfreut, dass ich als uneheliches Kind nun genauso erbberechtigt war wie sie. Außerdem machen sie mich für den Herzinfarkt verantwortlich, den Erich senior kurz nach dem Prozess erlitten hat. Das ist der Grund, weshalb sie mich so hassen.«

Astrid wagte nicht zu fragen, welche Rolle Robert in dem Streit gespielt hatte. Umso überraschter war sie, als Izzy nun fortfuhr: »Ich musste ihn verklagen, weil wir Geld brauchten. Die Jahre vor Dubai waren wirklich nicht einfach für uns. Wir waren total jung, bisher finanziell verwöhnt und anfangs absolut unfähig, für uns selbst zu sorgen. Unsere Familien hatten uns den Geldhahn zugedreht. Unsere Liebe und unsere Hochzeit waren zwei Punkte, mit denen sie nicht fertigwurden. Robert musste sein Studium abbrechen und für mich war die Universität kein Thema mehr. Erich senior drohte Robert zusätzlich mit Enterbung. Da haben wir den Spieß umgedreht und die Karten völlig neu gemischt.«

Was auch immer das hieß.

Sie waren inzwischen bei der Klinik angelangt. Astrid stieß

rückwärts in eine freie Parklücke, schaltete den Motor ab. Die Digitaluhr am Armaturenbrett zeigte 7:23 Uhr. Sie sah Izzy an, die in ihrem dünnen Nachthemd sichtlich fröstelte. Auf ihren nackten Armen hatte sich Gänsehaut gebildet.

»Und jetzt?«

»Jetzt kennst du die meisten meiner Geheimnisse und musst mich heiraten.«

Astrid konnte sich des Lächelns nicht erwehren. Das klang schon besser. Ein Stein der Erleichterung fiel ihr vom Herzen und ließ sie seit über zwei Wochen tief durchatmen.

»Okay«, sagte sie leichthin. »Dieses Jahr noch oder nächstes?«

Ein dunkler BMW mit lokalem Kennzeichen rollte auf den Parkplatz. Die Fahrerin, durch die große Windschutzscheibe gut erkennbar, entdeckte die letzte freie Parklücke direkt neben den Papiercontainern. Schweigend sahen sie ihr zu, wie sie ganze fünf Anläufe brauchte, um einigermaßen gerade hineinzustoßen.

Es war Izzy, die als erste losprustete. Astrid stimmte in das Gelächter mit ein, während sie jetzt sahen, wie sich Sonja aus dem Auto schälte.

»Räumliches Vorstellungsvermögen hatte sie noch nie«, kommentierte Izzy amüsiert. »Sie war die Älteste von uns, aber wirklich herrlich unbegabt darin, Distanzen oder Höhen abzuschätzen. Es verging kaum ein Sommer, in dem sie keinen Gips trug oder sich nicht zumindest eine Bänderzerrung zuzog.«

Astrid dachte spontan an das Foto. Richtig, man kannte sich in Ehernberg. »Mochtest du sie eigentlich?«, fragte sie unvermittelt.

Izzy hob die Schultern.

»Ach … keine Ahnung. Ich glaube schon. Sie war ja viel älter. Ich glaube, sie hat es genervt, immer mit uns Jüngeren abzuhängen, aber sonst boten sich wahrscheinlich wenig Alternativen. Und bei uns gab es ja diese ganzen coolen Dinge: den Schwimmsteg in die Ache, Fahrräder, Skateboards, Rollschuhe, den Klettergarten. Das war schon ein Anziehungspunkt im Dorf.«

Sonja spurtete zur Treppe, die hinauf zum Klinikvorplatz führte. Sie wollte pünktlich zur Morgenbesprechung kommen – etwas, was Astrid im Augenblick ziemlich egal war.

»Also, ich bin für nächstes Jahr im Mai«, sagte Izzy plötzlich unvermittelt. »Da ist das Wetter schon schöner, und ich möchte in meinem weißen Brautkleid nicht frieren. Außerdem können die Gäste besser anreisen, wenn kein Schnee mehr liegt. – Ist das okay für dich, Schätzchen?«

»Wie du möchtest, Süße. Über die Gästeliste können wir uns dann noch Gedanken machen.«

»Natürlich. Meine Verwandtschaft wird schon mal wegfallen, also bleibt nur deine.«

»Oh, da gibt es nur noch meine Mutter, und die geht auf keine Homo-Hochzeit. Nimm es nicht persönlich, sie war bei der ersten auch nicht dabei.«

»So ein Zufall.« Izzy grinste. »Meine Verwandtschaft hat ebenso bei der ersten Hochzeit gestreikt. – Dass wir uns auch immer solche Misfits als Ehepartner aussuchen müssen!«

»Das ist unser Talent und verbindet uns so miteinander«, kommentierte Astrid trocken. »Obwohl ich natürlich etwas Angst habe, dass du mich vor dem Altar stehen lässt, weil ich dich nicht anschreien kann.«

»Das wird schon, das wird schon. Übung macht den Meister.« Izzy tätschelte ihren Arm. »Vielleicht reicht es auch, wenn eine von uns schreit. Wenn du dann nicht einfach wegläufst, sondern mich in den Arm nimmst, ist schon viel gewonnen.«

Die Vorstellung, wie Izzy wohl reagiert hätte, wenn sie sie – nackt und nass – einfach in den Arm genommen hätte, ließ Astrid schmunzeln.

»Und jetzt muss ich wohl ein Taxi rufen«, sagte Izzy. »Um wieder nach Hause zu kommen.«

Astrids Blick fiel auf das Nachthemd, das zwei Handbreit über den Knien endete, sowie Izzys Brustwarzen, die sich überdeutlich unter dem Stoff abzeichneten. Dem sehnsuchtsvollen Ziehen in ihrem Bauch wollte sie keinen Raum geben, was schwierig war, denn Izzy schlug jetzt auch noch die Beine übereinander. Das Nachthemd rutschte weiter nach oben. Darunter blitzte ein schwarzer Slip auf.

Astrid merkte, wie sich die Nägel an der Schublade lockerten, in der ihre Begehrlichkeiten weggeschlossen waren.

Verdammt.

»Nimm den Wagen«, schlug sie eilig vor und drückte Izzy den Autoschlüssel in die Hand. »Und hol mich um kurz nach halb vier wieder ab.«

Izzy lächelte so kokett, als hätte sie nichts anderes erwartet. Sie stiegen beide aus. In dem Augenblick, als Izzy um die Kühlerhaube herumbog, um auf die Fahrerseite zu wechseln, kam Sonja zurück. Zielsicher steuerte sie auf ihr Auto zu, verharrte aber kurz, als sie Izzys luftiges Kleid sah. Die wiederum hatte Sonjas Rückkehr nicht bemerkt und wähnte sich eindeutig allein. In übertriebener Theatralik schlang sie nun die Arme um Astrid, die nicht recht wusste, wie ihr geschah, und drückte ihr einen warmen Kuss auf die Lippen.

»Ich bin so froh, dass ich dich wiederhabe«, flüsterte sie Astrid ins Ohr, und dieser wurde es damit völlig egal, dass Sonja noch immer zu ihnen herüberstarrte. Izzy duftete nach Pfirsichshampoo, und ihre Haut war trotz der kleinen Kältedüppel so zart, dass sie nicht widerstehen konnte, sie umfangen zu halten.

Im Hintergrund sah sie, wie Sonja jetzt hastig die Beifahrerseite öffnete, ihr vergessenes Mobiltelefon grabschte und wieder in die Klinik verschwand.

»Also. Bis später.«

Nur widerwillig gab Astrid Izzy frei. Ihr Herz bebte. Blöde Nägel! Sie mussten halten, sonst war es um sie geschehen.

Sonja erwartete sie am Ende der Treppe. »War das Izzy im Nachthemd?«

Zumindest gab sie nicht vor, blind zu sein. Astrid sah das positiv, auch wenn sie nicht in der Lage war, etwas dazu zu sagen.

Ihr Innerstes war in Aufruhr, während ihre Ratio mahnte, die Nerven zu behalten.

»Ja, ich denke, das war ein Nachthemd.«

»Ähm …?«

Sonja bedachte sie mit einem Blick, der klar verriet, was sie sich zusammenreimte.

»Frag einfach nicht«, erwiderte Astrid, bemüht, ihrer Stimme einen festen Klang zu geben. »Ich kann dir nämlich darauf keine Antwort geben.«

»Ihr wollt nicht, dass es öffentlich ist«, schlussfolgerte Sonja prompt, und Astrid verdrehte die Augen.

»Nein. Ich kann dir keine Antwort geben, weil da nichts ist. Auch wenn es anders aussieht.«

Sonja bedachte sie mit einem weiteren bedeutungsvollen Blick, und Astrid konnte sogar nachvollziehen, dass sie ihr keine Silbe glaubte.

Volksfest

»Bist du wirklich sicher?«

Astrid unterdrückte ein Seufzen. Izzy, die vor ihrem Schminktisch saß und ernst in den Spiegel blickte, hatte diese Frage schon mindestens fünfmal gesellt.

»Ja, ich bin sicher, dass du diesen Preis persönlich verleihen solltest. Du hast ihn schließlich auch gestiftet.«

Gestern hatte die Ehernberger Kirchweih eröffnet, ein Spektakel mit Biertischen, Jahrmarkt und Fahrgeschäften, an dem der ganze Ort beteiligt schien. Seit der Eröffnung fluteten Gassenhauer wie *In München steht ein Hofbräuhaus* und *Oans, zwoa, gsuffa* das Zentrum von Ehernberg und drangen, vom Gebirgsecho getragen, bis zu ihren Häusern, gut eineinhalb Kilometer Luftlinie entfernt. Die entsetzliche Geräuschkulisse marterte Astrids Ohren.

Die Ortseinfahrt war gesperrt, sodass sie jedes Mal einen Umweg vorbei am Kieswerk nehmen musste, wenn sie das Dorf verlassen wollte. Da die Parkplätze auf dem Wanderparkplatz beim Ortsschild schnell belegt waren, parkten die Besucher entlang des Achenwegs bis zum Kieswerk. Astrid war jetzt schon froh, wenn das Spektakel wieder vorbei war.

Das einzige, was ihr daran gefiel, war der Anblick von Izzy im Dirndl. Das blaue Leinenmieder harmonierte mit der Farbe ihrer Augen, die weiße Bluse war tief ausgeschnitten, und die mehrfarbige Schürze verlieh dem Ensemble zusätzlichen Pepp. Die hochgesteckten Haare brachten mit Ornamenten verzierte Silberohrringe zur Geltung.

Auch Astrid hatte zähneknirschend ein Dirndl erstanden, jedoch eines ohne die kunstvollen Stickereien, die Izzys Mieder am Rücken zierten. Rot mit grüner Schürze und schlichter Bluse. Aufgrund ihrer nicht so üppigen Oberweite kam ihr Dekolleté nicht besonders zur Geltung, worüber sie im Grunde auch froh war. Als Kind und Jugendliche hatte sie jedes Jahr das Oktoberfest besucht. Die bierselige Atmosphäre mit angetrunkenen Männern, die ihr entweder torkelnd den Weg abschnitten oder ihr in den Ausschnitt glotzten, war ihr gut in Erinnerung geblieben. In Tracht hatte sie sich außerdem immer verkleidet gefühlt. Das war nach wie vor so, und sie hatte sich diesmal nur dazu überreden lassen, weil ihr schnell klar geworden war, dass sie in Hose und T-Shirt aus der Menge von Menschen in Trachten herausstechen würde. Das wollte sie auf keinen Fall.

Izzy sah nicht verkleidet aus, sondern wie eine klassische Dirndlschönheit aus dem Katalog für Trachtenmode. Nur ihr ernster Gesichtsausdruck wollte nicht recht dazu passen.

»Ich meine nicht den Tombolapreis, und das weißt du genau«, sagte Izzy jetzt. »Ich meine die Tatsache, dass du mich begleitest. Wenn du da mit mir auftauchst, werden alle erkennen, auf wessen Seite du stehst.«

»Ich bin so neutral wie die Schweiz.«

»Du weißt, dass das Unsinn ist. Bist du mit mir befreundet, gehörst du zur Hexe. Mit allen Konsequenzen.«

»Es sehen dich nicht alle als Hexe. Die Leute, die deine Wohnungen bezogen haben, sind echte Fans von dir. Einige vom Küchenpersonal in der Klinik schwärmen regelrecht von dir als die *gute Frau, die endlich mal was für die kleinen Leute tut.* Würdest du als Bürgermeisterin kandidieren, wären dir zahlreiche Stimmen sicher! Und den Rest blendest du einfach aus.« Sie seufzte erneut, als sie die Zweifel in Izzys schönem Gesicht sah. »Himmel, Izzy. Das darf doch nicht wahr sein! Die ganze Zeit zoffst du dich mit allen möglichen Leuten, handelst mit Immobilien in Millionenhöhe – und dann ist dir bange wegen eines Dorffestes!«

Izzy lächelte schwach.

»Es ist eh nicht wegen mir. Ich sitze das aus. Es geht mir um dich, begreif das doch endlich! Ich will nicht, dass du Ärger bekommst!«

»Ja, hab ich kapiert. Aber weißt du – ich nehme den Ärger gerne in Kauf.« Astrid legte ihre Hände auf Izzys Schultern. »Und jetzt gib mir das Kropfband, damit ich es der bösen Hexe um den Hals legen und fest zuziehen kann!«

Sie entlockte Izzy damit ein Lachen, für das sie auch gerne in Kauf nahm, dass ihr das Herumnesteln an Izzys Hals bei gleichzeitigem Einblick in ihren Ausschnitt enorme Disziplin kostete.

Niemand weiß davon, beruhigte sie sich wie so oft in solchen Momenten und dachte an ihre Schublade, an der die Nägel inzwischen sehr, sehr locker saßen. Dass sie sie jeden Abend wieder mit geballter Ratio ins Holz schlug brachte nichts. Ein Blick in Izzys Gesicht am nächsten Tag genügte, um sie sofort wieder locker werden zu lassen. Zumindest hatte sie nicht mehr von ihr geträumt.

Seit ihrer Versöhnung war ihr Verhältnis noch enger geworden. Sie sahen sich jeden Tag. Astrid wusste, dass die Nähe für sie selbst nicht gesund war. Ihre Libido war wieder aus dem Koma erwacht. Sie hatte Verlangen nach Sex, was sie besonders überraschte, weil dies in den letzten Jahren an Hennies Seite kaum mehr der Fall gewesen war.

Aber sie wollte weiterhin Sex mit einer Frau, der sie sich emotional nahe fühlte. Astrid verstand jetzt erst wirklich, warum die Berliner Freundinnen immer wieder betonten, weshalb platonische Freundschaften mit Hetero-Frauen nicht möglich waren: weil frau sich kurz über lang verliebte, und dann war das Drama vorprogrammiert.

Astrid aber wollte kein Drama, und sie wollte auch keine Beziehung. Denn bei der Vorstellung, wieder ein Leben mit jemandem zu teilen und Zukunftspläne zu schmieden, schnürte es ihr regelrecht die Kehle zu. Genau das hatte sie mit Hennie erlebt, und es hatte in einer Katastrophe geendet.

Astrid sagte sich daher jeden Tag, wie ideal ihre Freundschaft mit Izzy doch eigentlich war: Sie konnten miteinander Zeit verbringen, ohne diese ganze offizielle Gefühlsduselei, und wenn es mal nicht passte, gab es keine Besitzansprüche. Wäre da nur nicht ihre dumme, lästige Libido gewesen …

Aber sie hatte das im Griff. Dass Izzy pausenlos irgendwelche Scherze machte, die eindeutig zweideutig waren und sie *Schätzchen* nannte, machte die Sache sogar einfacher. Wenn sie mal mit einer Bemerkung übers Ziel hinausschoss, konnte sie sich in dieses harmlose Geplänkel retten und vor Izzy ihre Gefühlsverwirrungen tarnen.

Gemeinsam gingen sie in Richtung Zentrum. Blasmusik vermischte sich mit dem Geheule aus der altmodischen Geisterbahn, die vor der Sparkasse aufgebaut war, und dem Kreischen derjenigen, die mit einem furchterregenden karussellähnlichen Ding fuhren, dessen Einzelsitze bebten und zitterten, während die Drehplatte alle paar Sekunden ihre Richtung wechselte. Astrid dachte an Simone und wie sie immer versucht hatte, sie zu überreden, mit ihr in solchen Ungetümen zu fahren.

Ich hätte einfach mal über meinen Schatten springen sollen, sagte sie sich, während sie mit Izzy zu den Biertischen spazierte. Die Tische standen auf dem Vorplatz vor dem Rathaus und unter den Arkaden. Es roch nach Bratwurst und Grillhuhn. An einer der Säulen hatte jemand vor Kurzem seinen Magen entleert.

Als Ärztin war sie Körperausscheidungen aller Art zwar gewohnt, in Kombination mit Blasmusik und Gegrilltem wurde ihr trotzdem davon übel. Astrid widerstand nur schwer dem Drang, einfach umzukehren. Izzy schien ihr Zögern zu bemerken, denn sie griff beherzt nach ihrer Hand und zog sie weiter durch das Getümmel nach vorne. Links an einem Tisch saß Norbert Neuretter mit seiner Frau und ein paar anderen. Astrid fühlte seinen stechenden Blick im Rücken.

Sie war froh, als sie den Tisch des Bürgermeisters erreicht hatten.

»Ja, die liebe Frau Neuretter!« Das Mondgesicht des Dorfobersten verzog sich zu einem breiten Grinsen. »Gemeinsam mit der Frau Doktor!« Der Bürgermeister strahlte Izzy begeistert an und fiel ihr dabei fast ins Dekolleté. Zwei Herren in Lederhosen mit aufwendig bestickten Trägern und Trachtenhüten auf dem Kopf steckten prompt die Köpfe zusammen. Astrid konnte sich vorstellen, was sie da munkelten, und es war ihr etwas unangenehm. Sie stand zu ihrer sexuellen Orientierung, aber Izzy mit hineinzuziehen, behagte ihr nicht.

»Liebe Frau Neuretter, dann schreiten wir doch gleich zur Tat, ich will Sie nicht lange aufhalten mit Ihren vielen Terminen!«

Der Bürgermeister bemühte sich, Hochdeutsch zu artikulieren, was genauso grotesk klang wie bei jedem anderen, der ansonsten nur Bayerisch redete, und umso befremdlicher war, da Izzy keine Probleme hatte, den hiesigen Dialekt zu verstehen – ja, ihn sogar selbst ein wenig sprach, wenn auch in leichter Form. Schon zog der Bürgermeister mit Izzy ab in Richtung Tribüne. Ein wenig wirkte es so, als wolle er sie schnellstmöglich wieder loswerden.

Astrid war bereits dabei, sich in Richtung Arkadengang davonzustehlen, als jemand an ihrer Schürze zog.

Sie drehte sich um. Sonja und Harald saßen an einem Tisch – zu ihrer Überraschung gemeinsam mit Johanna und Peter Nussdorfer aus Berchtesgaden.

»Ihr kennt euch?« Astrid hatte Mühe, die Blaskapelle zu übertönen.

»Ja, Harald und Peter sind zusammen in die Schule gegangen.« Auch Sonja musste schreien. »Fesch, fesch.« Ihr Blick glitt an Astrid entlang. »Setz dich her. Bei uns ist noch Platz.«

Astrid warf einen schnellen Blick zur Tribüne. Die Bläser hatten ihre Zwangsbeglückung beendet, nun griff der Bürgermeister zum Mikro. Izzy stand in einer Reihe mit anderen Ehernberger Geschäftsleuten seitlich der Tribüne und wartete auf ihren Einsatz.

Der Bürgermeister begann mit einer kleinen Rede über die Wichtigkeit der Tombola. Astrid ließ sich nieder. Die Preisverleihung würde länger dauern. Prompt kam eine vollbusige Kellnerin und stellte unaufgefordert eine Maß Bier vor sie auf den Tisch. Ehe sie es verhindern konnte, hatte Harald auch schon für sie gezahlt. Ihr blieb nichts anderes übrig, als sich zu bedanken. Auch wenn sie Bier nicht gut vertrug – vermutlich war es die einzige Möglichkeit, dieses Spektakel irgendwie zu ertragen.

»Bist du mit Izzy da?«

Sonja schrie noch immer, obwohl der Bürgermeister wesentlich leiser war als die Musik. Bei dem Namen Izzy drehten sich prompt ein paar Köpfe in ihre Richtung.

»Ja.«

»Dann hast du aber deine Dirndlschürze falsch gebunden.« Harald grinste sie über den Tisch hinweg an. »Vorne rechts hättest du binden müssen – für bereits vergeben.«

»Harald!« Sonja versetzte ihrem Mann einen Klaps auf den Hinterkopf. Die Nussdorfers schauten Astrid verdutzt an.

»Harald macht Witze«, beschwichtigte Astrid. »Völlig bedeutungslos.«

»Völlig«, wiederholte Sonja. Sie grinste.

Astrid war froh, dass sich jetzt etwas auf der Tribüne tat. Ein Mädchen mit braunen Zöpfen, dessen rundliches Gesicht dem des Bürgermeisters ähnelte, durfte die Gewinner aus einem großen Topf ziehen, daraufhin bat der Papa die Losnummern auf die Bühne und der jeweilige Sponsor überreichte den Preis. Sonja war unter den ersten, die etwas gewonnen hatten, nämlich eine Keksdose der lokalen Bäckerei. Sie stellte den Inhalt gleich am Tisch zur Verfügung.

Der Wert der Preise steigerte sich. Die Tankstelle hatte Gutscheine für zwei Mal volltanken gesponsert, ein Biobauer einen Haushaltsvorrat Milch für ein Jahr, das Wirtshaus an der Ecke ein Abendessen für zwei, eine Wirtin ein Verwöhnwochenende auf einer Alm.

»Den Hauptpreis überreicht Izo … Izo … also, Izzy Neuretter.« Der Bürgermeister winkte Izzy auf die Bühne, und Astrid klatschte umso lauter, als sie sah, dass einige Tische nicht applaudierten. Es waren jene um Neuretters herum, an denen sie nun auch Erich, seine Frau und die halbwüchsigen Kinder entdeckte.

Die kleine Glücksfee zog die Nummer einundachtzig, und Astrid freute sich, dass bei diesem Gewinn die Richtigen zum Zuge kamen. Sie hatte von der Frau gehört, die vor drei Jahren einen schlimmen Unfall erlitten hatte, und dem Mann, der sich um ihre Pflege kümmerte, den Job verlor und seither keine Arbeitsstelle mehr fand. Die beiden konnten sich jetzt immerhin auf eine Woche Kreta freuen. Auch Izzy schien außerordentlich zufrieden.

Die Blaskapelle begann wieder zu spielen, und Astrid wollte sich, die Verabschiedung schon auf den Lippen, zu Izzy begeben, die nach ihr Ausschau hielt, als Sonja sie an der Schürze festhielt.

»Du bleibst schön da und bittest sie hierher«, sagte sie mit Nachdruck. »Wenn schon, dann richtig! Diese Heimlichtuerei braucht es nicht, wir sind alles erwachsene Menschen.«

»Sonja, du missverstehst da was!«

Sonja überging ihren Einwand, stand auf und winkte Izzy her.

»Hier! Hier sind wir!«

Wenn Izzy überrascht war, so ließ sie sich nichts anmerken. Sie schüttelte allen am Tisch die Hand, stellte sich den Nussdorfers vor und nahm neben der Frau des Bezirksärztevertreters Platz.

»Kann ich einen Schluck …?«

Izzy deutete auf die fast noch volle Maß Bier vor Astrid.

»Bitte sehr. Nur zu. Ich schaff das eh nicht allein.«

»Oh, Schätzchen, plötzlich so zurückhaltend mit dem Alkohol!« Izzy feixte. »Beim Wein bist du nicht so dezent.«

Schätzchen.

Oh, Izzy …

»Ich vertrage Bier nur in kleinen Mengen.«

Es war klar, dass es alle am Tisch gehört haben mussten, denn just in diesem Augenblick hatte die Blaskapelle ihr Stück beendet und eine kurze Erfrischungspause angekündigt.

Johanna Nussdorfer machte einen Witz darüber, dass die Musikanten so oft Pause brauchten, und schon waren sie mitten im Gespräch. Astrid merkte, dass Izzy allmählich auftaute. Die Befangenheit fiel von ihr ab. Sie scherzte sogar und machte Witze über die alten Zeiten, in denen Sonja sich immer wieder Verletzungen zugezogen hatte, und erkundigte sich nach deren Schwester. Harald lobte Izzys Bauprojekte, was Astrid sehr anständig fand. Sie erinnerte sich, dass er ihr Vorhaben von Anfang an respektiert hatte.

Irgendwann spielte die Musik wieder auf – diesmal zum Tanz. Ehe sich Astrid versah, hatte Harald sie auch schon auf die Bühne geführt, während Sonja mit einem Herren tanzte, der sich als irgendein Nachbar entpuppte. Harald konnte tanzen und vor allem führen, was gut war, denn Astrid hatte seit ihrem Tanzkurs in der elften Klasse Gesellschaftstänze tunlichst gemieden. Es war eine nette Geste von ihm, doch sie war froh, als sie wieder zurück am Tisch waren. Izzys Platz war leer; sie entdeckte sie in der Menge der Tanzenden in den Armen eines Mannes, den sie nicht kannte. Beide waren gute Tänzer, und sie wirkten so harmonisch, dass in Astrid ein Funken Eifersucht zu glimmen begann.

Musste dieser Mann im Trachtenanzug seinen Arm so besitzergreifend um Izzys Taille legen? Und warum himmelte sie ihn regelrecht an, so verzückt, mit diesem gewissen Blick, den sie üblicherweise einsetzte, wenn sie gefallen wollte? Es war genau diese Seite, die sie an Izzy nicht mochte: dieses bewusste Einsetzen ihrer weiblichen Reize, um irgendetwas zu erreichen.

Sie hatte sich noch nie gewünscht, ein Mann zu sein. Jetzt tat sie es zum ersten Mal. Weil dann alles ganz einfach wäre: bei der nächsten Runde würde sie dem Mann auf die Schulter klopfen und Izzy ganz für sich beanspruchen.

Astrid trank das Bier, während alle vom Tisch tanzten, und beruhigte sich langsam wieder.

Sie hatte keine Ansprüche auf Izzy.

Das Bier war gut. Die Leute nett. Die Musik laut und schrecklich.

Und das Bier war *wirklich* gut. Ein bisschen wenig, eigentlich. Wer hätte gedacht, dass eine Maß so schnell leer werden konnte? Aber Bier machte auch müde. Sehr müde. Und es drückte auf die Blase.

»Bereit, nach Hause zu gehen, oder hast du noch was vor?«

Izzy neben dem Tisch, die Wangen gerötet vom Tanzen.

»Nein. Nach Hause.«

Lallte sie? Vermutlich bildete sie sich das nur ein. Sie folgte Izzy aus dem Getümmel hinaus auf die steinerne Brücke, wo der Menschenstrom in Richtung Volksfest nicht abriss. Es war inzwischen dämmrig geworden und auch herbstlich-kühl, doch das hielt die Menschen nicht ab, sich weiter zu amüsieren.

»Sag mal – bist du betrunken?«

Izzys Frage kam unerwartet. »Nein. Mir ist nur schwindelig. Ich will heim. Das ist grauenvoll.«

Izzy lachte amüsiert.

»Und was genau ist grauenvoll?«

»Alles.« Astrid war froh, dass Izzy sich bei ihr einhakte. Vor ihren Augen flimmerte die Straße im Schein der Straßenbeleuchtung. »Diese Musik da. Die Betrunkenen. Das Bier. Der Typ, der dir fast in den Ausschnitt gefallen ist.«

»Ah!« Izzy nickte wissend. »Der Umweltbeauftragte des Landratamts. Ein guter Tänzer.«

»Der ist total aa...anhänglich.« Das Sprechen fiel Astrid schwer, wahrscheinlich lag es an der Kälte. »Der w...wollte dir an die Wäsche!«

»Blödsinn.« Izzy zog sie in den Achenweg. »Der wollte nur mit mir tanzen. – Etwas, was du im Übrigen auch hättest machen können.«

»Mit wem denn? – Mit dem H...Harald ist das öde, ich w... will eine Frau im Arm!«

Wieder lachte Izzy herzhaft.

»Frau Professor lässt die Maske der Contenance fallen. Jetzt wird's spannend! – Kommt da noch mehr?«

»Wieso denn?« Astrid sah Izzy, die auf einmal vier Augen hatte, an. »Weiß doch eh jeder, dass ich lesbisch bin. Is' doch kein Ge…heimnis!«

»Du hast recht, Schätzchen. Komm jetzt weiter. Dir wird nicht wärmer, wenn du stehen bleibst und im Straßengraben nach Fröschen suchst … oder warum auch immer du so intensiv da hinschaust.«

»Da is' doch gar nix!«

Izzy redete ganz schön viel verwirrendes Zeug. Wahrscheinlich hatte ihr dieser Lustmolch auch noch irgendeinen Schnaps aufgedrängt. Den sie aus geschäftlichen Gründen nicht ablehnen konnte. So waren die Männer. Berechnend und ohne Skrupel. Zum Glück hatte sie sie noch rechtzeitig von ihm weggezogen, um sie sicher nach Hause zu bringen.

»Schätzchen, kommst du weiter, bitte?« Izzy zog schon wieder an ihrem Arm. »Ich will hier nicht übernachten.«

»Ich muss p…pinkeln.«

»Jetzt?«

»Ja. Warum nicht?«

»Weil wir noch einen Kilometer von daheim entfernt und nicht ganz allein auf der Straße sind.«

Aha. Interessant. »Ich muss aber.«

Izzy ließ ihren Arm los.

»Okay. Dann geh hinter die Autos. Schau, da ist eine Lücke.«

Gehorsam drängte sich Astrid in die Böschung und hob das Dirndl an. Gestrüpp kratzte an ihrem Oberschenkel. Irgendwo ganz in der Nähe raschelte es. Vor Schreck ließ sie ihren Rock fallen, wollte sich eilig aufrappeln, fiel dabei um und landete in Brennnesseln.

»Hilfe, ich sterbe!«

»Astrid! Das gibt's doch nicht.« Izzys Kopf tauchte zwischen den Autos auf. Sie streckte ihr die Hand entgegen. »Was machst du da eigentlich?«

Astrid ließ sich hochziehen.

»Du hast nicht mit mir g...getanzt!«

»Du hast mich nicht aufgefordert.« Izzy hakte sie wieder unter.

»Das... hätts du eh nicht gemacht. Die ... hätten uns gesch... gesteinigt oder so.«

»Wäre einen Versuch wert gewesen. – Aber leider warst du ja zu feige, Schätzchen.«

»N...nein, nicht zu feige!« Astrid machte sich los. Izzy hatte noch immer vier Augen. Vier Augen und einen großen Mund mit schönen weißen Zähnen. »Ich ... hicks ... wollte ... hicks ... deinen Ruf wahren!«

Mist, jetzt bekam sie auch noch Schluckauf.

Izzy lachte. »Süß, dass du dir Sorgen um meinen Ruf machst, aber da gibt es nichts zu wahren. Ich hätte bestimmt mit dir getanzt.«

»Du hättest m...mich ... hicks ... ja auch ... hicks ... auffordern können!«

Izzy blieb stehen. »Also, das ist ein bisschen viel erwartet. Ich bin eine Frau, die bisher nur mit Männern zusammen war. Also, mit *einem* Mann. Ich bin es gewohnt, aufgefordert zu werden.«

»Du ... lieber Himmel!« Astrid rollte mit den Augen. »Bist du ... hicks ... beim ... hicks ... Sex ... hicks ... hicks ... auch so kompliziert?«

Was auch immer Izzy erwiderte – sie hörte es nicht mehr. Denn unter ihr tat sich plötzlich der Asphalt auf. Zwei riesige Hände, die aussahen wie Hennies, nur größer, zogen sie hinab in die Finsternis. Alles war schwarz und still.

*

Sie lag in einem Obstgarten, mitten auf einer weichen, flauschigen Wiese. Pfirsichduft vermischte sich mit dem frischer Orangen. Die Sonne schien auf sie herab. Ihr war wohlig warm.

Irgendwo surrte leise ein Vogel.

Moment. Surrte?

Astrid öffnete die Augen, blinzelte. Sie lag nicht in einem Obstgarten, sondern in einem Bett – einem Bett, das definitiv nicht ihres war. Dafür war es zu weich, zu flauschig, und vor allem fehlte das hässliche braune Bettgestell, an dessen Kanten sie sich manchmal beim Aufstehen blaue Flecken holte. Nach Pfirsich duftete die seidene Bettwäsche, die sich kühl an ihre Haut schmiegte, aber dennoch wärmte. Die Wand, auf die sie schaute, war in dezentem Pastellgrün gestrichen. Das postergroße Schwarz-weiß-Foto im goldenen Rahmen zeigte einen Mann in einem See, der einen lachenden Buben mit Schwimmflügeln in die Höhe hob.

Ruckartig setzte sich Astrid auf.

Sie war in diesem Raum noch nie gewesen, wusste aber sofort, wo sie war. Insgesamt drei Türen, allesamt weiß gestrichen, führten aus dem quadratisch geschnittenen Zimmer mit dem Holzbalken an der Decke, der sich quer durch den Raum zog. Links gab es zwei Fenster zur Straße. Die Vorhänge waren zurückgezogen; einige Sonnenstrahlen erreichten das Boxspringbett.

Insgesamt war der Raum minimalistisch möbliert. Es gab nur auf der rechten Bettseite ein Nachtkästchen, auf dem ein Wasserglas und ein kleines gerahmtes Foto standen. Daneben eine extravagante Stehlampe, die aussah wie eine große silberne Spinne mit acht Tentakeln, einen Korbstuhl mit Leselampe in der einen Ecke, ein weißes Schränkchen in der anderen. Darauf stand eine Vase mit blauen Hortensien neben zwei weiteren Fotos. Das eine war ein Portrait von Izzy mit Jonas, das andere zeigte sie als blutjunge, wunderschöne Braut im weißen Kleid neben einem sehr ernst blickenden Robert im dunklen Anzug.

»Izzy!«

Das Surren verstummte. Eine der Türen öffnete sich. Izzy kam herein, eingehüllt in einen weißen Frotteebademantel und mit noch feuchtem Haar.

»Guten Morgen! – Ausgeschlafen?«

»Was mache ich in deinem Schlafzimmer?«

»Also, bisher hast du nur geschlafen.« Izzy setzte sich zu ihr auf die Bettkante. »Was du jetzt so planst, weiß ich nicht. Wie geht es dir?«

»Gut.«

Bis auf die Tatsache, dass ich nackt bis auf die Unterhose in deinem Bett liege und nicht weiß, wie ich herkam.

Langsam kehrte die Erinnerung zurück. Das Volksfest. Izzy, tanzend mit diesem Umwelt-Heini. Das verhängnisvolle Bier.

»Wo ist meine Kleidung?«

»Dein Dirndl? – Ich musste dich da gestern noch irgendwie rausschälen. Dein kleiner Ausflug in den Straßengraben hat leider hässlichen Spuren hinterlassen. Ich wollte dich so verdreckt einfach nicht in meinem Bett haben.«

»Du ... hast mich ausgezogen?«

»Äh, ja?« Izzy runzelte die Stirn. »Ist das jetzt irgendwie ein mittelschweres Drama für dich? – Du machst gerade ein Gesicht, als wärst du unfreiwillig entjungfert worden!«

Tatsächlich fühlte sich Astrid überrollt von den Gegebenheiten.

»Ich vertrage kein Bier.«

»Ja, habe ich gemerkt.« Izzy grinste. »Kopfweh? Übelkeit?«

»Nein, gar nichts. Ich hatte so was schon mal, als Studentin. Ich werde davon nur ganz benommen und habe nicht mehr richtig im Griff, was ich tue oder sage. Ein ziemlicher Rausch, aber ohne Folgen. Denn am nächsten Tag geht es mir gut – so, als wäre nichts gewesen.« Astrid rieb sich die Augen. »Es tut mir leid, wenn ich etwas Unpassendes gesagt oder getan habe.«

»Ach, nein. Du warst quasi wie immer.«

Astrid wollte gerade erleichtert aufatmen, als Izzy nachschob:

»Nur komplett hemmungslos. Du hast alles gesagt, was du in deiner vornehmen Zurückhaltung sonst niemals über die Lippen bringst. Ich habe eine ganz neue Seite an Frau Professor entdeckt.«

Astrid schwante Schlimmes. Fieberhaft durchforstete sie ihr lückenhaftes Gedächtnis, doch das letzte, was sie bildlich vor sich sah, waren die Brennnessel am Straßenrand.

»Lass mich raten: Du hattest in Hennies Gesellschaft nie zu viel Bier getrunken, richtig?«

»Wieso?«

»Sonst hätte sie dich niemals humorlos nennen können. Du warst gestern echt witzig! Ich hatte viel Spaß. Nur dass du plötzlich umgekippt bist, war weniger lustig. Zum Glück kamen gerade zwei junge Burschen vorbei, die mir geholfen haben, dich hierher zu schleppen.«

»Oh Gott!«

Astrid ließ sich ins Kissen zurückfallen. Konnte es noch peinlicher werden?

Izzy tätschelte ihre Hand.

»Ich mach mal Frühstück«, bot sie an. »So ein Vitaminsmoothie bringt dich wieder auf die Beine. Wenn du keine anderen Pläne hast, können wir diesen Sonntag gemütlich im Garten chillen.«

»Klingt gut.«

»Zwischendurch solltest du aber mal zu dir gehen.«

»Willst du mich loswerden?«

»Unsinn! – Aber …« Izzy wurde ernst. Ihre Finger schlossen sich fester um Astrids Hand. »Du musst heute jemanden zurückrufen. Ich denke, für dieses Telefonat solltest du allein sein.«

Sie holte tief Luft, sah Astrid fest in die Augen.

»Schätzchen, gestern, als du schon im Bett lagst, hat dein Handy geklingelt. Ich habe es erst ignoriert, aber nachdem es kurze Zeit später schon wieder summte, habe ich es aus deiner Tasche genommen. Ich wollte es eigentlich nur lautlos stellen.

Aber dann sah ich den Namen auf dem Display und bin rangegangen. Ich hatte Angst, dass sie sich sonst nie wieder meldet, nur irgendeine blöde Nachricht auf der Mobilbox hinterlässt und du dann am Boden zerstört bist.«

»Wer?«

»Simone. Es war deine Tochter.«

»Was?!« Astrid japste nach Luft, sah sich hektisch um. »Wo ist mein Handy? Ich muss sie gleich …«

Izzy drückte ihre Hand.

»Es hängt unten am Akku. Und du kannst sie ab elf Uhr anrufen.«

Astrids Herz raste. Alles war plötzlich unwichtig. Simone hatte angerufen! Nach über eineinhalb Jahren!

»Wieso erst ab elf? Warum nicht gleich?«

»Weil sie ausschlafen will. Sie wollte gestern noch mit Freunden ausgehen.«

»Woher weißt du das?«

»Weil sie es mir gesagt hat. Wörtlich: Dann sag Mama, sie soll erst ab elf anrufen.«

Simone nannte sie Mama. Noch immer.

»Was hast du ihr gesagt? Ich meine, warum ich nicht selbst abhebe?«

Simone, deine Mama liegt besoffen in meinem Bett. Na bravo.

»Ich habe gesagt, dir geht es nicht gut und dass du dich deshalb hingelegt hast.«

Okay, das klang vertretbar.

»Und was hast du gesagt, wer *du* bist?«

Izzy stand auf.

»Na, was werde ich wohl gesagt haben?« Sie ging zur Türe. »Selbstverständlich habe ich ihr die Wahrheit gesagt: Ich bin die, die in den erotischen Träumen deiner Mama im roten Seidenhemdchen in ihr Bett schlüpft und sie nach allen Regeln der Kunst verwöhnt!« Ihr diabolisches Grinsen wurde breiter. »Und sie leidenschaftlich in den Hals beißt. Das scheint deine Mama nämlich total anzumachen.«

Sie gab ein kurzes, sexy Knurren von sich, schlüpfte durch den Türspalt und war weg.

Astrid brauchte keinen Spiegel, um zu wissen, dass ihr Kopf die Farbe einer überreifen Tomate angenommen hatte.

Sie hatte gestern also wirklich alles erzählt. Damit lagen die Karten auf dem Tisch. Blieb nur zu hoffen, dass Izzy damit umgehen konnte und weiterhin mit ihr befreundet sein wollte.

Mehr wollte sie nicht. Träume waren bloß Träume. Sie hatte sich im Griff, musste sich im Griff haben …

Konsequenzen

Astrids Hände zitterten, als sie Punkt elf Uhr Simones Nummer aufrief. In ihr kämpften Hoffnung und Angst.

Würde dieses Telefonat Wunden aufreißen, über denen sich allmählich neue Haut gebildet hatte? Wie sollte Simone ihr je verzeihen können? Eine Siebzehnjährige, die im Rollstuhl saß. Wegen ihr!

Nach dem zweiten Klingeln wurde abgehoben.

»Hallo, Mama.« Simones Stimme klang frisch, heiter und unbefangen, als hätte es den Kontaktabbruch nie gegeben. »Geht's dir besser? Deine neue Freundin hat gesagt, du hättest Kopfweh oder so.«

Meine neue Freundin. – Astrid verzichtete auf eine Berichtigung. Jetzt war nicht der richtige Zeitpunkt dafür.

»Ja, danke. Wie geht es dir?«

Sie wusste selbst, wie distanziert sie klang, konnte es aber nicht ändern. Was sagte man nach so langer Zeit zu einem Mädchen, dessen Leben man zerstört hatte?

»Ganz gut. Bisschen müde. Ich war gestern noch ziemlich lang weg mit Rudi und Christian. Mir tun immer noch die Füße weh.«

Hatte Simone etwa getanzt? Sie musste sich verhört haben, umschiffte das heikle Thema aber.

»Wer sind Rudi und Christian?«

»Christian ist mein Freund und Rudi ein Kumpel.«

»Du hast einen Freund?«

»Mama, ich bin siebzehn! Natürlich hab ich einen Freund.« Simone lachte. »Oder bist du entsetzt, dass ich nicht lesbisch geworden bin, wo ich euch als Vorbilder hatte?«

»Nein ... Unsinn.« Astrid schluckte. »Ich bin nur überrascht.«

Bilder drängten sich ihr ungewollt auf. Simone mit einem jungen Mann. Im Bett. Ihre kleine Simone! Sie wollte nicht fragen. Sollte es nicht fragen. Aber sie war schon immer die Kontrollmama gewesen, Hennie die Coole.

»Ihr schlaft doch nicht etwa schon miteinander?«

Wieder ein herzhaftes Lachen am anderen Ende der Leitung.

»Doooooch.« Es bereitete Simone sichtlichen Genuss, ihr das unter die Nase zu reiben. »Tun wir. Und keine Sorge, ich nehme die Pille und wir benutzen zusätzlich ein Kondom, du wirst nicht so schnell Oma. Haben wir jetzt alle für dich wichtigen Dinge geklärt?«

»Nein.« Astrid kam sich dumm vor.

Ich bin schließlich die Erwachsene.

»Und wie geht es dir wirklich?«

»Gut«, kam es prompt zurück. »Wirklich gut. Ich wohne nicht mehr bei Mami.«

»Bibi hat so etwas angedeutet. Wo wohnst du jetzt?«

»Ich bin erst mal bei Oma und Opa in Franken geblieben, nachdem Mami zu dieser Nicolette gezogen ist. Ich mag die nicht. Seit einem halben Jahr wohne ich in einer WG in Erlangen. Ich geh hier zur Schule, Latein und Mathe als Leistungskurse. Es läuft prima.«

Mathe und Latein. Ausgerechnet. Fast hätte Astrid an dieser Stelle laut gelacht. Ehe sie sich im Auto wegen Nicolette gestritten hatten, war es auch um Simones Schulleistungen gegangen: um den letzten vermurksten Lateintest. Und jetzt das.

»Ich dachte, wir könnten uns mal treffen«, sagte Simone jetzt zögerlich. »Ich könnte dich mal besuchen kommen ... wenn du willst.«

»Das – wäre schön.« Astrid war vollkommen überrumpelt. Sie ließ ihren Blick über die Küche schweifen, in der sie sich gerade aufhielt, versuchte, den Raum mit den Augen einer fremden Besucherin zu sehen. Retro. Abgewirtschaftet. Nicht wirklich hübsch. Wenn Hennie erfuhr, wie sie hier wohnte, würde sie sich totlachen.

»Ich würde mich freuen«, setzte sie trotzdem tapfer hinzu. »Ich könnte dich in Berchtesgaden vom Bahnhof abholen. Oder von Salzburg. Was einfacher für dich ist. Damit du nicht umsteigen musst.«

»Also, ich kann auch umsteigen.« Simone klang erst etwas irritiert, dann schien ihr ein Licht aufzugehen. »Ich sitze nicht mehr im Rollstuhl! Ich bin noch keine Sportskanone, aber ich kann wieder gehen! Ich habe dir doch eben gesagt, wir waren tanzen!«

Von Astrids Herzen fiel ein Felsen. Plötzlich fand sie es ganz leicht, dieses Gespräch fortzusetzen. Sie redeten noch fast zwei Stunden, sprachen über die Vergangenheit, über den Unfall, den Prozess, über die Zukunft. Als sie aufgelegt hatte, schwebte sie auf Wolken. Simone hatte nie aufgehört, sie zu lieben, hatte sie vermisst. Sie trug ihr nichts nach, hatte die Auszeit aber gebraucht, um sich von ihren zerstrittenen Müttern zu lösen und ihren eigenen Weg zu finden.

»Ich bin mir am Ende vorgekommen, als wäre ich die Erwachsene«, lautete ein Satz, den Simone gleich mehrmals fallen ließ. »Ihr wart so kindisch, habt euch verhalten wie Idiotinnen! Und dann ist genau deshalb auch noch dieser Unfall passiert! Ich hatte die Nase voll von euch!«

Astrid musste zugeben, dass Simone recht hatte. Als sie später wieder hinüber zu Izzy ging, fühlte sie sich von einer großen Sorge ihres Lebens befreit. Und auch die andere löste sich in Wohlgefallen auf, denn Izzy verhielt sich ihr gegenüber ganz normal. Die Sache mit dem erotischen Traum schien sie nicht weiter zu beschäftigen.

Allerdings gab es noch immer die verbotene Schublade.

Eine Izzy, die sich in ihrer Muschel im Bikini räkelte und die letzten Sonnenstrahlen vor dem Herbst einfing, war nicht wirklich hilfreich, um die Lade versiegelt zu lassen.

*

»Sie flirtet öffentlich mit dir! Ihr geht zusammen aufs Dorffest! Du hängst nur noch mit ihr ab und hast überhaupt keine Zeit mehr für mich!«

Franzi hatte Astrid vor dem Spätdienst im Eingangsbereich des Krankenhauses abgefangen. Inmitten von Patienten, die sich die Füße vertraten, Besuchern und dem Rezeptionisten, baute sie sich vor ihr auf wie eine Rachegöttin. »Das ist so unfair! – Ich war's, die sich um dich gekümmert hat, als du hier neu warst! Ich habe dir Bekanntschaften verschafft, dir alles gezeigt – dank mir hast du ein Dach über dem Kopf! Und du hintergehst mich aufs Ärgste!«

Astrid wusste nicht, wie ihr geschah und was das eigentlich sollte. Die neugierigen Blicke waren ihr äußerst unangenehm. Franzi blendete das Publikum jedoch schlichtweg aus.

»Sie nennt dich Schätzchen! Du gehst bei ihr ein und aus!« In Franzis Augen glitzerten Tränen der Wut. »Du schmeißt dich ihr um den Hals, weil sie reich ist und schön, weil sie in einem tollen Haus wohnt, ein protziges Auto fährt ... weil das für dich als Ärztin passender ist als eine Beziehung mit einer wie mir, die nichts hat!«

Astrid brauchte nicht Psychiatrie als Zusatzfach gewählt zu haben, um die bereits länger keimende Vermutung bestätigt zu bekommen, dass mit dieser Frau definitiv etwas nicht stimmte.

»Franzi, wir beide hatten nie eine Beziehung, haben keine Beziehung und werden auch nie eine haben«, stellte sie mit ruhiger Stimme klar. »Das habe ich dir von Anfang an gesagt.«

Franzi schluchzte jetzt hysterisch. Die Leute im Foyer hatten inzwischen eine sensationslüsterne Traube gebildet. Der junge Rezeptionist dagegen sah aus, als würde er am liebsten hinter der Empfangstheke versinken. Astrid konnte ihn verstehen; ihr ging es genauso. Das Wort *Fremdschämen* ergab plötzlich Sinn.

»Franzi, hör auf damit!« Sie sprach noch immer ruhig und in Zimmerlautstärke. Diese psychisch angeschlagene Person würde sie sicher nicht aus der Bahn werfen. »Was Izzy und mich verbindet, hat nichts mit dir zu tun. Gar nichts!«

Franzi stellte ihr Schluchzen so abrupt ein, als hätte sie einen Schalter gedrückt. Sie bedachte Astrid mit einem hasserfüllten Blick, drehte sich um und stakste davon.

Astrid fühlte sich mies. Dass Franzi nicht richtig tickte, stand nach diesem Auftritt außer Frage. Trotzdem kam sie sich irgendwie undankbar vor. Ja, sie hatte Franzi aufs Abstellgleis geschoben. Das war nicht nett, aber sie verbrachte ihre Freizeit eben lieber mit Leuten, die sich über vielseitigere Themen austauschten und mit denen sie denselben Humor teilte. Die ewig tratschende, oberflächliche Franzi mit den Nussdorfers oder mit Georg Immenauer, dem Neurologen aus Salzburg, in einen Topf zu werfen, ging nun einmal nicht, und das hatte nichts mit akademischen Titeln oder einem höheren Einkommen oder Arroganz zu tun.

Noch immer etwas durch den Wind wegen des unerwarteten Zusammenstoßes, begab sie sich in die Umkleide.

»Du machst ein Gesicht, als hätte dich ein Tornado gestreift!« Diesmal traf sie auf Sonja, die nach dem Ende der Frühschicht ihre Arztkleidung gegen Jeans und Pulli tauschte. »Ist was passiert?«

Astrid atmete tief durch.

Sonja würde über die klinikinterne Flüsterpost eh von ihrem Zusammenstoß erfahren. Also gab sie in knappen Sätzen wieder, was gerade geschehen war.

»Ach, ja.« Sonja seufzte. »Izzy. Franzis ewiges Feindbild. Das war schon als Kind so. Sie hat sich da wirklich in etwas verrannt.«

»In was denn? – Ich habe ihr nie Hoffnungen gemacht, was mich betrifft!«

»Das meine ich gar nicht. Das reicht alles viel länger zurück.« Sonja seufzte. »Wir kennen uns ja schon, seit wir Kinder sind. Diese Konflikte, die es da gibt – Neuretter gegen Neuretter –, wurzeln alle in der Vergangenheit. Aber das weißt du sicher alles von Izzy.«

Alles? – Astrid bezweifelte das.

»Sie hat mir von dem Erbschaftsdrama erzählt, ja«, sagte sie dennoch selbstsicher. »Aber was hat das mit Franzi zu tun? Die stammt doch aus einer anderen Neuretter-Linie.«

»Tja. Also.« Sonja schien nach Worten zu ringen. »So einfach ist das nicht. Was ich dir jetzt erzähle, wird dich vielleicht schockieren.« Sie senkte die Stimme. »Aber es gehen da so Gerüchte um … den Neuretters … also, Berta und Erich senior … wird viel nachgesagt. Angeblich waren sie sowohl vor als auch während ihrer Ehe keine Kinder von Traurigkeit.«

»Ach.«

Astrid dachte an die Fotos, hielt es jedoch für besser, sie nicht zu erwähnen.

»Erich Neuretter senior hatte mal was mit Franzis Mutter, heißt es. Angeblich war sie bereits im dritten Monat schwanger, als sie letztendlich Erichs Cousin zweiten Grades heiratete. Jedenfalls hält Franzi daran fest, dass sie in Wahrheit das Kind vom reichen Erich ist und nicht die Tochter vom armen Max.«

»Gab es denn einen Vaterschaftstest?«

»Meines Wissens nach nein. Ist aber auch nicht notwendig, denn hättest du ihren Vater gekannt … also den Max …« Sonja schüttelte lächelnd den Kopf. »Dieselbe Nase, dieselben Augen, dasselbe spitze Kinn. Sie geht voll nach ihm. Alle sehen das mit einem Blick – außer sie selbst. Ja, und dann ist da Izzy. Izzy mit einer ganz ähnlichen Geschichte, nur dass es sich bei ihr als Tatsache erwiesen hat, dass Erich senior ihr Erzeuger ist. Sie hat sich nachträglich den Unterhalt ausbezahlen lassen, den er alle Jahre nicht gezahlt hat, und ihr Erbe eingefordert. So heißt es zumindest.«

Das deckte sich mit Izzys Erzählung.

»Das passte natürlich Norbert und Erich gar nicht. Sie sahen sich als Alleinerben, und dann kommt da ihre kleine Halbschwester an und nimmt ihnen einen Anteil weg – beispielsweise die Grundstücke, auf denen sie jetzt ihre Wohnprojekte realisiert.«

»Und Robert? Den dritten Bruder gab es doch auch noch.«

Dass Erich senior Robert mit Enterbung gedroht hatte, war ihr im Gedächtnis geblieben.

»Ich kenne die Details nicht«, gab Sonja zu. »Aber meines Wissens nach war der zu dem Zeitpunkt schon draußen aus dem ganzen Erbschaftsthema, nachdem er ja kein echter Neuretter ist.«

»Wie meinst du das?«

»Na, so wie ich es sage! Der erste Sohn bekommt hier in der Region traditionsgemäß immer den Vornamen des Vaters. Klingelt es da bei dir?«

Es klingelte. In der Tat. Sie wusste, dass Robert älter als Erich junior war.

»Also war Robert gar nicht Izzys leiblicher Bruder?«

»Sag mal, über was unterhaltet ihr euch eigentlich, du und Izzy?« Sonja runzelte die Stirn. »Natürlich nicht. Der hieß ja nicht mal Neuretter. Meine Schwester hat bei einem Schulausflug mal zufällig seinen Personalausweis gesehen. Da stand ein völlig anderer Name. Als sie ihn darauf angesprochen hat, war ihm das total unangenehm. Offiziell war er hier in Ehernberg immer ein Neuretter. Niemand hätte gewagt, da Einspruch zu erheben. Mit den Neuretters hat sich keiner gerne angelegt.«

»Weiß Franzi davon?«

Es konnte doch nicht sein, dass sie wissentlich falsche Gerüchte verbreitete!

»Das nehme ich an. Jeder hier in Ehernberg weiß, dass da irgendetwas mit Robert war.« Sonja zuckte mit den Schultern. »Trotzdem gab es natürlich immer dumme Lästermäuler, die da eine Geschwister-Ehe konstruieren wollten.«

Wie zum Beispiel deine Wanderfreundin Franzi, liebe Sonja.

»Das ist genauso absurd wie die Behauptung, dass Izzys Mutter Ehernberg verlassen musste, weil Berta angeblich plötzlich hinter die Affäre zwischen ihr und ihrem Mann kam.« Sonja hatte sich warm geredet. »Berta wusste das doch genau! Ich habe das als Kind mitbekommen, als ich auf dem Hof war. Und ich kann dir versichern: Berta war fast wie eine zweite Mutter für Izzy. Und Kate und sie wirkten auf mich wie gute Freundinnen. Kate hat ihr auch viel mit Niklas geholfen, dem behinderten Zwillingsbruder von Norbert.«

»Der, der bei dem Badeunfall ums Leben kam?«

Etwas in Astrid sperrte sich dagegen, Izzy an dieser Stelle als mutmaßliche Täterin ins Spiel zu bringen.

»Ja, der. Davon hast du anscheinend gehört. Tragische Sache, damals.«

»Warst du an dem Tag dabei?«

Sonja schüttelte den Kopf.

»Nein. Sonst wäre sicher nichts passiert. Ich war immerhin schon halb erwachsen. Da waren nur die Kleinen am Wasser, also Niklas, Norbert, Erich, Franzi ...«

»Franzi? – Die erholte sich doch da gerade von einer Mandel-OP, hat sie mir erzählt.«

»Ach, wirklich? – Dann hatte ich das falsch abgespeichert. Ist eh lange her. Alte Geschichten.« Sonja, die inzwischen wieder ihre Alltagskleidung trug, schloss ihren Spind ab. »Jedenfalls, nimm Franzis Ausbrüche nicht so ernst. Sie kriegt sich erfahrungsgemäß auch wieder ein. Wie gesagt, Izzy war schon immer ihr Feindbild, nicht nur wegen dieser Vaterschaftsgeschichten, sondern auch weil Izzy eben hübsch und süß aussah und sie ... na ja ... nicht. Izzy mit ihren blonden Haaren und dem niedlichen Lächeln bekam in jedem Geschäft einen Lutscher oder Schokolade geschenkt, die grimmige Franzi nicht. Ein tiefsitzendes Kindheitstrauma.«

Sonja grinste.

»Und das mit dir und Izzy gibt ihr momentan den Rest. Diejenige, die in der Kindheit schon alles bekam, schnappt sich die einzige Lesbe außer ihr. Das muss hart sein.«

»Sonja, Izzy und ich …«, setzte Astrid an, doch die Oberärztin unterbrach sie.

»Jaja, ich weiß, ihr seid angeblich kein Paar. Aber weißt du, ihr solltet einfach dazu stehen. Die meisten Ehernberger sind nämlich im einundzwanzigsten Jahrhundert angekommen und haben kein Problem damit.«

Astrid erwiderte nichts. Franzi wurde ihr immer suspekter.

*

Beinahe hätte Astrid das Klopfen an der Haustür überhört. Die Klingel funktionierte seit ihrem Einzug nicht, was nicht weiter störte. Sie bekam ohnehin selten Besuch, und der Postbote wusste inzwischen, dass er klopfen musste, wenn er ein Päckchen abzugeben hatte.

Es war jedoch kein Postbote, der an diesem regnerischen Septemberabend an ihre Türe klopfte, sondern Erich Neuretter. »Ich muss etwas mit Ihnen besprechen«, sagte er. »Darf ich kurz eintreten?«

»Natürlich.«

Hastig machte Astrid die Bank der Essgarnitur in der Stube frei von Ordnern und Ausdrucken. Sie war gerade dabei gewesen, drei Publikationen durchzuarbeiten, die sie vor ein paar Tagen von Regine Winter-Sunderlands Sekretariat zugeschickt bekommen hatte. Es ging um eine Studie zu einem sogenannten

Checkpoint-Inhibitor, den eine bekannte Pharmafirma als Wunderwaffe gegen Haut- und Lungenkrebs bewarb, deren Datenauswertung sie prüfen sollte.

Schwerfällig ließ sich ihr Vermieter aufs Polster sinken. Sein Blick schweifte durch den Raum.

»Sie haben ja gar nichts verändert.«

Es war das erste Mal seit ihrem Einzug, dass er hier war.

»Nein. Es ist okay so.«

Dass sie schlichtweg zu einfallslos oder antriebslos gewesen war, um die Räume wohnlicher zu gestalten, verschwieg sie taktvoll.

Regenwasser tropfte von seinem nassen Lodenumhang auf den Boden. Auch der Hut, den er noch immer auf dem Kopf trug, war vollkommen durchnässt.

»Wollen Sie nicht ablegen?«

»Nein. So lange bleibe ich nicht.« Er atmete tief durch. »Sie müssen ausziehen.«

»Was?« Astrid starrte ihn an. »Wieso?«

»Aus familiären Gründen. Es geht einfach nicht.«

»Sie ... Sie melden Eigenbedarf an?«

»Nein, das habe ich so nicht gesagt. Wir haben entschieden, dass Sie ausziehen, weil die Zustände nicht mehr tragbar sind.«

Astrid verstand nur Bahnhof.

»Was genau werfen Sie mir vor? – Ich habe pünktlich gezahlt, nichts kaputtgemacht ...«

»Nein, das nicht. Aber es muss trotzdem sein. Das sind Familienangelegenheiten. Da hat niemand die Nase reinzustecken.«

Er erhob sich.

»Sechs Wochen gebe ich Ihnen zum Auszug. Und nehmen Sie nichts mit, was nicht Ihnen gehört, sonst werden wir beide keine Freunde mehr!«

Das hat sich nach diesem Auftritt eh erledigt.

Die Tür fiel hinter ihm ins Schloss. Astrid verharrte einige Sekunden schockstarr inmitten ihrer Ordner und Papierstapel.

Dann zog sie ihren Regenumhang über und lief über die Straße.

*

»Ich weiß überhaupt nicht, was ich dem getan hab!« Mit langen Schritten lief Astrid in Izzys Wohnzimmer auf und ab. »Der schwafelt irgendwas von untragbaren Zuständen! Und dann wirft er mir auch noch vor, die Nase in fremde Angelegenheiten zu stecken! Das ergibt doch keinen Sinn!«

»Was dir Erich in seiner umständlichen Art sagen wollte, Schätzchen, ist: Es pisst ihn an, dass du mit mir abhängst, aber in seinem Haus wohnst. Das erträgt er nicht. Er denkt in Schwarz-weiß-Kategorien: Entweder bist du für oder gegen ihn.«

Izzy saß am Esstisch, den aufgeklappten Laptop vor sich. Sie hatte ihre Arbeit unterbrochen, als Astrid aufgelöst auf ihrer Türschwelle stand. »Ich habe dich gewarnt. Wer weiß, was noch kommt, wenn du mit der Hexe befreundet bleibst!«

»Danke, dass du mir Mut machst«, erwiderte Astrid sarkastisch. »Und hör endlich mit diesem Hexen-Unsinn auf. Keiner hat dich je so genannt, nicht mal Erich Neuretter. Das ist allein deine Erfindung.«

»Aber eine treffende.«

»Wie auch immer.« Astrid setzte ihren rastlosen Weg durch das Zimmer fort. »Von dir war im ganzen Gespräch nicht mal die Rede!«

»Er hat es umschrieben.«

»Nein, Izzy! Der hat mir quasi einen Diebstahl unterstellt … Der ist doch nicht ganz dicht!«

»Mein Reden seit hundert Jahren. – Wann musst du raus?«

»Er gibt mir sechs Wochen.«

»Deckt sich das mit deinem Mietvertrag? – Abgesehen davon würde ich das mal von einem Anwalt prüfen lassen. Er hat ausdrücklich gesagt, dass es nicht um Eigenbedarf geht. Das Mietrecht ist sehr mieterfreundlich. Ich glaube nicht, dass er da einfach so durchkommt und dich ohne handfeste Begründung rausschmeißen kann!«

Fast hätte Astrid gelacht.

»Ja, aber leider gibt es keinen Mietvertrag. Das war alles per Handschlag geregelt!«

»Ach, Frau Professor.« Izzy seufzte. »Nicht im Ernst, oder? Darauf lässt du dich ein?«

»Ich war damals einfach nur dankbar, dass Franzi überhaupt so schnell diese Wohnmöglichkeit aufgetrieben hat!«

Nun ließ sich Astrid doch auf die Couch sinken. Sie war frustriert und fühlte sich zugleich verraten. Bisher hatte sie Erich Neuretter für einen redlichen Geschäftsmann gehalten. Sein plötzlicher Wandel war ihr trotz Izzys Erklärungen unverständlich.

»Das ist dann der vierte Umzug in knapp zwei Jahren. Wie soll ich so schnell wieder eine Bleibe finden?«

Izzy kam zu ihr herüber und setzte sich neben sie. Sie nahm Astrids Hände in ihre eigenen.

»Na, wo wirst du wohl wohnen, hm?«, sagte sie sanft. »Deine Sorgen sind doch unnötig, und das weißt du auch.«

»Hier etwa?« Astrid hob den Kopf. »Vorübergehend, bis ich etwas gefunden habe? – Danke. Das ist nett.«

»Nein, nicht vorübergehend.« Izzy sah sie fest an. »Auf unbestimmte Zeit.«

»... nein.«

»Warum nicht? – Das Haus ist groß genug. Du musst mich nicht mal täglich sehen, wenn dir nicht danach ist.«

Das Problem war, dass ihr viel zu oft danach war, Izzy zu sehen.

Astrid schluckte.

»Ich glaube nicht, dass das gut ist.«

»Nicht gut für wen? Für dich?«

»Für uns beide. Die Leute denken eh schon, wir wären ein Paar.«

»Huch!« Izzy riss in komischer Verzweiflung die Hände nach oben. »Sodom und Gomorra! Jetzt bin ich aber schockiert. Dann sollen sie's halt denken, was kümmert's mich! Nach einem Inzest-Verhältnis finde ich eine verruchte lesbische Beziehung mit einer zugeknöpften, humorbefreiten und ... was sagte deine Ex noch?«

»Sozialphobikerin.«

»Ja, richtig, danke, das war mir kurz entfallen. Also ... mit einer humorbefreiten Sozialphobikerin genau passend. Das ist noch so das Tüpfelchen am i.«

»Izzy, das ist nicht lustig!«, wehrte sich Astrid, obgleich sie schmunzeln musste. Izzy schaffte es immer wieder, Hennies Beleidigungen bei jeder passenden und unpassenden Gelegenheit zur Sprache zu bringen. Sie hatten dadurch längst ihre niederschmetternde Wirkung eingebüßt. Inzwischen musste sie selbst lachen – auch darüber, dass sie Hennie das alles sogar geglaubt hatte.

»Oh doch, das ist lustig!« Auch Izzy schmunzelte. »Aber noch lustiger ist, dass du wegen des Umzugs zu mir so ein Theater machst. Du wohnst sowieso schon hier ... quasi. Wir sehen uns jeden Tag, du kochst in meiner Küche, hilfst mir, meine Weinvorräte zu dezimieren, fährst mein Auto, wenn du größere Besorgungen machen musst, sonnst dich auf meiner Terrasse, siehst ab und zu bei mir fern, da du ja selbst auf den Luxus eines Fernsehapparates verzichtest, schläfst sogar bei mir im Bett ...!«

»Das war ein Mal, und nur, weil ich ...«

Izzy winkte ab.

»Jaja. Unwichtig. Ich meine ja nur: es wird sich nicht viel ändern. Außer, dass du nicht mehr im Regen über die Straße laufen musst.«

Sie strich Astrid eine nasse Strähne aus dem Gesicht und streichelte sanft über ihre Wange.

»Komm schon. Sei nicht stur. Wir werden eine wundervolle Wohngemeinschaft haben.«

Astrid schloss die Augen und unterdrückte ein Seufzen. Das alles hörte sich so wunderbar und einfach an.

»Du wirst irgendwann wieder einen Mann treffen, mit dem du lieber zusammen wohnst als mit mir.«

»Das Kapitel ist für mich abgeschlossen. Robert wird der erste und einzige Mann in meinem Leben bleiben.«

»Das sagst du jetzt. Weil du noch niemanden getroffen hast, der dein Herz neu erobert hat.«

»Das sage ich, weil es so ist. Daran wird sich nichts ändern.«

Izzy hielt noch immer ihre Hände.

»Es ist viel wahrscheinlicher, dass du irgendwann wieder eine Frau triffst«, fuhr sie leise fort.

»Ich glaube nicht, dass ich mich noch einmal einlasse. Aus Erfahrung wird man klug.«

»Wunderbar. Dann ist das also abgemacht: Du ziehst bei mir ein.« Izzy ließ ihre Hände los und erhob sich. »Und wenn du aller Unwahrscheinlichkeit zum Trotz doch mal eine anschleppst, muss ich dir gleich sagen: Leicht wird sie es nicht haben. Ich werde sie auf Herz und Nieren prüfen. Wenn sie den Test nicht besteht, muss ich sie leider töten.«

»Noch ein Grund, Single zu bleiben.« Astrid ging in Richtung Türe. »Ich will nicht riskieren, dass du lebenslänglich bekommst.«

»Du bleibst nicht?«

»Ich muss noch zwei Studien durcharbeiten und morgen früh raus. Mein Zug nach Wien geht um kurz nach sieben.«

»Schade.« Izzy begleitete sie bis zur Haustür. Sie drückte Astrid und hielt sie länger fest, als es eine Verabschiedung erforderte.

»Ich würde auch lebenslänglich riskieren, um dich vor so einer Kröte wie deiner Ex zu beschützen«, flüsterte sie ihr ins Ohr.

»Ach, Izzy. Du verrückte kleine Hexe.«

Astrid küsste sie auf die Wange.

»Ha! Jetzt nennst du mich auch schon so!« Izzy grinste sie

triumphierend an. »Wenn man dir nur irgendetwas oft genug vorsagt ...!«

»Ja, das funktioniert anscheinend. Also sag schnell was Nettes, damit ich das abspeichern kann und positiv gestimmt rübergehe.«

Izzy lächelte nur.

Astrid zog sich die Kapuze ihres Regenumhangs über den Kopf und trat hinaus unter das Vordach. Der Regen fiel jetzt in einem dichten Gewirr senkrechter Striche. Sie wollte gerade lossprinten, als sie ein leises »Hej« dazu brachte, sich nochmal umzudrehen.

Izzy stand nach wie vor im Türrahmen, und noch immer lag dieses kryptische Lächeln auf ihren Lippen.

»Ich liebe dich«, sagte sie leise.

Und genau das ist der Grund, weshalb ich niemals bei dir einziehen werde, sagte sich Astrid, als sie einige Minuten später wieder vor ihren statistischen Zahlenreihen saß. Weil du mich mit solchen Äußerungen und Aktionen um den Verstand bringen wirst.

*

Astrid klammerte sich an ihr Sektglas wie eine Ertrinkende. Um sie herum schienen sich alle bestens zu unterhalten und zu amüsieren: Chefarzt Stöger, das mehrköpfige Gremium des Privatklinik-Dachverbands, der kaufmännische Leiter Maas und die regionalen Politiker. In dem Raum, der gewöhnlich als Vortragssaal der Klinik diente, tummelten sich um die dreißig Leute, und sie war, abgesehen von den Mädchen vom Catering, die einzige Frau.

Eine zwanglose Zusammenkunft, einfach eine Gelegenheit, sich zu beschnuppern und auszutauschen. So hatte Stöger ihr diesen Abendempfang verkauft. Sie hatte von vornherein geahnt, dass es so zwanglos nicht sein würde, und deshalb ein knöchellanges dunkles Kleid und Schuhe mit Absatz gewählt. Zumindest ihr Outfit war dem wahren Anlass des Abends angepasst.

Auch Norbert trug einen dunklen Anzug mit gediegener Krawatte. Den ganzen Abend lang schon schüttelte er Hände. Im Gegensatz zu ihr schien er keine Probleme mit Smalltalk zu haben. Über die Scherze seiner Gesprächspartner lachte er lauter, als sie es für angemessen hielt, und unterstrich seine eigenen Worte mit raumfüllenden Gesten. Gerade fachsimpelte er mit dem Landrat über das Potenzial einiger Spieler des FC Bayern München, die Astrid nicht einmal dem Namen nach kannte.

Auch sie hatte den Landrat begrüßt. Doch es kam genau so, wie Astrid es prophezeit hatte: Nach all den Wochen, die seit den Festspielen verstrichen waren, trat der Landrat ihr wie einer Fremden gegenüber. Erst als sie ihn an ihre Begegnung in der Salzburger Felsenreitschule erinnerte, kam ihm eine vage Erinnerung, aus der sich jedoch kein weiteres Gespräch ergab.

Und so stand sie nun allein hier herum mit ihrem Sekt, in einem Kleid, dessen Stoff unangenehm an der Haut kratzte, und den Kopf voller Sorgen, die nichts damit zu tun hatten, dass sie sich hier als Anwärterin auf den Chefarztposten präsentieren sollte.

Izzy hatte sich spürbar von ihr zurückgezogen, seit sie klargestellt hatte, dass ein Umzug nach drüben – wenn überhaupt – nur eine vorübergehende Option wäre. Angeblich nahmen ihre Immobilien sie voll in Beschlag. Vermutlich war sie aber gekränkt wegen der Zurückweisung. Astrid hatte genau das befürchtet.

Der Immobilienteil, den sie regelmäßig in der lokalen Zeitung und im Internet studierte, war genauso dürftig wie vor ein paar Monaten. Sie konnte weder das *leerstehende Wasserschloss bei Salzburg* für schlappe achttausendzweihundert Euro mieten noch eines der drei angebotenen WG-Zimmer in Berchtesgaden. Auch das *romantisch gelegene Jagdhaus am Hintersee*, nur erreichbar über eine sich in Serpentinen den Berg hochschlängelnde Forststraße, war definitiv keine Option. Die einzig vernünftige Wohnung im rund dreißig Kilometer entfernten Bad Reichenhall hatte ihr ein Kollege vom Klinikum Berchtesgaden weggeschnappt, wie der Makler freimütig Auskunft gab. Aber noch blieben dreieinhalb Wochen Zeit bis zum Rausschmiss, in denen sich hoffentlich noch etwas ergab.

Darüber hinaus entpuppte sich ihre Arbeit für das Holtzmann-Institut als arbeitsintensiver als erwartet. Sie saß inzwischen fast täglich über irgendwelchen Studien und Statistiken. Es machte ihr prinzipiell Freude, sie hatte immer gerne wissenschaftlich gearbeitet. Neben ihren Diensten im Krankenhaus war es aber zu viel und obendrein so schlecht finanziell honoriert, dass sie ihre Stunden in der Klinik nicht reduzieren konnte. Was sie davon abhielt, gegenüber Regine Winter-Sunderland ein Veto einzulegen, waren die positiven Rückmeldungen ihrer Wissenschaftskollegen und der inhaltlich hochqualitative Austausch untereinander. Es waren die Streicheleinheiten für ihr akademisches Ego.

»Der Bründlmayer Brut Reserve scheint Ihnen nicht besonders zu schmecken.«

Der Mann im dunkelblauen Anzug, der sich zu ihr gesellte, hatte graues, leicht nach hinten gegeltes Haar, blutleere Lippen und tief in den Höhlen liegende dunkle Augen, die nicht recht zu seinem sehr blassen Teint passten. Er war ihr zu Beginn des Abends als irgendeiner der Gurus der Zentrale in München vorgestellt worden. Dr. Olsen oder Dr. Alsen? Dass er kein Mediziner-Kollege war, sondern promovierter BWLer, war ihr umso besser im Gedächtnis geblieben. Bei ihrem kurzen Zusammentreffen hatte er bei ihr den Eindruck eines knallharten Controllers hinterlassen, der darüber bestimmte, welche Medikamente für die Klinikapotheke gekauft werden durften und welche Firma beim Kauf neuer Gerätschaften zum Zuge kam, ohne dass medizinische Aspekte dabei eine maßgebliche Rolle spielten.

Seine Bemerkung hatte sich auf das noch volle Sektglas in ihrer Hand bezogen. Tatsächlich wurde sein Inhalt langsam warm.

»Ich muss noch Auto fahren«, schob sie vor.

»Ah, eine ganz Korrekte sind Sie.« Er nickte verständnisvoll. »Das ist gut. Sehr gut. Solche Leute brauchen wir, sofern sie trotz allen hehren Grundsätzen das Geschäft nicht aus dem Auge verlieren. Als Privatklinik ist man schließlich darauf angewiesen, die Betten zu füllen.«

Ja richtig, und das merke ich jeden Tag, dachte Astrid. Deshalb werden in dieser Klinik so viele austherapierte Patienten geparkt, denen hier genauso wenig weitergeholfen werden kann, wie wenn sie daheim im Bett lägen und von einer ambulanten Schwester versorgt würden.

»Wirtschaftliche Aspekte spielen leider viel zu oft eine Rolle, wenn es darum geht, Patienten die bestmögliche Therapie zukommen zu lassen«, erwiderte sie vorsichtig.

War das diplomatisch genug? Vermutlich, denn Olsen oder Alsen lächelte noch.

»Das kennen Sie sicherlich von Ihrer Tätigkeit an der Charité.«

»Dort ging es vorrangig um meine akademische, speziell meine medizinische Expertise. Von ökonomischen Überlegungen war ich nur peripher betroffen, dafür gibt es Spezialisten.«

Autsch. Sie merkte selbst, dass sie sich mit dieser Antwort keinen Gefallen tat. Ihr Gesprächspartner reagierte prompt.

»An einer kleinen Klinik gibt es diese Spezialisten nicht. Da liegt es an Ihnen, gemeinsam mit der kaufmännischen Leitung effiziente Maßnahmen zum Wohle der Bilanz zu setzen.«

»Nun, wir sprachen über die Charité, nicht über die Privatklinik. Das hier ist ein anderes Pflaster.«

»Auf dem Sie hoffentlich trittsicher genug sind.« Alsen-Olsen lächelte aalglatt. »Ich kann mir vorstellen, dass es für Sie als Exotin im ländlichen Bayern nicht so einfach ist. Die eingeborenen Ureinwohner sind oft sehr unbarmherzig im Umgang mit Leuten, die ihre Wurzeln jenseits des sogenannten Weißwurstäquators haben.«

Ja, mit dir sicher.

Sie stellte sich vor, wie eine Horde *eingeborener* Ehernberger Alsen-Olsen mit seinem arroganten Auftreten und dem norddeutschen Zungenschlag unter aufgebrachten *Saupreiss*-Rufen über den Dorfplatz jagte. Die Vorstellung entlockte ihr ein kleines Lächeln.

»Ich bin in München geboren. Bisher gab es keine Probleme – weder mit Eingeborenen noch mit Ureinwohnern.«

»Ach! Das ist interessant. Sie sind selbst aus Bayern! Das hört man Ihnen gar nicht an!«

Nun klang er so, als wäre sie in seiner Achtung um mindestens zehn Prozentpunkte gestiegen.

»Und Ihr Vater? Welches Fach war sein Spezialgebiet?«

Ein paar Sekunden verstrichen, bis sie begriff, dass die Frage eindeutig dazu diente, ihren sozialen Background abzuklopfen.

»Er konnte ausgezeichnet Schach spielen. Jemand innerhalb von zehn Minuten schachmatt zu setzen, war sein Spezialgebiet.«

Sie war stolz auf ihre Antwort. Olsen-Alsens Lächeln wurde dünn.

»Also kein Medizinerhaushalt«, schlussfolgerte er. »Das ist ungewöhnlich. Die meisten Mediziner stammen meiner Erfahrung nach aus regelrechten Arzt-Dynastien. Selten, dass es jemand aus einer bildungsfernen Schicht so weit bringt. Aber das spricht für unser durchlässiges Schulsystem.«

Astrid spürte, wie ihr der Schweiß ausbrach. So ein Schnösel! Welche Relevanz hat denn bitte der Beruf ihrer Eltern? Sie hatte sich um diesen verdammten Chefarztposten beworben, nicht ihre Mutter, und schon gar nicht ihr verstorbener Vater!

»Aber Ihr Mann ist doch gewiss Mediziner«, stellte der Anzugträger jetzt in den Raum. Sein Lächeln hatte etwas Provokantes. Ihr Magen zog sich zusammen. »Schließlich lernen sich die meisten Paare im Beruf kennen.«

Sie hatte die Nase voll von diesen Spielchen.

»Ich gehe davon aus, dass Sie sich über mich informiert haben.«

Blanke Verwunderung in seinen Augen. Lag sie mit ihrer Einschätzung so daneben, oder war er ein guter Schauspieler? Astrid wurde unsicher.

»Ich bin nicht verheiratet«, fügte sie deshalb erklärend hinzu.

»Für Frauen ist der Spagat zwischen Karriere und Familie nicht leicht. Und Sie haben sich ganz eindeutig entschieden.« Olsen-Alsen schnappte sich ein weiteres Sektglas von einem Tablett, das jemand vom Cateringservice an ihnen vorbei trug. »Früher war die Ehe für einen Mann, der in eine Führungsposition will, quasi Voraussetzung. In den USA ist das immer noch so. Wir hier in Deutschland sind da etwas lockerer, die Zeiten haben sich geändert. Aber gerade in Bayern spielt die Kirche nach wie vor eine Rolle. – Zwei Privatkliniken unseres Verbundes stehen offiziell unter geistlicher Führung. Wussten Sie das?«

Sie hatte davon gehört, dem aber keine große Beachtung geschenkt. Zum Dachverband gehörten mehr als zwanzig Kliniken in ganz Deutschland.

»Eine unserer Prinzipien ist es, die Harmonie innerhalb des Verbundes zu wahren und nach außen nicht angreifbar zu sein«, fuhr er fort. »Ein einwandfreier Leumund sowie ein makelloses Privatleben unserer Führungskräfte sind uns deshalb ein wichtiges Anliegen.«

War das sein Ernst? War diese latente Demütigung der Preis, den sie zahlen musste, um als Stögers Nachfolge in die engere Wahl zu kommen? – Sie war sich inzwischen sicher, dass Olsen-Alsen wie jeder andere seiner Kollegen nicht nur ihr Curriculum Vitae studiert, sondern auch im Netz recherchiert und Referenzen über sie eingeholt hatte. Dass er sowohl von ihrer sexuellen Orientierung wusste als auch von ihrer Vorstrafe, lag nahe. Warum also quälte er sie überhaupt noch? Sie war ja dann wohl sowieso aus dem Rennen!

»Ihr Ruf als Medizinerin und Wissenschaftlerin ist tadellos«, bestätigte Olsen-Alsen da auch schon. »Und was Sie privat machen, kann privat bleiben. – Solange die Leute ihr Sexualleben im Schlafzimmer lassen und nicht in der Öffentlichkeit vor sich hertragen, hat der Dachverband damit keine Probleme.« Er stellte sein leeres Glas abrupt auf einen der Stehtische. »War nett mit Ihnen zu plaudern, Frau Doktor Behringer! Man sieht sich.«

Damit verschwand er im Getümmel.

Astrid stürzte auf die Toilette. Ihr war übel, und sie hatte Bauchkrämpfe. Tränen der Wut brannten in ihren Augen. Sie fühlte sich gemaßregelt, degradiert und gedemütigt. Was, zum Teufel, hatte ihr nicht einmal vorhandenes Sexualleben mit ihren beruflichen Qualifikationen zu tun? Und was hieß überhaupt *Sexualleben* in dem Zusammenhang?! Dass sie auf Frauen stand?! Sie brauchte eine ganze Weile, um sich wieder zu beruhigen. Mit einem feuchten Tuch tupfte sie sich den Schweiß von der Stirn, dann zog sie den Lippenstift nach und fuhr sich mit den Fingern durchs Haar.

Entschlossen, sich nicht einschüchtern zu lassen, betrat sie den Sitzungssaal. Die Gesellschaft war dabei, sich aufzulösen. Das Catering packte bereits zusammen. In einer Ecke des Raums entdeckte sie Norbert Neuretter mit Maas, Alsen-Olsen und dem Landrat.

»Und das ist meine Älteste, die Christina. Die hat in diesem Semester mit dem Medizinstudium in Würzburg angefangen. Und die Nicole, das ist meine Jüngere – die da im roten Pulli, die macht nächstes Jahr Abitur. Obendrein ist sie eine richtige Sportskanone. Jugendmeisterin im Slalom! Und bekam sogar schon einen Sponsorvertrag von einem Skiproduzenten angeboten!«

Oh Gott. Norbert Neuretter protzte mit seiner Familie, zeigte Fotos und alle Umstehenden waren sichtlich angetan. Neuretter, der Saubermann mit seiner adretten Frau und seinen zwei Töchtern, von denen sich eine noch von ihrer schweren Lungenembolie erholte. Aber das erwähnte er natürlich nicht, denn hier ging es nur um die Sonnenseiten des Lebens.

Astrid verließ die Veranstaltung, ohne sich zu verabschieden. Auf dem Spielbrett des Erfolges war sie an diesem Abend um mehrere Felder zurückgefallen.

Im Heu

»Und du bist sicher, dass eine Tageswanderung heute eine gute Idee ist?« Astrid warf einen skeptischen Blick zum Himmel. Schwere, dicke Wolken hingen über dem verlassenen Wanderparkplatz. Gewöhnlich war dieser Parkplatz so frequentiert, dass bereits früh am Morgen schnell alle Plätze belegt waren.

»Jepp!« Izzy hatte ihren Fuß an der Ladefläche zum Kofferraum abgestützt und zog sich die Schnürsenkel zu. »Das ist nämlich die einzige Möglichkeit, damit wir beide den Ärger loswerden, den wir mit uns herumschleppen: Auspowern bis zum Umfallen! Nach acht bis zehn Stunden Fußmarsch bist du hoffentlich wieder besser drauf.« Sie schlug den Kofferraumdeckel zu. »Und ich auch.«

Sie marschierten los, vorbei an der Jänner-Mittelstation, den hellen Kiesweg entlang. Die Luft war frisch. Sie befanden sich jetzt schon in über eintausend Meter Seehöhe. Auf den Gipfeln um sie herum lag bereits Schnee. Die Kühe, die im Sommer noch links und rechts auf den Wiesen geweidet hatten, waren vor rund drei Wochen ins Tal getrieben worden.

Astrid war froh, dass sie unter ihrer Softshelljacke noch einen langärmligen Fleecepulli trug. Der Sommer war definitiv vorbei.

Als Izzy die Tour vor zwei Tagen vorgeschlagen hatte, war sie zunächst einfach nur erleichtert gewesen. Die gemeinsamen Abendessen hatten ihr gefehlt, nach so manchen Arbeitstagen an der Klinik auf andere Gedanken gebracht zu werden oder einfach nur ein offenes Ohr zu finden. So waren die Ärgernisse und die Eintönigkeit stets erträglicher geworden. Sie sehnte sich nach dieser ungezwungenen Heiterkeit, die zwischen ihnen geherrscht hatte, seit Izzy im roten Nachthemd in ihr Auto gestiegen war.

Ungezwungenheit wollte sich heute aber nicht zwischen ihnen einstellen. Izzy war noch immer verärgert wegen des misslungenen WG-Vorhabens, und sie selbst grämte sich wegen ihres Versagens am sozialen Parkett im Kampf um die Chefarztstelle.

Sie hatte Izzy auf der Fahrt von Ehernberg zum Parkplatz von dem Abend erzählt. Izzy hatte zwar ein paar Schimpfwörter für die männliche Führungsriege parat gehabt, sich aber ansonsten nicht sonderlich empathisch gezeigt – bestimmt, weil sie selbst solche Situationen immer bravourös meisterte. Wahrscheinlich schüttelte sie insgeheim einfach nur den Kopf über die Unfähigkeit, Paroli zu bieten.

»Mittlerweile gibst du Hennie sicher recht«, platzte es daher aus ihr heraus, als sie das Schweigen zwischen ihnen nicht mehr aushielt.

Izzy blieb abrupt stehen.

»Womit?«

»Dass ich sozial inkompetent bin. Sonst hätte ich bei diesem Empfang eine bessere Figur gemacht.«

»Ach, Astrid, bitte.« Izzy schüttelte den Kopf, ging weiter.

Jetzt bin ich nicht mal mehr Schätzchen.

Astrid setzte verbissen einen Fuß vor den anderen.

»Ich glaube, du selbst bist deine größte Feindin.« Izzy drehte sich zu ihr um. »Du machst es dir absichtlich schwer im Leben. Das ist dein größtes Problem. Nicht irgendeine soziale Inkompetenz oder sonst irgendein Schwachsinn, den deine Ex verzapft hat!«

Astrid seufzte. Sie wusste von ihrer Begabung, Dinge zu verkomplizieren. Aber es war auch nicht alles darauf zurückzuführen.

»Ich wollte ein besseres Leben haben als meine Eltern. Bei uns war Geld immer knapp, und meine Mutter immer unzufrieden. Ich wollte nie so werden wie sie«, versuchte sie zu erklären. »Ich wollte eine Frau, die mich liebt. Ich wollte Kinder. Mit Hennie, Simone, meiner Stelle an der Charité – ich dachte, das ist es, jetzt hast du es geschafft. Aber seit einiger Zeit komme ich mir vor wie beim Mensch-ärgere-dich-nicht-Spiel – zurück auf Los!«

Unter ihren Schritten knirschte der feine Kies. Der Weg wurde jetzt steiler, und sie waren eine ganze Weile nur damit beschäftigt, voranzukommen. In einer Kehre blieb Astrid stehen, zog sich die Softshelljacke aus und band sie sich um den Bauch. Izzy stellte sich neben sie. Ihr Gesichtsausdruck war so unergründlich, dass Astrid das Gefühl hatte, noch etwas hinzufügen zu müssen.

»Ich verstehe, wenn du dich da nicht reinversetzen kannst.«

»In dein verqueres Denken?« Izzy sah sie an. »Doch, Astrid, ich bemühe mich, genau das zu tun. Ich versuche zu verstehen, woher deine Unsicherheiten und deine Verbissenheit in manchen Dingen kommen. Deshalb höre ich mir auch heute wieder geduldig an, was du mir in anderer Form schon x-mal erzählt hast.«

»Nerv ich dich?«

Gekränkt wollte sie weitergehen, doch Izzy griff nach ihrer Hand.

»Ich hör dir zu. Immer.«

»Aber?«

Izzy atmete tief durch. »Aber es wäre schön, wenn du hinter Hennie endlich einen Haken setzen und den Blick nach vorne richten könntest.«

»Das kannst du doch auch nicht«, erwiderte Astrid knapp.

»Nein.« Izzy sah ihr fest in die Augen. »Aber ich bin inzwischen schon weiter.«

»Ach, wirklich?«

»Ja. Werde jetzt bloß nicht sarkastisch! Du würdest dich wundern, um wie viel ich weiter bin!«

»Und dieser Prozess hat sich auf wundersame Weise in den zwei Wochen vollzogen, in denen wir kaum Kontakt hatten?«

»Genau. Ich hatte Zeit, um gründlich nachzudenken.«

»Aha. Mit welchem Ergebnis?«

Die blauen Augen waren noch immer auf sie gerichtet. Jetzt sah Astrid die Entschlossenheit, die in ihnen lag.

»Dass ich um mein Glück kämpfen werde.«

Irgendetwas sagte Astrid, dass es keinen Sinn hatte, nachzuhaken. Izzy würde sich dazu nicht weiter erklären. Im Grunde musste sie das auch nicht, denn ihre Worte konnten nur eines bedeuten: Sie wollte doch noch einen Versuch wagen, einen neuen Partner kennenzulernen, um ihre Träume zu verwirklichen.

*

»Hast du nicht gesagt, das Wetter hält?«

Seit einer gefühlten Ewigkeit saßen sie dicht nebeneinander unter dem Vordach einer verschlossenen Almhütte und warteten, dass der Regen endlich schwächer wurde. Es war, als würden sich die regenschweren Wolken zu einem bedrohlichen, immer größer werdenden Bollwerk zusammenschieben. Obwohl erst früher Nachmittag war, wurde es immer finsterer.

»Meine Wetterdienst-App hat gesagt, dass der Regen erst abends kommt«, verteidigte sich Izzy missmutig.

»Der Rest der Menschheit benutzt offenbar eine andere Wetter-App. Sonst säßen wir hier nicht so allein.« Astrid seufzte. »Wir hätten auf diesen Hüttenwirt hören und oben übernachten sollen. Jetzt sitzen wir fest: Zurück zur Hütte sind es zwei Stunden und zum Parkplatz ebenfalls.«

»Ich mag kein Matratzenlager«, grummelte Izzy. »Ich will in mein eigenes Bett.«

»Ja, Prinzessin auf der Erbse, aber bis wir am Parkplatz ankommen, sind wir entweder vollkommen durchweicht oder erfroren!«

»Es wird auch wieder aufhören.« Izzy holte ihr Smartphone aus der Tasche. »Da …! In zwei Stunden kommt die Sonne!«

»Sagt dieselbe Wetter-App, die in der Früh noch behauptet hat, dass es erst am Abend regnet«, bemerkte Astrid lakonisch. »Hast du überhaupt Empfang?«

»Einen Strich.«

»Wie beruhigend.«

»Ja, mit Internetsurfen werden wir uns nicht die Zeit vertreiben können.« Izzy ließ ihren Kopf auf Astrids Schulter sinken. »Also musst du mir eine Geschichte erzählen.«

»Sorry, aber ich bin Naturwissenschaftlerin.«

»Oh, ich finde, du erzählst wunderbare Geschichten!« Izzy richtete sich auf. »Die Geschichte, wie ich im roten Spitzennachthemd in dein Schlafzimmer kam, war einfach köstlich!«

Sie lachte. Astrid nicht. Ihr war der Traum genauso peinlich wie die Tatsache, dass sie Izzy in ihrem Bierrausch auch noch davon erzählt hatte.

»Es ... es tut mir leid. Bitte glaube nicht, dass ich so etwas wirklich denke.«

Denn ich habe vier Nägel in eine Schublade geklopft – jawohl!

»Es war nur ein dummer Traum. Ich würde nie ... Also, du musst wirklich nicht befürchten, dass ich mich auf dich stürze!«

Ihr Gestammel hörte sich schrecklich an. Izzy lachte hell auf.

»Nein«, sagte sie dann ernst. »Ich mache mir wirklich keine Sorgen darüber, dass du dich auf mich stürzt. Das kann ich mir in meinen ärgsten Phantasien nicht vorstellen.«

Natürlich nicht.

Eine Weile sahen sie schweigend in den Regen. Wasser lief in dicken Rinnsalen den Weg entlang und verwandelte ihn in ein Bachbett. Astrids Hände wurden allmählich so klamm wie ihr ganzer Körper. Ihre Wanderhose war feucht, die Softshelljacke nass, ihre Füße kalt.

»Wie hast du Hennie eigentlich kennengelernt?«, fragte Izzy unvermittelt.

»Ich dachte, dich nervt das Thema.«

»Mich nervt nur, dass du ihr immer noch nachtrauerst. Aber ich würde trotzdem gerne wissen, wie es mit euch begann.«

Astrid konnte das plötzliche Interesse nicht nachvollziehen, tat ihr aber dennoch den Gefallen.

»Es war meine erste Uni-Frauenparty in Berlin ... Lesbenfest traute sich wahrscheinlich keine offen zu sagen. Ich war zwanzig Jahre alt und neu in der Stadt. Es kostete mich große Überwindung, da überhaupt alleine hinzugehen. Aber ich wollte unbedingt andere lesbische Frauen treffen, und es war die einzige Möglichkeit. Das Internet steckte noch in den Anfängen; die ganzen Portale, Chatrooms und Kontaktplattformen gab es noch nicht. Ich ging in diesen Saal, den sie zu so einer Art Disko umgebaut hatten. Und wie ich da so stehe und überlege, ob ich nicht doch lieber wieder gehen soll, sehe ich eine Studentin am Kühlschrank hinter der Bar. Ich dachte erst, dass die da arbeitet, aber dann schiebt sie diese Cola-Flaschen einfach unter ihren Pulli.«

»Und du hast sie zur Rede gestellt?«

»Nein. Ich war viel zu schockiert. Sie tat das mit so einer Selbstverständlichkeit ... quasi vor aller Augen. Nur die, die vorne verkauften, bekamen nichts mit. Die hatten viel zu viel Stress. – Als sie kapierte, dass ich sie beobachtete, kam sie und sagte, ich solle mitkommen.«

»Und das hast du getan?«

»Sie trat sehr bestimmt auf. Und sie war hübsch. Ich war abgeschreckt von ihrer Skrupellosigkeit, aber auch irgendwie fasziniert. – Um es kurz zu machen: Das war Hennie. Sie schleppte mich zu ihren Freundinnen, wir mischten den Whiskey, den sie mitgebracht hatten, mit der Cola, und am Ende des Abends waren wir quasi zusammen.«

»Quasi.«

»Na ja. Du willst ja wohl kaum mehr Details.«

»Doch. Das ist der interessanteste Teil. Ich bestehe drauf!«

»Irgendwann hat sie mich geküsst und gefragt, ob wir zu ihr nach Hause gehen.«

»Wow!«, staunte Izzy. »Was hast du gesagt?«

Astrid wand sich innerlich. Einer Frau, die sogar in nasser Wanderkleidung und mit vom Regen feuchtem Haar so hübsch war, dass sie kaum den Blick von ihr abwenden konnte, die ganze Geschichte zu erzählen, war schwer.

»Ich habe die Chance ergriffen«, gestand sie. »Da war eine tolle Frau, die mit mir ins Bett wollte. Das war neu für mich.«

»Wie, neu? Hattest du vorher nicht ...?«

»Doch, aber das waren so zähe Geschichten. Eine Partyknutscherei mit einer, die ihren Freund damit heißmachen wollte, und bei der Studienfahrt dann der erste Sex mit irgendeiner ziemlich angetrunkenen Engländerin. Ich habe mich damals nur darauf eingelassen, weil ich Angst hatte, als alte Jungfer zu sterben. Mit neunzehn! Verrückt, nicht wahr?«

Izzy schaute nachdenklich in den Regen, der noch immer im Staccato auf die Erde prasselte.

»Vermutlich glaubst du das nicht, weil du mich erst jetzt kennengelernt hast«, fuhr Astrid fort. »Aber als Jugendliche und Studentin hatte ich null Selbstbewusstsein. Ich war eine unter vielen und an meiner Schule auch nicht die einzige mit einem Eins-nuller-Schnitt. Ich war dürr, flachbrüstig und hatte Pickel, trug eine Brille mit dicken Gläsern und mein Haar war so kurz, dass ich oft für einen Jungen gehalten wurde. Es stand mir überhaupt nicht. – Tja. Und trotzdem fand Hennie mich toll. Ich habe die Chance also genutzt.«

»Warst du in sie verliebt?«

»Am ersten Abend noch nicht. Aber sie war selbstbewusst, cool und souverän. Das hat mir imponiert. Wir haben uns nach dieser Nacht regelmäßig getroffen, und meine Gefühle für sie haben sich allmählich entwickelt. Und irgendwann war ich dann so verliebt, dass ich gar nicht mehr ohne sie konnte.« Astrid wunderte sich selbst, dass es nicht wehtat, darüber zu sprechen. »Aber da hatte Hennie sowieso schon eine WG für uns ausfindig gemacht.«

»Das heißt, Hennie war diejenige, die die Initiative ergriffen hat?«

»Anfangs.« Astrid überlegte. »Und später eigentlich auch. Jedenfalls öfter als ich.« Sie lächelte schwach. »Bevor ich ein Risiko eingehe, tue ich meist lieber nichts. Das ist mein Prinzip.«

Der Regen fiel weiter unablässig vom Himmel. Zudem zog jetzt ein leichter Wind auf, der Astrid unwillkürlich erschauern ließ. Ihr war in den klammen Klamotten kalt.

»Bei uns war immer Robert derjenige, der Nägel mit Köpfen machte. Ich scheue mich zwar nicht, Entscheidungen zu treffen und Risiken auf mich zu nehmen. Aber in Beziehungsdingen ...«, sie schien kurz nachzudenken, »... da war immer Robert derjenige, der führte. Wahrscheinlich ist das so mit Männern.«

»Oh, da wüsste meine Mutter anderes zu berichten«, rutschte es Astrid heraus.

Izzy lachte. Dann griff sie nach Astrids Hand, drückte sie.

»Du weißt hoffentlich inzwischen, dass du eine sehr attraktive Frau bist.«

»Oh! Danke.« Astrid spürte, wie sie rot wurde. »Na, heute kann ich mich selbst im Spiegel anschauen, ohne mich zu fürchten. Außerdem definiere ich mich mittlerweile über andere Dinge.«

»Ach ja, richtig, Frau Professor!« Izzy erhob sich und zog die Mütze ihrer Jacke über den Kopf. Dann schulterte sie ihren Rucksack. »Siehst du das Licht da drüben?« Sie deutete auf den Berghang gegenüber.

Astrid versuchte ihrem Finger zu folgen. Statt ersten Sonnenstrahlen, die es durch die Wolkendecke geschafft hatten, sah sie nur Wiese, Wald und Felsen.

»Da! Die Hütte!«

Izzy nahm sie an der Hüfte und drehte sie um ein paar Grad weiter nach links. Jetzt entdeckte Astrid zwischen zwei Bäumen die kleine, schlichte Holzhütte, die aus der Entfernung eher wie ein Kuhstall aussah. Hinter einem der Fenster brannte jedoch Licht, und aus dem Schornstein stieg Rauch.

»Da gehen wir jetzt hin«, entschied Izzy. »Entweder, wir können dort übernachten, oder die Leute haben ein Auto und fahren vielleicht noch ins Tal.«

»Ein Auto?« Astrid kniff die Augen zusammen. »Hier gibt's nicht einmal eine Straße!«

»Da drüben zwischen den Bäumen verläuft meinen Erinnerungen nach ein Wirtschaftsweg.«

Izzy sollte recht behalten. Das ältere Ehepaar, das eigentlich nur geplant hatte, die Hütte winterfest zu machen und wieder ins Tal zu fahren, saß aufgrund des schlechten Wetters fest. Eine Fahrt ins Tal sei bei diesem Regen wegen des Steinschlagrisikos zu gefährlich; sie würden bis morgen abwarten. Und ja, die beiden durchnässten Wanderinnen konnten freilich bleiben, auch wenn man hier nicht auf Gäste ausgerichtet war.

Es gab nur ein einziges Zimmer: die kleine Stube mit einer hölzernen Essecke und ein schmales Bett, das die Frage aufwarf, wie der Almbauer und seine Frau da zusammen hineinpassten. Nebenan im Kuhstall stand knöcheltief der Morast, weil noch keiner den Mist weggefahren hatte.

Blieb also nur der Heuboden darüber.

Ausgestattet mit zwei Decken, die nach Kuhstall rochen, aber auch nach dem Rauch des Kanonenofens, kletterte Astrid hinter Izzy die Sprossenleiter hinauf. Die einzige Lichtquelle war die Fusellampe unterhalb der Klappe, die sie vorsichtshalber erst einmal offen stehen ließen. Sie konnten sich nur kriechend durch die Heuballen bewegen, da der Dachstuhl zu niedrig war.

»Das ist wahrhaftig viel besser als das Matratzenlager auf der Hütte.« Astrid konnte sich den ironischen Kommentar nicht verkneifen, obwohl sie prinzipiell froh war, nicht mehr draußen in Kälte und Regen zu hocken. Nach der Suppe, von der Almwirtin serviert, hatte sie auch bald zu schlottern aufgehört. Zwei Stamperl Zirbenschnaps sorgten für die perfekte Bettschwere, obwohl es erst halb neun Uhr abends war.

»Das ist das Romantik-Wochenende auf der Alm«, scherzte

Izzy, während sie eines der Heubündel öffnete und in eine Kuhle drückte. »Immer hast du etwas auszusetzen an meinen Überraschungen!«

Astrid lachte.

»Tut mir leid, ich bin wirklich ignorant. Es ist natürlich wundervoll hier: die Spinnweben in den Ecken, die Ritzen im Holz, durch die der Wind pfeift, und der Duft nach Kuh, der überall in der Luft hängt – ein Traum!«

»Ich bin sicher, andere zahlen für so was!« Izzy hatte sich ins Heu gelegt und zugedeckt. Sie leuchtete mit ihrer Handy-Taschenlampe in Astrids Richtung. »Was ist? Kommst du kuscheln?«

Sicher nicht. Die Idee, mit Izzy, deren Wanderhose unten in der Stube zum Trocknen hing, auf engstem Raum nebeneinander zu liegen, ängstigte sie.

»Du meinst, das gehört zum Romantik-Paket dazu?«, fragte sie leichthin, während auch sie sich ein Bett aus Heu baute, und zwar in zwei, drei Schritten Sicherheitsabstand.

»Ich meine, damit es wärmer ist. Es wird nachts abkühlen, und du frierst erfahrungsgemäß ständig.«

»Bis jetzt ist alles Bestens«, log Astrid mit Gänsehaut auf ihren nackten Beinen.

»Na dann. Gute Nacht, Schätzchen.«

Izzy schickte ihr einen Handkuss quer über den Heuboden.

»Gute Nacht, du Profi-Wanderführerin mit Zusatzqualifikation in Wetterkunde.«

Izzy kicherte. Astrid drehte sich auf den Bauch. Unten hörten sie das Almbauernpaar miteinander reden.

Wenn die uns für verrückt halten, kann ich es ihnen nicht verdenken, dachte Astrid. Dann fielen ihr auch schon die Augen zu.

*

»Astrid … Astrid! Psst … Sssttt …«

Eine kleine Kugel, geformt aus zusammengeballtem Heu, traf Astrid am Kopf und ließ sie hochfahren.

»Bist du wach?«, drang Izzys angespannte Stimme durch die Dunkelheit.

Unten schnarchte der Hüttenwirt so laut, dass die Wände der Hütte zu Beben schienen.

»Jetzt schon«, murmelte Astrid schlaftrunken. »Was ist denn?«

»Ist dir kalt?«

Izzy weckte sie, um das zu fragen?

»Geht so. – Dir etwa?«

Erstaunlicherweise wärmte das Heu ganz gut. Allerdings kratzte es an den Beinen.

»Nein.« Izzy klang piepsig. »Aber ich glaube, da war eine Maus!«

Wer von ihnen beiden war hier eigentlich die Großstadtpflanze?

»Und mich damals auslachen wegen des Garagengeistes!« Astrid schmunzelte in die Dunkelheit.

»Du musstest aber nicht in der Scheune schlafen. Das ist ein Unterschied. Die Maus ist mir über den Arm gelaufen, glaube ich. Ich bin fast gestorben vor Schreck!«

»War ja nur eine Maus. Du kannst also beruhigt schlafen.«

Astrid kam sich vor wie in einem Gespräch mit der damals achtjährigen Simone.

»Ich weiß nicht.« Izzy wirkte unschlüssig.

Da Astrid nicht wusste, wie sie ihr noch helfen sollte, drehte sie sich wieder zur Seite und schloss die Augen. Da raschelte es wieder. Die Maus musste dem Geräuschpegel nach aber eher die Größe einer fetten Ratte haben. Astrid stellte die Antennen. Dass sich Izzy ihre Decke geschnappt und ihr Bett fluchtartig verlassen hatte, wurde ihr dennoch erst klar, als sie einen zarten Körper hautnah an sich fühlte. Izzy war unter die Decke geschlüpft und schmiegte sich so eng an ihren Rücken, dass sie ihre weichen Brüste spüren konnte.

Astrid sog scharf die Luft ein.

Sie hatte bereits einen schroffen Kommentar auf den Lippen, als Izzy hinter ihr kläglich wisperte: »Ich hab wirklich Angst.«

Ich kann dich nicht vor einer Maus retten, Süße. Ich bin viel zu beschäftigt, mich vor mir selbst zu retten.

Astrid presste die Lippen aufeinander. Kälte war nicht mehr ihr Problem, dafür die Hitze, die sich von ihrem Unterleib ausbreitete und ihre Wangen glühen ließ. Sie spürte Izzys steife Nippel.

Obendrein legte Izzy ihr nun auch noch den linken Arm über die Hüfte. Erst wollte sich Astrid schlafend stellen. Sie schämte sich, dass ihr Körper so unverblümt auf rein freundschaftliche Arglosigkeit reagierte. Doch dann wanderte Izzys Hand sanft an ihrem Bauch nach oben …

Ruckartig fuhr Astrid zu Izzy herum. Was soll das?!, wollte sie mit Schärfe fragen. Doch aus ihrem Mund kam nur ein unverständliches Krächzen und dann nichts mehr, weil Izzy sich an sie presste und sie küsste. Nicht nur ein bisschen küsste, sondern intensiv und voller Leidenschaft. Die Hand wanderte weiter.

Pling. Pling. Pling. Pling.

Die Nägel, die die Schublade mit ihren Begehrlichkeiten verschlossen hatten, flogen in alle Richtungen davon. Die Lade sprang auf. Ein nächster Kuss von Izzy versetzte Astrids Vernunft den Todesstoß. Mit ungewohnter Forschheit drehte sie Izzy auf den Rücken und übernahm die Führung.

Izzys Lippen waren weich und schmeckten noch ein bisschen nach Zirbenschnaps und dem Speck, den es zur Suppe gegeben hatte. Als Astrid ihn leicht mit ihrer Zunge anstieß, öffnete Izzy ihren Mund. Ihre Zungen berührten sich. Izzys heißer Atem brannte auf Astrids Haut und ließ Raum und Zeit verschwimmen. Sie küsste, ließ sich küssen, spürte das Pulsieren zwischen ihren Beinen, das immer drängender wurde. Langsam begann sie sich an Izzys nacktem Oberschenkel zu reiben und fühlte ihre eigene Nässe.

Izzy wand sich unter ihr und keuchte in ihren Mund, was ihre Erregung weiter steigerte. Sie hörte ihren eigenen, schnellen Atem, spürte warme Lippen, die ihren Hals entlangwanderten, knabberten, küssten, liebkosten. Ihre linke Hand strich unter Izzys T-Shirt, zu ihren Brüsten. Kein BH hinderte sie daran, die zarte Haut und die aufgerichteten Brustwarzen zu liebkosten.

Izzys Körper glühte. Sie hatte den Kopf jetzt nach hinten sinken lassen, ins Heu gebettet und die Augen geschlossen. Ihre Lippen waren leicht geöffnet. Sie atmete schnell und flach.

Astrid spürte, dass sie sich selbst kaum mehr zurückhalten konnte. Sie rieb sich noch immer an Izzys Schenkel und wusste, dass sie es nicht mehr lange hinauszögern konnte. Aber sie wollte nicht alleine, hatte das noch nie gewollt: zum Höhepunkt kommen, ohne dass ihre Partnerin soweit war.

Sanft streichelte sie Izzys Oberschenkel, schob ihre Hand schließlich weiter nach oben, als Izzy sie zurückhielt.

»Nein.«

Ein einfaches Wort, das wirkte wie ein Kübel Eiswasser.

Sofort zog Astrid die Hand weg und glitt von Izzys Körper ins Heu. Schlagartig war ihr kalt.

Unten in der Stube hatte das Schnarchen aufgehört. Die plötzliche Stille war drückend.

»Ich kann das jetzt nicht.« Izzy tastete im Dunkel nach ihr. »Tut mir leid.«

»Es ist nicht deine Schuld.«

Für Astrid hörte sich ihre eigene Stimme fremd an. Zwischen ihren Schenkeln brannte ungestilltes Verlangen. Das Heu klebte an ihren nassen Schenkeln und entfaltete dort ein Eigenleben. Es fühlte sich an, als würden lauter kleine Parasiten in ihre dünne Haut beißen.

»Ich will dich küssen«, flüsterte Izzy. »Ich will in deinem Arm liegen …«

»Nein.« Diesmal sprach Astrid das vernichtende Wort. »*Das* kann ich jetzt nicht.«

»Es tut mir leid. Wirklich.« Izzys Stimme zitterte leicht.

»Sagtest du schon. Es ist okay.«

Nichts war okay. Sie hatte sich nicht unter Kontrolle gehabt und war übergriffig geworden. Die schmerzhafte Erkenntnis fraß sich durch ihren Körper.

»Die da unten sind wach«, flüsterte Izzy. Wieder klang sie wie das Kind, das sich vor Mäusen fürchtete.

»Das kann ich jetzt nicht ändern«, flüsterte Astrid zurück.

»Vielleicht sollten wir aufhören zu reden. Sonst kommen sie noch nach oben, um nach dem Rechten zu schauen.«

Ersteres war zweifelsohne eine gute Idee, das zweite hielt Astrid für unwahrscheinlich. Sie bezweifelte sogar, dass das Ehepaar wirklich mitbekommen hatte, was da eben im Gange gewesen war.

Dass sich gerade die ansonsten so souveräne Izzy den Kopf darüber zerbrach, was andere Leute dachten, ärgerte sie fast genauso wie die Situation an sich. Was kümmert's mich!, hatte Izzy so oft gesagt. Das schloss anscheinend nicht Sex mit einer Frau ein.

»Dann schlaf jetzt.«

Izzy rutschte wieder näher an ihren Rücken heran. Erst, als sich Astrid steif machte und den Abstand vergrößerte, gab sie auf.

*

Nebel lag in der kleinen Talsenke und begrub Bäume, Felsen und Wiesen. Der Regen war vorbei, aber es war kalt. Astrid zog fröstelnd den Reißverschluss ihrer Jacke bis ganz nach oben, als sie vor die Hütte trat.

Izzy hatte nicht mehr neben ihr gelegen, als sie aufgewacht war. Sie entdeckte sie jetzt mit den Almbauern hinter dem Kuhstall, wo sie dem Ehepaar dabei half, ein paar Dinge im Kofferraum eines kleinen Geländewagens zu verstauen.

»Guten Morgen.«

Astrid bemühte sich um einen festen Klang in der Stimme. Es musste nicht jeder gleich merken, dass sie sich entsetzlich fühlte, am allerwenigsten Izzy. Die wirkte frisch und munter.

»Guten Morgen. Wir fahren gleich los, bevor der nächste Regenschauer kommt«, informierte der Almbauer sie, und seine Frau steuerte bei: »Oder Schnee. So kalt, wie es ist!«

»Wir können mit runterfahren, wenn wir uns auf die Rückbank quetschen«, sagte Izzy.

Ihre Blicke trafen sich kurz. Ein unsicheres Lächeln lag auf Izzys Lippen. Astrid wandte den Kopf ab. Bei der Aussicht, dicht an dicht im Wagen zu hocken, sträubten sich ihre Nackenhaare. Den Abstieg alleine bewältigen, wollte sie jedoch auch nicht.

Als es zehn Minuten später so weit war, erwies sich die Talfahrt als größere Herausforderung als die körperliche Nähe. Der Wagen rumpelte über den unebenen Wirtschaftsweg, und sie hatten auf der Rückbank alle Mühe, die Ladung im offenen Kofferraum unter Kontrolle zu halten. Es war, als würden Eimer, Werkzeuge und Klappstühle jedes Schlagloch nutzen, sich zu ihnen auf die Rückbank zu gesellen. Erst auf der Forststraße wurde die Fahrt ruhiger.

Bis auf Izzys Auto war der Parkplatz leer. Prompt begann es wieder zu nieseln. Izzy tauschte ihre Bergschuhe gegen Sneakers, während Astrid bereits auf dem Beifahrersitz auf sie wartete. Sie fühlte sich elend und schuldig. Die Lade mit den weggeschlossenen Gefühlen hätte niemals aufspringen dürfen!

»Können wir reden?«, fragte sie dennoch mutig, kaum dass Izzy den Wagen gestartet hatte. Ein schneller Seitenblick streifte sie.

»Reden?«, wiederholte Izzy leicht sarkastisch. »Über was genau willst du denn reden? – Du bist sauer auf mich. Das ist klar. Ich kann mir denken, warum.«

»Ich wollte immer nur mit dir befreundet sein«, führte Astrid an. »Nicht mehr, nicht weniger.«

»Ach! Und jetzt sind wir nicht mehr befreundet?«

In Izzys Stimme hatte sich ein aggressiver Unterton geschlichen.

Astrid atmete tief durch. Sie hatte gewusst, dass es heikel werden würde. Ihr Fluchtreflex meldete sich leise. Doch diesmal war sie stärker. Tapfer ergriff sie das Wort. »Ich glaube nicht, dass wir zu dem zurückfinden, was wir hatten.«

Wieder sah Izzy sie kurz an. Ihre Augen blitzten.

»Auf die Idee, dass wir vielleicht etwas ganz anderes, noch besseres haben könnten, kommst du wohl nicht?«

Astrid sah sie verständnislos an. Ihr Kopf war leer, die Gefühlswelt völlig durcheinander. »Was meinst du?«

»Na, was wohl!« Izzy schlug die Hände vor dem Gesicht zusammen. Der Wagen, jetzt lenkerlos, schlingerte nach rechts. Astrid sah sich bereits im Graben, doch Izzy hatte das Fahrzeug sofort wieder unter Kontrolle. »Eine Beziehung zum Beispiel.«

Der Vorschlag war so abstrus, dass Astrid beinahe lachen musste,

»Du wünschst dir Mann und Kinder«, rief sie ihr in Erinnerung. »Wo wäre da mein Platz in deinem Leben?«

»Nur weil ich bisher nicht mit einer Frau zusammen war, darf ich es also auch in Zukunft nicht?«, schlussfolgerte Izzy bissig. »Na bravo!«

Astrid schluckte. »Aber du hast es sowieso schon schwer genug in Ehernberg. Ich würde dein Leben nur noch komplizierter machen. Du stellst dir das viel zu einfach vor: Mit einer Frau leben, schlafen, die Zukunft planen, sie deinen Freunden als Partnerin vorstellen. Irgendwann ist dir das alles zu viel und …« Astrid kämpfte gegen die Tränen, die sich in ihren Augen bildeten. Die Vorstellung von dem, was die Zukunft brachte, egal, welchen Weg sie wählten, war düster. »... und dann trennst du dich wieder von mir. Ich kann das nicht noch mal. Ich will keine Beziehung mehr. Mit niemandem.«

»Zumindest scheinst du in einem Bereich deines Lebens zu wissen, was du willst.« Izzy spuckte ihr die Worte fast ins Gesicht. »Obwohl ich auch das ehrlich gesagt bezweifle. Du willst einfach deine Komfortzone nicht verlassen! Lieber schmorst du in deinem eigenen toxischen Saft, anstatt etwas Neues zu wagen.«

»Ja, genau so ist es!« Ärger stieg in Astrid auf. »Aber du meinst *dich*! *Du* willst mal was Neues ausprobieren! Für dich ist das alles ein Spiel. Ein Spekulationsgeschäft, so wie deine Immobilien! Wenn für dich eine bessere Option auftaucht, stößt du mich wieder ab!«

»Du spinnst doch«, sagte Izzy nur. Dann herrschte zwischen ihnen eisernes Schweigen. Erst als sie vor Astrids Hofeinfahrt angekommen waren, ergriff sie wieder das Wort.

»Die einzig wichtige Frage ist doch«, sagte sie leise, »empfindest du etwas für mich, was über Freundschaft hinausgeht?«

Ihre blauen Augen waren auf Astrid gerichtet. Erwartungsvoll. Voller Hoffnung. Aber auch mit einem Funken Wut, der verriet, dass eine negative Antwort restlos alles zwischen ihnen zerstören würde.

Astrid suchte nach Worten, fand aber auf Anhieb keine, die dem Chaos in ihrem Inneren annähernd gerecht würden. Die ganze Zeit war sie nur darauf fokussiert gewesen, ihre Gefühle für Izzy zu unterdrücken. Dass Izzy eine Beziehung zu ihr wollte, klang angesichts der Rahmenumstände vollkommen abwegig.

»Ich glaube dir, dass du nicht mehr allein sein willst«, hörte sie sich sagen. »Dass du gerne jemanden hättest, der bei dir wohnt, dir Gesellschaft leistet. Nachdem ich nicht wollte, hoffst du, mich mit anderen Mitteln dazu bewegen zu können. Aber dass du mit mir schlafen willst, redest du dir nur ein, genauso wie tiefere Gefühle.«

»Schön, dass du dir anmaßt, über meine Gefühle urteilen zu können.« Izzy funkelte sie zornig an. »Aber meine Frage hast du nicht beantwortet! Liebst du mich?«

Astrids Kopf war ganz leer. Nur ihr Herz bebte.

»Ich mag dich, aber Liebe ist etwas anderes«, sagte sie mit blecherner Stimme. »Es tut mir leid.«

Das Risiko war einfach zu hoch.

Astrid schlug die Autotür hinter sich zu und lief ins Haus, ohne sich umzudrehen. Izzy sollte die Tränen nicht sehen.

Alles war aus, alles war kaputt.

Zurück auf Los.

Allmählich fehlte ihr die Kraft für dieses Spiel.

Kaltes Wasser

Bewegung half Astrid für gewöhnlich, den Kopf freizubekommen. Heute nicht. Die Wanderung, der sie sich nicht hatte entziehen können, diente einem einzigen Zweck: der erneuten Positionierung im Kampf um den Chefarztposten. Verwaltungsdirektor Maas hatte ihnen diesen Samstagstermin als *tolle Gelegenheit* verkauft, sich dem Klinikmanagement auch mal von der *privaten Seite* zu zeigen. Auch Partner und Kinder waren herzlich eingeladen, man sei schließlich eine große Familie.

Norbert, der vorneweg an der Seite von Olsen ging, mit dem sie beim Klinikempfang hatte plaudern müssen, war deshalb mit Anja und den zwei Töchtern aufmarschiert. Sosehr es Astrid auch freute, dass Nicki ihre Lungenembolie einigermaßen gut überstanden hatte, so irritierend fand sie, dass die zwei fast erwachsenen Töchter die perfekte Familie demonstrieren mussten. Sie bezweifelte, dass die beiden an einem Samstag nichts Besseres vorhatten, als mit den Kollegen und Chefs ihres Vaters im Berchtesgadener Land wandern zu gehen. Hätte sie Simone darum gebeten, wäre sie von ihr für verrückt erklärt worden. Und das war auch gut so.

Trotzdem fühlte sie sich als Singlefrau unter diesem Aufgebot an Ehefrauen und Kindern seltsam. Chefarzt Stöger, dessen Frau an Krebs erkrankt war, hatte seine achtjährige Enkelin aufgeboten. Die Herren von der Konzernzentrale waren allesamt mit ihren Ehefrauen erschienen, die – so Astrids schnelles Urteil – exakt zu ihnen passten. Zu Olsen, von dem sie jetzt wusste, dass er nicht Alsen und mit Vornamen Oliver hieß, gehörte ein langbeiniges Model mit kastanienbraunen Locken, das nur geringfügig älter war als Christina Neuretter. Franzi, die die Gruppe als Maas' Sekretärin begleitete, war die einzige außer ihr, die niemanden an ihrer Seite hatte. Trotzdem hielt Astrid Abstand.

Mens sana in corpore sano – ein gesunder Geist in einem gesunden Körper, hatte Maas gedröhnt. Das werde vom künftigen Chefarzt erwartet. Daher die Wanderung.

Mit ihrer Fitness hatte Astrid inzwischen keine Probleme mehr. Ihrer Seele ging es dennoch schlecht. Seit ihrem Zerwürfnis mit Izzy litt sie wie der sprichwörtliche Hund. Noch schlechter ging es ihr, seit sie Izzy vor zwei Tagen mit Gepäck in ein Taxi hatte steigen sehen. Jetzt war sie weg, ohne dass sie die Chance auf Klärung gehabt hätte. Aber wie sollte ein Gespräch zwischen ihnen aussehen?

In ihrem Kopf herrschte Chaos. Es verging keine Nacht, in der sie die Szene am Heuboden nicht mindestens hundert Mal durchspielte. Warum Izzy sie geküsst und was dazu geführt hatte, dass Izzy doch einen Rückzieher gemacht hatte.

Zumindest auf letzteres glaubte sie eine Antwort gefunden zu haben: Es war bei Izzys Versuchen, mit einem Mann sexuell aktiv zu werden, nicht anders gewesen. Spätestens im Schlafzimmer war Izzys Lust abgekühlt und sie hatte den potenziellen Kandidaten in die Wüste geschickt, weil der Gedanke an Robert zu präsent war. Und überhaupt ... was hieß schon Lust?

Izzy war eine hervorragende Schauspielerin. Astrid erinnerte sich noch gut an ihre überzeugende Darbietung der Homophoben. Sie hatte ihr geglaubt, genauso wie sie angenommen hatte, dass Izzy ihre Küsse und Berührungen wirklich genoss. Izzy konnte aber auch alles nur vorgespielt haben, damit Astrid bei ihr einzog und mit ihr WG spielte.

Sie war eine Frau, die gewohnt war, alles zu bekommen und alles dafür zu tun; die ihren Erzeuger verklagte, um an Geld zu kommen, und Menschen manipulierte. Astrid war ja selbst Zeugin davon geworden, wie Izzy den Umweltreferenten mit einer

Überdosis Charme am Volksfest für sich vereinnahmte und ihn glauben ließ, dass sie ihn für einen überaus attraktiven Mann hielt.

Und trotz all dieser Aspekte fühlte sich ein Leben ohne Izzy an wie ein Leben ohne Licht. Die Sehnsucht fraß sich wie ein verzehrender, unerträglicher Schmerz in ihre Eingeweide und machte alle anderen Probleme zur Nebensache.

In zweieinhalb Wochen musste sie endgültig aus ihrem Haus raus. Immerhin war sie jetzt in der engeren Wahl für eine Zwei-Zimmer-Wohnung am Rande von Berchtesgaden. Der Vermieter wollte sich im Laufe des Wochenendes entscheiden, wem er die Wohnung gab: ihr, einem frisch geschiedenen Architekten oder einem Ehepaar um die vierzig, kinderlos und ohne Haustiere, das die Hälfte des Jahres auf Dienstreisen verbrachte.

Das Gerangel um Stögers Nachfolge belastete Astrid weiterhin. Gegen Neuretters Talent, Seilschaften zu bilden und zu nutzen, kam sie einfach nicht an. Die Vorstellung, künftig unter ihm als Chef arbeiten zu müssen, war Demütigung pur. Trotzdem, diese beiden Probleme ließen sich verdrängen. Die Sehnsucht nach Izzy nicht.

Die Tour führte durch eine Schlucht. Wassermassen stürzten über steile Felswände nach unten. Der reißende Gebirgsbach schäumte unter den Holzbrücken, die sie überwinden mussten. An anderen Stellen bildeten die schroffen Felsen kleine Becken. Hier schimmerte das Wasser türkis und lud beinahe zum Baden ein – keine gute Idee bei einer Wassertemperatur, die laut Aushängetafel am Anfang der Schlucht bei fünf Grad lag.

Auch die Luft war kalt an diesem ansonsten sonnigen Oktobertag. Als sie vor zwei Stunden aufgebrochen waren, hatte ihr Atem noch kleine weiße Wölkchen gebildet.

Endlich weitete sich die Schlucht, die Felswände wurden weniger steil und gingen schließlich in Geröll über. Der Wanderweg machte eine Linkskurve, führte weg vom Wasser und verlief jetzt nahezu eben, ehe es wieder hinein in den Wald ging.

Olsen und Neuretter, die stramm vorausgegangen waren, blieben stehen. »Kurze Pause!«, rief Olsen. »Zwanzig Minuten.«

Die ersten zückten ihre Wasserflaschen. Einige breiteten ihre Jacken auf den kalten Steinen aus und zauberten eine kleine Brotzeit hervor. Die Neuretter-Mädels kümmerten sich um das Model, das offensichtlich ein Problem mit seinen nagelneu aussehenden Bergschuhen hatte. Der Apfel fällt nicht weit vom Stamm, dachte Astrid. So jung, und schon bemüht um die richtigen Leute …

Neuretter, jetzt im Gespräch mit einem anderen Entscheiderkopf, lachte aufgesetzt. Seine Frau unterhielt sich lebhaft mit Maas, dessen Ehefrau der Stöger-Enkelin dabei half, ihre Trinkflasche zu öffnen.

Was Izzy wohl gerade machte?

Wohin war sie gereist?

Mir vorwerfen, ich würde vor Konflikten flüchten, und sie selbst ergreift als Erste die Flucht, wenn etwas nicht passt.

Plötzlich war Astrid alles zu viel: die Wanderung, die Kollegen von der Klinik und ihre Familien, die hier ein Theaterspiel der Extraklasse aufführten. Olsens arrogante Miene. Neuretters Profilierungssucht. Der behäbige Maas, der sich gerade den Schweiß von der Stirn tupfte, während er in der linken Hand bereits eine Bierdose hielt. Das Model, das über die drückenden Schuhe jammerte.

Sie brauchte Ruhe, wenigstens kurz. Da ihr niemand Aufmerksamkeit schenkte, ging sie ein Stück zurück zum Ende der Schlucht. Neben dem Weg entdeckte sie ein kleines Felsplateau. Zwei junge Fichten und ein großer Stein grenzten es vom darunter fließenden Gebirgsbach ab. Astrid legte ihren Rucksack auf den Boden und ließ sich auf dem Stein nieder.

Sie kämpfte mit den Tränen. Wieder sah sie sich und Izzy im Heu, roch den leichten Pfirsichduft, schmeckte diese sanfte, vom Schweiß des Tages leicht salzige Haut auf ihren Lippen, fühlte den warmen Körper unter sich.

Was war, wenn Izzy doch nichts vorgespielt hatte? Wenn sich in den vergangenen Monaten wirklich Gefühle bei ihr aufgebaut hatten? Sie hatten viel Zeit zusammen verbracht, sich Dinge erzählt, von denen kaum ein anderer Mensch wusste. Sie hatten sich in ihrem Kummer getröstet, sich in den Armen gelegen, sich gegenseitig aufgebaut. Izzy hatte zuletzt keine Dates mehr mit Männern gehabt und trotzdem davon gesprochen, wieder für eine Beziehung offen zu sein. Vielleicht wirklich für eine Beziehung mit ihr?

Jetzt und hier erkannte Astrid erstmals den Unterschied: Alle Männer hatte sie weggeschickt – mit ihr dagegen hatte sie im Heu weiterkuscheln wollen.

Was, wenn sie sich nicht trotzig weggedreht, sondern Izzy in den Arm genommen hätte? Ihr einfach gestanden hätte, dass sie sich vor einer Beziehung fürchtete, weil sie nicht wieder verletzt werden wollte? – Es ihr am nächsten Tag zu sagen, und auch noch auf so harsche Weise, war falsch gewesen. Zu diesem Zeitpunkt hatten sie in Wahrheit schon beide ihre Mauern wieder aufgezogen, um sich voreinander zu schützen.

Was, wenn Izzy sie wirklich liebte? – Dann hatte sie alles zerstört. Eine gemeinsame Zukunft. Ihr eigenes Glück.

Es stimmte. Sie selbst war ihre größte Feindin.

Ich wünschte, ich könnte die Zeit zurückdrehen. Ich würde alles anders machen. Ich …

»Ach, da steckst du!«

Wie aus dem Nichts stand die fröhlich lächelnde Franzi vor ihr. Hastig fuhr sich Astrid mit dem Handrücken über die Augen. Vor ihr zu weinen, kam nicht in Frage. Es war ihr seit Franzis Ausbruch in der Klinik unangenehm, mit ihr zusammenzutreffen, auch wenn Franzi ihr wieder vollkommen neutral begegnete – so, als wäre nie etwas gewesen. Auch jetzt wirkte sie völlig entspannt.

»Norbert schleimt sich ganz schön beim Management ein, nicht wahr?« Sie ließ sich auf den Stein plumpsen, so nah, dass kaum eine Hand zwischen ihnen Platz hatte. Astrid kämpfte gegen den Impuls, einfach aufzustehen, rückte dann aber nur ein wenig zur Seite.

»Er tut sein Bestes«, antwortete sie ausweichend.

»Das ist so richtig widerlich!« Franzi schnitt ein Gesicht, dann grinste sie. »Aber du musst dir gar keine Sorgen machen. Ich lese ja die Mails von meinem Chef. Das Management ist sich ziemlich einig, dass sie dir den Vorrang geben müssen. Nur Olsen sieht es anders, der mag dich nicht. Aber er ist nur einer von zehn, die über die Nachbesetzung entscheiden. Die Beförderung ist dir so gut wie sicher!«

Franzis Worte plätscherten an ihr vorüber. In diesem Moment wurde Astrid klar, wie unwichtig ihr dieser Job eigentlich war. Im Grunde gönnte sie Neuretter einfach den Erfolg nicht und wollte ihn nicht als Chef. Das war schon alles. Sie hasste dieses Anbiedern, dieses Politisieren, diese ganzen Repräsentationspflichten – die Aufgaben einer Chefärztin. Sie aber wollte einfach nur Patienten diagnostizieren und therapieren und ihre Nase in Studien stecken.

Außerdem war ohne Izzy sowieso alles egal.

»Hast du jetzt eigentlich eine Wohnung gefunden?«

»So gut wie.«

Sie hatte keine Lust, mit Franzi zu reden, schon gar nicht über ihr Wohnungsproblem.

»Also fix ist es noch nicht?«

Franzi ließ sich nicht abschütteln.

»Es sieht gut aus, aber sollte es doch nicht klappen, ziehe ich vorübergehend in eine Pension in der Schönau.«

»Du kannst doch zu mir ziehen.« Franzi lächelte sie unbekümmert an. »Ich habe ein ganzes Haus frei!«

Astrid glaubte, sich verhört zu haben. Diese Frau konnte doch wohl kaum glauben, dass das nach ihren theatralischen Auftritten auch nur annähernd eine Option war!

»Und was ist mit deiner Mutter?«

Franzis Gesicht verfinsterte sich kurz.

»Hast du das nicht mitgekriegt? – Sie ist vor zwei Wochen beerdigt worden. Herzinfarkt. Ganz unerwartet.«

Und du redest darüber, als wären Jahre vergangen …

»Du könntest in Parterre einziehen. Wir werden das Haus in zwei Wohnungen aufteilen, für den Anfang. Natürlich mit Verbindungstür. Es wäre die Lösung für all deine Probleme.«

Wohl eher der Anfang.

Von weitem glaubte sie, ihren und Franzis Namen zu hören. Offensichtlich war der Trupp wieder bereit zum Aufbruch. Sie erhob sich.

»Also. Sag schon!«, drängte Franzi. »Wann ziehst du ein?«

»Gar nicht.« Astrid hatte keine Lust mehr auf Höflichkeiten. »So wie du drauf bist, steht das überhaupt nicht zur Diskussion!«

Sie wollte nach ihrem Rucksack greifen, doch Franzi packte sie völlig unerwartet und ziemlich grob am Arm.

»Was? Ich biete dir das in aller Freundschaft an, und du lehnst ab?«

»Ganz genau!« Astrid riss sich los. In ihr geschah etwas, was sie nie für möglich gehalten hätte: Sie wurde wütend. Richtig, richtig wütend. Wozu noch die Kontrolle behalten, ausweichen, dem Streit aus dem Weg gehen? Franzi würde es nur kapieren, wenn sie endlich Klartext sprach. »Wir haben das mit der Freundschaft probiert, aber es klappt nicht, und zwar, weil mit dir was nicht stimmt! Und das meine ich im Sinne einer ärztlichen Gratisdiagnose! Du bist krank, Franzi! Du überschreitest permanent Grenzen, urteilst ständig über andere, verbreitest übelste Gerüchte. Du tickst aus, wenn etwas nicht nach deinen Vorstellungen läuft! Du bist wie eine Bombe, die jederzeit explodieren kann! Deshalb: Nein, nein und wieder nein!«

Einen Moment lang schien Franzi perplex. Mit einem Angriff dieser Art hatte sie gewiss nicht gerechnet.

»Daran ist Izzy schuld!«, fauchte sie mit einem Mal. »Weil sie dir alles erzählt hat! Von damals, von Niklas, von all dem

Theater, von der Polizei ...! Sie hat dir gesagt, ich hätte ihn ertränkt!«

Astrid hatte keine Ahnung, was Franzi da redete, doch ihre Geduld war ohnehin restlos erschöpft.

»Izzy redet überhaupt nicht von dir, wenn du's genau wissen willst! Die einzige, die immer wieder hässliche Lügen auftischt, bist du! Izzy hätte ihren Bruder geheiratet, hast du erzählt. Dabei wusstest du doch genau, dass er nicht Erich Neuretters leiblicher Sohn war!«

»Sie heißt nicht mal Neuretter!« Franzi war blass geworden, doch in ihren Augen flammte Kampfgeist auf. »Sie hat sich den Namen erstritten, mit ihrem ganzen Geld und ihrer Heimtücke!«

Was auch immer.

»Mich interessiert das nicht.«

Astrid wollte an ihr vorbei, doch Franzi packte sie an der Jacke.

»Das mit Niklas ist nur passiert, weil Izzys Mutter nicht aufgepasst hat! Weil die lieber nach ihrem eigenen Kind sehen wollte, anstatt auf uns zu achten! Und überhaupt, immer ging es nur um Niklas, Niklas, Niklas ... und um Izzy, Izzy, Izzy! Als hätte es keine anderen Kinder gegeben! Izzy war immer *so* süß, und Niklas immer *so* arm! *Ich* hab dich zuerst entdeckt! *Ich* hab mich um dich gekümmert! Du gehörst mir und nicht Izzy! Aber du bist so blind und blöd und hast nur Augen für sie. Gib's zu: du ziehst bei ihr ein. Weil sie so reich ist und Geld hat. Deshalb brauchst du mich nicht mehr!«

Astrid riss sich los. Es reichte endgültig.

»Was ich tue oder nicht tue, geht dich nichts an!«, schleuderte sie Franzi ins Gesicht. »Und um Geld geht es hier nicht, das beschäftigt allein *dich*! Ich würde lieber mit Izzy in ein Kellerloch ziehen, als mit einer Person wie dir in ein Loire-Schloss!«

Sie meinte es, wie sie es sagte. Sie wollte Izzy! Der Satz war ausgesprochen.

Während bei ihr selbst noch die Erkenntnis sackte, wie bitter ernst es ihr damit war und wie unnötig all ihre Zweifel und Vorbehalte waren, was Izzy und sie betraf, wich der letzte Rest Farbe aus Franzis Gesicht. Der Blick, der plötzlich in ihren Augen stand, ließ Astrid schaudern. Sie wollte sich energisch vorbeidrängen, doch Franzi war schneller und kräftiger und riss heftig an ihr. Astrid stolperte rückwärts. Als ihr Kopf auf einem Stein aufschlug, war es, als würde in ihr etwas zerspringen.

Gleichzeitig geriet sie ins Rutschen. Sie glitt die Böschung herunter, spürte erst Gras, dann Kiesel unter ihren Händen. Die spitzen Steine rissen ihre Haut auf. In letzter Sekunde gelang es ihr, nach einem der Fichtenzweige zu greifen. Die spitzen Nadeln bohrten sich unbarmherzig in ihre blutende Hand, während sie versuchte, mit den Füßen Halt zu finden, aber die Sohlen rutschten auf dem Steilhang immer wieder ab.

Am Rande des Plateaus nahm sie verschwommen Franzis Silhouette wahr, dann einen weinroten Bergschuh, der mit voller Wucht auf ihren Arm trat.

Der Schmerz war so heftig, dass sie den Griff lockerte. Sie fiel. Eiskaltes Wasser umfing sie. Sie bekam keine Luft. Dann war es aus.

*

Norbert Neuretter zog sie aus und legte seine Lippen auf die ihren. Hinter ihm stand Izzy und sah zu. Astrid wusste nicht, wie ihr geschah und wo sie war. Eines jedoch wusste sie, diese surreale Szene gehörte zu einem Traum. Sie wollte aufwachen. Aber es war kalt, unglaublich kalt, und sie war so schwach.

Izzy.

Astrid wollte etwas sagen, brachte aber kein Ton hervor. Plötzlich bekam sie Panik. Sie wollte Izzy hier dicht bei sich, nicht Norbert mit seinem Drei-Tage-Bart. Ihr Kopf dröhnte. Auf ihren Lippen schmeckte sie Blut.

Sie musste husten, spuckte Wasser, konnte endlich die Augen öffnen. Sie sah nur verschwommene, bunte Gestalten um sich herum.

»Beweg dich nicht!«, herrschte eine Männerstimme sie an, die ganz nach Norbert klang. »Du hast eine Unterkühlung und bist verletzt. Bleib einfach liegen, beweg dich nicht, der Heli kommt gleich.«

Heli. Wer war das schon wieder?

Sie wollte nicht Norbert und nicht diesen Heli, sie wollte Izzy!

»Izzy«, flüsterte sie. »Izzy!«

Jemand streichelte über ihre Wange. Sie erkannte blondes Haar, aber keine Gesichtszüge, und war sich trotzdem sicher. »Izzy!« Diesmal war ihre Stimme kräftiger. Sie wollte sich aufsetzen, doch Norbert drückte sie gewaltsam nieder.

»Bleib liegen. Du bringst dich sonst selbst um!«

»Izzy.«

Ihr Herz schlug hart und laut in ihrer Brust, sodass sogar das Atmen schwerfiel. Sie zitterte trotz der Decke, die jemand über sie gelegt hatte. Sie bemerkte, dass sie tatsächlich nackt war. Ihr Kopf pochte schmerzhaft. Ganz in der Nähe rauschte der Fluss.

»Izzy!«

Ihr verzweifelter Schrei legte sich wie zusätzliches Gewicht auf ihren Oberkörper und drückte die letzte Luft aus ihren Lungen. Alles wurde schwarz. Es war wieder ganz still. Sie spürte nichts mehr.

Im Krankenhaus

Alles um Astrid herum lag im Nebel. Sie nahm nur Farben wahr: weiß, grau, beige. Die Silhouetten der Möbel waren unscharf. Trotzdem dauerte es nur wenige Sekunden, bis ihr klar war, dass sie sich in einem Krankenhaus befand. Es lag an diesem prägnanten Geruch, einer Mischung aus abgestandener Luft und Desinfektionsmittel.

Sie spürte nichts, absolut nichts. War sie gelähmt? – Seltsam rational zog sie diese Möglichkeit in Betracht. Sie versuchte ihre Beine zu bewegen, ihre Arme. Alles funktionierte, wie es funktionieren sollte.

Trotzdem strengte die kleinste Bewegung an. Sie war unendlich müde. Offenbar floss ein starkes Schmerzmittel in ihren Adern. Sie hing am Tropf. Links von ihr nahm sie verschwommen einen Monitor wahr. Irgendetwas war auf ihrem Gesicht. Sie hatte nicht mehr die Kraft, zu ertasten, was es war, sondern versank wieder in der Dunkelheit.

*

Als Astrid zum zweiten Mal die Augen aufschlug, erblickte sie zunächst nur die Zimmerdecke: weiße Kassetten, wie sie zum Bau von öffentlichen Gebäuden gern eingesetzt wurden, und eine verkleidete Neonröhrenlampe. Dass sie alles wieder deutlich sah, beruhigte sie. Offenbar waren weder Auge noch Sehnerv beschädigt.

Ihre Kehle war trocken. Sie hatte Durst.

Langsam drehte sie den Kopf nach rechts, wo sie das Nachtkästchen und die Schwesternklingel vermutete. Sie war nicht allein. Die schmale Gestalt auf dem Stuhl an ihrem Bett war in sich zusammengesackt. Ihr Kopf lag auf der Schulter, das blonde Haar hatte sich aus der Spange vom Hinterkopf gelöst und hing wirr nach unten. Sie hatte die Augen geschlossen und atmete ruhig und gleichmäßig.

Wie lange saß Izzy schon hier?

Und wie lange lag sie schon in diesem Krankenhaus?

Die Erinnerung kam langsam zurück: der Betriebsausflug. Ihre Auseinandersetzung mit Franzi. Der weinrote Bergschuh. Norbert an ihren Lippen. Sie war hingefallen, an der steilen Böschung abgerutscht, und Franzi hatte dafür gesorgt, dass sie nach unten in den Fluss stürzte. Was ihr fehlte, war die Zeit danach. Wie war sie ins Krankenhaus gekommen, und wieso saß Izzy hier?

Sie versuchte sich aufzusetzen, doch ihr fehlte die Kraft. Izzy schreckte hoch, starrte sie sekundenlang erschrocken an. Dann trat blanke Erleichterung in die blauen Augen.

»Schätzchen.« Sie griff nach ihrer Hand, drückte sie. Astrids Finger schlossen sich um die ihren. Auch sie war erleichtert – erleichtert, dass Izzy hier war und sie Schätzchen nannte.

»Brauchst du etwas?«

»Wasser.«

Ihre Stimme hörte sich kratzig an. Zu sprechen war genauso anstrengend wie sich zu bewegen.

Izzy sprang auf, ging aus dem Zimmer, kam wieder, diesmal mit einer Schwester auf den Fersen und einem Glas Wasser in der Hand.

»Grüß Gott, Frau Doktor Behringer, Sie sind also bei Bewusstsein.« Die Krankenschwester nestelte prompt an dem Infusionstropf herum. Die Nadel in ihrem Arm drückte. »Sie sind im Unfallkrankenhaus Salzburg. Sie sind am Berg abgestürzt und wurden mit Schädelbruch und Unterkühlung eingeliefert. Erinnern Sie sich?«

Astrid wusste nicht recht, was sie darauf antworten sollte. Der Krankenschwester war es ohnehin egal, denn sie fuhr fort: »Sie sind seit zweieinhalb Tagen hier. Die gute Nachricht ist: Sie hatten Glück im Unglück. Ihr Kollege hat fachkundig erste Hilfe geleistet und sie ins Leben zurückgeholt. Sie wären im eiskalten Bach fast ertrunken.«

Norberts Lippen und seine Bartstoppel an ihrem Gesicht ergaben nun Sinn.

»Operiert werden mussten Sie nicht; Ihr Schädelbruch wird auch so ausheilen. Nur Ruhe müssen Sie halten. Darauf wird Ihre Frau aber schon achten. Sie ist ja sehr ... durchsetzungsstark.«

Der letzte Satz und die Art und Weise, wie sie ihn aussprach, verriet Astrid, dass sich die Schwester davon schon hatte selbst überzeugen können.

»Dann lasse ich Sie jetzt alleine.« Im Hinausgehen wandte sich die Schwester mit strenger Miene an Izzy. »Nicht zu lange. Die Patientin braucht Ruhe!«

Kaum war sie weg, setzte Izzy ihr das Glas an die Lippen. Astrid trank gierig, als wäre ihr Körper völlig ausgedörrt.

»Danke.«

Ihre Stimme hörte sich prompt besser an. Sie tastete nach Izzys Hand. Ihre Finger verhakten sich ineinander.

»Tut mir leid.« Izzy wirkte verlegen. »Ich musste das sagen ... dass ich deine Frau bin. Sie lassen nur Angehörige zu dir.«

Astrid wollte so vieles sagen. Doch ihr fielen schon wieder die Augen zu. Sie drückte noch Izzys Hand und hoffte, sie verstand, dass sich seit ihrem letzten Gespräch alles geändert hatte.

*

Am nächsten Tag nach der Visite erschienen zwei Polizeibeamte in Zivil. »Kripo Salzburg«, stellten sie sich vor, und riefen ihr damit ins Gedächtnis, dass der Unfall auf der österreichischen Seite passiert war, nicht auf der deutschen. Sie wollten von ihr alles genau wissen: Unfallhergang, was zum Streit geführt hatte, wann wer in welcher Form handgreiflich geworden war. Astrid antwortete nach bestem Wissen und Gewissen.

»Es ist Ihnen klar, dass das als Mordversuch gewertet werden kann?«, sagte einer der Beamten am Ende des Gesprächs.

Der weinrote Bergschuh, der so kräftig auf ihren Arm trat, dass sie die Fichte hatte loslassen müssen. Ja, es war ihr klar, mit allen Konsequenzen. Es gab keinen Grund, Franzi zu schonen.

»Wo ist sie jetzt überhaupt?«

»Franziska Neuretter?«

Die Beamten wechselten einen Blick.

»Frau Neuretter ist bei dem Versuch, sich am Berg ihrer Festnahme zu entziehen, ebenfalls abgestürzt«, sagte der eine dann. »Sie ist tot. Es tut mir leid.«

Astrid empfand absolut nichts. Kein Mitleid, kein Bedauern, keine Trauer. Insgeheim schämte sie sich deshalb. Immerhin waren sie einst gut genug befreundet gewesen, um zusammen zu wandern und essen zu gehen. Erst, als die Beamten weg waren und Izzy wieder an ihrem Bett Platz genommen hatte, stiegen Zweifel auf: Hatte sie nicht eine Mitschuld an Franzis Tod? Hatte sie nicht mit dazu beigetragen, dass die Situation so eskaliert war?

»Zum ersten Mal bin ich bei einem Konflikt nicht davongelaufen und schon kommt es zur Katastrophe«, sprach sie Izzy gegenüber offen aus, was sie beschäftigte. »Wäre ich einfach nur weggegangen, würde sie noch leben.«

»Oder sie wäre trotzdem ausgeflippt«, erwiderte Izzy. Sie seufzte. »Ich finde, es war nahezu eine Heldentat von dir, endlich mal auszurasten. Und wenn hier jemand die Schuld trägt, dann wohl auch ich – denn ich habe dich dauernd dazu animiert und ermutigt. Vor allem aber habe ich vergessen, dich zu warnen: Franzi war schon immer unberechenbar. Bei dieser Sache mit Niklas damals«, Izzy verstummte, sah über Astrids Bett hinweg aus dem Fenster, »gab es viele Ungereimtheiten«, beendete sie den Satz schließlich, doch Astrid hatte das Gefühl, dass sie eigentlich erst etwas anderes hatte sagen wollen. Sie wollte keine Geheimnisse mehr zwischen ihnen. Das Thema mochte für Izzy heikel sein, es musste trotzdem auf den Tisch kommen.

»Franzi hat ein paar merkwürdige Dinge gesagt, ehe unser Streit völlig eskalierte. Dass du gesagt hättest, sie sei an Niklas' Tod schuld. Und sie hat die Polizei erwähnt.«

Izzy richtete ihren Blick wieder zum Fenster. Ihre Miene war unergründlich. »Ich hätte so etwas niemals gesagt«, erwiderte sie schließlich. »Denn im Grunde weiß niemand so genau, was damals an der Ache wirklich passiert ist. Wahrscheinlich wusste es nicht mal Franzi selbst genau. Sie war damals erst acht oder neun.«

»In diesem Alter speichert man Erinnerungen durchaus ab.«

»Wenn etwas so unerträglich schlimm ist, dass man damit kaum leben kann, verdrängt man es vielleicht«, hielt Izzy dagegen. »Und für den Tod eines Menschen verantwortlich zu sein, stufe ich jetzt mal in die Kategorie *unerträglich schlimm* ein. Franzi hatte vielleicht psychopathische Züge, aber ich glaube dennoch, dass sie so etwas wie ein Gewissen besaß.«

»Was ist damals passiert?«

»Tja.« Izzy hob die Schultern. »Das weiß ich nicht. Ich war nicht dabei. Mir waren die Mandeln herausgenommen worden und ich musste im Bett bleiben.«

Astrid überraschte nichts mehr. Dieselbe Geschichte hatte ihr Franzi erzählt, nur in vertauschten Rollen.

»Deshalb hat meine Mutter auch mal kurz nicht aufgepasst«, fuhr sie fort. »Sie wollte nach mir sehen. Sie dachte, es ist okay, wenn Franzi auf Niklas, Norbert und Erich ein Auge hat. Niklas und Norbert trugen außerdem Schwimmflügel. Sie war nur kurz weg, vielleicht eine Viertelstunde. Als sie wiederkam, lag Niklas leblos am Ufer. Ohne Schwimmflügel. Weder Norbert noch Erich konnten eine klare Aussage machen, was passiert ist. Sie standen vermutlich unter Schock. Franzi heulte hysterisch und behauptete, sie hätte nur kurz nicht hingeschaut. – Was soll ich sagen. Letztendlich war sie noch ein Kind. Meine Mutter bekam allerdings Probleme wegen Vernachlässigung der Aufsichtspflicht. Das war das Ende meiner Kindheit in Ehernberg.«

»Weil die Neuretters deine Mutter natürlich als Kindermädchen entließen«, riet Astrid.

Izzy stand auf, ging zum Fenster. Draußen wirbelte der Herbstwind braune Blätter durcheinander.

»Sie war dort nie Kindermädchen.« Izzy drehte sich um. »Und die Neuretters machten ihr auch nicht wirklich einen Vorwurf. Berta und mein Vater waren völlig zerstört wegen Niklas. Es war etwas anderes: All das, was das Leben für meine Mutter so prickelnd gemacht hat, gab es plötzlich nicht mehr ... diese Leichtigkeit, diese Freizügigkeit, die Partys. Ehernberg und die Neuretters haben ihr keinen Spaß mehr gemacht. Nach Niklas' Tod lag eine Schwere über allem. Deshalb ist sie gegangen. Einfach so. Denn meine Mutter will nur eines im Leben: Spaß haben.«

Dass Izzy den Lebensstil ihrer Mutter verurteilte, war offensichtlich.

»Dann hat deine Mutter also Erich Neuretter senior verlassen?«

Astrid hoffte, dass Izzy bei diesen schwierigen Themen nicht einfach dichtmachte.

»Vielleicht hat sie ja beide verlassen.« Izzy verschränkte die Hände vor der Brust. »Sag du es mir!«

»Ich? – Ich bin da wohl die falsche Adresse. Ich meine, ich ...«

»Norbert hat mir von den Fotos erzählt, die du gefunden hast.« Izzys Stimmung war von einem Augenblick auf den anderen umgeschlagen. »Er hat mich gebeten, dafür zu sorgen, dass du sie rausrückst, ohne weiter mit anderen darüber zu reden. Der, nun, unkonventionelle Lebensstil unserer Eltern ist ein unangenehmes Thema für uns und wir möchten nicht, dass das wieder Gesprächsstoff im Ort wird.«

Astrids Kopfschmerzen wurden stärker. Ein kurzer Blick zum leeren Infusionsbeutel sagte ihr, dass es Zeit war für die nächste Dosis Schmerzmittel.

»Welche Fotos?«

»Ich bitte dich.« Izzy hatte noch immer die Arme vor der Brust verschränkt. »Erspare uns das. Die Fotos in der Schachtel, die du auf dem Dachboden gefunden hast und gleich Franzi unter die Nase halten musstest.«

Franzi hatte anscheinend viele weitere kleine Feuer gezündet.

»Franzi hat die Fotos auf dem Dachboden entdeckt und mich damit zwangsbeglückt«, stellte sie klar. »*Sie* wollte die Aufnahmen mitnehmen und damit hausieren gehen. Das habe *ich* verhindert!«

Izzys Augenbrauen rutschten nach oben.

»Und warum hast du mir davon nichts erzählt? – Wir wollten doch ehrlich zueinander sein.«

»Weil ich dich nicht brüskieren wollte! Weil du auf diese ganzen Geschichten immer so allergisch reagierst! Weil auch du die ganze Zeit abhaust und dich zurückziehst, wenn es unangenehm wird.«

Es war weder ihre Absicht gewesen, laut zu werden, noch einen Streit anzuzetteln. Nun aber war es so, als hätte der Streit mit Franzi die Büchse der Pandora geöffnet. All ihre aufgestauten Gefühle drängten an die Oberfläche. Sie wollte nicht mehr schlucken und schweigen. Auch wenn ihr der Schädel dröhnte und sich ihre Glieder anfühlten wie Bleiklumpen.

Izzy ließ sich wieder auf den Besucherstuhl sinken. Die leichte Feindseligkeit war aus ihrem Blick verschwunden, ihre Ernsthaftigkeit geblieben.

»Ich bin nicht einfach so abgereist. Der Termin stand seit

Monaten fest. Ich war in Südengland bei der Hochzeit meiner Schwester. Ich hätte dich sehr gerne als Begleitung dabei gehabt. Spätestens seit deinem Bierrausch wusste ich, wovon du träumst. Ich habe dich nach dem Anfang deiner Beziehung zu Hennie gefragt, weil ich wissen wollte, ob du jemals den ersten Schritt machen würdest. Die Antwort lag für mich klar auf der Hand: Nein. Du gehst kein Risiko ein. Also hab ich in dieser Nacht im Heu all meinen Mut zusammengenommen, wollte unsere Beziehung klären ... vor Bettys Hochzeit. Denn meine Gefühle zu dir haben sich geändert. Dich länger nicht zu sehen, dich nicht zu berühren, macht mich fast wahnsinnig. Ich habe zuvor nur ein Mal in meinem Leben geliebt, und zwar Robert. Aber das, was ich in den letzten Wochen mit uns durchlebe, fühlt sich ganz ähnlich an.«

»Ach ... Izzy ...« Astrid tastete nach ihrer Hand, doch Izzy entzog sie ihr. Sie hatte noch mehr zu sagen.

»Ich wollte dich bei der Hochzeit als meine Partnerin vorstellen, nicht als x-beliebige Freundin. Mein Fehler war, Lust und Liebe in einen Topf zu werfen. In meiner kleinen rosa Welt bildete ich mir ein, dass du nicht nur mit mir schlafen willst, sondern dein Leben mit mir teilen möchtest. Nun. Mittlerweile habe ich dazugelernt.«

Sie presste ihre Lippen aufeinander, starrte zu Boden. Dann griff sie abrupt nach ihrer Handtasche.

»Ich komme morgen wieder. Ich kann nicht ... kann nicht ...«

Sie wandte sich ab. Astrid sah das Zucken ihrer Schultern und verstand überhaupt nichts mehr. Hatte Izzy denn wirklich nicht verstanden, dass sie mittlerweile anders über eine gemeinsame Zukunft dachte? Dass sie sich nur wieder selbst im Weg gestanden war?

Sie gab sich die Antwort: nein. Bisher hatten sie über Franzi und alles andere gesprochen, nicht aber über Gefühle. Es war höchste Zeit, dies zu ändern! Auch wenn ihr Kopfschmerz kaum mehr zu ertragen war.

»Izzy ... warte!«

Izzy drehte sich um, wandte sich dann aber gleich wieder ab. Es hatte gereicht, um Astrid die Tränen in ihren Augen sehen zu lassen.

»Komm bitte her. Ich muss mit dir reden.«

Zögernd kam sie zurück ans Bett. Die Wimperntusche hatte auf ihrem Gesicht schwarze Rinnsale hinterlassen.

Als sich Astrid nun aufsetzte, war ihr sofort schwindelig.

»Ich war dumm«, begann sie dennoch tapfer. »Du hattest recht, dass ich mich selbst am Glücklichsein hindere. Vielleicht ist das eine perverse Art, mich zu bestrafen ... mir einzureden, dass ich das nicht verdiene, nach allem, was passiert ist. Jedenfalls ... ich will nicht länger vor meinem Glück davonlaufen. Und glücklich war ich in den vergangenen Wochen immer dann, wenn du in meiner Nähe warst.«

Izzy schaute sie stumm an. Sie blinzelte. Schaute wieder. Ungläubig, wie es Astrid schien.

»Was ... heißt das?«, fragte sie unsicher.

»Das heißt: ich liebe dich, Izzy. Ich liebe dich schon die ganze Zeit und ich will es nicht länger unterdrücken. Ich hoffe von ganzem Herzen, dass sich deine Gefühle für mich nicht geändert haben und dass du mir noch eine zweite Chance gibst.«

Wieder starrte Izzy sie einfach nur an. Allmählich schienen Astrids Worte bei ihr durchzusickern. Sie lehnte sich so weit vor, dass Astrid ihren warmen Atem auf der Wange spüren konnte.

»Wirklich?«, fragte sie leise, immer noch voller Skepsis.

»Ja. Wirklich.«

Astrid wollte Izzy an sich ziehen, vergaß dabei aber die Braunüle in ihrem Arm, die sie noch immer mit dem Tropf verband. Sie bohrte sich unbarmherzig tiefer in die Vene und jagte einen stechenden Schmerz durch ihren Körper, der sie aufschreien ließ.

Izzy zuckte erschrocken zurück.

»Warte ... nein ... verdammt!« Astrid nestelte mit der linken Hand am rechten Arm herum, löste den Tropf, zog die Nadel schließlich ganz heraus. Prompt begann das Blut zu laufen.

»Das war jetzt nicht so intelligent«, bemerkte sie treffend, während sie mit dem Verbandsrest die Blutung zum Stillstand zu bringen versuchte. Sie erkannte ziemlich rasch, dass es sinnlos war. Die Hilfe einer Krankenschwester war notwendig.

Sie hatte den Finger schon am Klingelknopf, als sie aus den Augenwinkeln einen kurzen Blick auf Izzys Gesicht erhaschte. Izzy war kalkweiß.

Rums.

Und schon sackte sie zu Boden.

Astrid läutete Sturm.

*

Zwei Schwestern kümmerten sich um Izzy, die, immer noch sehr bleich, jetzt auf dem Besucherstuhl an der Wand saß und an einem Glas Wasser nippte. Eine andere legte bei Astrid einen neuen venösen Zugang und tauschte die leere Infusionsflasche mit Schmerzmittel gegen eine volle aus.

»Also, das war nun wirklich keine Glanzleistung, Frau Doktor«, stellte sie pragmatisch fest. »Das haben wir offensichtlich schon lange nicht mehr gemacht, nicht wahr?«

»Na ja, bei mir selbst nicht und mit der linken Hand schon gar nicht«, verteidigte sich Astrid, wusste aber nur zu gut, wie recht die Schwester hatte. Sie konnte sich nicht einmal mehr daran erinnern, wann sie jemandem einfach nur Blut abgenommen, geschweige denn, einen Venenkatheter gelegt hatte. Das waren Arbeiten, die sie gewöhnlich Schwestern oder Assistenzärzten überließ.

»Geht es Ihnen besser?«

Eine der jungen Schwestern beobachtete skeptisch, wie sich Izzy nun erhob und auf Astrids Bett zusteuerte.

»Ja, danke. Ich kann nur einfach kein Blut sehen.«

Etwas unschlüssig ließ sie sich auf der Bettkante nieder. Astrid griff nach ihrer Hand und zog sie vorsichtig an sich.

»Frau Doktor Behringer!« Die resolute Schwester stemmte die Hände in die Hüften. »Sie sind genau die Patientin, die Sie selbst nicht haben wollen würden! Denken Sie an den Katheter!«

Sie wandte sich an Izzy.

»Ihre Anhänglichkeit in allen Ehren, aber vielleicht heben Sie sich das doch besser für zu Hause auf! Die Patientin braucht ...«

Was auch immer sie brauchte: Astrid bekam es nicht mehr mit. Ihre Lider wurden schwer. Sie sackte zurück in die Kissen. Man hatte sie nicht nur von den Schmerzen befreit, sondern auch ruhiggestellt.

*

Zwei Dinge fielen Astrid an Izzy sofort auf, als sie am nächsten Vormittag unmittelbar nach der Visite das Zimmer betrat: Ihre blassen Wangen hatten wieder Farbe bekommen, und sie wirkte insgesamt etwas befangen. Die drei Rosen, für die sie gleich eine Vase besorgen ging, harmonierten farblich mit ihrer roséfarbenen Jacke aus dünnem Walk.

»Hallo. Geht's dir besser?«

Unschlüssig stand sie vor Astrids Bett.

»Kommt darauf an.«

»Worauf?«

»Auf die Begrüßung.«

Astrid ging es nach ihrem langen, nicht ganz freiwilligen Schlaf deutlich besser. Sie hatte mit Appetit gefrühstückt und es mit Hilfe einer Schwester sogar auf eigenen Beinen zur Toilette geschafft.

Izzy grinste scheu. Dann beugte sie sich zu Astrid herunter und drückte ihr ein artiges Bussi auf die Wange. Sie wollte sich wieder zurückziehen, doch Astrid umfasste ihren Nacken und küsste sie auf die Lippen. Als Izzy den Kuss erwiderte, waren die Erinnerungen an ihre Nacht im Heu sofort wieder präsent. Ihre Lippen waren so weich und warm, dass sogleich neues Begehren erwachte. Nur widerwillig gab Astrid sie wieder frei.

Eine Weile saßen sie nur nebeneinander. Izzy hielt ihre Hand. Sie lächelte. Astrid lächelte zurück. Die Verlegenheit hatte sich zu ihnen ins Krankenzimmer gesellt, Astrid wusste selbst nicht recht, weshalb. Sie wollte die alte Izzy wieder, die vergnügt mit ihr kokettierte, flapsige Sprüche klopfte und die Zügel in die Hand nahm. Je länger sie hier saßen und nichts sprachen, desto klarer wurde sich Astrid darüber, dass sie Izzy zwar als Freundin kannte, aber nicht als Frau, die geliebt werden wollte. Sie in dieser Rolle kennenzulernen, war eine neue Herausforderung.

Astrid streichelte mit ihrem Daumen über Izzys Handrücken, tastete sich weiter zum Handgelenk. Sie spürte etwas Kaltes, Hartes, und schob neugierig den Ärmel der Jacke hoch. Das schmale Silberarmband mit Edelsteinen hatte sie noch nie gesehen.

»Neu?«

»In England gekauft.«

»Hübsch. – Wie war die Hochzeit eigentlich?«

»Weiß ich nicht.« Izzy schmunzelte. »Ich bin vorher sehr abrupt abgereist.«

»Wieso bist …« Astrid brach die Frage ab, denn die Antwort lag auf der Hand. »Du hast von meinem Unfall erfahren.«

»Ja. Norbert hat mich angerufen. Da warst du schon im Krankenhaus, auf der Intensivstation. Er hat gesagt, du hättest in deiner Panik die ganze Zeit nach mir gerufen.«

Astrid nickte.

»Ich erinnere mich. – Woher hat er denn deine Nummer, und seit wann redet ihr miteinander?«

»Von Erich. Mit dem habe ich ja jetzt monatelang eine Art Dauerkrieg wegen verdreckter Straßen, Abgaswerten, Feinstaubbelastung und Co. geführt.« Sie seufzte. »Wir haben uns gestern

Abend zu dritt getroffen: Erich, Norbert und ich. Ich habe ihnen erzählt, wie das mit den Fotos vom Dachboden wirklich war. Erich tut das jetzt sehr leid mit der Kündigung. Franzi hatte ihm den Floh ins Ohr gesetzt, dass er dich schnell loswerden müsse, bevor du weiter herumstöberst und auf noch mehr stößt, das nicht an die Öffentlichkeit soll.«

»Da gibt es noch weitere geheimnisvolle Dinge?«

Izzy schmunzelte. »Wer weiß. Wir wussten ja noch nicht mal von diesen Fotos.«

»Wusstet ihr von den Festen?«

Izzy zögerte mit der Antwort.

»Ich war damals noch zu klein, um zu kapieren, was da lief«, sagte sie schließlich. »Für mich war das alles normal: Erich und Mama, Mama und Berta, Berta und Erich ... von den Festen wusste ich nicht mehr, als dass sie ab und zu viele Gäste hatten und wir unbedingt in unseren Kinderzimmern schlafen mussten. Robert hat da mehr mitbekommen, er war ja schon etwas älter. Er glaubt, dass sie uns Schlafmittel gegeben haben, damit wir ruhig sind. Ich glaube, er hat mit seiner Theorie recht, denn ich erinnere mich auch noch an eine bitter schmeckende Limonade, die wir an diesen Abenden bekommen haben.«

»Schlafmittel«, wiederholte Astrid fassungslos. Dann klammerte sie sich an den anderen Teil von Izzys Kurzbericht. »Wenn Erich sagt, es tut ihm leid ... heißt das, meine Kündigung ist hinfällig?«

Bei der Vorstellung, unmittelbar nach der Entlassung aus dem Krankenhaus ihr Hab und Gut in Bananenkisten und Umzugskartons zu verstauen, fühlte sie sich überfordert.

Der Schatten auf Izzys Gesicht verriet ihr, dass sie ihre eigenen Schlüsse aus der Frage zog.

Warum war alles ein Spießrutenlauf, seit sie ganz offiziell nicht mehr *nur Freundinnen* waren? – Als sie Izzys ineinander verknotete Hände betrachtete, gab sie sich die Antwort selbst: weil Izzy noch immer unsicher war.

»Eigentlich nicht«, antwortete diese jetzt dennoch. »Wir wollen unsere Energie künftig nämlich lieber bündeln als uns gegenseitig in den Wahnsinn zu treiben.«

»Und das heißt?«

»Wir werden ein gemeinsames Bauprojekt realisieren. Aus dem alten Neuretter-Hof wird ein Haus mit mehreren Wohnungen für junge Familien. Wir waren uns einig, dass in einem Haus, in dem früher so viele Kinder lebten, wieder viele Kinder wohnen sollen.«

»Das klingt prima.«

»Obwohl du dann ausziehen musst?« Izzy sah sie abwartend an.

»Räum schon mal die Hälfte deines Schrankzimmers leer«, sagte sie bestimmt. »Sobald ich wieder fit bin, wird umgezogen! – Ich dachte eigentlich, ich hätte das gestern schon klargestellt.«

Izzy errötete leicht. Das hatte Astrid noch nie an ihr gesehen!

»Ich wusste nicht, was dein Liebesbekenntnis im einzelnen beinhaltet ...«

»Alles«, erwiderte Astrid ohne zu zögern. »Zusammen leben, schlafen, kochen, essen, in der Sonne liegen, wandern, Gäste einladen ... was auch immer.«

»So wie früher.«

»Nein.« Astrid richtete sich auf. Diesmal war ihr weder schwindlig, noch schmerzte der Kopf. Sie fühlte sich wunderbar leicht und voller Tatendrang. Ihr Bedürfnis, die Frau, die sie liebte, in die Arme zu nehmen, war fast übermächtig. Doch Izzy saß noch immer auf dem Besucherstuhl und sah sie einfach nur an. Immerhin wirkte sie allmählich etwas entspannter. »Nicht ganz so wie früher. Es kommt ein neuer Programmpunkt hinzu.«

Izzy hob fragend die Brauen.

»Sex«, lieferte Astrid unverblümt die Antwort.

In diesem Moment klopfte jemand an die Tür. Schon bewegte sich die Klinke. Noch ehe sie sehen konnte, wer sie da im denkbar ungünstigsten Augenblick besuchen kam, sprang Izzy auf, beugte sich zu ihr herunter und flüsterte: »Dann sieh zu, dass du endlich aus diesem verdammten Krankenhaus kommst, Schätzchen!«

*

In den nächsten Tagen ging es stetig bergauf. Izzy kam täglich, verbrachte Stunden an ihrem Bett. Sie redeten über vieles, allem voran über ihre Familien. Astrid erfuhr, dass Izzys Mutter aus wohlhabenden Verhältnissen stammte und Erich senior während eines Skiurlaubs im Berchtesgadener Land kennen- und liebengelernt hatte. Dass er bereits verheiratet war, störte anscheinend weder ihn noch sie, und aus der offenen Affäre war wohl eine einvernehmliche *Ménage-à-trois* geworden. Nach ihrer Rückkehr nach England hatte Kate schon bald geheiratet – zum Wohlgefallen ihrer Eltern nun endlich einen Briten aus gehobener Gesellschaftsschicht. Izzy, die lebendige Erinnerung an ihre unkonventionellen Jahre in Bayern hatte, wurde ins Internat abgeschoben. Mit dem neuen Mann bekam Kate drei weitere Töchter. Mit ihrer jüngsten Schwester Betty, die eher ein legerer Typ war, verstand sich Izzy gut; zu den anderen pflegte sie ein genauso distanziertes Verhältnis wie zu ihrer Mutter.

Angesichts dessen wurde Astrid allmählich klar, weshalb Izzy trotz aller Anfeindungen nach dem Tod ihres Mannes unbedingt nach Ehernberg zurückwollte: Sie hatte hier eine glückliche Kindheit verbracht und fühlte sich den Neuretters trotz allem zugehöriger als der Verwandtschaft in England.

Astrid ihrerseits erzählte von ihrer Mutter in München, die sie mittlerweile darüber informiert hatte, dass sie im Krankenhaus lag. Das Gespräch hatte ganze eineinhalb Minuten gedauert, wobei ihre Mutter sechzig Sekunden darauf verwendete, ihr zu erklären, dass sie unmöglich nur für einen Krankenbesuch anreisen könne. Außerdem habe der Hund derzeit Darmprobleme, sie könne ihn nicht allein lassen. Astrid überraschte die Zurückweisung längst nicht mehr.

Auch abseits von Besuchen konnte sie nicht über Langeweile klagen. Die Polizei kam noch ein zweites Mal und bat um weitere Details zum Tathergang, die Nussdorfers und ihr väterlicher Freund, der Salzburger Neurologe, schauten vorbei, zudem kamen nach und nach zahlreiche Kollegen aus der Klinik. An manchen Tagen glich das Krankenzimmer einer Kombination aus Blumenhandlung und Süßwarenladen. Jeder brachte irgendetwas mit, jeder erzählte ihr den neuesten Tratsch und Klatsch. Der Schock über das, was Franzi getan hatte, saß tief. Und trotzdem wusste plötzlich jeder von einem eigenen seltsamen Erlebnis mit ihr zu berichten. Das ließ nur einen Schluss zu: Franzi war tatsächlich psychisch krank gewesen, doch niemand hatte sich darum gekümmert, dass sie therapiert und eventuell auch medikamentös behandelt wurde.

Zu einem Zeitpunkt, an dem Astrid ihre Zukunft bereits so klar wie selten zuvor sah, statteten ihr Chefarzt Stöger und Verwaltungsdirektor Maas einen Besuch ab und teilten ihr mit, dass die Nachfolge-Entscheidung zu ihren Gunsten ausgefallen sei.

»Über dein Qualifikationsprofil konnten wir ja doch nicht so einfach hinwegsehen«, meinte Stöger, und es klang fast so, als bedauere er diesen Umstand.

»Vielen Dank für das Vertrauen. Ich werde darüber nachdenken.«

»Nachdenken?«

Stöger guckte, als hätte sie ihm eine Ohrfeige gegeben, und Astrid musste sich eingestehen, dass sie Gefallen an ihrer neuen aktiven Rolle im Umgang mit Konflikten fand.

»Erst einmal muss ich wieder auf die Beine kommen«, erklärte sie. »Ich fühle mich immer noch sehr schwach.«

Die Männer tauschten betretene Blicke.

»Ja, natürlich, selbstverständlich, lass dir nur Zeit!«, beeilte sich Stöger zu sagen. Sie hatte ihn nie zuvor so entgegenkommend erlebt und genoss jede Sekunde.

»Vielleicht in vierzehn Tagen?« Maas blieb trotz allen Mitgefühls rationaler. »Wir müssen die externe Ausschreibung ja so gestalten, dass sie auf unseren internen Wunschkandidaten...kandidatin, in diesem Fall ... zugeschnitten ist.«

Ja, klar. So lief dieses schmutzige Spiel. Astrid lächelte gequält, um sich Augenblicke später mit einem leichten Stöhnen an den Kopf zu fassen. Stöger zuckte regelrecht zusammen, als sie sich demonstrativ erschöpft in die Kissen sinken ließ.

»Ich tue mein Bestes«, versicherte sie. »Aber es gibt da noch ein paar weitere sehr attraktive Optionen, und ich muss sorgfältig abwägen.«

Jetzt sah auch Maas so aus, als hätte sie ihm eine verpasst. Damit hatten die beiden nicht gerechnet.

»Sie haben eine Vollzeitstelle am Holtzmann-Institut in Aussicht?«

Maas, der über Nebentätigkeiten zwangsläufig informiert war, tippte auf das Nächstliegende.

»Unter anderem.«

Das war nicht einmal gelogen. Trotzdem sah sie nicht ein, weshalb sie weitere Details liefern sollte. Sowohl Stöger als auch Maas hatten sich in den vergangenen Wochen weder durchwegs fair noch transparent verhalten. Jetzt kostete sie die Retourkutsche voll und ganz aus.

Als die Herren einsahen, dass sie nicht weiter auspacken würde, verabschiedeten sie sich. Astrid wartete, bis ihre Schritte am Gang verhallt waren, dann berichtete sie Izzy am Telefon von ihren Besuchern.

»Du wirst jeden Tag ein bisschen böser«, stellte die Freundin belustigt fest.

Astrid lachte.

»Tja! Ich hatte eine gute Lehrmeisterin.«

Am Ziel

Die Kokosschaumsuppe war ein Gedicht. Die Hirschmedaillons danach waren so zart, dass sie beinahe auf der Zunge zergingen, die Kroketten knusprig und die Speckbohnen würzig. Der Klavierspieler ließ in einer Ecke des Restaurants den Flügel klingen und sorgte für angenehme Untermalung der Szenerie.

Astrid hatte dennoch nur Augen für die Frau im dunkelblauen Kleid, die ihr schon den ganzen Abend gegenüber saß und dabei das Gefühl gab, angekommen zu sein. Die Unruhe der letzten Monate und Wochen, die immer wiederkehrende Leere und innere Zerrissenheit gehörten endgültig der Vergangenheit an. Mit dem Unfall hatte sie genauso abgeschlossen wie mit all ihren selbstauferlegten Zwängen. Es war, als hätten der Sturz und die Minuten, in denen sie bewusstlos im kalten Wasser lag, ihre Selbstzweifel und sogar ihren alten Ehrgeiz davongespült. Sie fühlte sich so leicht, frei und unbeschwert wie noch nie zuvor.

Am Vormittag hatte Izzy sie vom Krankenhaus abgeholt. Den restlichen Tag hatten sie damit verbracht, Astrids Hab und Gut über die Straße zu befördern. Izzy hatte tatsächlich nicht nur die Hälfte ihres Schrankzimmers geräumt, sondern auch die Bilder von Robert und Jonas ins Arbeitszimmer umgehängt – eine Geste, die Astrid sehr zu schätzen wusste. Danach hatten sie spontan entschieden, in der Stadt zu essen.

»Woran denkst du?«

Izzy tupfte sich mit der Stoffserviette über die Mundwinkel.

»Daran, dass ich dich schon mal genau hier sitzen gesehen

habe«, gestand Astrid offen. »Du warst in Männerbegleitung, hast gelacht, getrunken und wunderschön ausgesehen.«

Izzy lächelte und schob ihre Hand über den Tisch. Ihre Finger berührten sich.

»Und du standst vor diesem Tex-Mex-Lokal dort drüben und hast mich angestarrt, als würdest du lieber mich zum Dessert haben wollen, als zu deinen Tacos mit Guacamole zurückzukehren.«

»Bilde dir bloß nicht zu viel ein!« Astrid lachte, wurde aber rasch ernst. »Vielleicht war es so«, gab sie zu. »Du hast mich von Anfang an in deinen Bann gezogen. Obwohl du dir so große Mühe gegeben hast, mich abzuschrecken.«

»Was definitiv nicht funktioniert hat.« Izzy fuhr mit einem Finger über Astrids Handrücken. Dass das Ehepaar am Nebentisch die Geste bemerkte und die Köpfe zusammensteckte, war ihr entweder egal oder es fiel ihr nicht einmal auf.

»Ich war anfangs skeptisch«, gab sie dann zu. »Damals, als wir uns das erste Mal begegnet sind … vor Norberts Haus … da wusste ich nicht recht, was ich von dir halten soll. Du hattest eine so unnahbare Ausstrahlung. Und dann bist du ins Haus gegenüber eingezogen und ich dachte: Aha, sie steckt also mit *diesem* Teil des Neuretter-Clans unter einer Decke. Aber als ich dich dann besser kennenlernte, dachte ich: Wow, endlich mal eine intelligente Frau in Ehernberg-Umgebung, die nicht mit Mann und Kindern beschäftigt ist!« Sie grinste spitzbübisch. »Zwar eine Frau, die nicht Auto fahren kann, aber eine nette. Eine *viel zu* nette!«

»Das war die *alte* Astrid.« Astrid griff nach ihrem Weinglas. »Mein neues Ich ist da ganz anders.«

»Übertreib's nicht. Du musst nicht in meine Fußstapfen treten, so rühmlich sind die nicht! Mit vielen Feinden zu leben, ist ganz schön anstrengend.«

»Nachdem deine Brüder jetzt den Fehdehandschuh in die Altkleidersammlung gegeben haben, sind es immerhin ein paar weniger«, neckte Astrid. »Ich hoffe, es wird dir jetzt nicht langweilig.«

»Ach, nein. Mit meinen Bauvorhaben ist es ganz leicht, die Lücken wieder aufzufüllen. – Willst du noch ein Dessert?«

»Danke, ich bin satt.« Astrid gab dem Ober mit einem dezenten Winken zu verstehen, dass er die Rechnung bringen sollte. »Ich will heim und ins Bett.«

»Du bist müde.«

»Nein, nicht unbedingt. Ich habe …«

Der Ober kam mit einem schwarzen Etui, und Izzy zückte bereits den Geldbeutel, doch Astrid kam ihr zuvor.

»Sicher nicht. Das ist meine Einladung.«

Sie legte ihre Kreditkarte ins Innere des Etuis und sah dem Ober nach, wie er damit verschwand.

»Danke.« Izzy lehnte sich leicht nach vorne über den Tisch und gewährte dabei einen perfekten Einblick in ihr Dekolleté. »Was wolltest du eben sagen?«

Mit ihren zwei befreiten Haarsträhnen, den großen blauen Augen und dem etwas unsicheren Lächeln auf ihren Lippen wirkte Izzy so unschuldig, dass Astrid unweigerlich schlussfolgerte, dass sie sich ihrer Wirkung in diesem Moment nicht im Geringsten bewusst war. Bei Männern mochte Izzy ihre weiblichen Reize zielbewusst einsetzen, aber im Umgang mit ihr – abgesehen von der Eskapade im Heu – legte sie die größte Zurückhaltung an den Tag. Sie hatten sich im Krankenhaus und zu Hause bei Izzy geküsst, sich umarmt und an den Händen gehalten, doch mehr war nicht passiert.

Im Gegenteil: vor der Fahrt nach Salzburg, als sie noch eine Weile auf dem Sofa entspannt hatten, war sie spürbar auf Abstand gegangen. Astrid hatte eine vage Ahnung, woran es lag. Doch das Lokal war nicht der richtige Ort, um darüber zu reden.

Sie steckte ihre Kreditkarte ein und half Izzy in den Mantel, ehe sie selbst in ihre Jacke schlüpfte.

»Fahren wir nach Hause«, sagte sie leise, und schob Izzy sanft durch die Tür nach draußen.

*

Astrid lag auf dem Bett, noch immer in ihrer roséfarbenen Bluse und der weißen Spitzenunterwäsche, die sie vor der Abfahrt ins Restaurant passend zur geplanten Fortführung des Abends gewählt hatte, und wartete. Izzy war vor einer gefühlten Ewigkeit im Bad verschwunden. Seither drang kein Laut durch die geschlossene Türe ins Schlafzimmer. Die Kerzen, die Izzy zuvor noch in reger Betriebsamkeit auf dem Nachtkästchen aufgestellt hatte, flackerten und ließen Schatten an den Wänden tanzen. Der Champagner – ebenfalls Izzys Idee – ruhte im Weinkühler, inzwischen nicht mehr eingebettet zwischen Eiswürfeln, sondern im kalten Wasser. Izzy hatte eine dermaßen perfekte Kulisse für dieses erste Mal arrangiert, dass die Erwartungen zwangsläufig jede Lust unter sich begraben mussten.

Endlich ging die Tür vom Badezimmer auf. Izzy kam heraus, eingehüllt in ihren Morgenmantel und mit einem Gesichtsausdruck, als käme sie zu spät zu ihrer eigenen Beerdigung. Sie setzte sich zu Astrid auf die Bettkante, den Kopf gesenkt.

»Ich liebe dich«, murmelte sie. »Bitte bezweifle das nicht. Aber ich kann das jetzt nicht.«

Astrid hatte mit nichts anderem mehr gerechnet. Die Vorzeichen waren zu eindeutig gewesen. Sie hatte sich darauf vorbereitet und entschieden, Izzy alle Zeit der Welt zu geben, sosehr ihr eigener Körper auch nach Nähe verlangte.

»Ich wollte es«, fuhr Izzy mit Grabesstimme fort. »Aber ich kann nicht.«

»Wegen Robert?«, erkundigte sich Astrid vorsichtig. Es auszusprechen, schien ihr wichtig. Nichts zwischen ihnen sollte mehr totgeschwiegen werden. So zu tun, als würde sie innerhalb kürzester Zeit für Izzy denselben Stellenwert haben wie ein Mensch, mit dem diese mehr als die Hälfte ihres Lebens verbracht hatte, war unreif und würde auf Dauer nur depressiv machen.

»Nein«, erwiderte Izzy zu ihrem Erstaunen. »Es ist nicht so wie mit meinen Männerbekanntschaften. Für die habe ich nichts weiter empfunden. Sobald sie in diesem Zimmer waren, wollte ich sie sowieso alle nur noch loswerden.« Sie sah Astrid an, atmete tief durch. »Dich will ich nicht loswerden. Ich will dich bei mir haben. Und ich vergleiche dich auch nicht mit Robert, weil es nichts zu vergleichen gibt. Du bist eine Frau; da ist alles anders. Aber«, sie zögerte, »genau das überfordert mich gerade. Ich weiß nicht, was ich tun soll.«

Astrid setzte sich auf und berührte ihre Wange.

»Nichts«, versicherte sie ihr leise. »Du musst nichts tun, außer deinen Morgenmantel loswerden, dich ins Bett kuscheln und schlafen. Wenn du willst, dass ich hier bleibe, schlafe ich brav auf meiner Seite. Wenn es dir lieber ist, dass ich ins Gästezimmer wechsle, sehen wir uns zum Frühstück.«

»Nein, das will ich natürlich nicht!« Izzy schüttelte heftig den Kopf. »Bleib hier. Das ist auch dein Zimmer. Wir hatten das geklärt, oder?«

»Richtig. *Mi casa es tu casa.*« Astrid lächelte.

Als Astrid aus dem Bad kam, lag Izzys Bademantel auf dem Boden neben dem Bett. Sie war bereits eingeschlafen. Astrid gab ihr einen Kuss auf die Wange, blies die Kerzen aus und ließ sich in die weichen Polster sinken. Es war alles gut und alles richtig. Der Rest würde sich ergeben, wenn die Zeit dafür gekommen war.

*

Astrid wachte mit der Morgendämmerung auf und spürte sofort die Wärme des Körpers, der eng an sie gedrängt lag. In der Nacht war Izzy zu ihr herübergerutscht. Das Bett war zu breit, um dies als Zufall zu werten. Bemüht, sie nicht aufzuwecken, ließ sie sich aus dem Bett gleiten und schlich auf leisen Sohlen ins Badezimmer.

Als sie zurückkam, lag Izzy auf dem Rücken und hatte sich auf der gesamten Bettseite ausgebreitet. Auch wenn sie die Augen geschlossen hielt, flackerten ihre Lider leicht.

Astrid legte ihre Hände auf die Bettdecke in Höhe der Stelle, in der sie Izzys Rippen vermutete, und vergrub ihre Finger so tief in den Daunen, bis sie auf Widerstand stieß. Dann legte sie los.

Die Reaktion übertraf ihre Erwartungen. Izzy riss die Augen auf und japste nach Luft. Izzy wand sich unter ihren kitzelnden Fingern und kicherte, bis ihr die Tränen in die Augen traten. Als Astrids Finger den Weg unter die Decke fanden und nur noch ein dünner Hauch von Seide als Barriere diente, ließ sie wieder von ihr ab.

Izzy rollte zur Seite, wandte ihr das Gesicht zu und zog vorwurfsvoll die Bettdecke hoch.

»Du hast mich so roh geweckt! In aller Herrgottsfrühe.«

»Gib dir keine Mühe, ich wusste genau, dass du nur die Scheintote gespielt hast.« Astrid stupste sie an der Nase. Unter der Decke berührten sich ihre nackten Beine. »Kein Mensch schläft in so einer theatralischen Haltung und beansprucht dabei so viel Platz!«

»Hast du eine Ahnung!« Izzy stützte ihren Kopf auf und sah sie an. Das Haar hing ihr wirr ins Gesicht. »Ich bin sehr raumfüllend.«

»Sagt die Frau mit fünfzig Kilo und knappen eins-sechzig Meter.« Astrid grinste amüsiert. »Gut geschlafen?«

»Ja.« Izzy warf einen kurzen Blick auf die Kerzen und den Kühler, in dem die Champagnerflasche schwamm. Astrids Befürchtung, dass die Spuren des nicht ganz so perfekten Abends die Stimmung ruinieren würde, bewahrheitete sich aber nicht.

»Es ist nett, mit dir aufzuwachen«, sagte Izzy stattdessen. »Ich hatte das lange nicht mehr.«

»Seit meinem Bierrausch nicht mehr.« Astrid schmunzelte in

Erinnerung daran, wie sie sich am Morgen darauf halbnackt in Izzys Bett wiedergefunden hatte. »Aber damals hast du die Situation noch nicht ausgenutzt.«

»Immerhin habe ich schon darüber nachgedacht.« Izzy rutschte dicht an sie heran und schmiegte ihren Kopf in Astrids Armbeuge.

»So? Tatsächlich? Was hast du denn da so gedacht?«

»Dass das, was uns beide verbindet, nicht mehr nur freundschaftlich ist«, erwiderte Izzy offen. »Dass ich mich körperlich von dir angezogen fühle. – Ich gebe zu, das musste ich erst mal für mich akzeptieren und auf die Reihe kriegen.«

»Was im Verhältnis ziemlich schnell ging. Andere brauchen Jahre dafür.«

Izzys Nähe zauberte ein Prickeln auf Astrids Haut, das sich schwer ignorieren ließ. Sie begann sanft, Izzys Arme zu streicheln.

»Ich habe noch nie in Schubladen gedacht«, erwiderte Izzy leise. »Auch wenn ich bis dahin nicht an Sex mit einer Frau gedacht habe, war es nichts, was ich ausgeschlossen hätte. Und dann kamst du ...«. Sie schloss die Augen, als Astrid die Hand nun unter ihr Nachthemd gleiten ließ und über ihren flachen Bauch streichelte. »... und plötzlich waren da diese Bilder in meinem Kopf«, vollendete sie den Satz.

»Welche Bilder?«, fragte Astrid leise, während sie ihre Hand nach oben über Izzys Brüste wandern ließ. Sanft begann sie, die Brustwarzen zu liebkosen, die sich sofort aufstellten.

»Was du mit mir machen könntest«, flüsterte Izzy. Ihre Stimme klang jetzt verändert. Etwas heiser. Erregt. Erwartungsvoll. Astrid streichelte sich ihren Weg nach unten, ließ ihre Finger um Izzys Bauchnabel kreisen.

»Und was hast du dir da vorgestellt?«

Ihre eigene Stimme war der von Izzy nicht mehr so unähnlich. Zwischen ihren Beinen machte sich ein erwartungsvolles Kribbeln breit.

»Dass du mich berührst … hier berührst …« Izzy griff nach ihrer Hand, führte sie zu ihrer Mitte.

Astrid fuhr mit den Fingern über den schmalen Streifen Stoff, der sie von Izzys intimster Stelle trennte. Angenehme Erregung ergriff von ihrem eigenen Körper Besitz, die sich umso mehr steigerte, je länger sie über Izzys Tanga streichelte und deren Atem tiefer und tiefer wurde.

Als sich die Feuchte, die den Stoff allmählich durchdrang, nicht mehr ignorieren ließ, schob sie ihre Finger unter den Slip. Izzy schnappte nach Luft, als Astrid ihre Perle fand und die Hand schließlich langsam vor- und zurückgleiten ließ. Izzy drückte ihren Kopf tiefer ins Kissen. Ihr heißer Atem streifte Astrids nackten Arm.

Schließlich drang Astrid mit zwei Fingern sanft in sie ein, während sie den Daumen weiterhin an ihrer Perle kreisen ließ. Izzy stöhnte auf und begann zu keuchen, als Astrid das Tempo beschleunigte und ihre Finger tiefer in sie schob.

Astrid spürte die Anspannung des heißen Körpers, der sich jetzt an den ihren presste. Sie konnte längst nicht mehr sagen, ob Izzy diejenige war, die ihrer Erregung mehr Luft machte, oder sie selbst. Alles in ihr zog sich zusammen, wuchs schließlich über sie hinaus, explodierte wie ein Feuerwerk, das in bunten Farben den Himmel zum Glühen brachte. Fast gleichzeitig wölbte sich Izzy ihr entgegen und kam mit einem spitzen, lustvollen Aufschrei.

Dann sank sie in Astrids Arm zusammen.

Eine ganze Weile war nur zu hören, wie sie beide um Atem rangen.

Astrid war fassungslos, wie sie sich jahrelang hatte einreden können, dass sie das alles nicht brauchte. Diese intime Nähe, die Krönung aller emotionalen Verbundenheit.

Dass sie Sex mit Hennie zum Schluss gemieden hatte, war schlichtweg ein Resultat ihrer gestörten emotionalen Beziehung gewesen.

»Das war wunderschön.«

Izzys leise Stimme riss sie aus ihren erkenntnisreichen Gedanken. »Das fand ich auch.«

Izzy richtete sich auf und betrachtete sie aus ihren leuchtend blauen Augen eine ganze Zeit lang, ohne noch etwas zu sagen.

»Sag mir, was ich tun soll«, bat sie dann in einer Ernsthaftigkeit, die Astrid nicht erwartet hatte. »Meine Erfahrungen auf diesem Gebiet sind ... begrenzt.«

Sie klang jetzt verlegen, fast beschämt. Astrid reagierte nicht sofort. An diese neue Izzy musste sie sich noch gewöhnen. Schließlich entschied sie sich entgegen ihrer Natur, die Sache in die Hand zu nehmen.

Sie streichelte Izzys Rücken, ihre Arme, ihren Po, küsste sie und genoss, dass Izzy sich ihr willig entgegenbog.

»Okay, ich gebe dir einen Schnellkurs in lesbischem Sex«, flüsterte sie in neckendem Tonfall. »Damit du dich zukünftig nicht weiter fragen musst, ob du alles richtig machst. Also, Lektion eins: Lesbischer Sex ist eine ernste Sache. Es darf dabei auf gar keinen Fall gelacht werden!«

Izzy lachte, und Astrid kniff sie in den Po.

»Au!«

»Nicht lachen, hab ich gesagt! – Lektion zwei: Kein lesbischer Sex ohne blaue Flecken. Das gehört selbstverständlich dazu.«

Prompt und ohne Überleitung biss Izzy sie in den Hals und jagte ihr damit einen heißen Schauder durch den ganzen Körper. Astrid schlug die Bettdecke zurück und zog Izzy das Nachthemd über den Kopf. Ein paar kostbare Sekunden lang betrachtete sie die hübsche Frau im Tanga, die sie erwartungsvoll ansah.

»Du bist wunderschön«, sagte sie leise.

»Und du immer noch angezogen.«

Izzy wollte ihr das lange T-Shirt über den Kopf ziehen, doch sie verhedderten sich beide im Stoff, lachten. Als Astrid das lästige Stück endlich neben das Bett geworfen hatte, schlang Izzy die Arme um ihren entblößten Oberkörper und küsste sie leidenschaftlich.

»So ist es viel besser«, flüsterte sie. »Dich nackt zu spüren, meine ich.«

Astrid konnte nur zustimmen. Die Flamme des Begehrens begann in ihrem Inneren wieder zu lodern. Nach ein paar weiteren innigen Küssen stieß sie Izzy zurück auf die Matratze und begann, sich vom Mund abwärts zu deren Brüsten zu küssen. Izzy stieß ein leises Seufzen aus, als Astrid eine harte Brustwarze in den Mund nahm und mit ihren Fingern liebkoste. Dort, wo Izzys Hände an ihrem Rücken entlangfuhren, begann Astrids Haut zu glühen.

Sie glitt tiefer, küsste sich hinab bis zum Bauchnabel, nahm erstmals jenen Geruch wahr, der jede Frau einzigartig machte. Izzy erschauderte unter ihren Berührungen. Astrid begann, ihre Oberschenkel zu küssen und zu streicheln. Izzys Atem ging erneut tiefer. Sie öffnete die Oberschenkel, gewährte ihr vollen Zugang. Ermutigt davon, versuchte Astrid, ihr den Tanga abzustreifen. Es gelang erst, als Izzy den Po anhob.

Langsam strich Astrid mit dem Finger über den glattrasierten Schamhügel, zeichnete die Schamlippen nach, drückte leicht auf die geschwollene Perle. Izzy stöhnte leise. Sie lag wie hingegossen da, die Augen geschlossen, die Hände flach auf das Leintuch gelegt. Ihre Lippen waren leicht geöffnet.

Astrid hielt inne, um diesen sinnlichen Anblick ganz in sich aufzunehmen. In ihrem Unterleib zog es vor Verlangen. Trotzdem wollte sie sich Zeit lassen. Zum ersten Mal in ihrem Leben war sie in der Rolle derjenigen, die beim Sex die Dinge vorantrieb. Es gab ihrem Selbstbewusstsein neuen Aufschwung und steigerte ihre eigene Lust.

Sie senkte den Kopf, inhalierte den leicht salzigen Geruch, küsste Izzy dort, wo zuvor ihre Finger gekreist hatten. Als Izzy kurz zusammenzuckte, hielt sie inne und sah fragend zu ihr auf.

Izzy murmelte etwas, was sie nicht auf Anhieb verstand. Sie rutschte nach oben, fragte vorsichtig nach.

»Magst du das nicht? – Lektion drei: Du darfst selbstverständlich nicht sagen, wenn dir etwas nicht gefällt, sondern musst alles über dich ergehen lassen.«

Izzys amüsiertes Lächeln hatte etwas Beruhigendes, als sie darauf antwortete: »Lektion drei, Punkt A: Ich will, dass auch du ganz schrecklich leiden musst.«

»Ach, so weit sind wir schon?« Astrid schmunzelte. »Erst gibst du dich völlig unbedarft, und jetzt ergänzt du das etablierte lesbische Regelwerk schon durch Unterpunkte!«

»Ich lerne schnell. Du wirst dich noch wundern!«

Das klang schon eher nach der Izzy, die ihr vertraut war. Erleichtert wollte sie ihr Tun fortsetzen, doch Izzy stieß sie völlig unerwartet in die Laken zurück und drehte sich um.

»Willst du das wirklich?«, fragte sie skeptisch, doch da spürte sie schon Izzys Lippen auf ihrer Mitte. Das Gefühl, das durch ihren Körper flutete, war beinahe unbeschreiblich: eine Welle aus flammender Hitze, die nicht nur äußerlich ein Prickeln über ihren gesamten Körper sandte, sondern sie auch innerlich zum Beben brachte. Ihr Herz schlug so kräftig, dass es ihr fast den Atem nahm. Als sie Izzy ihrerseits an ihrer empfindlichsten Stelle mit dem Mund zu liebkosen begann, steigerten sich ihre Empfindungen zu einem regelrechten Sinnesrausch. Ort und Zeit verschwammen. Sie kostete Izzys Nässe, spürte das Zittern, das durch ihren Körper ging, hörte sie immer lauter werden. Izzy kam mit einem lauten, heiseren Aufschrei; sie unmittelbar danach, deutlich leiser, kontrollierter.

Eine Weile verharrten sie übereinander, gaben ihren Körpern Zeit, zur Ruhe zu kommen. Dann drehten sie sich so, dass ihre Köpfe wieder nebeneinander auf dem Kissen lagen, und sahen sich an.

Izzys Augen glänzten.

»Du bist ein Naturtalent«, stellte Astrid fest. »Wenn dich nicht dein Mut verlassen hätte, hätten wir das schon vor drei Wochen tun können und uns eine Menge Kummer erspart.«

»Das Heu hat überall gekratzt. An meinen Schenkeln, an meinen Armen. Und dann war da noch dieses Ehepaar unter uns. Mir war das peinlich. Ich bin da nicht so offen.«

»Davon hab ich gerade nichts gemerkt.«

»Hier sind wir alleine. Das ist etwas anderes. Ich glaube, wir alle – Robert, Erich, Norbert und ich – sind ein bisschen traumatisiert in dieser Hinsicht. Die Nachwirkungen unserer Kindheit, sozusagen. Auch wenn wir von diesen Festen nichts mitbekommen haben, ging es doch sehr freizügig zu. Und schau uns an: Wir alle haben uns relativ schnell an einen festen Partner gebunden und leben vergleichsweise bieder. Wir sind die typischen Beispiele für Kinder, die psychologisch begründet einen völlig anderen Weg gehen als ihre Eltern.«

Die Erklärung war für Astrid nachvollziehbar.

»Dann hattest du auf der Alm also wirklich Angst, dass unsere Gastgeber etwas mitbekommen? – Ich dachte, du hättest einfach erkannt, dass es doch nichts für dich ist … mit einer Frau.«

»Nein, ganz im Gegenteil, ich war vollkommen überrumpelt von meinen eigenen Empfindungen. Ich meine: ja, ich wollte dich verführen, in gewisser Hinsicht. Aber ich hatte nicht damit gerechnet, dass ich so heftig darauf reagiere. Ich habe das in dieser Intensität«, sie zögerte kurz, suchte nach Worten, »noch nie zuvor gespürt.«

Astrid verstand die Botschaft wohl, vermied es an dieser Stelle aber tunlichst, Robert ins Spiel zu bringen. Was die beiden gehabt oder nicht gehabt hatten, ging sie nichts an und musste nicht thematisiert werden. Was Izzy da andeutete, war schmeichelhaft genug.

Sie streichelte ihr zärtlich über die Wangen, küsste sie erneut. Inzwischen fiel Tageslicht durch die Vorhänge.

»Und jetzt?«, fragte sie schließlich, ohne selbst genau zu wissen, worauf sich ihre Frage bezog.

Izzy antwortete pragmatisch.

»Jetzt bin ich gespannt auf Lektion vier bis sechs. Wo doch

die Lektionen eins bis drei schon so lehrreich und aufregend waren!«

*

»Und du bist sicher, dass du mich begleiten willst?«

Astrid musste sich erst noch daran gewöhnen, dass sich während ihres Krankenhausaufenthalts eine über Jahre schwelende Familienfehde quasi in Luft aufgelöst hatte. Ihre Frage war mehr als überflüssig in Anbetracht der Tatsache, dass sie mit Izzy gerade in Norbert Neuretters Hofeinfahrt geparkt hatte und von ihm erwartet wurden.

Astrid selbst hatte um dieses Treffen gebeten. Was sie ihm mitteilen wollte, sollte nicht länger aufgeschoben werden. Ehe sie auch beruflich zu neuen Ufern aufbrechen konnte, musste sie das Schiff erst von den Tauen am Pier lösen.

»Klar.« Izzy stieg aus dem Auto. »Ich will mir sein Gesicht einfach nicht entgehen lassen, wenn du ihm sein Schicksal verkündest!«

Anja öffnete ihnen die Tür. Es war unübersehbar, dass sie sich für dieses Treffen herausgeputzt hatte, warum auch immer.

Izzy sah sich interessiert um, als sie Anja durch den Gang ins Wohnzimmer folgten. Besonders die vielen Familienfotos an den Wänden zogen ihre Aufmerksamkeit auf sich. Astrid konnte das nachvollziehen. Norberts Töchter waren immerhin Izzys Nichten. Nichten, die sie nie hatte kennenlernen können.

Anja spürte anscheinend, was in Izzy vor sich ging, denn sie blieb kurz stehen. »Nicki und Christina sind heute nicht da. Aber wenn du mal am Wochenende kommen willst, werde ich gern ein Kennenlernen arrangieren.«

Izzy nickte dankbar.

Im Wohnzimmer erwartete sie bei Kaffee und Marmorkuchen

ein sichtlich nervöser Norbert, der sich offensichtlich seit ihrem Anruf den Kopf darüber zerbrach, was der Grund ihres Kommens war. Dass er Jeans trug, machte es Astrid leichter. Ihn im Anzug zu sehen, wäre dem Anlass wirklich nicht gerecht geworden.

»Zunächst mal danke für alles«, eröffnete Astrid das Gespräch, kaum dass sie Platz genommen hatten, und übergab Norbert eine kantige Flasche, die er freudig entgegennahm. Sie hatte mitbekommen, wie er sich mit einem Kollegen über Whiskeys unterhielt; die Sammlung in der Vitrine neben dem Fernseher sprach darüber hinaus eine deutliche Sprache. »Danke, dass du mich gerettet hast. Ich verdanke dir mein Leben.«

Es auszusprechen, bewegte sie selbst so sehr, dass ihr Tränen in die Augen traten. Auch Norbert wirkte sichtlich berührt.

»Das war selbstverständlich«, wehrte er verlegen ab. »Jeder hätte das getan.«

»Ja. Aber mein großes Glück war, dass ich bei dir an einen Fachkundigen geraten bin. Nicht nur an einen Arzt, sondern auch an einen sehr erfahrenen Bergretter.«

»Na ja, man ist halt in Übung bei der Bergwacht.« Norbert wirkte noch immer verlegen ob des sinnbildlichen Lorbeerkranzes, den sie auf sein Haupt gesetzt hatte. »Es war nicht mein erster Einsatz dieser Art.«

Anja schenkte Kaffee ein und verteilte Kuchen.

»Wie hast du überhaupt mitbekommen, was los war?«, stellte Astrid die Frage, die sie schon länger beschäftigte. »Warum bist du noch mal das Wegstück zurückgegangen? Weil ihr aufbrechen wolltet und wir nicht da waren?«

Norbert zerteilte das trockene Stück Kuchen mit den Fingern.

»Ich habe davon gehört, wie Franzi dich im Foyer der Klinik angegangen ist«, sagte er schließlich. »Dass sie wieder vor Eifersucht geplatzt ist. Das heißt … also, hieß … bei ihr nichts Gutes. Sie war früher auch immer sehr eifersüchtig. Auf meinen Bruder, beispielsweise, weil er wegen seiner Behinderung so viel

Aufmerksamkeit bekam. Sie hat sich damals ganz ähnlich aufgeführt.«

Er konnte sich offenbar doch an mehr Details erinnern, als er bereit war, preiszugeben.

»Ich sah, dass sie sich von der Gruppe in Richtung Schlucht entfernte, und dachte, dass du dich wohl dorthin zurückgezogen hast. Als ihr länger nicht zurückkamt, hatte ich schon so ein komisches Gefühl ... und dann hörte ich dich schreien.«

»Etwas ganz Neues«, bemerkte Izzy neckend. »Astrid schreit.«

Astrid trat ihr unter dem Tisch leicht gegen das Schienbein.

»Ich bin sofort losgelaufen«, fuhr Norbert unbeirrt fort. »Von dir war erst einmal gar nichts zu sehen, aber Franzi ergriff sofort die Flucht, als sie mich kommen sah. Da haben bei mir die Alarmglocken geschrillt. Als ich an die Böschung trat, habe ich dich auch schon unten im Wasser entdeckt. Ich habe mir noch ein paar Kollegen zur Seite geholt, und der Rest ist Geschichte.«

»Ich danke dir nochmals«, wiederholte Astrid. »Ich hatte wirklich Glück.« Ein kurzes Schweigen entstand, das sie schließlich durchbrach. »Du fragst dich, warum ich hier bin«, sprach sie direkt an, was in Norberts Gesicht zu lesen stand.

»Um dich zu bedanken«, wandte Anja ein. »Noch Kaffee?«

»Nein, nein.« Astrid hielt die Hand über ihre Tasse.

»Ich bin nicht *nur* hier, um mich zu bedanken, Norbert. Fritz Stöger und Maas waren bei mir im Krankenhaus und haben mir mitgeteilt, dass sie die Ausschreibung für den Chefarztposten auf mich ausrichten wollen.«

Sie sah ihm an, dass er die Hiobsbotschaft schon kannte. Vermutlich hatte ihm sein väterlicher Freund Stöger wortreich zu erklären versucht, dass er unter Zugzwang stand, aber nicht anders konnte, als sie zu empfehlen.

Norbert bemühte sich aufrichtig, seine Enttäuschung vor ihr zu verbergen. Ganz gelang es ihm nicht. »Möge der Bessere zum Zug kommen«, erwiderte er gedehnt. »So ist das Leben.«

Astrid lächelte.

»Ich sehe das genauso«, pflichtete sie ihm bei und spürte sofort, dass sich die Stimmung abkühlte. Doch sie war mit ihrer Rede noch nicht fertig. »Der Bessere für diesen Job ist jemand, der es versteht, Netzwerke zu bilden, Kontakte zu pflegen, die Klinik gut nach außen zu präsentieren, Mitarbeiter zu führen, zu fördern und ihnen gegebenenfalls Grenzen zu setzen. Jemand, der sich nicht scheut, klare Worte zu sprechen und Konflikten nicht aus dem Weg geht. Und darum, Norbert, bist eindeutig du der Bessere.«

Sie sah ihn an, wartete ab. Er hatte zu kauen aufgehört, schien erst verstehen zu müssen, was sie ihm sagen wollte. Auf seiner Stirn bildeten sich zwei steile Falten.

»Das heißt, du verzichtest zu meinen Gunsten?«

»Ich würde es eher als Entscheidung um meiner selbst willen bezeichnen.«

»Die Klinikleitung weiß das schon?«

»Nein, bisher noch nicht. Ich wollte mich erst vergewissern, dass du noch interessiert bist.«

Er nickte, kaute weiter, schluckte.

»Bin ich«, erklärte er dann mit fester Stimme. »Es war immer mein Wunsch.« Er wandte sich an sie. »Ich kann dir versprechen, dass wir gut zusammenarbeiten werden. Du kannst dir sicher sein, dass ich die Zusammenarbeit als kollegiales Verhältnis sehen werde, nicht als klassische Vorgesetzten-Mitarbeiter-Beziehung. Ich schätze deine fachliche Expertise.«

Er machte eine kleine Pause. Erstmals erschien so etwas wie ein vages Lächeln auf seinen Lippen.

»Und auf persönlicher Ebene wird es künftig auch besser harmonieren, im Grunde kommt man mit dir ja aus.« Aus seinem Munde hörte sich das fast an wie ein Kompliment.

»Danke, Norbert. Ich weiß das zu schätzen. Aber ich habe bereits ein anderes, sehr attraktives Angebot.«

Er stutzte. »Du gehst?« Er sah zu Izzy, dann wieder zu ihr.

Die Frage, wie das denn sein könne, jetzt, wo sie doch so offensichtlich ein Paar waren, hing unausgesprochen in der Luft.

»Ich bleibe dem Berchtesgadener Land erhalten, keine Sorge«, klärte sie ihn auf. »Ich übernehme eine Wahlarztpraxis in Salzburg. In Kombination mit meiner wissenschaftlichen Arbeit am Holtzmann-Institut in Wien ist das perfekt für mich.«

»Oh.« Norbert war regelrecht perplex. Die Information musste bei ihm anscheinend erst sickern.

»Aber wenn du künftig konsiliarisch auf meine fachliche Expertise zurückgreifen willst, hast du ja meine Nummer«, fügte sie lächelnd hinzu. »Und vielleicht sieht man sich auch … bei anderen Anlässen.« Sie warf einen kurzen Seitenblick auf Izzy.

Während Norbert diesbezüglich noch auf der Leitung stand, hatte seine Frau längst begriffen, worum es ging. »Natürlich«, versicherte sie eilig. »Das wird in Zukunft so sein. Zum Beispiel gleich nächstes Wochenende. Da feiere ich Geburtstag und mache ein kleines Fest. Wenn ihr Zeit habt?«

»Wenn wir jemand mitbringen dürfen«, erwiderte Izzy, und Astrid ergänzte: »Meine Tochter kommt zu Besuch. Sie ist siebzehn.«

»Kein Problem«, versicherte Anja. »Meine Töchter und deren Freunde sind auch da. Das passt sicher ganz gut.« Sie warf einen Blick in die Runde, stemmte dann die Hände in die Hüften. »Nachdem das jetzt endgültig geklärt ist und wir als Familie künftig einheitlich auftreten, schlage ich vor, dass wir darauf anstoßen.«

Astrid sah an Norberts verdutzten Gesichtszügen, dass er die Euphorie seiner Frau nicht in diesem Ausmaß teilte. Ein Rest Skepsis blieb. Trotzdem widersprach er nicht. Astrid kam Franzis Aussage, dass Anja sich gegenüber ihrem Mann durchaus zu behaupten wisse, wieder in den Sinn. Zumindest damit hatte sie richtiggelegen.

»Du fährst, Schätzchen«, sagte Izzy, als sie sich später von Anja das zweite Glas Champagner füllen ließ.

»Wieso ich? – Ich meine, wir sind mit deinem Auto gekommen!«

»Aber du bist noch krankgeschrieben und darfst sowieso nicht so viel Alkohol trinken. Das ist sehr schlecht für dich!« Sie stupste Astrid liebevoll in die Seite, lächelte.

»Von mir aus.«

Norbert, der zu begreifen schien, dass er sich mit ihnen kein trojanisches Pferd ins Haus geholt hatte, schmunzelte in sich hinein.

»Was ist?«

Izzy war seine Erheiterung offenbar ebenfalls nicht entgangen.

»Franzi hat immer behauptet, Frauenbeziehungen seien ganz anders. Aber wenn ich euch beide so beobachte, läuft das in etwa wie bei uns.«

Astrid grinste. Sie hatte dem nichts hinzuzufügen.

*

»Dein Bruder scheint doch ein ganz netter Mensch zu sein, wenn er sich nicht gerade in Konkurrenz fühlt«, gab Astrid zu, als sie gegen sieben Uhr abends wieder nach Ehernberg aufbrachen. »Und seine Frau ist ganz reizend.«

»Nicht so reizend wie ich!«

Izzy lehnte sich im Beifahrersitz zurück und schlug die Beine so kokett übereinander, dass ihr Rock übers Knie hochrutschte. Sie zog ihn nicht nach unten, sondern ließ den Blick auf ihren Oberschenkel frei.

»Nein, nicht so reizend wie du. Das ist gar nicht möglich«, versicherte Astrid mit einem Schmunzeln. Sie war froh, dass sich Izzy wieder in jene wortgewandte, schlagfertige Frau zurückverwandelt hatte, die sie kannte. Etwas hatte sich dennoch geändert, und Astrid glaubte inzwischen, dass diese Änderung von Dauer war: Izzy wollte in der Partnerschaft nicht den Ton angeben, nicht ständig die starke, mutige Draufgängerin sein, als die sie sich im beruflichen Umfeld behaupten musste.

Genau das hatte sie an Hennie vermisst: das Gefühl, dass die andere sie brauchte, sich auf sie verließ. Hennie war nicht nur stets unabhängig gewesen, sondern hatte sie oftmals gelenkt wie eine Marionette. Sie machte ihr dafür keinen Vorwurf. Schließlich hatte sie sich von Hennie auch wunderbar lenken lassen. Mit Izzy liefen die Dinge anders. Sie fühlte sich gebraucht, hatte oft den Eindruck, dass Izzy regelrecht darauf wartete, dass sie eine Entscheidung in ihrem Sinne traf.

»Was machen wir jetzt zu Hause?«

»Weiß nicht.« Astrid steuerte das Auto durch den großen Berchtesgadener Kreisverkehr. »Wir können noch beim Supermarkt halten, dann können wir was kochen.«

»Oh ja. Garnelen, wenn das für dich okay ist. Aber ohne Knoblauch.« Izzy grinste schelmisch. »Ich will noch erfahren, was sich hinter Lektion sieben bis neun verbirgt.«

»Ach, in sieben bis neun geht's eigentlich nur um Verhütung, was in lesbischen Partnerschaften von enormer Bedeutung ist«, neckte Astrid, während sie rechts auf den Supermarktparkplatz abbog. »Machen wir also gleich bei Lektion zehn weiter.«

Es war viel los um diese Zeit. Sämtliche Leute, denen auf dem Weg vom Büro zurück nach Hause wohl noch der leere Kühlschrank eingefallen war, schienen hier zusammengekommen zu sein. Konzentriert auf die Parkplatzsuche und darauf, dass niemand ihr selbstvergessen einen Einkaufswagen vor die Kühlerhaube fuhr, fiel Astrid nicht sofort auf, dass Izzy merkwürdig still geworden war. Erst als sie wegen eines ausparkenden Wagens anhalten musste, bemerkte sie ihr ernstes Gesicht.

»Was ist? Hab ich was Falsches gesagt?«

»Nein.« Izzy schenkte dem Ausparkenden mehr Aufmerksamkeit als nötig. Dann drehte sie sich plötzlich zu Astrid.

»Vielleicht will ich irgendwann wieder schwanger werden.«

Astrid hob die Augenbrauen.

»Das wird sehr schwierig mit mir.«

Auch wenn sie nach außen hin cool tat, fand sie Izzys Aussage beunruhigend. Was sollte das? Wollte sie doch wieder einen Mann an ihrer Seite? Dunkel erinnerte sie sich daran, wie sehr sich Izzy wieder eine Familie wünschte. Alles, was sie denken konnte, war in diesem Moment nur, dass sie ihr die Chance auf diese Dinge nahm.

Ihr unfallbedingter Kopfschmerz meldete sich augenblicklich zurück.

»Ich denke, wir werden schon Mittel und Wege finden, um dieses Problem zu lösen«, erwiderte Izzy munter. »Vorausgesetzt natürlich, du kannst dir das vorstellen: ein Kind mit mir. Nicht sofort natürlich. Aber irgendwann ...?«

Astrid fühlte ihren unsicheren, abwartenden Blick auf sich ruhen.

Nie wieder, war ihr erster Gedanke. Auch Hennie hatte ständig davon gesprochen, alles zusammen zu machen. Es wird *unser* Kind, hatte sie gesagt, auch wenn ich es austrage.

Es wird *unser* Kind, hatte sie wiederholt, als sie im Alleingang mit ihrem besten schwulen Freund beschlossen hatte, dass er das Sperma spenden würde.

Und dann hatte sie Simone nicht adoptieren können, weil die Gesetze es nicht zuließen, und als sich die Rechtslage änderte, hatte Hennie keinen Nerv für den notwendigen Papierkram gehabt.

Wofür denn?, hatte sie gefragt, das kostet nur unnötig Geld und bald ist Simone sowieso volljährig.

Und dann war Simone plötzlich weg gewesen, verschwunden aus ihrem Leben ...

»Astrid.« Izzys besorgte Stimme durchdrang ihre bitteren Gedanken. »Habe ich dich mit dieser Sache überrumpelt?«

Ja. Vollkommen. Unsere Beziehung ist noch keine Woche alt.

Astrid sprach die Worte nicht aus, weil sie tief in ihrem Herzen wusste, dass sie nicht stimmten. Sie kannten sich viel länger als nur ein paar Tage, vertrauten einander zutiefst.

Astrid erinnerte sich daran, was sie während der gemeinsamen Pflege des kleinen Fuchses gedacht hatte: Mit dieser Frau lässt sich ein Kind großziehen. Sie glaubte das noch immer. Izzy war nicht Hennie.

Und die Gesetzeslage hatte sich inzwischen geändert. Sie würde das Kind adoptieren, völlig legal und ohne ewige Wartezeiten.

Hinter ihr wurde gehupt.

Erst jetzt fiel ihr auf, dass das Auto längst weg und die Parklücke frei war. Sie fühlte Izzys beunruhigten Blick. Der BMW-Fahrer hupte erneut, dann setzte er mit quietschenden Reifen zurück und bog ab in die nächste Reihe. Die Leute am Parkplatz schauten neugierig zu ihnen. Es war ihr egal. Die Zukunftsplanung mit der Frau, die sie über alles liebte war um einiges wichtiger. Astrids Blockade löste sich.

»Prinzipiell ... kann ich mir ein Kind mit dir vorstellen.«

Izzys Miene erhellte sich schlagartig. »In zwei, drei Jahren. Was meinst du?«

Astrid atmete tief durch. »Das klingt fantastisch. Und was werden wir bis dahin machen? Das Kinderzimmer streichen?«

Sie musste Izzy nicht ansehen, um zu wissen, dass ein Schmunzeln auf deren Lippen lag.

»Ich dachte eigentlich an reisen«, kam es zurück. »Es gibt so viele Orte, die ich dir zeigen will ... mit dir gemeinsam neu entdecken will. Dubai zum Beispiel. Es ist mir wichtig, dir zu zeigen, wo ich gelebt habe.«

Astrid lächelte gerührt, drückte Izzys Hand, und konnte ihr Glück kaum fassen.

»Wann fliegen wir los?«

© Doris Anna Klinda

CAROLIN SCHAIRER

wuchs in Niederbayern auf. Die Diplom-Journalistin schrieb als Freie für Zeitungen und Magazine, war in der Medienbeobachtung, in der Markt- und Meinungsforschung und als PR-Mitarbeiterin eines Großunternehmens tätig. Sie lebt in Wien. Ihre ersten Romanerfolge verzeichnete sie mit »Ellen« und »Die Spitzenkandidatin«.

Inzwischen erschienen rund zwanzig Romane von ihr, zuletzt »Meeresschwester« und der Krimi »Dunkle Erleuchtung« (alle U. Helmer Verlag).